《外国文学名著名译丛书》出版说明

世界文学名著作为人类文明成果的一部分永放光芒,永远为广大读者所喜爱和珍藏。

本丛书在尊重文明累积与普遍共识的同时,细心体察今日读者的需求,突出一个“兼”字,即兼及价值内涵的多向多元,题材、语言、风格的多姿多彩,以及读者兴趣、爱好、需求的多种多样。译本的择选也兼顾到卓有成就的老翻译家与世纪之交崭露头角的中青年译者。所选书目以小说为主,兼及童书、成长经典、抒情诗、散文、剧本、批评……时段以十九世纪至二十世纪前期为主,适当上溯到古代。总的要求好看、可读,读之有益。

自二〇一二年起,计划三年推出二百余种。每种书前有作品及译本的择选依据和权威评鉴,书中辑入外版精彩图片。

漓江出版社编辑部

俄罗斯圣彼得堡普希金公寓博物馆的普希金雕像

普希金家族庄园

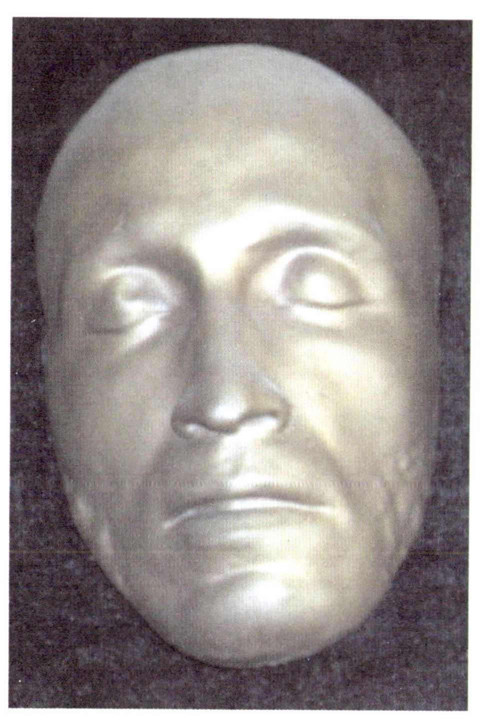

普希金脸膜

叶列梅耶夫作品：萨罗的冬天 诗人普希金纪念碑

外国文学名著名译丛书

普希金小说选

（俄）普希金 著
Пушкин
刘文飞 译

漓江出版社
桂 林

图书在版编目(CIP)数据

普希金小说选/(俄罗斯)普希金 著;刘文飞 译.—桂林:漓江出版社,2013.3(2020.7重印)

ISBN 978-7-5407-6291-9

Ⅰ.①普… Ⅱ.①普… ②刘… Ⅲ.①小说集-俄罗斯-近代 Ⅳ.①I512.44

中国版本图书馆CIP数据核字(2013)第025655号

出版人:刘迪才
漓江出版社有限公司出版发行
广西桂林市南环路22号　邮政编码:541002
网址:http://www.lijiangbook.com
全国新华书店经销

三河市腾飞印务有限公司印刷
开本:700mm×960mm　1/16
印张:17　　字数:250千字
2013年3月第1版　2020年7月第2次印刷
定价:42.00元

作家·作品

普希金是俄罗斯精神的一个独特现象，也许是唯一现象。这是一个充分发展了的俄罗斯人，这样的人也许二百年后才能再次出现。

——果戈理

普希金就是我们的一切。

——格里高利耶夫

他第一个（正是第一个，在他之前并无任何人）给了我们俄罗斯之美的艺术典型，这种美直接来自俄罗斯的精神，这种美藏身于人民的真理，藏身于我们的根基，是普希金将其发掘出来的。

——陀思妥耶夫斯基

俄自有普世庚，文界始独立，故文史家芘宾谓真之俄国文章，实与斯人偕起也。

——鲁迅

普希金的小说创作

刘文飞

一

普希金是一个伟大的诗人，也是一个伟大的小说家。

在普希金的文学遗产中，有那八百余首的抒情诗和众多的诗体小说、长诗、童话诗和诗体悲剧等，也有数十部（篇）、总字数约合四十余万汉字的小说作品。这些小说、散文作品不仅体现了普希金多方面的文学天赋，而且也同样是普希金用来奠基俄国文学的巨大基石。没有留下这些小说作品的普希金，也许就很难被视为全面意义上的“俄国文学之父”。

普希金几乎是同时开始诗歌和小说创作的。普希金的第一首诗作《致纳塔丽娅》写于1813年，而他留存至今的最早的小说，则是未完成的《娜坚卡》（1819），这中间相隔了六年，但是据说，在皇村学校学习期间（1811—1817），普希金曾写过小说。自然，一个文学天才在他起步的时候，往往会在所有的文学体裁上进行尝试。

终于，普希金以《皇村的回忆》等诗作而享誉俄国了，成为一位著名诗人，他的诗作一篇接一篇地面世。与此同时，他却基本上停止了小说的写作，直到19世纪20年代后半期，他的创作中才突然出现一个“散文高潮”。1827年，普希金写作了长篇小说《彼得大帝的黑孩子》，之后，他每年都写有一部（篇）或数部（篇）小说，直到他逝世的1837年。有人将普希金创作中的这一现象称为“由诗歌向散文的过渡”或“文体的转折”，这并不确切，因为在1827年之后，普希金的诗歌创作量虽然有所减少，但他始终没有中止写作、发表诗作。然而，小说和散文创作成了普希金后期创作中最主要的体裁之一，这却是确凿无疑的。

这一“散文高潮”的出现和持续有着多方面的原因，既有内在的也有外在的，既有个人的也有社会的。首先，它与当时整个欧洲文学以及俄国文学的潮流有关。拿破仑之后的欧洲作家，受现实的刺激而关注起历史以及历史和现实的关系，欧洲小说中因而出现了所谓的“历史主义”，以司各特为代表的“历史小说”非常流行，许多欧洲大作家都写有“历史题材”的小说。他们的小说被大量地译成俄语，对俄国作家产生了很大影响，于是在俄国出现了以扎戈斯金的创作为代表的“历史小说”。这时，俄国文学中似乎发生了一种从“故事”（повесть）向“演义”（роман）的“转变”。以别林斯基为代表的俄国批评界，也在大声地呼唤长篇小说这一“最民主、最有影响的体裁”，并认为，“我们时代的史诗是长篇小说”（别林斯基：《诗的分类和分型》，1841）。普希金敏锐地感受到了这一文学潮流以及祖国读者的文学需要，对家族、民族的历史素来注重的普希金，民族自尊心极强，欲使俄国文学屹立于欧洲文学之林的普希金，对俄国小说创作现状极为不满的普希金，在这一时期潜心于包括长篇小说在内的散文创作，似乎有着某种必然性。其次，它与普希金自己的创作发展过程相关。传统的普希金研究称，普希金是俄国文学的奠基人，他首先又是俄国现实主义文学的奠基人，作为一个“现实的诗人”，他在20年代中期走上现实主义的道路，完成了“从浪漫主义向现实主义的过渡”。普希金的创作中是否存在这种明显的“主义过渡”，这还是一个值得进一步探讨的问题，因为普希金后期的诗作仍体现着很浓重的“浪漫”色彩；但是，从20年代中期开始，普希金对现实的关注越来越多，对生活的介入越来越深入，这却是毋庸置疑的。而“散文高潮”恰好出现于这一时期，换句话说，是普希金积极的小说创作促成并体现了其创作的现实主义走向。在集中的抒情诗吟唱和大规模的小说写作之间，普希金创作了《叶甫盖尼·奥涅金》（1823—1831）、《努林伯爵》（1825）等诗体小说，这仿佛是普希金欲将诗歌与小说相调和的一个尝试。这些尝试是非常成功的，但是，普希金还是感觉到了韵文与散文之间“巨大的差异”（转引自俄文版《普希金十卷集》，第5卷第533页，莫斯科，文学出版社，1975）。被视为俄国现实主义文学奠基之作的《别尔金小说集》，是由普希金在“别尔金诺的金秋”（1830年秋）与许多诗作同时写出的，这个十分紧凑的“转折”引人注目。为了更为广泛地表现历史和现实，更为充分地表达自己的思想和感情，普希金从此便开始用诗歌和小说两种体裁（以及戏剧、历史、批评等其他体裁）同时进行创作了。

于是，如今呈现在我们面前的普希金的创作，如高尔基所言，便成了“一条诗歌与散文的辽阔的光辉夺目的洪流”。（转引自《中国大百科全书·外国文学》，Ⅱ，第822页）

二

普希金小说的主题是丰富的：家族的传说和祖国的历史，都市的贵族交际界和乡村的生活场景，自传的成分和异国的色调，普通人的遭际和诗人的命运，等等，所有这一切在他的小说中都得到了反映。

历史题材是普希金关注较多的小说主题之一。历史小说热在欧洲兴起之后迅速传入俄国，为众多的俄国读者所阅读。普希金在目睹了这样的现象之后曾对友人说道："上帝保佑，让我们也写出一部能让外国人欣赏的历史小说来吧。"（转引自俄文版《普希金十卷集》，第5卷第539页）1827年，普希金开始了长篇小说《彼得大帝的黑孩子》的写作，在这部小说中，普希金将自己富有传奇色彩的外曾祖父阿勃拉姆·汉尼拔的经历与彼得大帝的形象并列，将家族的"历史"与特定阶段的国家历史结合为一体，构筑了一个既具体又概括、既有趣又严谨的历史小说结构。遗憾的是，小说没有完成，只写了前面的七章，但仅就作品中对法国和俄国社交界的广阔描写、对伊勃拉基姆和彼得等富有个性特征之形象的塑造等，就可以窥见，这将是一部宏伟的小说。值得注意的是，《彼得大帝的黑孩子》这个题目是后人加上去的，小说最初发表的两个片断，曾被普希金本人冠以《一部历史小说的两个章节》这样的标题。

1829年和1831年，俄国作家米哈伊尔·扎戈斯金先后出版两部历史小说，即《尤里·米洛斯拉夫斯基，又名1612年的俄罗斯人》和《罗斯拉夫列夫，又名1812年的俄罗斯人》，反映俄罗斯人抵抗波兰、法国入侵的历史小说，在当时激起了热烈的反响。普希金对扎戈斯金的第一部小说十分欣赏，却对它的姐妹篇深感失望，认为它对俄国普通人在反拿破仑卫国战争中的作用估计不足，因此，普希金当即写出小说《罗斯拉夫列夫》（1831），与扎戈斯金"论战"，普希金还有意从扎戈斯金的小说中"借用"了几个主要人物的名字，针锋相对的意味很是浓烈。

在普希金的历史题材小说中，《大尉的女儿》（1836）占据着一个相当重要的地位。上面提到的《彼得大帝的黑孩子》和《罗斯拉夫列夫》两篇，一个未完成，一个为篇幅不大的短篇，只有《大尉的女儿》是一部完整的长篇历史小说。《大尉的女儿》的完成，使普希金终于实现了他创作出一部"我们自己的历史小说"的宿愿。有趣的是，在创作《大尉的女儿》的同时，普希金还撰写了一部历史著作《普加乔夫史》。如果说，《普加乔夫史》是对席卷俄国广大地区的那场农民运动的具体描写，那么《大尉的女儿》则是通过主人公与普加乔夫的交往来侧面地反映普加乔夫起义；如果说《普加乔夫史》注重的是史料和传闻，《大尉的女儿》所注意的则首先是人物形象的塑造。

比较一下这两部同题作品，可以看出普希金对文学与历史的区分，从而也能感觉出普希金对历史小说的美学认识。

除了上述三部作品外，普希金还有一些涉猎历史的作品，如："速写"反抗土耳其统治的希腊起义之参加者的《基尔扎里》(1834)，以埃及女皇克娄巴特拉及其"艳闻"为内容的《埃及之夜》和《我们在别墅里度过一个晚上……》(均1835)，描写罗马学者佩特罗尼乌斯的《罗马生活故事》(1833—1835)，反映俄土战争的《1829年远征时的阿尔兹鲁姆旅行记》(1835)，等等。

这样，从彼得大帝的改革到普加乔夫的起义，从1812年的卫国战争到1829年的俄土战争，从古罗马的生活到近代希腊的民族斗争，俄国和其他国家的历史纷纷成了普希金的小说创作素材，供他描绘出一幅幅艺术化了的历史画面。

俄国的现实生活，自然更是普希金所热衷的文学对象。普希金对俄国社会生活的表现，又大致可以分为都市和乡村两个方面。

普希金第一部完整的小说作品《别尔金小说集》(1830)，就以对俄国城乡生活的现实而又广泛的描写而独树一帜。这部小说集中的人物，无论是一心复仇的军官(《射击》)还是忙于恋爱的乡村中的贵族青年(《暴风雪》和《村姑小姐》)，无论是城市里的手艺人(《棺材匠》)还是驿站里的"小人物"(《驿站长》)，其形象都十分准确、鲜明，构成了当时俄国社会生活的众生图。作者在这些精致的小说中所确立的真实描写生活、塑造典型形象的美学原则，所体现的人道主义精神和民主意识，使这个小说集成了俄国小说发展史上具有划时代意义的里程碑。接着，普希金继续假借"别尔金"的名义，以第一人称叙述了《戈柳希诺村的历史》(1830)，对俄国乡村的现状、贵族的分化、地主和农民的关系等问题作了最初的触及。在普希金另一部最重要的小说《杜勃罗夫斯基》(1832)中，这一主题得到了更深入的处理。这部小说以杜勃罗夫斯基和特罗耶库罗夫两家贵族的争斗、年轻的杜勃罗夫斯基的遁入绿林及其与仇敌之女的恋爱为线索，反映了俄国乡村贵族的分化、农民的各种心态、官场和教会的作为等等，是一幅当时俄国乡村生活的全景图。

《彼得大帝的黑孩子》中，就有关于彼得堡的舞会、都市贵族的家庭生活的描写；在以表现乡村生活为主的《别尔金小说集》中，有一篇以彼得堡手艺人的活动为对象的《棺材匠》。后来的多篇小说，如《罗斯拉夫列夫》、《埃及之夜》、《客人们来到别墅……》(1828—1830)、《我们在别墅里度过一个晚上……》、《俄国的佩拉姆》(1834—1835)等等，也都是以都市生活为背景的。不过，在普希金的小说中，最典型的"都市小说"也许要数《黑桃皇后》(1833)，作者通过只有极端个人主义意识和贪婪个性的赫尔曼形象，体现了金钱对人的意识和本质的侵蚀，通过无所事事、行将就木的老伯爵夫人的形象，体现了浮华上流社会生活造成的人性的堕落。在这里，作者对都市贵族生活的带有批判意味的描写，小说通过舞会、赌场、出游、约会等场合折射出的社会道德规范尤其是其对金钱与爱情、个人与他人、命运与赌注等典型"都市主题"的把握，体现出了作者敏锐的社会洞察力，使小说具着强烈的社会意义。

对乡村和都市的现实生活的多面再现，使普希金的小说显得丰富多彩。综观普希金的这些小说，作者所处的那一时代的风土人情和社会百态，似又生动、醒目地浮现在我们眼前。

普希金的另一些小说则具有较为明显的自传色彩。《彼得大帝的黑孩子》写的是他的"家史"，《射击》中写进了他的一次决斗经历，《我的命运决定了。我要结婚……》(1830)表达了他本人求婚时的感受，游记式散文《阿尔兹鲁姆旅行记》更是个人见闻的笔录。然而，在普希金与自己有关的小说文字中，最使我们感到兴趣的，应该是那些有关诗人和诗歌的议论，在《埃及之夜》和《片断》(1830)中，普希金写到了诗人面对庸俗的社会而感到的孤独，写到他目睹艺术功利化时所感到的失望。这两篇小说，折射出了普希金的诗歌美学观点。

从以上的叙述不难看出，无论是历史的还是现实的主题，无论是乡村的还是都市的生活，无论是自传的成分还是异域的故事，它们往往是相互交织着存在于普希金的小说中的。普希金的某一部(篇)小说尽管在题材上会有所侧重，但一般都不止一个主题，甚至可以说，普希金的每一部(篇)较为完整的小说作品，其内容都是复合型的，如《别尔金小说集》和《杜勃罗夫斯基》是贵族生活和农民生活的结合，《彼得大帝的黑孩子》和《大尉的女儿》是历史和"家史"的结合，《埃及之夜》和《罗马生活故事》是诗人主题和古代主题的结合，等等。那么，在普希金的小说创作中，究竟有没有一个或几个贯穿的主题呢？回答是肯定的，这就是爱情的主题和贵族生活的主题。

和普希金的抒情诗一样，他的小说中"永恒的主题"也是爱情，男女主人公及其交往，几乎出现在普希金的每一部小说中。伊勃拉基姆在斩断巴黎的风流恋情回到俄国之后，又将面临着彼得大帝为他挑选的一位未婚妻(《彼得大帝的黑孩子》)；别尔金在他的小说中讲述了两段有情人终成眷属的圆满的爱情故事(《暴风雪》和《村姑小姐》)；罗斯拉夫列夫通过对她不爱的男人的爱，表达了对祖国的爱(《罗斯拉夫列夫》)；杜勃罗夫斯基一直在复仇和爱情中犹豫不决地徘徊(《杜勃罗夫斯基》)；与普加乔夫的性格及其活动平行发展的另一线索，就是格里尼奥夫和玛丽娅的爱情故事(《大尉的女儿》)……爱情主题对普希金小说的渗透，使普希金笔下的人物更生动、更富有情感了，使普希金的故事更饶有兴味了，同时，我们似乎还感觉到，由爱情主题衍射出的强烈的抒情色彩，还保持了普希金小说风格上的统一。

普希金出身贵族，也长期生活在彼得堡和莫斯科的贵族圈子中，俄国的贵族及其行为举止、喜怒哀乐等等，当是他最为熟悉的生活。在普希金的大多数小说中，都有或大或小、或都市或乡间的贵族出场；普希金的小说场景，也往往是舞会、宴会、客厅、别墅、书房、花园、狩猎场等地点。普希金小说中的贵族主角，或暴虐或善良，或无聊或虚荣，或俄国化或西欧化，一个个都极富个性，活灵活现。对俄国贵族生活全面、真实、细致的描绘，是普希金小说的又一个突出之处，也是普希金小说现实主义性质的主要表现之一。

普希金的小说是琳琅满目的。别林斯基曾说，《叶甫盖尼·奥涅金》是"一部俄国生活的百科全书"；我们也许可以说，普希金的小说也同样是这样的一套多卷本的"百科全书"。

三

普希金小说的内容决定了其人物的类型。

普希金小说中的人物形象非常丰富，从大小贵族到车夫女仆，从士兵到军官，从普通农民到历史名人，从皇帝到小官吏，从教会人士到城市平民，有名有姓、有声有色者就达百余位。他们构成了一座庞大的普希金小说人物的群雕。

充满叛逆性格的"强人"，是普希金最感兴趣的个性之一。《射击》中一心复仇的西尔维奥，《杜勃罗夫斯基》中带着家仆逃进森林为寇的青年贵族杜勃罗夫斯基，《基尔扎里》中无畏的流浪汉英雄基尔扎里，《大尉的女儿》中的农民起义领袖普加乔夫等，都是这样的人物。他们共同的性格特征，就是对自由的追求，对人的尊严的捍卫，对强权的抗击。在列宁所言的那种"占统治地位的文学"中，这类人物通常都是被否定的，尤其是普加乔夫和杜勃罗夫斯基这样的"强盗"。然而，普希金对他们却显然抱有一种欣赏、同情的态度。他写到了普加乔夫的残忍和专横，但也写到了他的感恩、他的同情心和他的无奈，较之于普希金的《普加乔夫史》中的普加乔夫形象，小说中的这位起义领袖无疑更有血有肉，更富人情味，也许正因为要体现出自己对普加乔夫的另一种认识和另一份感情，普希金才在历史的普加乔夫之外又塑造了一个艺术的普加乔夫？对于杜勃罗夫斯基，普希金在交代了他被"逼上梁山"的原委之后，却又强化了他面对危险时的勇气、他在抢劫时所保持的分寸以及为爱情可以牺牲一切的浪漫的骑士情怀。这样的"强盗"无疑是一个"正面人物"，至少在普希金的心目中是这样的。对叛逆性格的偏爱，或许是普希金热爱自由的天性使然，或许是他不满现实的情绪所导致的结果，更有可能是，他认为，这些具有传奇色彩和独特个性的人物是更佳的小说主人公。

与贵族生活在普希金的小说中所占的比例相呼应，各种贵族也在普希金的小说人物画廊中占据着相当重要的位置。我们发现，在普希金的每一部（篇）小说中，几乎都有贵族出场，他们或为主角，或为陪衬，或为叙述的对象，或为叙述者的“我”。与普希金对叛逆性主人公较普遍的同情不同，他对贵族的态度是有区别的：对以特罗耶库罗夫为代表的专横、自负的大贵族，普希金给予了无情的抨击；对以老杜勃罗夫斯基为代表的小贵族，普希金表示了自己的同情；对那些崇拜欧洲、蔑视俄国的“新贵族”，如《彼得大帝的黑孩子》中的科尔萨科夫、《村姑小姐》中的穆罗姆斯基和《杜勃罗夫斯基》中的维列伊斯基，普希金进行了挖苦；对那些保持着俄国传统生活方式的贵族之家，如《彼得大帝的黑孩子》中的勒热夫斯基一家、《暴风雪》中涅纳拉多沃村的“善良的地主们”、《大尉的女儿》中的格里尼奥夫一家等，普希金进行了温情的描述；而面对都市中那些浅薄、虚荣的贵族及其无聊的生活，普希金有的则主要是讽刺，这在《黑桃皇后》、《埃及之夜》等篇中都有明显的体现。

普希金对不同的贵族（乃至不同的男人）是爱憎有别的，但对所有的女性（尤其是年轻的女性）却仿佛一视同仁。普希金小说中的年轻女性无一例外地得到了作者饱含深情的描述，虽然不能说每一位都像《叶夫盖尼·奥涅金》中的塔吉雅娜那样光彩照人，却大都身材匀称，面容娇好，惹人喜爱，年龄也大都在十七八岁。《暴风雪》中的玛莎敢于私奔，却又不失庄重；《村姑小姐》中的丽莎活泼可爱，游离在贵族小姐和村姑两个角色之间，却又不失体面。最终，她们两人都如愿以偿地得到了爱情和婚姻。《杜勃罗夫斯基》中的玛莎温柔美丽，使得强盗杜勃罗夫斯基愿意为她而放弃复仇，愿意为她而放弃自己的一切；《大尉的女儿》中的玛莎善良多情，是鼓舞男主人公伸张正义的力量源泉；《书信小说》（1829）中那个面临爱情而手足无措的纯洁少女丽莎，《玛丽娅·绍宁格》（1835）中那个孤苦无援的女主人公，无疑都曾深深地打动过作者的心。《罗斯拉夫列夫》中的波里娜，更是普希金心目中理想的爱国者形象。在这篇小说中，普希金借波里娜之口说出了这样一段话：“难道女人就没有祖国吗？难道女人就没有父亲、兄弟和丈夫吗？难道我们身上流的不是俄罗斯的血吗？难道你认为，我们生下来，就是为了让别人搂着我们跳苏格兰舞，就是为了让别人把我们锁在家里往布上绣小狗吗？不，我知道，女人也能对社会舆论产生影响，至少能对一个人的心灵产生影响。我不承认那些对我们的贬低。”“毫无疑问，比起那些天晓得在干些什么的俄罗斯男人来，俄罗斯女人更富有教养，她们读的书更多，思考的问题也更深。”这简直就是一篇现代的女权宣言！对女性角色的这种处理，不仅是对女人素来一往情深的诗人普希金之本性的流露，也不仅仅是欧洲男人传统的骑士精神在普希金作品中的体现，它同样也呼应着普希金小说较强的抒情色彩，并为那些具有作者自己身影的男主人公之行为的合理性提供依据。

在俄国作家中，普希金对社会底层人物的关注是较早、较多的。在此之前，俄国感伤主义作家卡拉姆津在他的中篇小说《可怜的丽莎》中就写到了被贵族子弟抛弃的农家女丽莎的悲惨遭遇，但那个形象还比较单薄。可以说，在普希金之前，俄国文学中还没有对普通人及其环境和命运的具体、现实的刻画。在《棺材匠》中，普希金首先写到了城市中的平民手艺人，但是，那位棺材匠阿德里安只是普希金用来叙述一个恐怖故事的道具，而且，作者对他及其周围同行还带有一种嘲讽意味。然而，在《驿站长》中，普希金却对那位被人夺走心爱女儿、受人欺凌、最后抑郁而死的驿站长寄予了深切的同情，体现出作家博大的人道主义情怀。从普希金开始，"小人物"的形象及其生活进入了俄国文学；从此，对"被侮辱和被损害的"普通人及其命运的人道主义态度，便成了俄国文学的主要特征和强大传统之一。

在普希金对其小说人物的态度中。我们可以发现一些有趣的对比：在大贵族和小贵族中，普希金更同情小贵族；在上流社会和普通人之间，普希金更同情后者；在男人和女人中，普希金更钟爱女性；在城市中的时髦女郎和乡村里的纯情少女之间，普希金更欣赏后者；在叛逆者和平庸者中，普希金更偏爱"强人"；在历史人物和今人中，普希金更宽容古人；在俄国人和外国人中，普希金更喜欢嘲讽外国人（普希金的小说中有法国人、德国人、英国人、意大利人、瑞典人等等出场，他们大多被写得有些滑稽可笑，《彼得大帝的黑孩子》中的勒热夫斯基曾将从法国归来的纨绔子弟科尔萨科夫称为"法国猴子"，游荡于俄国的外国人在普希金的笔下似乎也都成了可笑的"猴子"；每一位外籍家庭教师，除了那个由俄国贵族杜勃罗夫斯基化装成的杰福日外，几乎都是些既无知又自私的"骗子"，他们与普希金笔下那些善良、忠诚的仆人形成鲜明的对比）。对待其人物的这种种不同态度，体现了普希金总的思想倾向：同情弱者的人道意识、渴望社会公平的民主精神和始终不渝的爱国热情。普希金出身贵族阶层，却能与下层人民有着感情上的相通；普希金长期接受西欧文明的熏陶，却始终保持着强烈的民族自豪感，这的确是难能可贵的。

四

普希金的小说形式多样：有中短篇，有长篇，也有素描式的速写；有诗文合体的故事，也有戏剧般的冲突及其解决；有第一人称的独白，也有第三人称的叙述；有笔记体，也有书信体。但是，这里的小说无论是什么"体"，仿佛都具有某种同一的风格，读着这里的每一个作品,我们似乎都能立即地分辨出来:这就是普希金!那么,维系着普希金小说风格之统一的,又是什么呢?

也许是对自己最初的散文创作还信心不足,也许是担心自己与流行文风相去甚远的新型小说很难为人们所接受,也许,普希金是想与读者和批评界开一个玩笑,在《别尔金小说集》首次发表时,普希金没有署上自己的名字,而煞费苦心地编造出一个作者别尔金来。小说发表后,有人问普希金谁是别尔金,普希金回答道:"别管这人是谁,小说就应该这样来写:朴实,简洁,明晰。"在此之前的1822年,普希金在他的《论俄国散文》一文中就曾说过:"准确和简练,这就是散文的首要长处。"后来,人们发现,普希金在自己的小说创作中坚决地贯彻了他的小说美学原则,所谓的"简朴和明晰"(простота и ясность)也就被公认为普希金的小说乃至他整个创作的风格特征。

这一特征的首要体现,就是作者面对生活的现实主义态度。在前面,我们已经谈到了普希金小说在对俄国社会的各个领域、俄国历史的多个阶段的反映上所具有的百科全书性质,谈到了普希金对各个阶层的典型人物所进行的艺术塑造。对生活多面的、真实的反映,对个性具体的、典型的塑造,这正是现实主义小说艺术最突出的特征。

普希金的"简朴和明晰",还表现在小说的结构和文体上。普希金的小说作品(不包括那些未完成的长篇小说),篇幅都不长,最长的《大尉的女儿》也不到十万字;普希金的小说情节通常并不复杂,线索一般不超过两条,且发展脉络非常清晰;对无谓情节的舍弃,是普希金小说结构上的一大特点,作者在交代故事的过程中,往往会突然切断中间长长的部分,这样做的结果,不仅节约了篇幅,使小说的结构更精巧了,同时还加强了故事的悬念。在《别尔金小说集》中,普希金的这一手法得到了广泛而成功的运用:《射击》、《暴风雪》和《驿站长》都是由两个部分组成的,作者只截取了故事精彩的一头和一尾;这些小说的结尾也都十分利落,《暴风雪》、《村姑小姐》和《棺材匠》更是戛然而止的;在这些故事(以及其他许多小说)中,作者常用几句简单的插笔,便改变了线索发展的时空,转换很是自如。

普希金的小说文体也是很简洁的,他的小说句式不长,人物的对话很简短,对人物的描写也常常三言两语,很少有细节的描写和心理的推理。在比喻、议论、写景的时候,普希金大都惜墨如金,却往往能起到画龙点睛的作用。在这里,他高超的诗歌技巧显然在小说中得到了发挥。如果说,在小说家面对现实的态度上,普希金是尽量逃避"诗化"的,那么,在这些地方的语言运用上,普希金却是不排斥"诗意"的。请看这里的几个比喻:

“……彼得正在和一个宽肩膀的英国船长下棋。他俩都吐着一口口的浓烟,像是在互相热情地鸣放礼炮……”(《彼得大帝的黑孩子》)

“就像一个轻盈的影子,年轻的姑娘走近了约会的地点。”(《杜勃罗夫斯基》)

“基里拉·彼得罗维奇坐在马车上听着。他的脸色比黑夜还要暗……”(《杜勃罗夫斯基》)

“……已去世的爷爷,是奶奶家管家的后代。他像怕火一样地怕奶奶。”(《黑桃皇后》)

“她那张像云朵一样富有变化的脸庞,流露出一种沮丧;”(《客人们来到别墅……》)

“像影子一样苍白的玛丽娅站在那里,默默地看着对她那可怜财产的浩劫。”(《玛丽娅·绍宁格》)

我们再来看看普希金简洁而又传神的写景:

《射击》中的西尔维奥走向决斗场时,只见:“春天的太阳升了起来,已经有些暖意了。”

《村姑小姐》中的丽莎在清晨乔装走出家门后:“朝霞在东方闪耀,一簇簇金色的云朵仿佛在恭候太阳,就像一群朝臣在恭候君主;晴朗的天空、早晨的清新、露珠、微风和鸟的歌唱,这一切使丽莎的心中充满了天真无邪的欢欣。”

在《杜勃罗夫斯基》中的男女主人公约会时:“一轮明月挂在天上,七月的夜静静的,时而有微风拂过,于是,一阵轻轻的沙沙声便滑过了整个花园。”

这是《大尉的女儿》中的三段写景:

“夜静谧而又寒冷。新月和星星明亮地闪烁着,照耀着广场和绞架。要塞里非常安静,也很黑暗。只有酒店里还亮着灯,并传出了深夜不归的酒鬼的叫喊声。”(格里尼奥夫意外地得到普加乔夫的宽恕后走到门外时的所见。)

“早晨美极了,阳光照耀着椴树的树梢,那些椴树已在凉凉的秋意中换上了金黄色的衣裳。醒来的天鹅端庄地游出了岸边的草丛。玛丽娅·伊万诺夫娜走到一块漂亮的草地边……”(玛丽娅准备拜见女皇前的场景。)

“天空很明朗。月光照耀着。没有一丝的风,——伏尔加在平稳、安详地流淌着。小船微微摇晃着,飞快地滑过那深暗的波浪。”(格里尼奥夫为了救父母和未婚妻而冒险渡河时的场景。)

这是埃及女皇难眠之夜的“外景”:“漆黑、炎热的夜笼罩着非洲的天空;亚历山大城进入了梦乡;它宽阔的街道安静下来,它一幢幢的房屋熄灭了灯光。只有遥远的法罗斯岛上的灯塔在它广阔的港湾中孤独地闪亮,就像一个睡美人床头的一盏长明

灯。”(《我们在别墅里度过一个晚上……》)

另外,构成普希金小说明快风格的成分,还有作者面对读者的真诚和他对小说角色常常持有的幽默。这两种成分的结合,使得普希金的叙述显得轻松却不轻飘,坦然而又自然。

没有任何多余的东西,没有任何做作的东西,这就是普希金的小说,这就是普希金。

五

本集所收为普希金最重要的小说作品,以下逐一对这些小说做一简单介绍。

《别尔金小说集》由五个短篇小说组成,是普希金最重要的小说作品之一。1830年秋天,普希金在与冈察罗娃订婚后,为接受他父亲因他结婚而赠的一处庄园,去了下诺夫哥罗德的波尔金诺村。不巧,正赶上伏尔加河流域流行的瘟疫,普希金所在的地区被封锁起来,他被困在波尔金诺达三个月之久。然而,在这段时间里,普希金却获得了创作上的大丰收,写出大量诗歌、小说和戏剧杰作,普希金的这一创作高潮期,后被文学史家称为“波尔金诺的金秋”。《别尔金小说集》就写于这个时期。在自己的手稿上,普希金标明了每篇小说具体的完稿日期:《棺材匠》完成于9月9日,《驿站长》完成于9月14日,《村姑小姐》完成于9月20日,《射击》完成于10月14日,《暴风雪》完成于10月20日。五篇小说篇篇精彩,篇幅也相差不多,但人物各各不同,风格也有异。《射击》塑造了一个“硬汉”形象,并对当时贵族军人的生活及其心态做了准确的表现。在这篇小说里,普希金借用了他本人生活经历中的一个片断:1822年7月,普希金曾在基什尼奥夫和一个叫祖博夫的军官决斗,在祖博夫举枪瞄准时,普希金却面不改色地吃着手中的樱桃,祖博夫没打中,而普希金则放弃开枪的权利,没和对手讲和便走开了。(见П.巴尔捷涅夫:《普希金在南俄》,1914,第101—102页。)如果说《射击》是一个紧张的复仇故事,那么,《暴风雪》则像一出具有淡淡讽刺意味的轻喜剧。阴差阳错的私奔,还愿偿债似的终成眷属,构成了作者高超的叙述。《棺材匠》中的主人公是有真实的生活原型的,他就是住在离冈察罗娃家(今莫斯科市赫尔岑街5号)不远处的棺材匠阿德里安。但是,棺材匠的可怕梦境却是假定的、荒诞的,它既能与棺材匠的职业相吻合,又与城市平民的生活构成了某种呼应。和《棺材匠》一样,《驿站长》也是描写下层人的,但作者在后一篇中对其主人公寄予了更深切的同情,其中的“小人物”形象和深刻的人道主义精神,对当时和后来的俄国文学都产生了巨大的影响。《村姑小姐》是一出新的罗密欧和朱丽叶的故事,活泼可爱的女主人公，皆大欢喜的结局，都隐隐体现出了作者的这样一种价值取向：乡间的清纯胜过上流社会的浮华，深刻的俄罗斯精神胜过对外来文化的拙劣模仿。

《戈柳希诺村的历史》是一部大型作品的开头，在普希金逝世后，这部未及完成的作品曾在《现代人》杂志上发表（1837 年第 7 期）。普希金是在写完《别尔金小说集》之后的 1830 年 10 月开始写作这部作品的。在这里，《别尔金小说集》的“作者”从幕后走到前台，从对他人故事的“转述”走向对自己和自己故园“历史”的追溯。虽然，我们已永远无法窥见普希金心目中的别尔金形象的全貌，但是，通过阅读这部作品，再将它与《别尔金小说集》联系起来看，我们仍能得到一个较为完整、具体的别尔金形象。普希金将这部作品命名为《历史》，这也确实是关于一个村庄之历史的叙述。在普希金的小说创作中，他对历史题材的关注是一个值得注意的现象。在这部作品前，他写作了具有“家族史”色彩的《彼得大帝的黑孩子》，在这部作品之后，他又在《大尉的女儿》等作品中涉及真实的史实。此外，普希金后来还写了数部真正意义上的史学著作，如《彼得一世史》、《普加乔夫起义史》等。这部《戈柳希诺村的历史》中热衷于家族和故乡历史的主人公别尔金，使我们能感觉出普希金本人对历史的某种态度；而这部在普希金的历史题材创作中具有某种过渡色彩的小说，也能使我们意识到历史、历史人物和历史事件在普希金的文学创作中所具有的作用和意义。

短篇小说《罗斯拉夫列夫》写于 1831 年 6 月，其前半段曾以《一位夫人未发表的札记（1811 年）片段》为题发表在《现代人》杂志 1836 年第 3 期上。这篇小说的主人公波里娜，是普希金着力塑造的一个人物形象。在她的身上，体现着普希金的爱国主义思想。在民族危难的关头，她关心祖国的存亡，珍重民族的精神，“在分担着我们战斗着的祖国的命运”，与她构成对比的，是那些崇拜法国风尚、醉生梦死，而在国家危急关头却贪生怕死的俄国贵族。波里娜和她的创造者一样，都是在法国文化的熏陶中成长起来的，但是，在民族冲突的关键时刻，他们却表现出了强烈的民族自尊心和自豪感。此外，波里娜的形象还在一定程度上体现着普希金对卫国战争之性质的认识。普希金也许已经意识到，祖国的得救并不是上帝意志的左右，也不仅仅是君主和少数统帅的功勋，而是整个民族浴血奋斗的结果，但他一时还无法通过对战争的全景式描写、对战争中各种人物的细致刻画来传导卫国战争的“人民战争”性质（如托尔斯泰在《战争与和平》中所做的那样），他只选取了贵族中的一个普通代表，只写了一位没有直接参加战斗的公爵小姐在战争期间的思想和表现。然而，波里娜的形象，或许就是俄国的贵族和平民、男人和女人、前方和后方的“结合部”，就是普希金理想中的俄罗斯精神的化身。负载着普希金的思想和理想的波里娜形象，于是也就成了普希金的创作中乃至整个俄国文学中最具光彩的俄罗斯女性形象之一。

《杜勃罗夫斯基》的创作开始于1832年10月21日，首次发表于普希金逝世后的1841年，题目为首版的编者所加。小说的情节是以真人真事为基础的。普希金的朋友纳肖金曾对他讲述了这样一个故事：一个名叫奥斯特罗夫斯基的白俄罗斯小地主，在一桩土地诉讼案中败诉，丧失了自己的财产之后，他率领家人遁入绿林，起先专门报复法庭成员，然后开始大肆抢劫，后被捕入狱。普希金对这个素材进行了加工（普希金曾想把小说命名为《奥斯特罗夫斯基》），通过这个故事对他所感兴趣的俄国乡村贵族的生活、农民与地主的关系、农民起义等问题作了集中的表现。这是一个子报父仇的故事，和欧洲当时常见的浪漫主义复仇故事一样，复仇的过程穿插着爱情故事，做了强盗的主人公却高尚、大胆而又多情。和同类的复仇故事一样，这个小说也有某些会使人感到不尽合理的地方：男主人公竟会对一个十几年未见面、早已成陌生人的童年女友突然爱到铭心刻骨的地步，为了这份爱甚至可以放弃自己的复仇计划；男主人公成功地乔装打扮，为了接近心爱的人而深入“敌巢”生活数周，竟做得天衣无缝；女主人公既爱男主人公，却道理不充足地拒绝了他的爱而嫁给了一个她绝对讨厌的老头；男主人公的家奴为了不抛弃自己的主人而随他逃进密林，但男主人公在情场失意后却毫不犹豫地抛弃了他们……然而，正是在这个浪漫骑士般的男主人公身上，体现着普希金关于大小贵族的斗争、贵族与农民的矛盾、俄国乡村的分化、贵族青年知识分子的出路等问题的认识。杜勃罗夫斯基是一个浪漫的复仇英雄，同时，他也是一个19世纪20年代俄国农村各种关系相互交织中的一个现实人物；《杜勃罗夫斯基》是一个结仇——复仇、恋爱——失意的有趣故事，同时，它也是一个当时俄国乡村社会生活的写照。以特罗耶库罗夫为代表的大贵族、以杜勃罗夫斯基为代表的小贵族和以维列伊斯基为代表的新贵族，共同组合成了俄国贵族生活的全景画面及其分化、转化过程；至于农民，既有波克罗夫斯科耶农民的助纣为虐，也有基斯捷涅夫卡农民的揭竿而起，其形象也是多面的、立体的；再加上腐败的官场、冷漠的教会等等，乡村的生活得到了广泛、深刻的再现。别林斯基肯定《杜勃罗夫斯基》，其着眼点也在这里：“以特罗耶库罗夫为代表的俄国贵族的旧式生活，被表现得令人吃惊的准确。”（见《别林斯基全集》，俄文版，第7卷，第577页）当然，小说毕竟是小说，《杜勃罗夫斯基》的意义并不仅仅在于它体现了什么。在普希金的小说中，除了《大尉的女儿》和《别尔金小说集》外，这部《杜勃罗夫斯基》就是最大、最完整的作品了。这部小说具有普希金一贯的简洁、明朗的文学风格，此外，这部小说又以其人物的丰富和叙述的连贯而见长。除了主人公杜勃罗夫斯基外，倔强的老杜勃罗夫斯基、蛮横的特罗耶库罗夫、势利的沙巴什金、善良的叶戈罗夫娜、勇敢的阿尔希普等一个个人物，都写得有声有色，有的人物虽着墨很少，却也极富个性色彩；小说情节完整，叙述流畅，场面的灵活转换，作者的几次“介入”，调节了节奏，使作者得以引人入胜、从容不迫地讲完自己的故事。

《黑桃皇后》写于1833年，首发于1834年。在普希金的小说中，这是较为独特、较为精致的一篇。据普希金的朋友П.纳肖金称，这篇小说的情节和人物是有真实的生活来源的，小说中的老伯爵夫人的原型，就是莫斯科总督德米特里·戈利岑的母亲纳塔里娅·彼得罗夫娜·戈利岑娜，她的孙子曾对普希金说，他有一次输了钱后向奶奶要钱，奶奶没有给他钱，却把她在巴黎时从圣热尔曼那里得知的几张秘牌告诉了孙子，孙子押了这几张牌，果然赢回了本钱。另据说，纳肖金在读了这篇小说后，曾对普希金说，小说中的伯爵夫人并不像那位老太婆，而像普希金妻子的姨妈纳塔里娅·扎戈里亚日斯卡娅，普希金也对这个意见表示同意。可见，伯爵夫人这个人物，实际上仍是普希金在对多种性格进行综合后塑造出的一个典型形象。这篇小说发表后产生了很大的影响，甚至像歌德的维特引来众多痴情的模仿者那样，小说中的赫尔曼也获得了一些愚蠢的仿效者，普希金本人曾在1834年4月7日的日记中写道：“我的《黑桃皇后》很走红。赌徒们都爱押三点、七点和爱司这三张牌。”赫尔曼和伯爵夫人是小说中的两个主要人物，在对这两个人物的描写上，作者提到的两个“相似”是值得注意的：赫尔曼的侧面像拿破仑；死去后还似乎在眯着一只眼看人的伯爵夫人像黑桃皇后。通过这两个比拟，作者突出了赫尔曼身上坚定、冷酷的个人主义心理和赌徒性格，突出了伯爵夫人身上所具的“不祥”之兆（这既是就她刻薄、爱虚荣的性格对于他人的影响而言的，也是就浮华、堕落的社会对她的影响而言的）。在描写赫尔曼时，作者采用了粗犷的外部白描和细致的内部刻画相结合的手法，淋漓尽致地传道出了赫尔曼贪婪、无情的心理。细腻的心理描写，是这篇小说在人物塑造上的一个突出之处，同时，它也标志着普希金小说创作中一个新倾向、新特征的成熟。这篇小说情节紧张，老伯爵夫人被吓死的恐怖场面，赫尔曼大赢大输的赌局，都写得惊心动魄。然而，在处理众多的人物关系、交代戏剧化的故事情节、刻画细致入微的主人公心理的同时，作者却令人吃惊地保持了作品风格上的简洁和紧凑，赫尔曼和丽莎维塔·伊万诺夫娜的交往过程，赫尔曼的三次狂赌，尤其是那寥寥数语的“结局”，都写得简洁却不失丰满，体现了普希金高超的叙事才能。《黑桃皇后》又是一篇典型的“都市小说”，其对都市贵族生活带有批判意味的描写，其通过舞会、赌场、出游、约会等场合折射出的社会道德规范，尤其是其对金钱与人的命题的把握，使这部小说具有了强烈的社会意义。现代的批评，已经注意到了这篇小说对果戈理的“彼得堡故事”等俄国“都市小说”的影响，注意到了赫尔曼与陀思妥耶夫斯基笔下的拉斯科尔尼科夫（《罪与罚》）等人物之间的亲缘关系。

短篇小说《基尔扎里》约写于1834年，同年首次发表在《读书文库》第7卷第12册上。基尔扎里实有其人，是反抗土耳其统治的希腊起义的参加者。一向对“起义”的题材和“叛逆”的性格感兴趣的普希金，在南方流放时期搜集了许多有关希腊起义的素材；早在1823年，普希金就在一首题为《官吏和诗人》的诗中提到过基尔扎里这个人，后来，M. 列克斯又向他详细讲述了基尔扎里的故事。这一切，促使普希金写作了这个短篇。这篇小说近似一个人物素描，作者在很短的篇幅里，较完整地介绍了基尔扎里的来龙去脉及其出生入死的遭遇，塑造了一个有勇有谋、有力有情的斗士形象。

《埃及之夜》约写于1835年秋，在普希金逝世后的1837年首发于《现代人》杂志。小说名为《埃及之夜》，但写的却是发生在彼得堡的故事，《埃及之夜》大约应该是小说中的即兴诗人所作朗诵作品的题目；这是一篇小说，但诗句却在其中占据了相当大的篇幅。双重的主题和文体，构成了这篇小说的主要特色。埃及女皇克娄巴特拉是一个极富传奇色彩和浪漫色彩的历史人物，艺术作品对她的描写甚多，从莎士比亚、萧伯纳等戏剧大师的剧作，到众多以她为对象的诗与画，直到好莱坞巨片《埃及艳后》。她也引起了普希金的多次关注，1824年和1828年，普希金两次在诗中写到她；后来，在一篇未完成的小说中又提到她。在《埃及之夜》中，普希金终于借即兴诗人的口对女皇做了较多的描写。然而，在这篇小说中我们感到，除了埃及女皇的主题外还有一个更重要的主题，即诗人的主题。小说中出现了两个诗人，一个是彼得堡诗人恰尔斯基，一个是来自意大利的即兴表演诗人，他们构成了某种对照：恰尔斯基不愿在世俗的社交界中沉沦，他将写诗视为生活中真正的幸福，但他却因为诗而感到了与现实的疏远；即兴诗人富有极高的艺术才能，但他从遥远的意大利来到俄国，主要的目的却是通过诗歌挣钱。作者通过恰尔斯基对即兴诗人的观察，既表现了他对即兴诗人天赋的欣赏，也表达了他对后者身上庸俗习气的厌恶。这两个诗人形象，体现了普希金关于天才与社会、诗人与民众乃至诗歌与金钱等问题的深刻思考。不难看出，恰尔斯基的形象带有普希金的自传色彩。

《大尉的女儿》是普希金最重要的一部小说作品，这既是因为，它的篇幅最大，结构最完整，作者对这部小说写作素材的收集最为精心，它的写作时间也延续得最长，同时还因为，它的题材最为重大，人物形象最为成功，它最充分地体现出了普希金的小说创作风格。有趣的是，这部小说也是普希金作品中乃至整个俄国文学作品中第一部被译成汉语的作品，它被冠以《俄国情史，斯密斯玛利传，又名花心蝶梦录》的书名，由上海大宣书局于1903年出版。我们在感叹普希金的第一个汉译者选择眼光之准确的同时，也从侧面感觉到了这部小说巨大而广泛的影响。在19世纪最初的三十年里,以英国作家司各特的作品为代表的历史小说在西欧和俄国都很走红,引起了广泛的阅读兴趣,这使得普希金等强烈地感觉到,俄国必须有自己的历史小说。《彼得大帝的黑孩子》和《罗斯拉夫列夫》是普希金历史题材小说的两个尝试,但是,前者没有完成,后者仅仅是一个篇幅很短的短篇,于是,普希金决定创作一部新的历史小说。既关注祖国历史又关注俄国农民问题的普希金,将目光投向普加乔夫的农民起义,似乎应当说是必然的。在《杜勃罗夫斯基》中,普希金写到了农民起义,但那只是一个局部的、个人的、贵族领导下的报复举动,而普加乔夫的起义,则是一场激荡整个俄国的农民运动。终于,普希金的写作俄国历史小说和反映俄国农民起义这两大宿愿,通过《大尉的女儿》的创作而同时得以实现。1833 年 1 月 31 日,普希金为这部新小说拟定了最初的提纲。1833 年七八月,普希金前去普加乔夫起义发生的地区旅行,广泛地搜集有关资料。他搜集到的材料是丰富翔实的,他的考证态度是认真严肃的,结果,在写作小说的同时,普希金竟写出了一部历史著作《普加乔夫史》(见本书第 7 卷),据说,在俄国的史学研究中,普希金的这部著作至今还一直是重要的参考资料。1836 年秋,小说终于写完。在 1836 年 10 月 25 日致书刊检查官的信中,普希金写道:"米罗诺娃姑娘的名字是杜撰的。我的小说的基础,是我从前听说的一个传说,说一个背叛其职责、加入了普加乔夫匪帮的军官,由于其年老的父亲跪在女皇脚下求情而获得了女皇的宽恕。正如您所能看出的,小说与史实相距甚远。"在这里,普希金显然想以所谓的"杜撰"色彩来使小说通过检查(但是,还是有一章被迫删去,此章直到 1880 年才得以发表),但他在这里确也道出了小说和历史著作的不同。小说中的普加乔夫是一个真实历史人物,但是他与主人公的相遇和交往却是作者想象的;小说中的格里尼奥夫也是有生活原型的,他就是一个名叫米哈伊尔·亚历山大罗维奇·施瓦茨的俄国军官,他投靠了普加乔夫,后被流放至西伯利亚。除此之外,小说就大都为普希金的想象了。在这一点上,小说的题目是耐人寻味的:一部旨在描写普加乔夫起义的小说,不仅没有以普加乔夫的名字来命名,甚至也没有"突出"贯穿小说的男主人公格里尼奥夫,而将"大尉的女儿"玛莎放在标题上。作者似乎是在让读者通过棱镜的两次反射,来观察普加乔夫的起义。这样的处理,使作者可以更自由地对普加乔夫的性格进行塑造,可以将爱情的线索穿插进主人公与起义首领的交往过程,可以通过格里尼奥夫串联起两个阵营以及两个阵营中的代表人物,使小说的线索更丰富,人物的命运充满更多的起伏。另外,小说也表达出了其作者对普加乔夫的复杂感情,作者无疑是欣赏普加乔夫的,因而写了他的勇敢和剽悍,他的宽宏和感恩,以及民众对他的拥戴和他对统治者的巨大冲击。但是,普希金又不得不谴责他的残酷和他的犯上,不得不写他的失败。对普加乔夫的这种矛盾情感,却反而使普希金成功地写出了一个有血有肉的普加乔夫，而这样的情感，是难以在冷静的历史著作中得到流露的。也许正是因此，普希金才在写作《普加乔夫史》的同时又写作了《大尉的女儿》，在历史人物的普加乔夫之后又为我们提供了一个文学形象的普加乔夫。

六

普希金的小说对于俄国小说以至整个俄国文学的发展，具有巨大的影响。

19世纪二三十年代的俄国文学，在经过以罗蒙诺索夫为代表的启蒙时期和以杰尔查文为代表的古典主义时期后，已达到相当高的水平。但是，当时俄国文学的主要成就还主要体现在诗歌创作领域，小说等散文文体的创作水平还不高。在普希金之前，卡拉姆津、别斯图舍夫－马尔林斯基的创作标志着俄国小说的形成，但他们的作品都不同程度地带有模仿西欧作家的痕迹，还不完全是源自俄国生活、具有民族风格的俄国小说。在这样的文学史背景下，普希金的小说创作的意义就显得更加突出。普希金作为当时最著名的诗人之一，却在一个诗歌占统治地位的时代完成了定型俄国小说的历史任务，这不能不令人感到惊叹。

普希金对俄国小说的贡献，首先就在于其小说的民族性上。他的小说的主要对象，是各种俄国人的生活及其喜怒哀乐。在普希金的创作中，当然也可以看到某些西欧作家影响的痕迹，如西欧骑士小说及其主要人物的主仆组合方式，司各特历史小说的人物塑造手法，卢梭的情感小说的书信文体及情绪基调，斯泰恩的感伤议论，拜伦的历险英雄，等等。但是，普希金将这一切都"俄国化"了，使这些方式或情绪首先要服从于俄罗斯的生活。第一个将普希金称为"俄罗斯民族诗人"（这里的"诗人"一词似是广义的，而不单单是指诗的作者）的果戈理，在他的《关于普希金的几句话》一文中这样写道："一提起普希金，立刻就使人想到他是一位俄罗斯民族诗人。事实上，我们的诗人中没有人比他高，也不可能比他更有资格被称为民族诗人。这个权利无论如何是属于他的。在他身上，就像在一部辞典里一样，包含着我国语言的一切财富、力量和灵活性。他比任何人都更多更远地扩大了我国语言的疆界，更多地显示了它的全部疆域。普希金是一个特殊的现象，也许是俄国精神的唯一现象：他是一个高度发展的俄国人，说不定这样的俄国人要在两百年以后才能出现。在他身上，俄国大自然、俄国灵魂、俄国语言、俄国性格反映得如此明晰，如此纯美，就像景物反映在凸镜的镜面上一样。"（《普希金评论集》，第7页，冯春译）果戈理与普希金几乎是同时代人，他能给予普希金如此之高的评价，足可见普希金在当时的威信和影响。

普希金对俄国小说的深远影响，还在于前文已谈及的他对生活的现实主义态度。

《别尔金小说集》发表后，果然不出普希金的所料，招来了许多批评家的非议，认为小说过于"粗俗"，读者对它的反映也不佳。但是，普希金的目的正在于，用对现实生活现实的描写来矫正俄国小说的走向。如果说，古典主义和浪漫主义使俄国诗歌达到了欧洲水平，那么，对生活的现实主义态度则是俄国小说进一步发展的首要前提之一。终于，普希金的小说被广泛地接受、认同了，《别尔金小说集》及其写法成了一种新的时尚，人们意识到：俄国的小说原来还可以换一种方式来写。许多年之后，托尔斯泰仍在对人们说："……你们首先要通读《别尔金小说集》，每一位作家都应该把这些小说研究，再研究。这几天我就这样做了，我难以向你们转述这一阅读给我带来的良好的影响。"（《托尔斯泰论文学》，俄文版，1955，第 144 页）

在小说的题材、人物、情节、风格等一些具体方面，普希金对许多俄国作家的影响也是深远的：在通过诗体小说《叶甫盖尼·奥涅金》把"多余的人"的形象送进俄国文学之后，普希金通过《驿站长》又把"小人物"带入了俄国文学形象的画廊；普希金的《棺材匠》、《黑桃皇后》等开了俄国文学中所谓"都市小说"、"彼得堡小说"的先河，对果戈理、陀思妥耶夫斯基等人的创作产生了很大的影响；《基尔扎里》、《阿尔兹鲁姆旅行记》等涉及的"高加索主题"，后在莱蒙托夫的《当代英雄》、托尔斯泰的《哥萨克》等俄国小说中得到继承；普希金对乡村贵族生活的细致描写，对萨尔蒂科夫 - 谢德林和冈察洛夫的长篇小说来说无疑具有借鉴意义；《黑桃皇后》中深刻、紧张的心理描写，对莱蒙托夫等的俄国"心理小说"也是有启发的；普希金曾将他的一个小说提纲《克里斯宾到某省……》中的素材"转让"给果戈理，使后者写出了著名的喜剧《钦差大臣》……一位小说家，而且是一位诗人小说家，能对俄国众多的小说家产生如此众多的影响，实在是令人难以思议的。

陀思妥耶夫斯基说："我们都来自果戈理的《外套》。"我们也许可以说：他们（俄国的作家们）都来自普希金。这不仅仅是就《驿站长》对《外套》的影响而言的，也不仅仅是就普希金对果戈理的影响和后者对前者的崇高评价而言的。这是因为，俄国的小说自普希金起出现了一个明显的转折，俄国小说后来的诸多特征和传统，也都可以追溯至普希金及其笔下的小说。

目　录

别尔金小说集

普罗斯塔科娃太太：我的先生，他可是自小就爱听故事。斯科季林：米特罗凡像我。

——《纨绔少年》

出版人的话

在张罗了此时呈现在公众面前的伊·彼·别尔金的小说的出版事宜之后，我们想附带地、哪怕是简短地介绍一下已去世的作者的身世，并以此来满足祖国语言爱好者们合理的好奇心。为了这一目的，我们找过玛丽娅·阿列克赛耶夫娜·特拉费里娜，她是伊万·彼得罗维奇·别尔金的近亲和继承人；但是，遗憾的是，她也无法向我们提供任何关于作者的情况，因为她根本就没见过逝者。她建议我们为这事去找一位可敬的先生，他是伊万·彼得罗维奇的故友。我们遵从这一建议，给他去了一封信，后接到如下这封热心的回复。我们把该信原封不动地刊载于此，也不加任何解释。此信是一份体现出了卓越见解和动人友谊的珍贵文献，同时，它也是一份相当翔实的传记材料。

尊敬的××先生！

我有幸在本月23日收悉您本月15日发出的贵函，知您欲了解我过去的好友和近邻、已去世的伊万·彼得罗维奇·别尔金的生卒年月、工作和家庭状况以及他的事业和性格。我非常乐意完成您的要求，兹向您，我尊敬的先生，奉上我所能记住的他所有的谈话以及我个人的观察。

伊万·彼得罗维奇·别尔金于1798年出生在戈柳希诺村，父母都是诚实、高尚的人。他的父亲彼得·伊万诺维奇·别尔金是一位准校，后来娶了特拉费里内家的姑娘佩拉盖娅·加夫里罗夫娜。他不富裕，但有节有制，持家有方。他的儿子在乡村牧师处接受了最初的教育。儿子对阅读、对俄罗斯语言知识的兴趣，大约就应该归功于那位可敬的牧师先生。1815年，他入伍进了一个步兵团（番号我忘记了），一直服役到1823年。他的父母几乎同时去世，这使他退了役，回到了故乡戈柳希诺村。

伊万·彼得罗维奇掌管财产后，由于缺乏经验和心慈手软，在很短的时间里就将家事弃之不管了，由他逝去的父亲所制定的严格的规矩也松弛了下来。他撤下那个认真负责、机灵麻利，但却招来农民不满（农民们总是这样的）的村长，任命他的一个年老的女管家来管理他的田庄，这位女管家靠讲故事的本领赢得了他的信任。这个愚蠢的老女人从来分不清二十五卢布的钞票和五十卢布的钞票；她是全村农民的教母，全村的农民都不怕她；村民们选出的村长，对村民姑息迁就，还合起伙来行骗，以至于伊万·彼得罗维奇不得不取消了徭役制，而实行了相当有限的代役制；但是就这样，农民们还在利用他的软弱，第一年就借故提出了减租的要求，后来几年，便用核桃、越桔之类的东西来充租；就是这样的东西，也还要拖欠。

作为伊万·彼得罗维奇已故父亲的朋友，我觉得我有责任向他的儿子提出自己的忠告，多次自告奋勇地去恢复被他弃置的从前的规矩。为此，我有一次到了他那里，要来账本，叫来骗子村长，当着伊万·彼得罗维奇的面着手查账。年轻的主人一开始还全神贯注地随我查着账；但是，当账目显示出，近两年间村民的人口增多了，而家禽家畜的数目却被有意地缩小了，这时，伊万·彼得罗维奇因这最初的结果而心满意足，接下来便不再听我说什么了，而就在我以我的核查结果和厉声的审问使那位骗子村长极其慌乱、完全哑口无言的时候，我非常遗憾地听到了坐在椅子上的伊万·彼得罗维奇那响亮的鼾声。从那以后，我就不再干涉他的家庭事务了，而将他的一切事情都交由上帝去安排（正如他自己所做的那样）。

但是，这些事丝毫也没有损害我们的友好关系；因为，我虽然因他身上所具有的软弱和危害极大的懈怠等我们年轻贵族的通病而感到悲哀，却又真心地喜欢伊万·彼得罗维奇；而且，这样一个温和、诚实的年轻人，是不可能不让人喜欢的。从他那一方面来看，伊万·彼得罗维奇也对我这个年纪上的人怀有敬意，他非常信赖我。直到他逝世为止，他几乎每天都与我会面，听着我平淡的谈吐，尽管我们的习惯、思维方式和性格等大多彼此不合。

伊万·彼得罗维奇的生活非常俭朴，没有任何的奢侈；我从未见他带有醉意（这在我们那儿可被视为一个闻所未闻的奇迹）；对待女性，他十分地倾慕，但他的身上又有一种处女般的羞怯感。[1]

除了您信中所提及的那些小说外，伊万·彼得罗维奇还留下了大量的手稿，那些手稿一部分在我这里，一部分被他的女管家在家里派作它用了。比如，去年冬天，女管家那间厢房的所有窗户上，就糊着他的一部未完成的长篇小说的第一部。上面提及的那些小说，像是他最初的试笔。据伊万·彼得罗维奇所讲，这些故事大多是真实的，是他从不同的人那里听来的。[2] 但是，故事中的姓名几乎都是他虚拟的，村落之名则借用了我们附近的地名，因此，我的村子也在一个地方被提到了。这一做法，不是出于某种恶意，而均是由于想象的贫乏。

1828 年秋天，伊万·彼得罗维奇患了感冒，忽冷忽热，后转化成了热病；我们县里的那位医生医术高明，尤其擅长鸡眼之类疑难病症的医治，但尽管这位医生做了顽强不懈的努力，伊万·彼得罗维奇还是去世了。他死在我的怀里，年仅三十，他被安葬在戈柳希诺村的教堂墓地里，紧挨着他逝去的父母。

伊万·彼得罗维奇中等身材，眼睛是灰色的，头发是淡褐色的，他鼻子直挺，面色苍白且消瘦。

这些，我尊敬的先生，关于我去世的邻居和友人的生活方式、事业、性格和外貌等，这便是我所能记起的一切了。但是，如果您有意引用我的这封信，我恳请您无论如何不要提起我的名字；因为，虽然我一向对作家们非常敬重、爱戴，但仍认为去博此虚名毫无必要，且与我的年龄也不相宜。顺致真诚的问候。

1830 年 11 月 16 日

于涅纳拉多沃村

---

① 接下来原有一段趣闻，我们认为它属多余，故没有刊载；不过，我们要请读者相信，那段趣闻不具任何有损于伊万·彼得罗维奇·别尔金之名声的性质。——普希金原注

② 其实，在别尔金先生的手稿中，作者在每篇小说后均亲笔标明：此为我从某某人（官衔或职位以及姓名的缩写字母）处所得。我们现抄录于此，以飨好奇的研究者。《驿站长》是九等文官 А. Г. Н. 对他讲述的，《射击》为中校 И. Л. П. 所讲述，《棺材匠》为店伙计 Б. В. 所讲述，《暴风雪》和《村姑小姐》为少女 К. И. Т. 所讲述。——普希金原注

我们有义务尊重我们作者的这位可敬友人的愿望，我们因他为我们提供的这些材料而向他表示最诚挚的谢意，并希望公众能珍视这些文字中所包含的忠诚和善意。

亚·普·[①]

射击

我们开了枪。

——巴拉丁斯基[②]

我发誓要按决斗的规则向他射击（在他之后还剩下我的一枪）。

——《宿营地的傍晚》[③]

一

我们驻扎在××镇。一名军官的生活是大家所熟悉的。早上是操练和驯马；中午在团长家或犹太人开的小铺里吃午饭；晚上是喝酒和打牌。在××镇没有一家经常宴请客人的府邸，也没有一位待嫁的姑娘；我们经常聚会，在聚会的地方，除军服外不见它物。

只有一个人，他虽非军人却又是我们这个圈子里的人。他将近三十五岁，因此我们都视他为长者。丰富的阅历使他在我们面前具有了许多优越之处；此外，他常常带有的忧郁，他果断的性格和尖刻的话语等，都对我们这些年轻的脑袋产生了强烈的影响。他的经历笼罩着一层神秘色彩；他像是一个俄国人，却取了一个外国名字。他曾在骠骑兵中服过役，甚至还有过好运；谁也不知道，他为何退了伍，落户在这个贫穷的小镇上。在这里，他生活得既贫困又大方：他总是徒步行路，身上老是穿一件破旧的

---

① 即亚历山大·普希金。

② 引自俄国诗人巴拉丁斯基（1800—1844）的《舞会》（1828）一诗。

③ 《宿营地的傍晚》（1822）是俄国作家别斯图舍夫－马尔林斯基（1797—1837）的一部中篇小说。

黑色外衣，却经常宴请我们团所有的军官。是的，他的午宴只有两三个菜，是由一个退伍士兵做的，但席上的香槟酒却能流成一条河。谁都不清楚他的财力和收入，谁也不敢向他打听这方面的事。他有许多藏书，多数是军事方面的书，也有一些小说。他很乐意把那些书借给别人读，从不往回要；但是他借别人的书也从不归还。他的一项主要的操练是手枪射击。他房间的墙壁上满是弹孔，像蜂窝似的。丰富的手枪收藏，是他居住的那间寒酸的泥屋中唯一的奢侈品。他的枪法好到了令人难以置信的程度，如果他提出要一枪把某人帽子上的一只梨射下来，我们团里的每个人都敢于把脑袋摆到他的前面。我们的谈话经常涉及决斗；而西尔维奥（这就是他的名字）从不参与这样的的话题。当别人问起他是否与人决斗过时，他干巴巴地回答说有过这样的事，但不愿谈细节，看上去他对这样的提问很反感。我们猜想，他的良心上一定横亘着他那可怕枪法的某个不幸的牺牲品。不过，我们从来不曾怀疑过，他的身上会有某种类似胆怯的东西。有一些这样的人，仅凭他们的外貌，人们便可以消除上述那样的怀疑。可是，一件意外的事件却使我们大家吃了一惊。

一次，我们十来个军官在西尔维奥家吃午饭。我们像往常一样地喝酒，也就是说，喝了许多的酒；饭后，我们请主人做庄设赌。他推辞了好久，因为他几乎从不摸牌；最后他终于吩咐取牌，他将五十来枚金币撒在桌子上，便坐下来发牌。我们围在他的四周，赌局开始了。西尔维奥有一个习惯，就是在赌牌时保持绝对的沉默，他从不与人争论，也从不解释。如果下注的人算错了，他会立即补足余款或记下多出的数目。我们早已知道这一点，便不去妨碍他按自己的方式行事。但是我们中间有一位不久前才调来的军官；他在赌牌时，心不在焉地在纸牌上多折了一个角。[①] 西尔维奥拿起粉笔，按自己的方式记清了账。那军官认为他弄错了，便开始解释。西尔维奥默默不语地继续发牌。那军官失去了耐心，拿起板擦儿，一下擦去了那他认为是不应当记在他名下的账目。西尔维奥拿起粉笔，又重新写上了。那位被酒、牌局和同事们的哄笑弄昏了头的军官，认为自己受到了很重的侮辱，疯狂之中，他从桌上抓起铜烛台，向西尔维奥扔去，西尔维奥躲了一下，差一点被击中。我们慌乱了起来。西尔维奥站起身来，愤怒得脸色发白，两眼冒火，他开口说道："亲爱的先生，请您出去，您得感谢上帝，这事正好出在我家里。"

我们都不怀疑这事的结果，我们认为那位新同事将被打死。那军官在走出房间的时候说道，他准备对这次屈辱做出回答，怎样行事，随庄家先生的便。赌局又持续了几分钟；但是我们感到主人已经无心赌牌，便相继走开，回宿舍去了，一路在议论着

① 在纸牌上折一个角，表示下四分之一的赌注。

即将出现的空缺。

第二天驯马时，我们正在询问那个可怜的中尉是否还活着，那中尉本人却出现在我们中间；我们便向他提出了同样的问题。他回答说，关于西尔维奥他尚无任何消息。这使我们感到吃惊。我们去了西尔维奥那里，见他正在往一张钉在大门上的爱司牌上一枪接一枪地射击。他像往常一样地接待了我们，对昨天的事只字未提。三天之后，中尉还活着。我们惊讶地询问道：难道西尔维奥不决斗了吗？"西尔维奥没有提出决斗。"一个非常轻描淡写的解释就让他满足了，他讲和了。

这使他在年轻人的口碑中身价猛跌。年轻人最不能原谅的就是缺乏胆量，他们认为勇敢是一切人类美德的顶峰，是能使所有可能的恶习得到宽恕的手段。然而，这件事渐渐地被人淡忘了，西尔维奥又恢复了从前的影响。

只有我一个人已无法再接近他了。我生来就具有浪漫的想象力，在此之前，我比任何人都更倾心于这个人，他的生活像一个谜，我觉得他就像是一个神秘故事里的主人公。他也喜欢我：至少，只在与我一人交谈时，他才会抛开他常用的那种尖刻的语言，而带着善意和不同寻常的友好态度来谈论各种事情。但在那个不幸的夜晚之后，我便认为他的名誉有了污点，由于他自己的过错，这个污点没有被洗去。这个念头一直没有离开我，它妨碍我和他像从前那样来往；我不好意思朝他看。西尔维奥相当聪明，也很有经验，他看出了这一切，也猜出了原因。这事似乎很伤他的心；至少，我发现，他好几次想对我解释一番；但是我躲开了这样的机会，西尔维奥也就不再理我了。从此以后，我只是和同事们一道时才见他，我们从前那种坦率的交谈也中止了。

悠闲的都市居民们，理解不了乡村和小城的居民们所熟悉的许多感受，比如，他们就体会不到后者对邮件送达日的那种等候。每个周二和周五，我们的团部办公室里便挤满了军官：有人在等钱，有人在等信，有人在等报纸。邮件通常被当即打开，各种新闻传播开来，于是，办公室便呈现出一幅最活跃的场面。西尔维奥的来信也寄到我们团里来，因此，他通常也会在这里。有一次，他接到一个邮件后，迫不及待地拆开封印。把信浏览了一遍，他的眼睛闪出了光。军官们每个人都在忙着读自己的信件，什么也没有发觉。"先生们，"西尔维奥却对他们说道，"有些情况使我必须立即离开这里；我今天夜里就走；我希望诸位能去我那里吃最后一顿饭。我也等着您去，"他转向我，继续说道，"请一定来。"说完这话，他急匆匆地走了；我们约好在西尔维奥家碰头，然后便各自走开了。

我在约定的时间里来到了西尔维奥的家，见全团的人几乎都在他这里了。他所有的东西都已收拾好了；只余下那光秃秃的、弹痕累累的四壁。我们在桌边坐下；主人情绪非常地好，很快，他的喜悦就感染了众人；瓶塞子连续不断地被拔出，杯子冒着泡沫，不停地嘶嘶作响，我们衷心地祝愿即将离去的人一路平安，万事如意。我们从桌子边站起身来时，已是深夜了。在大伙纷纷取帽子的时候，西尔维奥和所有的人道着别；就在我要走出门去的那一刻，西尔维奥抓住我的手，留下了我。“我要和您谈一谈。”他轻声说道。我留了下来。

客人们走了，只剩下我们俩人；我们面对面地坐着，默默地抽着烟。西尔维奥心思很重；他那强烈的喜悦已荡然无存。阴郁、苍白的脸，闪亮的眼睛，口中吐出的一股股浓烟，这一切使他就像一个真正的魔鬼。几分钟之后，西尔维奥打破了沉默。

“或许，我们往后再也不会见面了，”他对我说道，“分手之前，我想对您解释一下。您也许已经注意到了，我很少在意别人的看法；但是我爱您，我想，若是我在您的脑袋里留下了一个不公正的印象，我会感到难受的。”

他停住话头，开始抽那已经烧尽的烟斗；我垂下目光，没有说话。

“我没有向那个喝醉酒的疯子P某提出决斗，”他接着说道，“您觉得奇怪了。您认为，我有权利选择武器，他的小命就捏在我的手心里，而我几乎是毫无危险的，这样一来，我本可以把我的克制说成是宽宏大量，但是我不想说谎。如果我不冒任何生命危险就能惩罚P某人，我无论如何是不会饶过他的。”

我吃惊地看着西尔维奥。这样的坦白反而使我非常地不好意思起来。西尔维奥接着说：

“事情是这样的：我无权让自己死去。六年前，我挨过一个耳光，可我的敌人还活着。”

我强烈的好奇心被唤起了。

“您没和他决斗？”我问，“大概，是环境把你们分开了？”

“我和他决斗了一场，”西尔维奥回答说，“这就是我们那场决斗的纪念。”

西尔维奥站起身来，从纸盒里取出一顶镶有金色流苏和饰带的红帽子（就是法国人称之为bonnet de police[①]的那种东西）；他戴上帽子；在帽筒上高出脑门约一寸的地方，有一个枪眼。

“您知道，”西尔维奥接着说，“我在XX骑兵团服过役。我的性格您也清楚：我总想胜人一筹，这自小就是我的爱好。在我们那个时候，打架闹事很时髦，我则是军中头一号的捣蛋鬼。我们吹牛喝酒，我曾经喝败过那位被丹尼斯·达维多夫歌颂过的

① 法文：“警察的帽子”。

大名鼎鼎的布尔佐夫。[1] 决斗在我们团里是经常发生的事，每次决斗我都在场，有时作证人，有时是主角。同事们崇拜我，经常调换的团部军官则将我视为摆脱不掉的祸根。

"我正在安静地（或者说是不安分地）享受着我的荣光，这时，一位有钱的年轻人调来了我们这里，他出身名门（我不想说出他的名字）。我平生从未见过这样优越的幸运儿！您想象一下，年轻，聪明，漂亮，最疯狂的开心，最潇洒的勇敢，名气很响的姓氏，还有他从不点数、总也花不完的金钱，您想想，他该会在我们中间引起多大的反响啊。我的优越地位动摇了。受到我的名声的诱惑，他也试图与我交友；但我对他很冷淡，而他也就毫无遗憾地疏远了我。我恨他。他在团里和女人圈中的成功，把我逼到了完全绝望的境地。我开始找茬儿和他争吵；对我挖苦他的那些话，他也用挖苦话来回敬，我总是觉得，他的挖苦话比我的要更出奇、更尖刻些，而且还要有趣得多，这很自然，因为他是在开玩笑，而我是在发泄仇恨。最后，有一次，在一位波兰地主家的舞会上，眼见他成了所有女人注意的对象，尤其是看到原先与我有过私情的那个女主人也对他眉目传情时，我便贴近他的耳朵对他说了一句平淡无奇的粗话。他发了火，给了我一个耳光。我俩都奔去抽刀；女人们昏了过去；众人把我们分开了。当夜，我们就去决斗。

"这已是黎明时分。我和我的三个决斗证人站在约定的地点。怀着难以名状的焦急之情，我在等着我的敌手。春天的太阳升了起来，已经有些暖意了。我见他从远处走来。他徒步走着，军服搭在佩刀上，一名证人陪同着他。我们迎面朝他走去。他走近了，手里托着一个装满了樱桃的帽子。证人们为我们量出了十二步的距离。我本该先开枪，我的愤怒太强烈了，以至于我不能相信我的手的准确性了，为了使自己有时间冷静下来，我让他先开枪；我的对手却不同意。于是决定抓阄儿：他这个永远走运的人又抽到了头签。他瞄了瞄准，一枪打穿了我的帽子。轮到我了。他的性命终于落到了我的手里；我死死地盯着他，努力想看到哪怕是一丝一毫的慌乱……他站在枪口下，从帽子里挑出成熟的樱桃，吃了后吐出樱桃核，那些果核一直飞到我的脚边。他的无动于衷激怒了我。我在想：既然他一点也不珍惜自己的生命，那么夺去他的生命对于我又有什么好处呢？我的头脑里闪过一个恶毒的念头。我放下了手枪。'您此刻似乎还顾不上去死，'我对他说道，'您在吃早饭；我不想打扰您。''您根本没有打扰我，他反驳道，'您请开枪吧，不过，也随您的便，您可以保留这一枪，我随时听

---

[1] 亚历山大·布尔佐夫（卒于1813年）是一位骠骑兵军官，他的朋友、诗人达维多夫（1784—1839）曾在《致布尔佐夫》（1804）等诗中写到他的狂饮。

从您的吩咐。'我转身对证人们宣布道，我现在不想开枪，决斗就这样结束了。

"我退了伍，躲到这个小镇里来了。从那时起，我没有一天不想着复仇。现在，我的时候到了……"

西尔维奥从衣袋里掏出早晨收到的那封信，递给我读。有个人（仿佛是他的委托人）从莫斯科写信告诉他，某要人很快将与一位年轻、美貌的姑娘成婚。

"您猜得出，"西尔维奥说，"这个某要人是谁。我现在就去莫斯科。我们来看一看，在结婚之前面对死亡，他是否还能像当初吃着樱桃等待死亡的时候那样无动于衷。"

在说着这话的时候，西尔维奥站了起来，把帽子扔在地板上，在房间里来回走动着，就像一头笼中的老虎。我静静地听着他的话；一些奇异的、矛盾的感觉在激动着我。

仆人进来报告说，马已经套好了。西尔维奥紧紧地握了一下我的手；我们互相亲吻了一下。他坐上马车，车上放着两个箱子，一只装着手枪，一只装的是各种杂物。我们又道了一次别，马儿便奔跑了起来。

二

几年之后，家境迫使我迁居到了H县一个贫穷的小村。在忙于家庭事务的同时，我一直在静静地怀念我从前那种轰轰烈烈、无忧无虑的生活。我感到最困难的，就是要习惯于在完全的独处中熬过秋天和冬天的夜晚。午饭之前的时间我尚可打发，和村长聊聊天，四处走走，看看新的设施；但是，天色很快就暗了下来，这时，我就全然不知该如何是好了。我在柜子底下和仓库里找到的为数不多的几本书，已经被我背得滚瓜烂熟。女管家基里洛夫娜所记得的所有故事，都已经说给我听了；村妇们的歌声加重了我的忧伤。我开始喝不加糖的果酒，但喝了之后脑袋又痛；是的，我得承认，我害怕变成酒鬼，这样的酒鬼我在我们县里见到过许多。我没有什么近邻，除了两三个酒鬼，而他们的谈话又主要是由打嗝和喘息构成的。独处还要好受些。

离我四里地远的地方，有一处属于B伯爵夫人的富裕的庄园；但那庄园里只住着管家，伯爵夫人只在她出嫁的第一年在这个庄园住过一次，时间也不超过一个月。然而，在我隐居生活的第二个春天，传来一个消息，说伯爵夫人将和她的丈夫一起来她的村子里度夏。果然，他们在6月初到了这里。

一位富有的邻居的到来，对于乡村的居民们来说就是一个重要的时代。在他到来之前的两个月和离去之后的三年间，地主以及他们的家奴谈论的都将是这件事。

至于我，坦白地说，一位年轻、美貌的女邻居将要到来的消息也对我产生了强烈的作用；我迫不及待地想见到她，因此，在她到达后的第一个星期天，我便在午饭后去了××村，我要对伯爵夫妇自我介绍说，我是他们最邻近的邻居和最恭顺的仆人。

一位仆人把我领进伯爵的书房，然后去通报我的来访。这间宽敞的书房装饰得极尽奢华；墙边放着一排书柜，每个书柜上都摆有一尊铜像；大理石壁炉的上方挂着宽大的镜子；地板上蒙一层绿毡，还铺着地毯。我已隔绝了奢华，躲在自己贫寒的角落里，很久没有目睹别人的富足了，我因此畏缩起来，有些忐忑不安地等着伯爵，就像一个来自外省的求见者在等待部长的出现那样。房门打开了，走进来一个三十二岁上下、仪表堂堂的男人。伯爵面色坦然、友好地走近我身边；我努力地振作了一下，想自报一下家门，但他却抢先做了自我介绍。我们坐了下来。伯爵的谈吐随意而又亲切，很快就打消了我傻傻的羞怯；我已经开始恢复常态了，就在这时，伯爵夫人突然走进屋来，于是，一种比先前更强烈的羞怯又控制了我。果然，她是一个美人。伯爵把我介绍给了她；我想表现得洒脱些，可是，我越想显得随意些，就越觉得自己很不得体。为了给我一点调整自己、适应新相识的时间，他俩便相互交谈起来，把我当成了一个忠厚的邻居，不拘礼节了。这时，我便在房间里来回走动，看着书籍和绘画。对于绘画，我是外行，但有一幅画引起了我的注意。画上画的是瑞士的风景；但触动我的不是画上的风景，而是画上的两个重叠在一起的枪眼。

"真是好枪法啊。"我转身对伯爵说道。

"是啊，"他回答道。"极好的枪法。您的枪打得准吗？"他又问道。

"还不错。"我答道，心里感到高兴，因为交谈终于转向我觉着亲近的话题了，"三十步的距离打一张纸牌，我是不会打偏的，当然，要用使惯的手枪。"

"真的？"伯爵夫人说道，她一副好奇的表情，"你呢，我的朋友，隔三十步远能打中纸牌吗？"

"找个时间，"伯爵回答，"我们来试一试吧。从前我的枪打得很准；但是我已经有四年没摸枪了。"

"噢，"我发表意见道，"在这种情况下，我敢打赌，伯爵大人在二十步的距离上也打不中一张纸牌；手枪需要每天都练。这一点我很明白，有过经验。在我们团里，我也被认为是一名出色的射手。一次，我整整一个月没摸枪，因为我的手枪送去修理了；您觉得后来会怎样，伯爵大人？拿回枪来头一次射击时，隔二十五步远打一只瓶子，我一连四枪都没打中。我们那儿有一个骑兵大尉，是个爱插科打诨的人；他正好也在场，就对我说道：老弟，看来你的手是举不到瓶子那样高了。不，伯爵大人，不能放松这样的练习，否则马上就会手生的。我遇见过一个好枪手，他就每天练枪，每天上午至少练三次。像喝几杯烧酒一样，这也成了他必做的事。”

伯爵和伯爵夫人见我侃侃而谈了，感到很高兴。

“他是怎样练枪的呢？”伯爵问我。

“是这样练的，伯爵大人：有时，他若看见一只苍蝇趴在墙上……您在发笑，伯爵夫人？上帝作证，这是真的。有时，他看见苍蝇，就会喊道：‘库茨卡，拿枪来！’库茨卡就给他拿来了上好子弹的手枪。他乒地一声，就把苍蝇打进墙壁里去了！”

“这太奇妙了！”伯爵说道，“他叫什么名字？”

“叫西尔维奥，伯爵大人。”

“西尔维奥！”伯爵喊了出来，从座位上一跃而起，“您认识西尔维奥？”

“怎能不认识呢，伯爵大人，我们是朋友，在我们团里，他被大伙当成自己的兄弟和战友；但是已经五年了，我一直没听到他的任何消息。这么说，伯爵大人，您也认识他？”

“认识，太认识了。他没有对您说起过……哦，不，我不是这个意思；他没有对您说起过一件非常奇异的事情吗？”

“莫非，伯爵大人，是他在舞会上被一个浪荡公子揍的那一耳光？”

“他对您说起过这位浪荡公子的名字吗？”

“没有，伯爵大人，没说起过……啊！伯爵大人，”我猜到了实情，接着说道，“请您原谅……我不知道……难道这就是您？……”

“正是我，”伯爵情绪不佳地回答，“而这幅被打穿的画，就是我们最后一次见面的纪念……”

“啊，亲爱的，”伯爵夫人说了话，“看在上帝的份上，别说了；我害怕听。”

“不，”伯爵不同意，“我要把一切都说出来；他已经知道我怎样欺负了他的朋友，就让他也知道知道西尔维奥是怎样报复的吧。”

伯爵把椅子向我身边挪了挪，我怀着活跃的好奇心听着下面这个故事：

“五年前，我结了婚。第一个月，即 the honey-moon[①]，就是在这个村子里度过的。在这个家里，我度过了生活中最美好的时光，也留下了一段最沉重的记忆。

“一天晚上，我们一起去骑马；妻子的马不知为何犟了起来；她害怕了，把缰绳递给我，只好步行回家；我则骑马先走了。在院子里，我看到一辆马车；家人告诉我，有一个人正坐在我的书房里，他不愿通报姓名，只说他找我有事。我走进这个房间，见黑暗中站着一个满身尘土、满脸胡须的人；他就站在这儿的壁炉边。我走近他，努力

① 英文：“蜜月”。

地想辨认出他的相貌。‘你不认识我啦，伯爵？’他用颤抖的嗓音说道。‘西尔维奥！’我喊了出来，坦白地说，我觉得我的头发一下子竖了起来。‘正是，’他继续说道，‘你还欠我一枪；我来这儿是为了倒空我的手枪的；你准备好了吗？’一只手枪从他侧面的口袋里露了出来。我量出了二十步的距离，然后站到那边的角落里，请他在我妻子还没回来之前早些开枪。他拖延着，要求有亮光。家人拿来了蜡烛。我锁上门，吩咐不要让任何人进来，然后又请他开枪。他拔出了手枪，瞄了起来……我数着秒数……我在想着她……过了可怕的一分钟！西尔维奥放下了手。‘真遗憾，’他说，‘手枪里装的不是樱桃核……而子弹是很沉的。我总是觉得，我们这不是在决斗，而是一场谋杀：我不习惯瞄准一个没有武器的人。我们重新来；我们来抓阄儿，看谁占先。’我的脑子旋转了起来……我好像是没有同意……最后，我们还是给另一只枪装了子弹；团起了两个纸条；他把两个纸团放在曾被我打穿的那顶帽子里；我又抽到了头签。‘伯爵，你真是太走运了。’他冷笑着说，那个笑容我永远也忘不了。我到现在也不明白，我到底干了什么事，他是怎样迫使我那样干的……但是，我开了枪，一枪打中了这幅画。（伯爵用手指指了指那幅被打穿的画；他的脸庞像火一样闪着光；伯爵夫人的脸比她的围巾还要苍白，以至于我都忍不住喊了一声。）

“我开了枪，”伯爵继续说道，“谢天谢地，没打中；这时，西尔维奥……（这时，伯爵的样子的确是可怕的）西尔维奥开始向我瞄准。突然，门打开了，玛莎冲了进来，尖叫着抱住我的脖子。她的到来使我的勇气完全恢复了。‘亲爱的，’我对她说，‘你难道没看到我们是在闹着玩吗？你怎么吓成这个样子！快去喝杯水，然后再来这里；我要给你介绍一位老朋友、老战友。’玛莎还是不相信。她转向狂怒的西尔维奥，说：‘请问，我丈夫说的是真的吗？你们俩是在开玩笑吗？’‘他总是在开玩笑，伯爵夫人，’西尔维奥回答她说，‘有一次他开玩笑给了我一个耳光，还开玩笑打穿了这顶帽子，刚才又开玩笑不打中我；现在轮到我来开开玩笑了……’说着这话，他便想举枪瞄准我……就当着她的面！玛莎扑到了他的脚下。‘站起来，玛莎，丢人！’我疯狂地叫喊道，‘而您，先生，您能停止侮辱这个可怜的女人吗？您到底是开枪还是不开？’‘不开了，’西尔维奥回答，‘我满意了：我看到了你的慌张和你的胆怯；我还让你对我开了枪，我心满意足了。你会记住我的。我把你交给你的良心了。’他说着就向外走去，但在门边又停住了脚，回头看了看被我打穿的那幅画，几乎瞄也不瞄就朝那画开了一枪，然后就走了。妻子昏了过去，躺在地上；家人不敢拦他，只是恐惧地望着他；他走到台阶上，唤来车夫，还没等我清醒过来，他就已经走远了。”

伯爵不做声了。就这样，我知道了这个故事的结局，这个故事的开头曾强烈地打动过我。故事的主人公我再也没有遇见过。据说，在亚历山大·伊普西朗蒂[1]起义时，西尔维奥曾指挥过一支起义部队，后在斯库里亚内附近的一次战斗[2]中阵亡了。

暴风雪

马儿在山岗间飞奔，
践踏着深深的雪地……
看路边孤零零地
有一座神的庙宇。
……
突然间风雪四起，
雪花鹅毛般地纷降；
一只乌鸦扇动羽翅，
盘旋在雪橇的上方；
预言的呻吟喊出了忧伤！
马儿倒竖着鬃毛，
急急地奔跑，
眼睛望向黑暗的远方……

——茹科夫斯基[3]

在1811年的岁末，在那个值得我们纪念的时代里，好人加夫里拉·加夫里洛维奇·P君就住在涅纳拉多沃他自己的庄园里。在乡邻之间，他以好客和热情著称；邻居们常去他那里吃吃喝喝，或与他的妻子玩五戈比一输赢的波士顿纸牌戏，而另一些人则是为了来看他们的女儿玛丽娅·加夫里洛夫娜，这是一个身材匀称、面色白皙的十七岁的少女。她被视为一个富有的未婚妻，因此，许多人都幻想着她能成为自己的妻子或儿媳。

---

① 伊普西朗蒂(1792—1832)，原为俄国将军，后为反抗土耳其统治的希腊民族解放组织"友谊社"的领导人之一，1821年在摩尔多瓦发动了起义。

② 这次战斗发生在1821年6月17日。

③ 引自俄国诗人茹科夫斯基的长诗《斯微特兰娜》(1813)。

玛丽娅·加夫里洛夫娜是在法国小说中接受的教育，其结果，她自然会坠入情网。被她选中的对象，是一个回到村子里休假的贫穷的陆军准尉。不言而喻，这位年轻人也燃起了同样的激情，而他的情人的父母在发现了他俩的隐秘之情后，便禁止女儿再想他，对他的态度，也比接待一个退休的陪审员还要冷淡。

我们的这对有情人鸿书不断，且每日都要在松树林中或日教堂里幽会。在那些地方，他们海誓山盟地说要永远相爱，并抱怨命运的不幸，还设想了种种办法。通过这样的通信和密谈，他们（很自然地）得出了这样的推论：既然我俩离开对方就活不下去，既然铁石心肠的父母要给我俩的幸福设置障碍，那么，难道我们就不能设法绕开这个障碍吗？自然而然地，这个幸福的念头先到了那个小伙子的脑袋里，然后，又被玛丽娅·加夫里洛夫娜那浪漫的想象力所喜欢上了。

冬天到了，他们的幽会停止了；但是，情书却往来得更频繁了。弗拉基米尔·尼古拉耶维奇在每一封信里都请求她嫁给他，他主张他们秘密结婚，躲过一段时间之后，再跪倒在父母的脚下，做父母的最终当然会被这对恋人的坚贞和不幸而感动，他们肯定会对这对有情人说："孩子们！让我们来拥抱你们吧。"

玛丽娅·加夫里洛夫娜犹豫了很久；一个又一个的私奔计划都被推翻了。最后，她终于同意了：在约定的那一天，她必须不吃晚饭，借口头痛躲进自己的房间。她的侍女是她的同谋；她们两人应通过后门的台阶到达花园，在花园外找到预备好的雪橇，坐上去，驶到离涅纳拉多沃五里路的扎得里诺村，直接奔向教堂，弗拉基米尔就在那教堂里等着她们。

在决定性的那一天的前夜，玛丽娅·加夫里洛夫娜整夜都没睡觉；她收拾了东西，包起内衣和裙子，给她的女友、一位敏感的小姐写了一封长信，给父母也另写了一封。她用最感人的语言向他们告别，请他们原谅她因受不可抗拒的激情的左右而犯下的罪过；在信的结尾，她写道：如果她能被允许跪倒在最亲爱的父母的脚下，那一刻将被她视为她一生中最幸福的时候。她用一枚图拉产的印章封了两封信，那图章上绘着两颗燃烧的心，还有一句文绉绉的题词。封好信后，已近黎明，她扑倒在床上，懵懵懂懂地睡了过去；但是，各种可怕的幻象不时把她惊醒。她时而仿佛看到，就在她正要坐上雪橇前去结婚的时候，她的父亲拦住了她，飞快地把她从雪地上拖了过去，扔进了一个黑暗的无底深渊……她急速地飞旋着，内心难以名状地慌乱；时而，她又看到了弗拉基米尔，他脸色苍白、满身血迹地躺在草地上。濒死的他，在用含混的、揪心的声音求她赶快与他成婚……还有一些形象破碎、意义模糊的幻觉在她的眼前一个接一个地闪过。最后，她从床上爬起身来，比平时更苍白了，脑袋也真的痛了。父母看出她心神不定：你怎么哪，玛莎？你病了吗，玛莎？——父母温情的关怀和不断的询问，撕扯着她的心。她竭力安慰他们，想装得高兴一些，可是她做不到。时间到了傍晚。一想到这就是她在自己家中度过的最后一天了，她的心便紧缩了起来。她几乎支撑不住了；她在暗暗地和家里所有的人、所有的东西以及周围的一切道别。

晚餐摆了上来；她的心猛烈地跳了起来。她用颤抖的嗓音宣布说，她不想吃晚饭，然后便开始和父亲、母亲告别。他们吻了她，又像往常一样祝福了她，这使得她差一点哭了出来。回到自己的房间后，她缩在椅子里，泪流不止。侍女劝她镇静一下，打起精神来。一切都准备好了。再过半小时，玛莎就将永远地离开父母的家、自己的闺房和那静静的少女生活了……屋外有暴风雪；风在吼叫，护窗板在抖动着，砰砰直响；她觉得，这一切都是一种威胁，一种悲哀的先兆。很快，家里安静下来，家人都睡下了。玛莎围上披肩，穿上暖和的外衣，提着自己的小匣子，走到后门的台阶上。侍女拿着两个包袱，跟在她的身后。她们来到花园里。暴风雪没有停息；风迎面吹来，似乎想竭力拦住这个年轻的女罪犯。她们费力地走到花园的尽头。雪橇已经在大路上等她们了。马儿冷得受不了，不肯呆在原处不动；弗拉基米尔的车夫在车辕前忙活着，想制住烈马。他扶小姐和她的侍女坐定了，放好包袱和小匣子，然后抓起缰绳，马儿就飞驰起来。且把小姐托付给命运、托付给车夫杰廖什卡的技术吧，我们回过头来看看我们这位年轻的情郎。

弗拉基米尔一整天都在乘着马车四处奔走。早晨，他到了扎得里诺村的神父处；他费了很大的劲才和神父谈妥；然后他又到邻近的地主们中间寻找证婚人。他去找的第一个人是四十岁的退伍骑兵少尉德拉文，德拉文欣然应允。他说，这样的冒险使他回忆起了从前的时光和那些骠骑兵的恶作剧。他劝弗拉基米尔在他那里吃午饭，并要弗拉基米尔相信，再找两个证婚人是小事一桩。果然，午饭后，立即来了两个人，一个是蓄着胡须、脚蹬马靴的土地丈量员施米特，一个是警察局长的儿子，这是个十六岁左右的小伙子，刚刚加入枪骑兵部队。他们不仅接受了弗拉基米尔的请求，甚至还对他发誓道，他们愿意为他献出自己的生命。弗拉基米尔高兴地拥抱了他们，然后就回家做准备去了。

天黑已经好久了。他对自己信赖的杰廖什卡详详细细地嘱咐了一番，然后派他驾着自己的三套马车去了涅纳拉多沃村，他又让人给他备好一个单驾小雪橇，他没要车夫，独自一人赶着雪橇奔扎得里诺村去了，大约两小时后，玛丽娅·加夫里洛夫娜也应该抵达那里。那条道他很熟悉，也就只有二十来分钟的路。

但是，弗拉基米尔刚走到村外的野地里，风就刮了起来，狂暴的风雪遮天蔽日，使他什么也看不清。只一会儿的工夫，道路就被掩埋了；大团大团的雪花铺天盖地，四周的一切都消失在一片昏黄之中；苍天和白原融合为一体。弗拉基米尔陷到了田地中，他试图回到大路上，但是枉然；那匹马瞎撞一气，时而爬上雪堆，时而又掉进雪坑；雪橇不时翻倒。弗拉基米尔只求别迷失了大方向。但是他又感觉到，大约已经过了半个多小时了，而他还没到扎得里诺村前的那片树林。又走了十来分钟；还是不见树林。弗拉基米尔索性在布满一道道深沟的田野上行驶起来。暴风雷没有停息，天空也不见晴朗。马儿疲惫了，尽管它不时陷进齐腰深的积雪里，它的身上仍然滚动着大颗大颗的汗珠。

终于，他发现是走错了方向。弗拉基米尔停下了：他思索着，回忆着，判断着，——最后确定，他应该向右转。他赶着马朝右走去。马儿勉勉强强地迈着步。他在路上已经行了一个多小时了。扎得里诺村应该是不远了。但是他走啊，走啊，茫茫的田野还是不见尽头。到处都是雪堆和深沟；雪橇时时翻倒，他得时时把雪橇扶正。时间在流失；弗拉基米尔非常地惊慌了。

终于，路边现出了一片黑乎乎的东西。弗拉基米尔调头往那边驶去。离近一看，他见到了树林。谢天谢地，他想，现在总算是不远了。他在树林边走着，指望着立即走上那条熟路，或者绕过树林：扎得里诺村就在那树林的后面。他很快就找着了路，在冬季里落了叶的、但仍然显得稠密的树木间穿行。狂风无法在这里肆虐；道路也很平坦；马儿来了精神，弗拉基米尔也安下了心。

可是他走啊，走啊，还是不见扎得里诺村；树林没有尽头。弗拉基米尔惊恐地发现，他驶进了一片陌生的森林。绝望的情绪笼罩了他。他抽打着马儿；那可怜的畜生快步跑着，但很快就慢了下来，一刻钟后便一步一步地走了，任凭不幸的弗拉基米尔如何使劲，也快不起来了。

渐渐地，树木稀疏了，弗拉基米尔走出了森林；没有看到扎得里诺村。时间该是夜半了。泪水从他的眼睛里涌了出来；他漫无目标地走着。风雪停息了，乌云散去了，他的面前呈现出了一片覆盖着波浪般积雪的平原。夜色相当明净。他看到不远处有一个由四五个院落组成的小村。弗拉基米尔向小村驶去。在第一家木屋前，他跳出雪橇，走近窗户，敲响了窗板。几分钟后，木质的护窗板撑开了，一个老人探出了胡须花白的脸庞。"什么事儿？""扎得里诺村还远吗？""是问扎得里诺村还远不远？""是的，是的！还远吗？""不远；十来里路。"听了这话，弗拉基米尔一把抓住自己的头发，僵住了，就像一个被判了死刑的人。

"你从哪儿来？"老人又问道。弗拉基米尔没有心思回答问题。"老头，"他说道，"你能不能弄几匹马拉我去扎得里诺？""哪里有什么马啊。"农夫回答。"那能给我找个向导吗？不管他要多少钱，我都照付。""等一下，"老人说道，放下了护窗板，"我让儿子去；让他给你领路。"弗拉基米尔开始等待。还不到一分钟，他又敲起窗子来。

"什么事儿?""你儿子呢?""马上就出来,他正在穿衣服。你冻僵了吧? 进来暖和暖和。""谢谢,叫你儿子快点出来。"

门吱呀了一声;一个小伙子手拿一根棍子走出门来,他走在弗拉基米尔的前头,时而指指点点,时而探着被雪堆覆盖的道路。"几点了?"弗拉基米尔问那小伙子。"天快亮了。"年轻的农夫答道。弗拉基米尔连一句话也说不出来了。

等他们到达扎得里诺村的时候,公鸡已经叫了,天也亮了。教堂的门锁着。弗拉基米尔给向导付了钱,然后向神父的院子驶去。院子里并没有他那辆三套车。等待他的是怎样的消息啊!

不过,我们还是回到涅纳拉多沃村善良的地主们这儿来吧,来看看他们家里出了什么事。

什么事也没出。

两位老人起了床,走进客厅。加夫里拉·加夫里洛维奇头戴睡帽,身穿绒衣,普拉斯科维娅·彼得罗夫娜披着棉睡衣。茶炊摆了上来,加夫里拉·加夫里洛维奇便打发一个侍女去探问一下,玛丽娅·加夫里洛夫娜的身体怎样了,她昨夜睡得怎样。侍女回来说,小姐昨夜睡得不怎么好,但她现在好些了,她马上就来客厅。果然,门开了,玛丽娅·加夫里洛夫娜走来向爸爸、妈妈问早安。

"你的头还痛吗?"加夫里拉·加夫里洛维奇问。"好些了,爸爸。"玛莎回答。"玛莎,你昨天大概是煤气中毒了。"普拉斯科维娅·彼得罗夫娜说。"也许是的,妈妈。"玛莎回答。

白天平安地过去了,可是在夜里,玛莎病倒了。父母派人去城里请医生。医生傍晚才到,他来时,病人已在说胡话了。她得了严重的热病,一连两个星期,可怜的病姑娘一直挣扎在死亡线上。

家里谁也不知道那次预谋的私奔。小姐在离家的前夜写的两封信被烧掉了;她的侍女怕老爷动怒,对谁也没敢吐露过一个字。神父、退伍的骑兵少尉、留胡须的土地丈量员和年少的枪骑兵也都很谨慎,当然也不是没有原因的。车夫杰廖什卡从未说过一句多余的话,即使是在喝得大醉的时候。就这样,半打多的阴谋者共同保守了秘密。但是,玛丽娅·加夫里洛夫娜自己则在不断的呓语中道出了这个秘密。然而,她的话语毫不连贯,就连寸步不离她床前的母亲,也只能从这些话中听出,她的女儿要死要活地爱上了弗拉基米尔·尼古拉耶维奇,而且,这爱情恐怕就是她得病的原因。她与自己的丈夫、与几位邻居谈了这事,最后,大家一致认定:看来,这就是玛丽娅·加夫里洛夫娜的命,命定的事是躲不开的,贫穷不是罪过,过日子是和人一块过,而不是和财富一块过,等等。每当我们想不出什么替自己辩护的道理时,道德化的格言就显得非常地有效了。

与此同时，小姐也开始康复了。在加夫里拉·加夫里洛维奇的家里，很久不见弗拉基米尔的身影了。他害怕那种照例会有的冷遇。加夫里拉·加夫里洛维奇等派人去找他，向他通报了一个喜讯：同意这桩婚事。但是，当涅纳拉多沃的这家地主接到弗拉基米尔对他们的邀请所做出的半疯半傻的回复时，他们是多么地吃惊啊！他向他们宣布，他的腿再也不会迈进他们的家门，他请他们忘记他这个不幸的人，对于他来说，死亡就是他唯一的希望。几天之后，他们得知，弗拉基米尔参军去了。这是1812年的事。

他们很长时间也没敢把这件事告诉康复中的玛莎。他们从不提起弗拉基米尔。几个月之后，在鲍罗金诺战役立功者和重伤员名单中，她看到了他的名字后，便昏了过去，家人担心，她的热病又会发作。不过，谢天谢地，这次昏厥没有造成什么后果。

另一个哀伤降临到了她的头上：加夫里拉·加夫里洛维奇去世了，死前立遗嘱让她继承了所有的财产。但是，遗产不能给她以安慰；她真诚地分担着可怜的普拉斯科维娅·彼得罗夫娜的忧伤，发誓永远也不和她分离；她们俩人离开了涅纳拉多沃这个充满伤心记忆的地方，迁居到了××庄园。

未婚的男人们又围着这个可爱、富有的未婚姑娘打起转来；可是她不给任何人以一点极小的希望。母亲有时劝她给自己挑一个男朋友；玛丽娅·加夫里洛夫娜总是摇摇头，深思不语。弗拉基米尔已经不在了：他死在莫斯科，死在法国人发动攻击的前夕。他成了玛莎神圣的记忆；至少，她一直珍藏着有助于回忆起他的所有东西：他曾经读过的书，他画的画，他抄的乐谱，以及他为她写的诗。邻居们得知这一切后，都为她的坚贞而惊奇，并且也在好奇地等待着一位英雄，希望他能最终战胜这个处女般的阿尔杰米萨①的含着悲伤的忠贞。

与此同时，战争光荣地结束了。我们的队伍从国外返回。人民前去欢迎他们。乐队奏着战败者的歌曲，如 Vive Henri - Quatre，②蒂罗尔的华尔兹舞曲③以及《热孔特》④中的咏叹调等。那些出征时几乎还是少年的军官们，已在战争的空气中成长了起来，挂满了十字勋章回到家乡。士兵们兴高采烈地交谈着，话语间时而掺进几个德语词和法语词。那个难忘的时刻！那个光荣和喜庆的时刻！每当听到祖国这个字

---

① 哈利卡纳苏国王的遗孀，以忠诚妻子的榜样而著称于世，其夫死后，她哀痛不止，她于公元前4世纪为其夫建造的宏伟陵寝哈利卡纳苏陵（现在土耳其境内），如今已成为世界七大奇观之一。

② 法文：《万岁，亨利四世》，此为法国剧作家查理·科列的喜剧《亨利四世出猎》（1764）中的一段插曲。

③ 蒂罗尔为地名，位于奥地利的西部。

④ 《热孔特，又名奇遇的探寻家》是尼科洛的一出歌剧，在俄军攻进法国时，该歌剧正风靡巴黎。

眼，一颗俄国人的心脏会跳动得多么激烈啊！相见的泪水是多么地甜蜜！把民族自豪和爱戴君主的感情结合为一体，我们是多么地万众一心啊！对于君主而言，那又是怎样的时辰啊！

女人们，俄罗斯的女人们，在当时真是无与伦比的。她们常有的冷漠消失了。她们的喜悦真是太醉人了，当她们高喊着“乌拉！”欢迎胜利者的时候，

连女帽也被抛到了空中。[①]

在当时的俄国军官中，有谁会意识不到，俄国的妇女就是给予他们的最好、最珍贵的奖赏呢？……

在这美好的日子中，玛丽娅·加夫里洛夫娜和母亲一同住在××省，她们没有目睹两个都城[②]是怎样欢庆部队回国的。但是，在县上和村里，大家共同的喜悦也许还要更强烈一些。在那些地方，一个军官的出现，对于这位军官来说就是一次真正的凯旋，身穿燕尾服的情郎是很难与他相媲美的。

我们已经说过，尽管玛丽娅·加夫里洛夫娜态度冷漠，但是和从前一样，她周围还是围着许多的追求者。但是，当负过伤的骠骑兵少校布尔明出现在她的阁楼中之后，所有的人就都该退出了。布尔明胸前挂着乔治十字勋章，脸上带着如当地的小姐们所言的有趣的苍白。他的年纪在二十六岁左右。他是来他的庄园休假的，他的庄园与玛丽娅·加夫里洛夫娜的村子毗邻。玛丽娅·加夫里洛夫娜对他是另眼相看的。他在场时，她平素那副深思状便换成了一种较为活跃的模样。绝不能说，她这是在对他卖弄风情；但是，一个诗人若见到她的举止，便会说道：

Se amor nonè che dunque?[③]

布尔明也确实是一个可爱的年轻人。他恰好具有女人所喜欢的那种智慧，即懂礼貌、善观察的智慧，他没有任何贪图，还带有一种漫不经心的嘲讽。他与玛丽娅·加夫里洛夫娜的相处既朴实又随意；但是，无论她说什么、做什么，他的灵魂和目光总要追随着她。他看上去性格安静、谦逊，但是有流言说，他曾是一位可怕的浪荡

---

① 这是格利鲍耶陀夫的《聪明误》(1824)中的一行诗句。

② 指彼得堡和莫斯科。

③ 意大利文：“二此若非爱情，那又是什么？”这是意大利诗人彼特拉克的第88首十四行诗中的一句。

公子，可这流言并没有影响到玛丽娅·加夫里洛夫娜对他的看法，她（以及当时所有的年轻女人）能心满意足地原谅那些体现着勇敢、激烈性格的胡闹。

但是，胜过一切……（胜过他的温情，胜过愉快的谈吐，胜过有趣的苍白，胜过包扎起来的那只手）而最能勾起她的好奇心和想象力的，则是年轻的骠骑兵的沉默。她不可能意识不到，他非常喜欢她；也许，他以他的聪明和经验也能发现，她对他是另眼相看的。那么，她为何至今还没有见他跪倒在自己的脚下、还没有听到他的表白呢？是什么在阻碍着他？是那种总是与真正的爱情相伴的胆怯，是高傲，还是一位狡猾的情场老手的卖弄？这对于她来说是一个谜。细细地想了一通之后，她认定，胆怯是唯一的原因，于是，她便以更多的关注来鼓动他，如果环境允许，她便以更多的温情来激励他。她准备去面对一个最不同寻常的结局，在焦急地期待着那浪漫表白的时刻。一桩秘密，无论是何种类型的，它对于女人的心灵来说永远是沉重的。她的军事行动取得了预料的成功：至少，布尔明时时陷入沉思，他的黑眼睛在望着玛丽娅·加夫里洛夫娜的时候，充满热情的火焰，这表明，决定性的时刻已经临近了。邻居们已在谈论婚事了，就像在谈论一件已经了结的事；而善良的普拉斯科维娅·彼得罗夫娜则满心欢喜，因为女儿终于找到了一位相称的未婚夫。

一天，老夫人正一人坐在客厅里摆牌算命，布尔明走进屋来，他急急地问起玛丽娅·加夫里洛夫娜。“她在花园里，”老夫人回答。“您去找她吧，我在这里等你们。”布尔明去了，老夫人画了一个十字，想到：也许这事今天就会了结了！

布尔明在池塘边找到了玛丽娅·加夫里洛夫娜，她坐在一株柳树下，手里拿着一本书，身着白色连衣裙，真像是一部长篇小说中的女主人公。最初的几句提问之后，玛丽娅·加夫里洛夫娜故意停止了谈话，想以此来加重他们两人的窘态，而只有某种突如其来的、毅然决然的解释方能摆脱这种窘态。结果正是这样的：布尔明感觉到自己处境的尴尬，便解释道，很久以来，他一直在寻找一个机会向她敞开心扉，现在就请她给予几分钟的关注。玛丽娅·加夫里洛夫娜合上书本，垂下了头，表示同意。

“我爱您，”布尔明说道，“我非常地爱您……”（玛丽娅·加夫里洛夫娜红了脸，头垂得更低了。）“我行为不谨慎，沉湎于一个可爱的习惯，这个习惯就是每天见您的面，每天听您的声音……”（玛丽娅·加夫里洛夫娜想到了 St. -Preux[①] 的第一封信。）“如今，我就是想反抗自己的命运，也已经太迟了；对您的思念以及您可爱的、无与伦比的形象从此将成为我生命的痛苦和欢乐；但是，我还必须履行一个深重的义务，那就是向您坦白一个可怕的秘密，在我们之间设置一个难以逾越的障碍……”“障碍总

① 法文人名：“圣·普乐”；他是卢梭的书信体小说《新爱洛绮丝》（1761）中的男主人公。

是存在的，"玛丽娅·加夫里洛夫娜急忙打断了他，"我永远也不能做您的妻子……"

"这我知道，"他轻声地回答她，"我知道，您曾经爱过，但是死亡和三年的哀怨……善良的、可爱的玛丽娅·加夫里洛夫娜啊！请你别再试图剥夺我最后的慰藉了：我想，您也许会同意给我以幸福的，如果没有……请您别说话，看在上帝的份上，请您别说话。您在折磨我。是的，我知道，我能感觉到，您有可能成为我的妻子，但是——我是一个最最不幸的人啊……我结过婚！"

玛丽娅·加夫里洛夫娜吃惊地看了他一眼。

"我结过婚，"布尔明继续说道，"我四年前结的婚，可是，我的妻子是谁，她现在在哪儿，我能否何时与她相见，我到现在也不知道！"

"您说的什么啊？"玛丽娅·加夫里洛夫娜喊了起来，"这太奇怪了！您说下去；然后我再说说……行行好，您就说下去吧。"

"那是在1812年的年初，"布尔明说道，"我正急忙赶往维里那，我们团当时驻扎在那里。一天晚上，我来到一个驿站，正在我吩咐赶快套马的时候，起了一场可怕的暴风雪，驿站长和车夫们都劝我等一等。我听了他们的话，可是，又有一种莫名的不安笼罩着我；仿佛，有人在推我。此时，风雪并未减弱；我等不及了，便再次吩咐套马，然后便一头驶进暴风雪中。车夫想沿着河边走，这样我们就能少走三里路。河堤也被积雪覆盖着；车夫错过了转上大道的路口，于是我们便落进了一块陌生的地方。风雪仍在呼啸；我见到一处灯火，就让车夫驶向那里。我们来到一个村庄；一座用木头盖成的教堂中有灯光。教堂的门开着，栅栏旁停着几辆雪橇；台阶上有人在走动。'这边来，这边来！'有几个声音在喊。我让车夫把车赶近些。'唉呀，你在哪儿耽误了？'一个人向我说道，'新娘昏过去了；神父也不知道该如何是好；我们都准备好了。快点出来吧。'我没有说话，跳下雪橇，走进了只点着两三根蜡烛的昏暗的教堂。一个姑娘坐在教堂黑暗角落中的长凳上；另一个姑娘在给她揉太阳穴。'谢天谢地，'那后一个姑娘说道，'您到底来了。您差点送了小姐的命。'年老的神父走到我身边问：'可以开始了吗？''开始吧，开始吧，神父。'我漫不经心地回答。人们搀起那姑娘。我见那姑娘长得不错……一种莫名的、不可饶恕的轻浮……我走到读经台前，和她并肩站着；神父匆忙行事；三个男人和那个侍女搀着新娘，只顾照看她了。人们给我们行了结婚礼。'你们接吻吧。'边上的人对我们说。我的妻子向我转过了她苍白的脸。我正想吻她……她却喊叫了出来：'哎呀，不是他！不是他！'随后她便失去了知觉。几位证婚人瞪着惊恐的眼睛看着我。我转身走出教堂，没有受到阻拦，我冲进车厢，大叫了一声：'快走！'"

"我的天！"玛丽娅·加夫里洛夫娜喊了起来，"您知不知道，您那可怜的妻子后来怎么样了?"

"不知道,"布尔明回答,"我不知道我在那里结了婚的村子叫什么名字;我也记不清我是从哪个驿站出发的了。当时,我对自己搞的恶作剧并不怎么在意,在雪橇离开教堂后,我就睡着了,醒来时已经是第二天的早上,已经到了第三个驿站。我当时的那个仆人,也死在了行军中,因此,我是没有希望找到那位姑娘了,我恶毒地和她开了一个玩笑,如今,她则在恶毒地报复我。"

"我的天,我的天啊!"玛丽娅·加夫里洛夫娜说着,抓住了他的手,"那就是您哪!您认不出我来吗?"

布尔明脸色苍白……跪倒在她的脚下……

棺材匠

在这日益衰老的宇宙里,
不是每天都要目睹棺木吗?

——杰尔查文[①]

棺材匠阿德里安·普罗霍洛夫的最后一些家什被堆放在了出殡用的马车上,两匹瘦马从巴斯曼街到尼基塔街之间已来回拉了四趟东西,因为棺材匠把全家都迁到了尼基塔门。他锁上铺子,又把一块上面写着"此屋出售,出租"的招牌钉在大门上,然后,便步行向新居走去。在走近那幢他倾心已久、后终于以一笔可观的价钱得手的黄色房屋时,老棺材匠惊奇地感觉到,他的心情并不高兴。迈过陌生的门槛,见自己的新家一片混乱,便叹息着怀念起那间破旧的故居来,在那间屋里,十八年间一直保持着极严整的秩序;他开口骂起自己的两个女儿和一个女仆,嫌她们手脚太慢,他自己也动手帮着她们收拾。很快,一切又井井有条了;放圣像的神龛、碗橱、桌子、沙发和床铺在后屋里各自占据了它们固定的角落;厨房和客厅里则摆着主人的作品:各种颜色、各种尺寸的棺材,还有一排柜子,里面装着各种出殡时穿的帽子、衣服以及一些火把。大门上方挂了一块招牌,上绘一又高又胖、手里倒提着火把的阿穆尔[②]像,招牌

① 引自杰尔查文的《瀑布》(1794)一诗。

② 即爱神丘比特。

上有一行字："此处出售并打磨各种普通棺木和上漆棺木，亦出租棺木并修理旧棺木。"姑娘们回自己的房间去了，阿德里安在窗户边坐了下来，吩咐烧茶。

有修养的读者都知道，莎士比亚和瓦尔特·司各特两人都将掘墓人写成了欢乐、诙谐的人，为的是用这种矛盾的组合来更强烈地刺激我们的想象。[1] 为了尊重事实，我们不能遵循两位作家的榜样，我们不得不承认，我们这位棺材匠的性格，与他所从事的阴郁的手艺是完全吻合的。阿德里安·普罗霍洛夫通常是愁眉苦脸、沉思不语的。只是在骂女儿不该不干活而死盯着窗外的行人看的时候，或是为了抬高自己产品的价格而与那些不幸的（有时也是心满意足的）顾客们讨价还价的时候，他才会打破沉默。此刻，阿德里安坐在窗边，正喝着第七杯茶，照例又陷入了忧伤的沉思。他想到了一个星期前的一场大雨，为一位退伍的旅长送葬的队伍刚走到城外，便赶上那场大雨，结果，许多出殡穿的礼服都缩了水，许多帽子也变了型。他盘算到，肯定又要花出一笔开销了，因为，他先前储备的送葬服装已经不像样子了。他指望能在年老的女富商特柳希娜身上挽回这个损失，这位女富商已在死亡线上挣扎了近一年。但是，特柳希娜将死在拉兹古里亚伊街，因此，普罗霍洛夫担心，她的继承人们尽管答应过他，但到时候也可能懒得派人跑那么老远来找他，而会就近找一个丧事承包人。

这样的沉思突然被三下共济会[2]式的敲门声打断了。"谁呀？"棺材匠问。门被推开，走进来一个人，只一眼就能看出，他是个德籍手艺人，他步入房间，兴高采烈地走到了棺材匠的身边。"对不起，亲爱的邻居，"他说道，他说的那种俄国话，我们至今听起来仍不能不发笑，"对不起，我打扰了您 我想尽快地与您认识。我是一个鞋匠，我的名字叫戈特里勃·舒尔茨，我住在您的街对面，就是您的窗口对着的那间屋。明天我要庆祝我的银婚，我请您和您的女儿去我家吃午饭，我们像朋友似地聚一聚。"邀请被愉快地接受了。棺材匠请鞋匠坐下来喝杯茶，由于戈特里勃·舒尔茨性格开朗，他们很快就谈得很亲热了。"您的生意怎样啊？"阿德里安问。"嘛——嘛，"舒尔茨回答，"还凑合。我没什么可抱怨的。当然，我的货比不了您的货：活人没有鞋子也能行，死人没有棺材可就不行哩。""太对啦，"阿德里安说，"如果一个人没钱买鞋子，您别见怪，他能赤脚走路；可是一个穷人死了，他就是讨也要给自己讨一口棺材。"就这样，他们的谈话又继续了一段时间；最后，鞋匠站起身来，和棺材匠告别，并把他的邀请又重申了一遍。

---

① 此处所指的约是莎士比亚的《哈姆雷特》（1600—1601）和司各特的《拉默姆新娘》（1819）中的两个掘墓人形象。

② 共济会是一个于18、19世纪出现在欧洲各国的秘密宗教组织，以建立乌托邦式的全人类的宗教性兄弟同盟为目的。

第二天中午十二点整，棺材匠和他的两个女儿走出了新购得的住宅的便门，往邻居家走去。在这里，我将抛弃如今的小说家们所遵从的习惯，不去描写阿德里安·普罗霍洛夫身上的俄罗斯式长袍和阿库里娜、达里娅身上的欧式服装。但是我认为，指出这一点也并非多余：两个女儿都穿上了她们在庄重的场合才穿戴的黄色帽子和红色皮鞋。

鞋匠狭窄的住宅里挤满了客人，他们大多是些德籍的手艺人以及他们的妻子和帮手。几位俄国小官吏中，有一个是岗警、芬兰佬尤尔科，他虽然职位很低，却受到了主人特别的关照。他在自己的职位上已经勤恳、称职地工作了二十五年，就像波戈列里斯基[①]的那位邮递员一样。1812 年的大火烧了首都，也毁了他的黄色岗亭。但是，敌人刚刚被赶走，一座镶有几根陶立克式[②]白色圆柱的灰色新亭子又在原地出现了，尤尔科又开始在亭子周围转悠了，“手持斧钺，身披粗呢盔甲”。[③] 他和住在尼基塔门附近的大部分德籍手艺人都很熟悉，有些手艺人礼拜天里甚至还在他家中过夜。阿德里安马上就和他认识了，因为这种人是早晚都要用得上的，当客人们入席时，他们两人便坐在了一起。舒尔茨先生和舒尔茨太太以及他们的女儿、十七岁的洛特辛与客人们一起用餐，他们全在招呼着客人，帮着厨娘上菜。啤酒流淌着。尤尔科的胃口一个顶四个，阿德里安比他也不逊色；他的两个女儿则过分地拘谨了；用德语进行的交谈越来越响了。突然，主人请大家安静一下，他拔出蜡封的瓶塞，高声地用俄语喊道：“为我好心的露易莎的健康干杯！”一瓶香槟被灌了下去。主人温情地吻了吻他四十岁的妻子那张红润的脸，客人们也都哄闹着为露易莎的健康干了杯。“为我亲爱的客人们的健康干杯！”主人说着，又开了第二瓶香槟，——而客人们对他表达了感谢，再一次喝干了各自的杯子。从此，干杯便一次连着一次进行开了：分别为每位客人的健康干了杯，为莫斯科和整整一打的日耳曼城市干了杯，为所有的行会干了一次，又分门别类地为每个行会各干了一次，还为师傅和帮手们的健康干了杯。阿德里安使劲地喝着，高兴得了不得，以至于还亲自提议了一个逗趣的干杯。突然，客人们中的一个胖胖的面包师端起酒杯，高喊道：“为我们的顾客的健康干杯，unser - er，Kundleute！[④]”这个提议和所有的提议一样，被愉快、一致地接受了。客人们开始相互鞠躬，裁缝给鞋匠鞠躬，鞋匠给裁缝鞠躬，面包师则给他们两个鞠躬，所有的人又给面包师鞠躬，等等。就在这些相互鞠躬进行之间，尤尔科转向自己的邻座，喊了起来：

---

① A. 波戈列里斯基（1787—1836，原名 A·佩罗夫斯基），俄国作家；此处所言的邮递员是他的一部中篇小说中的主人公。

② 一种建筑柱式，其特征为没有基座、柱身有凹槽、柱顶有圆饰等。

③ 此为俄国作家 A. 伊兹梅洛夫（1779 -1831）的童话《傻瓜帕霍莫夫娜》中的一句话。

④ 德文：“为顾客干杯！”

“怎么样？老弟，干一杯，为了你那些死人们的健康！”众人哈哈大笑起来，但棺材匠却自认为受到了侮辱，他皱起了眉头。谁也没有注意到这一点，客人们继续喝着，当众人从桌边站起身来的时候，教堂召唤晚祈祷的钟声已经响了。

客人们很晚才散去，而且大部分都带着醉意。胖面包师和一位装订工挽着尤尔科去岗亭，这位装订工的脸

像是红色的羊皮书皮。①

他俩挽送尤尔科的情形，正好符合一句俄国谚语：好借好还，再借不难。棺材匠醉醺醺、气哼哼地回到了家里。“怎么啦，”他大声地议论道，“我这门手艺比起其他的手艺来有什么不干不净的呢？难道棺材匠就是刽子手的兄弟？那帮异教徒笑什么？难道棺材匠就是节日里的小丑？我本想请他们来我的新居，为他们摆一桌丰盛的酒席，这下，就算了吧！我要去请我为他们办过事的那些人，那些信奉正教的死人们。”“什么，老爷？”正在为他脱衣的女佣人说道，“你这是说的什么话啊？快画个十字吧？要请死人来庆祝乔迁！太怕人啦！”“不错，我就是要请，”阿德里安继续说道，“明天就请。请赏光，诸位恩人，明天晚上我举办宴席，我要用最好的东西来招待诸位。”说着这话，棺材匠便倒在了床上，鼾声很快就响了起来。

阿德里安被叫醒时，院子里还很黑。女商人特柳希娜恰好在这天夜里去世了，她的管家派一位听差骑着马来阿德里安处通报这一消息。棺材匠给了来人一个十戈比的银币做酒钱，然后急忙穿上衣服，向拉兹古里亚伊街赶去。在死者家的大门口，已站上了警察，商人们则在那里转来转去，就像一群嗅到了死尸的乌鸦。逝者躺在桌子上，脸色蜡黄，但尚未因腐烂而变形。亲戚、邻居和家人们挤在逝者的旁边。所有的窗户都打开着；蜡烛在燃烧；几位神父在诵读祈祷文。阿德里安走到特柳希娜的侄子、一位衣着时髦的年轻人身边，向他说道，棺木、蜡烛、盖尸布等其他殡葬用品立即就可为他准备停当。那位继承人漫不经心地向他道了谢，然后说道，价钱他不在乎，一切全凭棺材匠的良心。棺材匠照例对天发誓，说他决不多拿一分钱；他和管家交换了一个意味深长的眼色，然后就驱车前去忙活了。整整一天，他都在拉兹古里亚伊街和尼基塔门之间来回奔走；天将黑时，他办妥了所有的事，然后便与雇来的马车结了账，步行回家。这是一个月夜。棺材匠顺利地走到了尼基塔门。在耶稣升天节教堂

---

① 此原为俄国剧作家 Я. 克里日亚宁（1742？/1740？—1791）的《喜剧吹牛者》（1786）中的一句台词，但普希金有所改动。

边，我们的熟人尤尔科喝住了他，待认出是棺材匠后，尤尔科便向他祝了晚安。已经很晚了。棺材匠在走近自己的家时，突然看到有个人影溜到了他家的门前，那人推开门，然后便消失在门后。“这是怎么回事？”阿德里安想，“又有顾客来找我了？还是有贼来偷我？要不就是来找两个傻姑娘的情郎？恐怕不是什么好事！”于是，棺材匠已经准备去喊他的朋友尤尔科来帮忙了。就在这时，又有一个人走近便门，打算进去，但在见到了跑过来的主人后，便站了下来，脱下了三角帽。阿德里安觉得他的面孔很熟悉，但仓促之间又不及细看。“您光临我处，”阿德里安喘着粗气说道，“承蒙关照，请进。”“别客气，老兄，”那人闷声闷气地说，“你头里走；给客人指个路！”阿德里安也没时间讲客套了。便门没有锁，他走上楼梯，那人跟在他的身后。阿德里安感觉到，他的屋子里有很多人在走动。“真是活见鬼了！”他想着，疾步跨进房间……就在此刻，他的两腿僵住不动了。房间里站满了死人。月光透过窗户，照耀着死人们蜡黄或铁青的脸、黑洞似的嘴巴、半闭半睁的混浊的眼睛和伸得长长的鼻子……阿德里安惊恐地辨认出，这些都是他热心张罗着埋葬掉的人，他还看清了，那个前来做客、和他一起走进屋来的人，就是在大雨中被埋葬的那位旅长。所有的死人，女人和男人们，都围着棺材匠，向他鞠躬，向他问好，只有一个不久前死去的穷人例外，他死的时候没有棺材，是别人施舍为他下葬的，他感到不好意思，又觉得自己的衣衫太寒碜，就没有走上前来，而是规规矩矩地站在一个角落里。其他所有的死人却都穿得很整齐；女性死者们戴着睡帽，披着缎带；做过官的死者身穿制服，但胡须没有剃去；商人们则穿着节日里才穿的长袍。“您瞧，普罗霍洛夫，”旅长代表所有诚心实意的同伙说道，“我们大家都接受了您的邀请；留在家里的只是那些实在走不了的人，他们几乎完全散了架，而且，他们也只剩下了几根不连着皮的骨头，可是，有一位却忍不住了——他非常想来您这儿……”就在这时，一具矮小的骷髅挤过人群，走近了阿德里安。他的头骨对着棺材匠温柔地笑着。红红绿绿的呢布条和破麻袋片挂在他的身上，就像挂在一根竿子上，两根腿骨在一双大靴子里哐啷，就像石臼中的两根木杵。“你不认识我了，普罗霍洛夫，”骷髅说，“你还记得那个退伍的近卫军中士彼得·彼得罗维奇·库里尔金吗？你在1799年把你的第一口棺材卖给了他，那口棺材还是用松木冒充的橡木。”说完这话，死者展开骨架，想要拥抱棺材匠，——但棺材匠却使尽力气大叫了一声，推开了他。彼得·彼得罗维奇摇晃了一下，跌倒了，浑身散了架。死者们中间响起了愤怒的抱怨声；他们欲维护其同伴的荣誉，于是便死缠着阿德里安，又是咒骂，又是恐吓，可怜的主人被他们的喊声震聋了耳朵，几乎被活活挤死，他吓得灵魂出窍，跌倒在退伍的近卫军中士的那堆骨头上，失去了知觉。

太阳早已照到了棺材匠躺着的床铺。终于，他睁开了眼，看到了正在他跟前吹茶炊的女佣人。阿德里安恐惧地回忆起了昨天发生的事情。特柳希娜、旅长和中士库里尔金模模糊糊地浮现在他的脑海里。他沉默不语，在等着女佣人开口和他说话，谈谈昨夜那些奇遇的结果。

“你睡得真死啊，阿德里安·普罗霍洛夫老爷，”阿里西里娅把一件长衫递给他，说道，“隔壁的裁缝来找过你，这里的岗警也来过这儿，说今天是派出所所长的命名日，可是你在睡觉，我们不想叫醒你。”

“死者特柳希娜那儿有人来找过我吗？”

“死者？她难道死了？”

“你这个傻瓜！昨天不是你帮我办了她的丧事吗？”

“你怎么啦，老爷？你是发了疯，还是昨天的酒醉还没过去？昨天哪有什么丧事？你一天都在德国人那儿喝酒，醉醺醺地回到家，往床上一躺，一直睡到现在，做祈祷的钟声都已经敲过了。”

“是这样！”满心欢喜的棺材匠说道。

“当然是这样的。”女佣答道。

“如果是这样，就快来杯茶，再把两个女儿叫到这里来。”

驿站长

十四品的文官，
就是驿站的总管。

——维亚泽姆斯基公爵[1]

有谁不曾咒骂过驿站的站长们，不曾和他们吵过架？有谁不曾在愤怒的时候向他们索要那要命的意见本，好在上面写满指控他们蛮横、愚蠢和失职的无用的意见？有谁不曾视他们为人间的败类，将他们等同于从前那些抄抄写写的小吏，或至少也要将他们视为穆罗姆的强盗[2]？然而，我们若能持一个公正的态度，尽量设身处地地为

---

① 引自俄国诗人维亚泽姆斯基（1792—1878）的《驿站》（1825）一诗，但普希金有所改动；十四品文官是俄国最低一级的官职。

② 穆罗姆是9—12世纪居住在奥卡河下游的一个部族。

他们想一想,我们对他们的评价也许就能宽容得多。驿站长是何许人?就是一个十四级的真正的受难者,他的职位仅仅能使他免遭殴打,而且还不能保证他永远不挨打(我出此言,凭借的是我的读者们的良心)。维亚泽姆斯基逗趣地称之为"总管"的这种人,其职责是什么呢?难道不是真正的苦役吗?无论白天,还是黑夜,都不得安宁。一个旅客在无聊的旅途中积聚起来的所有怨恨,都会发泄在驿站长的身上。天气不好,道路难行,车夫不听话,马匹跑不动,——这一切都是驿站长的错。一个旅客走进他那间可怜的小屋,就像看一个敌人那样看着他;如果他能尽快地打发走这位不速之客,倒也好了;但如果恰好没有马呢?……上帝啊!怎样的辱骂和恐吓就会落到他的头上啊!雨天雪地里,他不得不走村串户;在暴风雪中,寒冬腊月里,他也时常走到过道里,以便暂时躲避一个发怒客人的喊叫和推搡。一位将军驾到了;颤抖的驿站长把最后两驾三套马车给了将军,其中还有一辆是供信使用的驿车。将军走了,连声谢也不对他道。五分钟后,车铃又响了!……一位机要信使又把他的驿车证往驿站长的桌子上扔来!……好好地体会这一切,我们的心中就会充满真挚的同情,而不是怨恨。我还要再说几句:二十年间,我不停地奔波,走遍了俄罗斯的东南西北;我几乎熟悉所有的驿道;几代的车夫我都认识;我认得出绝大多数驿站长的脸,和绝大多数的驿站长打过交道;我希望在近期出版我有趣的旅途见闻集锦;在此我只想指出:公众对驿站长阶层的看法是不正确的。这些遭人唾骂的驿站长,都是些谦和的人,他们天生一副热心肠,爱跟人交往,既不求名,也不太追逐钱财。从他们的谈话(可惜常被过路的先生们所忽略了)中,可以得到许多有趣的、有教益的东西。至于我自己,我得承认,我宁愿听他们的谈话,而不愿领教一位因公出差的六品官的阔论。

不难猜出,我在可敬的驿站长阶层中有一些朋友。确实,关于他们之中一个站长的记忆,对我来说是很珍贵的。环境曾使我与他相互接近,现在,我就打算和亲爱的读者们谈一谈这个人。

1816 年的 5 月间,我曾旅行经过 × × 省,走的是一条如今已被毁坏的驿道。我当时职位低下,只得在每一个驿站换马,还要付两匹马的费用。因此,驿站长们对我很不客气,我常常要通过斗争才能得到我认为我有权得到的东西。我年轻气盛,看到驿站长把为我准备好的三匹马又套到了一位官老爷的马车上,我便会因站长的下贱和胆怯而发火。在省长的午餐会上,势利的仆人常把我的菜漏掉不上,这件事也使我很久都难以习惯。如今,这两件事我都认为是符合规矩的了。实际上,如果我们废除"小官敬大官"的普遍规则,而采用另一个比如说是"低智敬高智"的规则,那么我们这儿会出什么事呢?那将会出现怎样的争斗啊!仆人们又该从谁开始上菜呢?但是,还是回到我的故事上来吧。

那一天很闷热。在离××驿站还有三里路的时候，下起了雨，一分钟之后，一场倾盆大雨便把我淋了个透湿。到了驿站后，第一件事就是赶快换衣服，第二件事是要一杯茶喝。“喂，杜尼娅！”站长喊道，“把茶炊摆上来，再去拿点奶油来。”听到站长的话，一个十四岁左右的女孩从隔壁的房间里走了出来，跑向前厅。她的美貌令我吃惊。“这是你的女儿吗？”我问驿站长。“是我女儿，”他带着心满意足的神情回答，“她脑子好使，手脚麻利，活像她死去的母亲。”这时，他开始登记我的驿马证，我则看起了他那简陋然而整洁的住所中挂着的几幅画。画上画的是浪子回头的故事：在第一幅画上，一个戴帽着袍的可敬老人正在送别一个行色匆匆的少年，那少年在急慌慌地接受老人的祝福和钱袋。另一幅画上，年轻人放荡的行为被用鲜艳的笔触表现了出来：他坐在桌子旁，四周环绕着一些邪道朋友和厚颜无耻的女人。接下来的一幅上，把钱财挥霍一空的少年，身穿破衣，头戴三角帽，正在放猪，并在和猪一同吃食；在他的脸上，有深刻的忧伤的悔恨。最后一幅，画的是他回到了父亲身边；善良的老人，身着与第一幅画中同样的冠服，跑出来迎接儿子：浪子跪在地上；在画上的远景中，一个厨师正在宰杀一头肥牛，哥哥在向仆人们询问这一喜庆场面的原因。在每一幅画的下方，我都读到了几行相当不错的德文诗。所有这一切，以及那养着凤仙花的瓦盆、挂着彩色账幔的床铺和当时出现在我身边的其他东西，至今仍都留存在我的记忆里。就是在此刻，我仍觉得那位驿站主人的形象历历在目，他五十岁上下的年纪，脸色很好，精神矍铄，身穿一件长长的绿色制服，三枚勋章挂在褪了色的绶带上。

我还未及和我的老车夫结清账，杜尼娅就已经抱着茶炊回来了。这个小妖精只两眼便已察觉出，她给我留下了很好的印象；她垂下了蓝色的大眼睛；我与她交谈起来，她在回答我的问题时没有任何的胆怯，像是一个见过世面的姑娘。我请她的父亲喝杯果酒，又递了一杯茶给杜尼娅，我们三人便聊开了，就像是老熟人似的。

马早就套好了，可我还是不愿离开驿站长和他的女儿。最后，我终于和他们道了别；父亲祝我一路平安，女儿送我到车边。在前厅里，我站下了，请她让我吻她一下；杜尼娅同意了……我能够数得出。

自从我做了那事之后，

我有过许多次的接吻，但是，没有一个吻能像这个吻那样给我留下如此长久、如此愉快的回忆。

几年之后，一些事又使我走上同一条驿道，来到了老地方。我忆起了老站长的女儿，一想到又能见到她了，我便满心欢喜。但是，我也想到，也许，老站长已经被别人替换了;也许,杜尼娅已经嫁人了。他和她也许死了,这个念头也曾在我的意识中闪过,就是怀着这样一种哀伤的预感,我走近了××驿站。

马匹在驿站的小屋前站住了。我走进房间,立即认出了那几幅画着浪子回头故事的画;桌子和床铺摆在老地方;但是窗台上已没有了花,屋里的一切都让人觉得陈旧、凌乱。驿站长裹着皮袄睡在那里;我的到来惊醒了他;他爬了起来……这正是萨姆松·维林;可是他老得多厉害啊!就在他准备填写我的驿马证时,我看着他花白的头发、满是胡须的脸上那一道道深深的皱纹和他佝偻的背,——我不能不惊讶,三四年的时光竟能将一个精神抖擞的男人变成这样一个瘦弱的老头。“你还认识我吗?”我问他,“我们可是老熟人啊。”“也许是吧,”他闷闷不乐地回答,“这是条大路;打我这儿路过的人很多。”“你的杜尼娅好吗?”我接着问道。老人皱起了眉头。“天晓得她好不好。”他回答。“看来,她是嫁人了?”我说道。老人装着像是没听见我的话,继续喃喃地读着我的驿马证。我也不再问话了,吩咐上茶。好奇心搅得我心神不宁,我指望着,果酒能让我的老相识开口说话。

我没猜错:老人不反对喝上一杯。我发现,罗姆酒驱散了他的郁闷。喝第二杯时,他的话就多了起来;不知是真的记起来了,还是假装的,他像是认出了我,于是,我便从他那儿听到了这个当时曾强烈地吸引了我、感动着我的故事。

“这么说,您认识我的杜尼娅?”他开了头,“有谁不认识她呢?唉,杜尼娅啊,杜尼娅!是个好姑娘啊!从前,打这儿过的人,人人都夸她,没有一个人说她不好。太太们常送东西给她,有时是头巾,有时是耳环。过路的老爷们故意留下来,说是为了吃顿午饭或是晚饭,其实只是为了多看她几眼。那时,不论多么生气的老爷,一见到她就安静了下来,对我说话也就客气了。先生,您信不信,那些通讯员啦、信使啦,和她一谈就是半个小时。她支撑着这个家;收拾呀,做饭呀,所有的事她都一人揽下了。而我这个老傻瓜,对她也是看不够、喜欢不够啊;难道是我不爱我的杜尼娅?难道是我不关心我的孩子?难道是她的日子过得不好吗?不是,是灾就逃不脱,命中注定的事,迟早总要出的。”接下来,他便把他的伤心事详详细细地说给我听了。三年前,在一个冬天的晚上,驿站长正在给一个新记事本画格子,女儿正在隔壁为自己缝衣服,这时,驶来一辆三套马车,一个头戴切尔克斯皮帽、身穿军大衣、裹着披风的人走进房间来,要求换马。所有的马都派了出去。听到这个消息,那位旅客提高了嗓门,还举起了鞭子;但是,已习惯应付这种场面的杜尼娅马上从隔壁跑了出来,和声细语地问来人要不要吃点东西。杜尼娅的出现照例又起了作用。来人的怒气消失了;他同意等马回来,并为自己要了一份晚餐。摘下湿漉漉的毛帽,脱下披风和大衣,来人原是一位身材匀称、蓄着黑色唇须的年轻的骠骑兵。他坐到驿站长的身边,与站长和他的女儿愉快地交谈起来。晚餐做好了。与此同时，马匹也返回来了，站长吩咐别给马喂食了，立即给来人的马车套马；但是，当他回到屋里时，却发现那位年轻人躺倒在长凳上，几乎已失去了知觉；他觉得不舒服，脑袋很痛，走不了了……有什么办法！驿站长把自己的床铺让给了他，并且打定了主意：如果病人不见好转，明天早上就派人去C城请大夫。

第二天，骠骑兵的情况更糟了。他的一个跟班骑马进城请医生去了。杜尼娅用一块浸了醋的毛巾包着他的头，然后就坐在他的床边缝衣服。驿站长在场时，病人哼哼着，一句话也不说，但是却喝了两杯咖啡，并且还哼哼着说要吃午餐。杜尼娅寸步不离地守着他，他不时地要水喝，杜尼娅便给他端来她调制的柠檬茶。病人湿了湿嘴唇，在每次递还杯子的时候都要用他虚弱的手捏一捏杜尼娅的手，以示感激。午饭前，医生赶到了。他给病人号了脉，用德语和病人交谈了一通，然后用俄语宣布道，病人只需要静养，两三天后便可上路。骠骑兵给了医生25卢布的出诊费，并请他留下吃午饭；大夫同意了；他们俩人胃口甚佳，喝光了一瓶葡萄酒，然后，彼此心满意足地分了手。

又过了一天，骠骑兵完全康复了。他非常高兴，不停地和杜尼娅、和驿站长开着玩笑；他哼着歌儿，与过路的人聊天，还把旅客的驿马使用证明抄在驿站的记事本上，善良的驿站长着实喜欢上了他，在第三天的早上，他已舍不得和他的这位可爱的客人分手了。那天是礼拜天；杜尼娅正准备去做日祷。骠骑兵的车套好了。他大方地向驿站长付了食宿费，然后与站长道了别；他又与杜尼娅道别，并提议顺路捎她去村边的教堂。杜尼娅犹豫不决地站在那里……“你怕什么？”父亲对她说，“这位大人又不是狼，他不会把你吃了的，你就坐他的车去教堂吧。”杜尼娅坐进了马车，挨着骠骑兵，仆人跳上自己的座位，车夫吹了一声口哨，马儿便跑了起来。

可怜的驿站长不明白，他怎么会亲口让自己的杜尼娅和那个骠骑兵一起走掉，他为何瞎了眼，他的神经当时出了什么毛病。不出半小时，他的心就不舒服了，开始感到难受，一种不安的心情笼罩了他，使他再也耐不住了，便亲自往教堂跑去。跑近教堂时，他看到人已经散了，但无论在院子里还是在教堂门口，都不见杜尼娅。他急忙走进教堂：一位神父从祭台后走出；一位执事在熄灭蜡烛；两位老太太还在角落里祷告；但是杜尼娅不在教堂里。可怜的父亲鼓起勇气问那执事，杜尼娅是否来做了祈祷。执事回答说，她没来。驿站长半死不活地回到家里。他只剩下一个希望了：杜尼娅出于年轻人的轻率，或许去了下一个驿站，她的教母就住在那个驿站。驿站长痛苦不安地等待着他让女儿坐上去的那辆三套车回来。车夫老也不回来。最后，直到傍晚，醉醺醺的车夫才一个人回来了，他带来一个要命的消息：“杜尼娅和骠骑兵一起，离开下一站又往前走了。”

老人经受不住这个不幸的消息;他躺倒在那个年轻的骗子昨天晚上躺过的床上。现在,驿站长把事情前前后后地想了一遍,猜到那场病是装出来的。可怜的老人得了严重的热病;他被送到C城,找了一个人暂时代理他的事务。给他治病的,就是那个去看过骠骑兵的大夫。他告诉驿站长,那个年轻人根本没有病,而他当时就猜透了他恶毒的主意,但是他怕挨鞭子,所以没有说出来。无论这个德国医生是在说实话还是想吹嘘自己的远见,他反正是一点也安慰不了这位可怜的病人。病刚有好转,驿站长便向C城的邮政支局长请了两个月的假,没对任何人吐露自己的打算,便步行着找自己的女儿去了。他从驿马证上得知,骑兵大尉明斯基是由斯摩棱斯克去彼得堡的。拉过他的那个车夫说,杜尼娅一路上都在哭,虽说她好像是自愿跟他走的。“兴许,”驿站长想,“我能把我这只迷了路的羔羊领回家来。”带着这个念头,他到了彼得堡,住在伊兹梅洛沃团的驻地他的老战友、一个退伍士官的家中,开始寻找女儿。很快,他就打听到了,骑兵大尉明斯基就在彼得堡,住在德蒙特饭店。驿站长决定去找他。

一大早,驿站长就来到了明斯基的接待室,让人去通报大人,说一位老兵要求见他。一个勤务兵一边擦着楦头上的靴子,一边回答说,老爷正在睡觉,十一点之前不会见任何人。驿站长回去了,在约定的时候再次来到这里。披着长袍、戴着一顶红色小圆帽的明斯基走出来见他。“老兄,你有什么事?”他问老人。老人的心急速地跳动,泪水涌上他的眼睛,他用颤抖的声音仅仅说出这样一句话来:“大人!……您就行行好吧!……”明斯基飞快地看了他一眼,脸一下红了,他抓住老人的手,把他带进办公室,又随手关上门。“大人!”老人继续说道,“丢掉的东西,是找不回来了;但求您至少把我可怜的杜尼娅还给我。您已经玩够了她;您就别再把她给白白地毁了吧。”“生米已煮成熟饭,谁也无法挽回了。”极其狼狈的年轻人说道,“在你面前我有罪,我也乐意请求你的原谅;但是你别指望我会离开杜尼娅,我向你保证,她会很幸福的。你要她干什么?她爱我;她已经不习惯她从前的生活了。无论是你,还是她,你们都忘不了过去的事。”然后,在往驿站长的袖口里塞了点什么之后,他打开了门,连驿站长自己也不明白,他怎么就来到了大街上。

他久久地站着不动,最后,他在自己袖子的翻口里看到了一团纸;他掏出纸团,展开了几张皱巴巴的五卢布和十卢布的钞票。泪水又一次涌上了他的眼睛,这是愤怒的泪水!他把纸币揉成一团,扔在地上,又踩了几脚,然后走开了……刚走了几步,他停下了,想了想……又转回身来……但是,钞票已经不在了。一个穿着时髦的年轻人看见他后,便跑向一辆马车,急慌慌地坐上去,大喊一声:“快走!……”驿站长没有去追赶他。他决定回自己的驿站去,但在这之前,他指望着至少能见上他可怜的杜尼娅一眼。为了这一目的，两天后他又去了明斯基那儿；但是，勤务兵严厉地对他说，老爷谁也不接待，那个勤务兵还用胸脯把驿站长挤出了接待室，并顶着他的鼻子把门砰地关上了。驿站长站了一会，又一会，——然后走开了。

就在这天的傍晚，驿站长在受难者教堂做完祈祷后，正在铸造街上行走。突然，一辆漂亮的轻便马车在他面前驶过，驿站长认出了明斯基。马车在一幢三层楼前停住了，正停在门前，骠骑兵向台阶跑去。一个令人兴奋的念头出现在驿站长的脑海里。他回转身，走到车夫跟前问道："老弟，这是谁的马？是明斯基的吗？""正是，"车夫回答，"你有什么事？""是这么回事：你的老爷命我送一封信给他的杜尼娅，可是我忘了他的那个杜尼娅住哪儿了。""就住这儿，在二楼。老兄，你这信送迟了；现在他本人已经在她这里了。""没关系，"驿站长怀着一种难以名状的心情答道，"多谢你的指点，我还是要去办我的事。"说完这话，他便走上了楼梯。

房门锁着；他拉了门铃，心情紧张地等了几秒钟。钥匙响了一下，有人为他开了门。"阿芙多季娅·萨姆松诺夫娜是住这儿吗？"他问道。"是住这儿，"一个年轻的女佣答道，"你找她有什么事？"驿站长没有答话，走进了前厅。"不行！不行！"女佣在他的身后喊道，"阿芙多季娅·萨姆松诺夫娜有客人。"但是驿站长没理她，继续往前走。前两个房间里很暗，第三个房间里有灯光。他走到敞开的房门前，止住了脚步。在这间装饰得很漂亮的房间里，明斯基坐在那里想事。穿着时髦、豪华的杜尼娅，则坐在他那张椅子的扶手上，就像一个坐在英国马鞍上的女骑手。她温情地看着明斯基，用自己戴满戒指的手指扰弄着他黑色的鬈发。可怜的驿站长！他从未看到他的女儿如此地美丽；他情不自禁地欣赏起她来。"谁在那边？"她问道，并没有抬起头。他一直没做声。杜尼娅没有听到回答，便抬起头来……她尖叫着倒在了地毯上。惊慌的明斯基忙去扶她，突然间看见了门边的老站长，他丢下杜尼娅，走到驿站长身边，他在因愤怒而发抖。"你想干什么？"他咬牙切齿地对驿站长说，"你为什么像强盗一样老跟着我？你是想杀了我？快滚！"他用有力的手抓住老人的衣领，把他推到了楼梯上。

老人回到了住处。他的朋友劝他上诉；可是驿站长想了一下，摆了摆手，决定放弃。两天后，他从彼得堡回到自己的驿站，又重操旧业了。"已经三年了，"他最后说道，"我一个人过着，没有杜尼娅，也没有听到过她的任何消息。她是死是活，只有天知道。什么样的事都可能发生。被过路的花花公子拐骗的姑娘，她不是第一个，也不会是最后一个，他把姑娘养上一阵，就扔掉了。在彼得堡这样的小傻瓜很多，今天还披着缎子和天鹅绒，一转眼，第二天就和穷光蛋一道去扫马路了。我有时想到，我的杜尼娅或许已经堕落了，我就恨不得做一次孽，咒她早死……"

这就是我的朋友、一位年老的驿站长讲述的故事，一个不止一次被泪水所中断的故事。驿站长用衣袖缓缓地擦着眼泪，就像德米特里耶夫那个精彩故事中勤恳的捷连季奇那样。[①] 那些泪水，有一部分是由果酒引起的，在讲故事的过程中，他喝下了五杯酒；但是，无论如何，这眼泪还是强烈地打动了我的心灵。和他分手后，我仍久久地难以忘怀这个年老的驿站长，久久地想着可怜的杜尼娅……

不久前，在又一次路过××镇时，我记起了我的朋友；我得知，由他掌管的那个驿站已经被取消了。"老驿站长还活着吗？"对于我的这个问题，没人能够做出一个令我满意的回答。我决定去重访故地，便租了几匹拉脚的马，向H村赶去。

这时恰逢秋季。灰色的云朵遮蔽着天空；冷冷的风儿从收割完了的田野上吹来，扫过树木，带走了树上红色和黄色的树叶。我在日落时分来到村子里，把车停在驿站的小屋边。一个胖胖的女人走到前厅（可怜的杜尼娅曾在这里吻过我），回答我的问题说，驿站长一年前死了，这间屋里现在住着一个酿酒师傅，她就是这位师傅的老婆。我开始为这一趟白跑和白白花掉的七个卢布而感到惋惜了。"他是怎么死的？"我问酿酒师傅的妻子。"是喝酒喝的，老爷。"她回答。"他葬在哪里？""就在村边，挨着他从前的老伴。""能领我到他的坟上去吗？""有什么不行的？喂，万卡！你跟小猫玩够了吧。快领这位老爷到墓地去，把驿站长的坟指给他看。"听到这话，一个衣衫褴褛的红头发、一只眼的男孩跑到我的面前，立即领我向村边走去。

"你认得死者吗？"我在路上问他。

"怎么会不认得？他教过我刻笛子。从前，只要他（愿他早进天堂！）一走出酒馆，我们就追着他喊：'老爷爷，老爷爷！给几个核桃吧！'他就把核桃分给了我们。从前，他老跟我们玩。"

"过路的人有记得他的吗？"

"现在过路的人很少了；陪审员有时来，可他不问死人的事。夏天里来过一位太太，她也问起了老站长，也到过他的坟上。"

"什么样的太太？"我好奇地问。

"是一位好看的太太，"男孩回答，"她是坐一辆六匹马拉的车来的，带着三个小少爷、一个奶妈和一条黑色的哈巴狗；她听说老站长已经死了，就哭了起来，然后对她的孩子说：'你们坐着别动，我到墓地去一趟。'我说我愿意领她去。可是太太说：'我自己认得路。'她还给了我一个五戈比的银币，——真是一个好太太啊！……"

我们来到了墓地，这是一块光秃秃的土地，没有围栏，立了许多木头十字架，但是

---

① 此指俄国诗人德米特里耶夫（1780—1837）的《退伍的骑兵司务长》（1791）一诗。

一棵树也没栽。我从来没见过如此凄惨的墓地。

“这就是老站长的坟。”男孩跳上一个沙堆,向我说道;沙堆上埋着一根镶有铜像的黑色十字架。

“那位太太来过这里?”我问。

“来过,”万卡回答,“我跟在她后面看着她。她躺在这里,躺了好久。后来,那位太太到了村里,找到神父,给了他一些钱,就走了,她还给了我一个五戈比的银币,——那太太真好!”

我也给了小男孩五戈比,无论是这趟旅行,还是我花掉的那七个卢布,我都不再觉得有什么可惋惜的了。

村姑小姐

杜申卡,你穿什么衣服都好看。

——波格丹诺维奇[1]

伊万·彼得罗维奇·别列斯托夫的庄园坐落在我国一个偏远的外省。年轻时,他在近卫军中服过役,1797 年初退了伍,[2]回到自己的村子里,从此再也没有离开过那儿。他娶了一个穷贵族小姐为妻,妻子后来在分娩时死去了,当时,他正在离家很远的猎场上。对家庭事务的操持,很快就使他得到了安慰。他自己设计建造了一幢房屋,自办了一个呢织厂,使收入增加了两倍,于是,他便自认为是远乡近邻中最聪明的人了,对于这一点,经常携带家眷和爱犬到他家做客的邻居们,亦不持异议。平日里,他穿着波里斯绒的上衣,每逢节日,则要换上用自产的呢布缝制的礼服;他亲自记下每一笔开支,他除了《参政院公报》外,什么书也不读。一般地说来,人们是喜爱他的,虽然认为他很高傲。只有他最近的邻居格里高里·伊万诺维奇·穆罗姆斯基一个人和他合不来。穆罗姆斯基是一个地道的俄国老爷。在莫斯科挥霍掉了大部分的家产之后,妻子也死了,他便回到了自己这最后一处村庄,他在这里继续浪荡,但花样

---

① 引自俄国诗人波格丹诺维奇(1743—1830)的长诗《杜申卡》(1775)。

② 保罗一世(1754—1801)在 1796 年成为俄国皇帝,登基后不久,他即对反对他的叶卡捷琳娜近卫军的军官进行了迫害。

已经翻新了。他弄了一个英国花园，几乎把他余下的所有收入都花在了这个花园上。他的马夫都穿着英国骑手的装束。他的女儿有一个英国女教师。他按照英国的方法来耕种自己的田地：

照别国的方式长不出俄国的粮食，①

因此，虽然格里高里·伊万诺维奇的开销大大地减少了，可收入却不见增多；但就是在乡下，他也能设法借到钱；尽管这样，人们也不认为他是一个蠢人，因为他在本省地主中第一个想出要把庄园抵押给托管委员会，这在当时被认为是一个复杂、大胆的做法。在对他进行谴责的那些人中，别列斯托夫表现得最尖锐。对新方法的敌视，是他性格的一个突出特征。他无法心平气和地谈论邻居的崇英症，时常要找机会对那位邻居进行抨击。在把自己的领地展示给客人看时，听了对于他的家庭经营的称赞之后，他就会带着狡猾的微笑说道："是啊，我这里没有我的邻居格里高里·伊万诺维奇的那些东西。我们为什么要照英国人的方式去破产呢？还是让我们按俄国人的法子吃饱肚子吧。"诸如此类的玩笑话，被热心的邻居们添油加醋地传到了格里高里·伊万诺维奇那里。这位英国迷也像我们的报刊作者那样，忍受不了批评。他大为发火，反骂那位吹毛求疵的批评家为笨熊和土佬。

当别列斯托夫的儿子回到父亲的村子里来的时候，两位地主的关系正是这样的。儿子在××大学接受完教育，原打算从军，但是父亲不同意。年轻人又觉得文职工作对他完全不合适。父子俩彼此均不让步，于是，年轻的阿列克赛只好暂且在家当少爷，但还蓄着唇须，以备万一。②

阿列克赛确实是个棒小伙子。的确，如果他那匀称的身材永远裹不上一层军装，如果他的青春不是在出生入死的马背上度过的，而是弓腰驼背地在公文堆煎熬过的，那也着实让人遗憾。见他在打猎时总是不择道路地第一个冲击，邻居们便意见一致地说，他永远成不了一个精明的科长。小姐们不时向他望上一眼，有的小姐还死盯着他看；但是，阿列克赛很少理会她们，于是她们便认定，他之所以无动于衷，是因为他正在恋爱。果然，从他的一封信上抄下的地址，便在众人的手中传开了；那个地址是这样的：莫斯科，阿列克赛耶夫修道院对面，铜匠萨维里耶夫家，烦请阿库里娜·彼得罗夫娜·库罗奇金娜收转 A. H. P. 。

---

① 引自俄国剧作家 A. 沙霍夫斯科依（1777—1846）的《讽刺》（1808）。

② 当时的军人必须蓄唇须。

我的那些没有在乡下住过的读者们很难想象得出，县里的那些小姐有多可爱啊！她们在清新的空气里、在自家花园苹果树的绿荫里长大，她们从书本里汲取了关于世界和生活的知识。孤寂、自由和阅读，使她们内心的情感和欲望很早就得到了发展，而我们这里的漫不经心的美人们却不曾体会到那样的情感和欲望。对于一个乡间的小姐来说，车铃的响声就已是一次奇遇，去邻近城市的一次旅行便构成了生活中的一个时代，客人的来访也会留下长久的、有时竟是永恒的记忆。当然，每个人都可以嘲笑她们的古怪，但是，肤浅观察家的嘲讽并不能抹杀她们许多本质上的优点，这些优点主要就是：性格的独特性，独具一格的品质（individualité）[1]，按照让·保尔[2]的说法，若是缺少了这种品质，人的崇高便不复存在了。在都城里，妇女们也许会接受到更好的教育；但是，上流社会的习俗很快便会磨平她们的性格，使她们的心灵全都一模一样了，就像她们戴的头饰那样。这一点本无可指责，但是，正如一位古代的注释家所写的那样：nota nostra manet。[3]

不难想象，阿列克赛会在我们的小姐圈子里留下怎样的印象。在我们面前以忧郁和绝望的面貌出现的，他是第一个；和小姐们谈论逝去的欢乐和枯萎的青春的，他也是第一个；此外，他还戴了一枚画有骷髅头的黑色戒指。这一切在那个省里都显得非常新奇。小姐们都为他而发疯了。

但是，最关心他的还是我的这个英国迷的女儿丽莎（格里高里通常叫她蓓姬）。两家的父亲互不往来，因此她还没见过阿列克赛的面，可是邻近所有的女孩子们却在一个劲地谈论他。丽莎这年十七岁。一双黑黑的眼睛，使她那非常可爱的圆脸庞富有了生气。她是独生女，因此很淘气。她的活跃性格和不断的恶作剧，很叫父亲开心，却常使她的女教师萨克逊小姐感到绝望；萨克逊小姐是一个古板的四十岁老姑娘，她在脸上扑了粉，往眉毛上描了黑，一年读两遍《帕米拉》[4]，并因此获得一年两千卢布的薪水，但她仍觉得在这野蛮的俄罗斯寂寞得要死。

丽莎有一个女仆叫娜斯佳；她比丽莎大，但是和她的小姐一样好动。丽莎非常喜欢她，把自己所有的秘密都告诉她，与她一起想出了许多鬼点子。总之，娜斯佳在普里鲁奇诺村是一个相当重要的角色，其身份超过了法国悲剧中的任何一个贴心女仆。

"让我今天去做一回客吧。"一次，娜斯佳在给小姐穿衣时说道。

---

① 法文："个性"。

② 让·保尔（1763—1825），德国作家。

③ 拉丁文，意为"我们的意见仍然有效"。

④ 即《帕米拉，又名美德受到了奖赏》（1740—1741），是英国作家塞缪尔·理查逊（1689—1761）的一部书信体小说。

"去吧;去哪儿做客?"

"是去图吉洛沃村的别列斯托夫家。他们家厨师的老婆过命名日,昨天来叫我们去吃饭。"

"瞧!"丽莎说,"老爷们在吵架,仆人们却在互相请客。"

"老爷们的事与我们有什么相干?"娜斯佳反驳道,"再说,我是您的人,又不是您爸爸的人。您也没和别列斯托夫家的年轻人吵过架呀;如果老头子们乐意,就让他们吵去罢。"

"娜斯佳,你争取见一见阿列克赛·别列斯托夫,回来后好好给我讲讲,他长得什么样,为人怎么样。"

娜斯佳答应了,而丽莎一整天都在焦急地等待娜斯佳回来。晚上,娜斯佳回来了。

"喂,丽莎蓓塔·格里高里耶夫娜,"她一边走进房间,一边说道,"我见到了小别列斯托夫,我可是看够了,整整一天我们都在一块。"

"怎么回事?快说,快从头说起。"

"您听着吧。我们一起去了,有我,有阿尼西娅·叶戈罗夫娜,有涅尼拉,有杜茵卡……"

"好了,我知道了。后来呢?"

"请您让我从头讲起嘛。我们去时正好赶上开午饭。房间里全都是人。有科尔宾洛村的,有扎哈里耶沃村的,女管家还带着她的几个女儿,还有赫鲁平诺村的……"

"好啦!别列斯托夫呢?"

"别急嘛。我们在桌子旁边坐了下来,女管家坐在首席,我挨着她……那几个女儿气得噘起了嘴,可是,我才不在乎呢……"

"唉,娜斯佳,你真无聊,说的尽是你那些鸡毛蒜皮的事!"

"瞧您,真没耐心!我们这就离开饭桌……我们一直吃了三个小时,午餐真是丰盛啊;各种各样的夹心牛奶杏仁酥,有蓝色的,有红色的,还有彩色的……我们离开了饭桌,就去花园里玩逮人的游戏,少爷就在这时出现了。"

"怎么样?他真的很好看吗?"

"非常好看,算得上是个美男子。他个子很高、很匀称,脸上红润润的……"

"真的?我还以为他脸色苍白呢。怎么样?你觉得他是个什么样的人?愁眉苦脸的,不爱说话?"

"您说的什么话哟?我打生下来还没见过这么疯的人呢。他竟然想起来要和我们一同玩逮人的游戏。"

“和你们一同玩逮人的游戏！这不可能！”

“就是可能！还有别的呢！他逮着谁，就要亲谁！”

“随你怎么说吧，娜斯佳，你在说谎。”

“随您怎么说吧，我反正没骗您。我好不容易才躲开他。他就这样和我们闹了一整天。”

“那别人怎么说他在恋爱，对谁都不瞧一眼呢？”

“这我就不知道了，不过他可把我看了个够，对管家的女儿塔尼娅也这样看，就是对科尔宾斯克村的帕莎也不放过，说来真罪过，谁也没有觉得受了欺负，他真是一个调皮鬼啊！”

“这太奇怪了！你还听到他家里人是怎么说他的吗？”

“他们都说：少爷是个好人，心肠好，性子也开朗。只有一点不好，那就是太爱追女孩子了。但是我觉得，这也不是什么大不了的事，慢慢就会学乖了。”

“我真想见他一面啊！”丽莎叹了一口气，说道。

“这有什么难的？图吉洛沃村离我们这儿不远，就三里地，您往那边散散步，或者骑骑马，兴许就能见到他。他每天从一大早起，就扛着枪出去打猎。”

“不，这可不好。他会以为我在追他。再说，两家的父亲又在吵架，所以，我是永远也没法认识他了……啊哈，娜斯佳，你猜怎么着？我要扮成一个村姑。”

“这事准能行；您只要穿上一件厚布上衣、一条筒裙，就可以大胆地去图季洛沃了；我向您保证，别列斯托夫是不会放过您的。”

“我本地的土话说得很棒。啊哈，娜斯佳，亲爱的娜斯佳！这是一个多好的主意啊！”于是，丽莎躺下了，心里已打定主意，要立即实行这个叫人兴奋的计划。

第二天，她便开始实施自己的计划，她派人去市场买来了厚麻布、中国蓝棉布和铜扣子，在娜斯佳的帮助下为自己裁了一件上衣和一条筒裙，她把女佣们都叫来缝衣服，这样，到傍晚，一切便都准备停当了。丽莎穿上新衣，对着镜子一照，发现自己从来没有这样可爱过。她反复演练着自己的角色，在走动中深深地鞠躬，频频地像泥塑的猫那样扭着头，她还用农民的土语说话，用衣袖掩着脸发笑，她的这番表演赢得了娜斯佳的满口称赞。只有一件事让她犯难：她试着赤脚走过院子，但是长着草的地却刺痛了她细嫩的脚，沙子和碎石子也叫她受不了。可是娜斯佳马上帮她解决了问题：她量了量丽莎的脚，然后就去野外找牧人特罗费姆，要他按那个尺寸做一双树皮鞋。第二天，天还没亮，丽莎就醒了。全家人都还在睡着。娜斯佳在门口等待那个牧人。响起一阵号角声，村里的牲口散散落落地在老爷的宅院旁走过。特罗费姆走到娜斯佳跟前，把一双很小的杂色树皮鞋交给了她，又从她那里接过了作为奖赏的半个卢布。丽莎悄悄地把自己打扮成了一个村姑，又耳语着向娜斯佳交代了对付萨克逊小姐的办法，然后便来到后门的台阶，穿过园子，跑到了旷野上。

朝霞在东方闪耀，一簇簇金色的云朵仿佛在恭候着太阳，就像一群朝臣在恭候着君主；晴朗的天空、早晨的清新、露珠、微风和鸟的歌唱，这一切使丽莎的心中充满了天真无邪的欢欣；由于怕碰见熟人，她仿佛不是在走，而是在飞。在走近位于父亲领地边界处的小树林时，丽莎放慢了脚步。她应该在这里等待阿列克赛。她的心在莫名其妙地剧烈跳动；不过，我们年少时做恶作剧时所怀有的那种恐惧，却正是那些恶作剧的魅力之所在。丽莎走进了树林的深处。迎接姑娘的，是树林那低沉的、涌动的喧嚣。她的欢喜之情平和了下来。渐渐地，她陷入了甜蜜的幻想。她在想……然而，一个十六岁的小姐于春晨六时孤身一人在树林中的幻想，难道能被准确地描述出来吗？就这样，她沉思着，正走在一条高树笼盖的小路上，突然，一条漂亮的猎狗朝她叫了起来。丽莎吓坏了，叫了出来。就在这时，传来一个声音："Tout beau, Sbogar, ici…"[①]——紧接着，一个年轻的猎人从灌木丛后走了出来。"别怕，亲爱的，"他向丽莎说到，"我的狗不咬人。"丽莎已经摆脱了恐惧，她立即见机行事起来。"不，老爷，"她装出一副半害怕、半害羞的模样，说道，"我怕，瞧它多凶啊；它又要过来啦。"这时，阿列克赛（读者已经认出了他）仔细地打量了这位年轻的村姑。"如果你真的害怕，我就送送你，"他对她说道，"你肯让我挨着你走吗？""这有什么？"丽莎回答，"随你的便，路是大家走的。""你从哪儿来？""从普里鲁奇诺来；我是铁匠瓦西里的女儿，我是来采蘑菇的。"（丽莎提着一只系着绳子的小篮子。）"你呢，老爷？是图吉罗沃村的吧？""正是，"阿列克赛回答，"我是少爷的跟班。"阿列克赛想把他们的身份扯平。但是，丽莎看了他一眼，却笑了起来。"你撒谎，"她说道，"别拿我当傻瓜。我看出来了，你就是少爷。""你凭什么这样想？""凭一切。""怎么讲？""'少爷和仆人还分不清吗？穿得不一样，说话不一样，连狗也和我们的狗叫得不一样。"阿列克赛越来越喜欢丽莎了。惯于和好看的村姑们厮混的他，便想来搂抱丽莎；但是丽莎躲开了他，突然换上了一副严肃、冷漠的表情，这副表情虽然逗乐了阿列克赛，却也遏止了他进一步的企图。"如果您想要我们往后做个朋友，"她郑重地说道，"那就请您规矩一些。""是谁把你教得这么聪明？"阿列克赛哈哈大笑着说，"莫非是你们小姐的姑娘、我的熟人娜斯佳教的？教育原来就是用这样的方法传播的啊！"丽莎感到，她已超越了她所扮演的角色，于是便马上加以改正。"你想到哪儿去了？"她说，"难道我从来就没去过老爷的家吗？你别怕：我什么都听过，什么都见过。不过，"她继续说道，"尽和你

① 法文，意为："别动，斯波加尔，这边来……"

瞎唠叨，蘑菇也没采。老爷，你往那边走吧，我往这边走。请别见怪……”丽莎想走开，阿列克赛却一把抓住了她的手，“你叫什么名字，我的心肝？”“阿库尼娜，”丽莎答道，使劲地从阿列克赛的手里抽出自己的手指，“放开，老爷；我该回家了。”“好吧，我的阿库尼娜，我一定要到你的父亲、到铁匠瓦西里那里去做客。”“你说什么？”丽莎急忙反对道，“看在上帝的份上，你别去。要是家里人知道我在林子里孤身一人和一位老爷聊天，那我可就要遭殃了：我的父亲铁匠瓦西里会把我揍死的。”“可是我一定要再见你一次。”“我还会来这里采蘑菇的。”“什么时候来？”“就明天吧。”“亲爱的阿库尼娜，我真想亲你一下，可是我不敢。就明天吧，还在这个时间，是吗？”“是的，是的。”“你不会骗我吧？”“不会的。”“你发誓。”“我凭神圣的礼拜五发誓，我一定来。”

两个年轻人分了手。丽莎走出林子，穿过田野，溜进花园，慌慌忙忙地跑进了牲口棚，娜斯佳正在那里等她。她在那里换了衣服，心不在焉地回答了迫不及待的女仆所提的问题，然后便来到客厅里。餐桌已经摆好，早饭也已做好，萨克逊小姐已经在脸上搽了粉，并把腰身束得像个高脚杯，她正在把涂了奶油的面包切成薄片。父亲对女儿的清早散步表示了赞许。“没有什么能比早起更有益于健康了。”他说道。以几个从英国杂志上读来的长寿者的事迹为例，他指出，凡是活到一百岁以上的人，都不饮酒，而且在冬天和夏天里都是很早就起床的。丽莎没去听他的话。她在反复回想着清晨相见的那一幕幕场景，回想着阿库尼娜和年轻猎人的所有交谈，于是，良心便开始折磨她了。她在自己反驳自己，说他们的交谈并没有超越体面的界限，说这出闹剧不会带来任何后果。但是，她的反驳是枉然的，她良心的声音盖过了她理性的声音。她做出的明天再去的诺言，尤其让她不安：她几乎下定决心不去履行自己庄严的誓言了。但是，阿列克赛若是等不到她，便会去村里寻找铁匠瓦西里的女儿，而真正的阿库尼娜是一个脸上有麻点的胖姑娘，这样一来，她的轻浮的把戏就会露馅。这一想法让丽莎感到害怕了，于是她决定，明天一早仍以阿库尼娜的身份到树林里去。

在另一边，阿列克赛则欣悦无比，他一整天都在想着他新相识的姑娘；夜间，那位皮肤黝黑的美人的形象仍在梦中追随着他的想象。朝霞刚刚升起，他便已装束完毕了。来不及给猎枪装上子弹，他便带着他那条忠实的狗斯波加尔来到了野外，往约定的会面地点跑去。他难耐地等了将近半个小时；终于，他在灌木丛中发现了闪动的蓝色长裙，便急忙向亲爱的阿库尼娜迎去。看到他感激的狂喜，她笑了一下；但是，阿列克赛立即就看出了她脸上的忧愁和不安。他想得知其原因。丽莎承认道，她觉得自己的行为是轻浮的，她为自己的行为感到后悔，这一次她不想违背诺言，但这次见面是最后一次了，她请求他中止这种对谁也没有好处的往来。自然，这一切都是用农民的土话说出口的；但是，这些在普通姑娘身上很罕见的思想和感情却让阿列克赛大为吃惊。他用尽了各种巧言，劝阿库尼娜放弃她的打算；他欲使她相信，她的愿望是无可指责的，他答应一切都服从她，永远不使她有后悔的理由，他乞求她不要剥夺他唯一的快乐：那就是能单独地见到她，哪怕是隔一天一次，哪怕是一星期两次。他是怀着真正的激情说这番话的。在这时，他像是真的坠入了情网。丽莎默默地听着他的话。“答应我一句话，”最后，她说道。“你永远别到村子里去找我，也别四处打听我。答应我，除非我约定的会面，你不能再找别的机会见我。”阿列克赛欲凭神圣的星期五向丽莎起誓，可她却笑着止住了他。“我不需要发誓，”丽莎说，“我只要你的一句答应就够了。”在这之后，他们便友好地谈着话，一同在林子中散步，直到丽莎对阿列克赛说了一句“该走了”。他俩分了手，阿列克赛一个人留在那里，他弄不明白，为什么一个普通的乡村姑娘在两次约会之后便已拥有了对他的绝对权力。他与阿库尼娜的交往对他来说有一种新奇的诱惑，虽然，这个奇怪的乡下姑娘的吩咐使他感到有些难以承受，但他竟根本没有想到要去违背诺言。问题在于，阿列克赛虽然戴着不祥的指环，虽然有秘密的通信和忧郁的绝望之情，但他仍是一个善良、热情的青年，有着一颗纯洁的、能感受到纯真快感的心灵。

如果我一味地听任自己的兴趣，就一定会详详细细地去描写这对年轻人的约会、他们相互之间与日俱增的吸引力和信任感、他们所做的事和所谈的话；但是，我知道，我的大部分读者并不愿分享我的这种愉快。这些细节通常会让人感到甜腻，所以我省略了它们，只简单地交待一下：还不到两个月，我的阿列克赛便已爱得要死要活的了，丽莎也不比他更心静，虽说比他的话要少一些。他们两人都在因现实而幸福，却很少想到未来。

永不分离的念头相当频繁地在他俩的脑海中闪现，但他们彼此之间却从未说穿这一点。原因很清楚：无论阿列克赛如何倾心于他可爱的阿库尼娜，他仍没有忘记他和一位贫穷村姑之间的距离；而丽莎眼见两家的父辈之间存在着深刻的敌意，也不敢指望两家的和解。此外，暗中支撑着她的自尊心的，还有一种模糊、浪漫的希望，希望看到图吉罗沃村的地主终于跪倒在普里鲁奇诺村铁匠女儿的脚下。突然，一件重大的事件几乎改变了他们相互之间的关系。

在一个晴朗、寒冷的早晨（我们俄国的秋天里有很多这样的早晨），伊万·彼得罗维奇·别列斯托夫骑马出外溜达，为了以备万一，他随身带了三对猎狗、一名马夫和几个手持响板的小听差。就在这时，格里高里·伊万诺维奇·穆罗姆斯基也受到了好天气的诱惑，他吩咐套上他那只秃尾巴的母马，便在自己的英国化领地上飞奔开来。走近林子时，他看见了自己的邻居，那位邻居身着一件狐皮里子的高加索式上衣，高傲地骑在马上，正在等待小听差们用叫喊声和响板声从灌木丛中轰出的兔子。

如果格里高里·伊万诺维奇能预见到这个碰面，他当然会调头走向另一个方向；但他是完全意外地撞上别列斯托夫的，突然之间，他发现自己离那位邻居只有手枪射程那么远了。没什么办法了。穆罗姆斯基作为一个有教养的欧洲人，还是骑马走近了自己的敌手，很有礼貌地对他表示了欢迎。别列斯托夫也热诚地回了礼，其热诚就像一个被拴着的熊根据其主人的命令在对先生们鞠躬时所表现出来的那样。就在这时，一只兔子从树林中跳了出来，在田野上狂奔。别列斯托夫和马夫高声喊了起来，并放出猎狗，自己也纵马追了过去。穆罗姆斯基的马从未到过猎场，它受了惊，飞奔起来。穆罗姆斯基曾自诩为一位出色的骑手，所以他便放缰让马奔跑，内心里还在为能有机会摆脱那位讨厌的交谈者而感到得意。但是，马儿跑到一条它开始没有看清的深沟前，突然往旁边一拐，穆罗姆斯基没能坐稳。他重重地摔落在冰冻的地上，他躺在那里，诅咒着他那匹秃尾巴母马，那马儿似乎也清醒了过来，它一发觉身上没有了骑手，便停了下来。伊万·彼得罗维奇骑马来到他跟前，问他摔伤了没有。与此同时，那位马夫也抓着那匹有罪的马的辔头，把它牵了回来。马夫扶着穆罗姆斯基骑到了马鞍上，别列斯托夫请穆罗姆斯基去他家做客。穆罗姆斯基无法拒绝，因为他感到自己受惠于他人了，这样一来，别列斯托夫便十分荣耀地回了家，他打着一只兔子，又带回了他这位受了伤的、近乎战俘的对手。

两位邻居一面吃早饭，一面相当友好地交谈着。穆罗姆斯基请别列斯托夫借辆马车给他，因为他承认，他是摔伤了，已无法骑马回家了。别列斯托夫一直把客人送到台阶边，而穆罗姆斯基直到得到了主人明日去普里鲁奇诺村做客（带阿列克赛·伊万诺维奇一同去）、大家友友好好地吃顿午饭的应诺之后，方才离去。这样一来，那由来已久、根深蒂固的敌意，似乎将由于秃尾巴母马的受惊而消失了。

丽莎跑出来迎接格里高里·伊万诺维奇。“这是怎么回事，爸爸？”她吃惊地问。“您为什么瘸了腿？您的马哪儿去了？这是谁家的马车？”“你猜不出的，My dear[①]。”格里高里·伊万诺维奇回答她道，并把所发生的一切都告诉了她。丽莎几乎不相信自己的耳朵。还没等她清醒过来，格里高里·伊万诺维奇就宣布道，别列斯托夫父子明天将来他这里吃午饭。“您说什么？”丽莎说着，脸色发白了，“别列斯托夫父子！明天来我们家吃饭！不，爸爸，随您的便，我反正是不会露面的。”“你怎么了，疯了不成？”父亲反驳道，“你早就变得这样害羞了吗？还是你对他们怀着世袭的仇恨，就像一位浪漫的女英雄？好了，别淘气了……”“不，爸爸，就是给我世上的任何东西，给我各种各样的珍宝，我也不会在别列斯托夫父子前露面的。”格里高里·伊万诺维奇

① 英文：“我亲爱的”。

耸了耸肩，不再与她争论了，因为他知道，跟她闹矛盾是不会有任何结果的，于是，他便休息去了，以消除这次著名的散步所造成的劳累。

丽莎蓓塔·格里高里耶夫娜走进自己的房间，唤来了娜斯佳。她俩长时间地讨论着明天要来客人的事。如果阿列克赛认出这个有教养的小姐就是他的阿库尼娜时，他会怎样想呢？关于她的行为和品行、关于她的慎重，他会有什么样的看法呢？另一方面，丽莎又非常想看一看，如此意外的会面会对他产生怎样的影响……突然，一个念头在她的脑中闪出。她立即把那个想法告诉了娜斯佳；她俩都因这个想法而感到兴高采烈，像是捡到了宝贝，并决定马上实施这一计划。

第二天吃早饭时，格里高里·伊万诺维奇问女儿，她是否仍打算躲着不见别列斯托夫父子。"爸爸，"丽莎回答道，"如果能让您满意，我就出面接待他们，但是有一个条件：不管我怎样出现在他们面前，不管我做了什么，您都不能骂我，也不能表示出一丁点儿的吃惊和不满。""又是些恶作剧！"格里高里·伊万诺维奇笑着说，"好吧，好吧；我同意，你想怎么做就怎么做吧，我的黑眼睛的淘气包。"他边说着这话，边吻了吻女儿的额头，之后，丽莎便跑去做准备了。

两点整，一辆自家制作的、套着六匹马的马车驶进了院子，驶到了绿草茂盛的草坪边。老别列斯托夫在穆罗姆斯基的两个穿制服的仆人的帮助下走上了台阶。在他之后，他的儿子也骑马赶到了。父子俩一同走进了餐厅，餐厅里的桌子已经摆好了。穆罗姆斯基对其邻居的接待是再殷勤不过了，他建议他们在午餐前看一看花园和养兽场，他领着他们在扫得很干净、撒着沙子的小道上走着。老别列斯托夫见许多劳动和时间竟浪费在这些毫无益处的爱好上，内心里很是感到惋惜，但出于礼貌，他并未说什么。他的儿子则既没注意到精打细算的地主的不满，也没有在意自鸣得意的英国迷的陶醉；他在迫不及待地等着主人女儿的出现，他已多次听说过这位小姐了，尽管，如我们所知，他的心已经被人占据了，但是，年轻的漂亮姑娘永远能激起他的幻想。

回到客厅后，他们三人坐了下来：两位老人在回忆往日的时光和服役时的趣闻轶事，阿列克赛却在盘算着，丽莎出场后他该扮演怎样的角色。他认定，冷漠的漫不经心在任何场合下都是最体面的，于是，他便为此做起了准备。门开了，他转过头去，带着一种无动于衷、傲慢轻蔑的神情，这副表情能让一个最老练的情场女人也感到心颤。不幸的是，进来的不是丽莎，而是老小姐萨克逊，她抹了粉，束着腰，她垂着眼睛，微微地屈膝行了个礼，于是，阿列克赛那出色的军人动作算是落了空。还未等他重新抖擞起精神，门又开了，这次进来的是丽莎。众人都站了起来；父亲开始介绍客人，但是，他突然停住了，急忙咬住了自己的嘴唇……丽莎，他的皮肤黝黑的丽莎，脸上的白粉一直搽到耳根，眉毛描得比萨克逊小姐还要浓；比她自己的头发浅得多的一头假鬈发，像路易十四的假发那样耸立着；a l´imbécile[①] 式的衣袖高耸着，就像 Madame de Pompadour[②] 的鲸须架式筒裙；腰束得很紧，就像是字母 X，尚未及典当出去的她母亲的所有珠宝，全都闪耀在她的手指、脖子和耳朵上。阿列克赛不可能认出，这个模样可笑、珠光宝气的小姐就是他的阿库尼娜。他父亲前去吻了她的手，他也遗憾地照着父亲的样子做了；当他触到她白嫩的纤指时，他感到那纤指在颤抖。与此同时，他也趁机看了看她那只故意展示出来的、装饰得很诱惑的小小的脚。这一眼，使他稍稍有些能接受她的其他装束了。至于白色的皮肤和黑色的眉毛，由于他心地单纯，我们得承认，他第一眼便没有识破，后来也不曾怀疑。格里高里·伊万诺维奇没有忘记自己的诺言，他竭力不显出吃惊的表情；但是，女儿的淘气还是让他感到非常有趣，他甚至忍不住要笑出来了。而那位古板的英国女人则一点都不想笑。她猜到，眉黛和香粉是从她的抽屉里偷去的，于是，一层因恼怒而生的红晕便穿透了她脸上那层人工的白粉。她对那个年轻的淘气鬼恶狠狠地瞪了几眼，但丽莎却装着没看见，打算另找时间再作解释。

众人坐到了桌旁。阿列克赛继续做出一副心不在焉、若有所思的样子。丽莎扭怩作态，咬着牙说话，拖腔拿调的，而且只说法语。父亲不时看她几眼，不明白她的用意，只觉得这一切实在有趣。那位英国女人则怒气满面，一句话也不说。只有伊万·彼得罗维奇还像在家里一样；他吃了双份的饭菜，酒也喝足了量，他自己说笑话自己发笑，他的谈话越来越亲热，并不停地哈哈大笑。

最后，众人从餐桌边站起了身；客人们走了，格里高里·伊万诺维奇可以自在地发笑、提问了。“你是怎么想到要捉弄他们的?”他问丽莎，“你知不知道，这粉对你真的很合适啊？我不懂女士化妆的奥秘，但我如果处在你的位置上，就会开始搽粉的；自然，不能太厚，轻轻抹一层就可以了。”丽莎在为其计谋的成功而得意。她拥抱了父亲，答应将考虑他的建议，然后就跑去安慰气愤的萨克逊小姐了，萨克逊小姐过了好半天才同意给丽莎打开门，听一听她的解释。丽莎皮肤太黑，在生人面前觉得不好意思；她又不敢去求……她知道，善良、亲爱的萨克逊小姐会原谅她的……等等，等等。萨克逊小姐见丽莎确实没想取笑她，便消了气，她吻了吻丽莎，为了表示和解，她还送给丽莎一盒英国香粉，丽莎接过粉盒，并表示了衷心的谢意。

读者能猜得出，第二天早晨的林中约会，丽莎是不会迟到的。“老爷，你昨个儿去

---

① 法文，意为“傻瓜式”，一种袖口紧窄、肩部宽松的女上衣式样。

② 法文：“彭帕杜尔夫人”；彭帕杜尔(1721—1764)是法国国王路易十五的情妇。

了我们主人家了?”她迫不及待地问阿列克赛,“你看那小姐怎么样啊?”阿列克赛回答说,他没注意看她。“真可惜啊。”丽莎说道。”“为什么可惜?”阿列克赛问。“因为,我想问问你,人家说的话是不是真的……”“人家说的什么话?”“人家说我长得像小姐,是真的吗?”“简直是瞎扯!和你一比,她就是一个丑八怪。”“唉哟,老爷,你这么说话可是罪过啊;我们的小姐皮肤多白啊,打扮得多好看啊!我哪能和她比呀!”阿列克赛对她发誓说,她胜过所有的白皮肤小姐,为了能让她完全安下心来,他便描绘起她的小姐的可笑模样来,直逗得丽莎开怀大笑。“不过,”她又叹息着说道,“就算小姐模样可笑,我和她一比,还是一个不识字的傻瓜。”“哟!”阿列克赛说,“这有什么可伤心的!如果你愿意,我现在就来教你认字。”“真的?”丽莎说,“真的能试一试?”“来吧,亲爱的;我们这就开始。”他们俩坐了下来。阿列克赛从口袋里掏出一只铅笔和一个笔记本,结果,阿库尼娜学起字母表来惊人地快。阿列克赛不能不为她的理解力而感到吃惊。第二天早晨,她就想试着写字了;起初,铅笔不听她的使唤,但是几分钟之后,她描画出的字母便相当地整齐了。“真是一个奇迹啊!”阿列克赛说,“我们的教学,比兰开斯特教学法[1]来得还要快。”的确,在第三节课上,阿库尼娜就已经能一个音节一个音节地读《贵族之女娜塔里娅》[2]了,还不时停止朗读,说出一些叫阿列克赛惊叹不已的意见来,整整一张纸上,都写满了她从小说中摘录出的句子。

一个星期之后,他们之间便有了通信。邮局设在一棵老橡树的树洞里。娜斯佳暗中担负着邮差的职责。阿列克赛把自己字迹粗犷的信件带到那里,又从那里找到了他的情人歪歪扭扭地写在普通蓝纸上的情书。可以看出,阿库尼娜已习惯于使用一些优雅的词汇了,她的智力也在显著地发展着,形成着。

与此同时,伊万·彼得罗维奇·别列斯托夫和格里高里·伊万诺维奇·穆罗姆斯基之间开始不久的交往也越来越亲密,很快就转化成了友谊,其原因是:穆罗姆斯基时常在想,伊万·彼得罗维奇死后,他所有的家产都会转到阿列克赛·伊万诺维奇的手中;那样一来,阿列克赛·伊万诺维奇就会变成本省最富有的地主之一,他也就没有任何理由不和丽莎结婚了。在另外一边,老别列斯托夫虽然也承认,他的邻居是有些癫狂(照他的话说,就是英国式的傻气),但是,他并不否定邻居身上的许多优点,比如:罕见的机敏;格里高里·伊万诺维奇是有名有望的普隆斯基伯爵的近亲;一个伯爵对于阿列克赛来说会是非常有利的,而穆罗姆斯基若能有机会有利可图地嫁

---

① 英国教育家兰开斯特(1771—1838)总结出的一套以互教互学为特色的教学方法,俄国十二月党人曾在士兵中传播过这种教学方式。

② 俄国作家卡拉姆津写于1792年的一部中篇小说。

出女儿,或许也会感到高兴的(伊万·彼得罗维奇是这么想的)。两位老人一直在各自想着这件事,最后,两人彼此一谈,便相互拥抱起来,并商定一步步地来办这件事,各人从自家那边开始张罗。穆罗姆斯基面临着一个难题:劝说他的蓓姬尽快与阿列克赛熟悉。可是,在那次难忘的午餐之后,她还一直没见过他呢。看上去,他们相互都不太喜欢对方;至少,阿列克赛已不再来普里鲁奇诺村了,伊万·彼得罗维奇每次来访时,丽莎也都要躲进自己的房间。但是,格里高里·伊万诺维奇想,只要阿列克赛每天都来我这里,那么,蓓姬就一定会爱上他的。这就叫一步步来。时间会促成一切的。

对于自己计划的成功性,伊万·彼得罗维奇是比较有把握的。当天晚上,他就把儿子叫到自己的书房,他在烟斗上吸了一口,沉默了一小会,然后说道:"阿廖沙,你为什么很久没提参军的事了?那骠骑兵的军装对你已没有什么吸引力了吧!……""不,爸爸,"阿列克赛恭敬地回答,"我觉得,我若是去当了骠骑兵,您会感到不满意的;听从您的安排就是我的职责。""好,"伊万·彼得罗维奇答道,"我看出来了,你是个听话的儿子;这叫我很舒心;我也不想强迫你;我不要求你……马上……就去做文职工作;我现在想让你结婚。"

"和谁结婚,爸爸?"惊慌的阿列克赛问。

"和丽莎蓓塔·格里高里耶夫娜·穆罗姆斯卡娅,"伊万·彼得罗维奇回答,"姑娘很不错;是吗?"

"爸爸,我还不想结婚。"

"你不想,但是我替你想了,反反复复地想过了。"

"随您的便,我反正一点也不喜欢丽莎·穆罗姆斯卡娅。"

"往后就会喜欢上的。忍耐一阵,就会爱上了。"

"我感到我无法使她幸福。"

"她的幸福不要你来烦神。怎么?你就是这样听从家长的意志的吗?好啊!"

"随您怎样,我反正不想结婚,也不会结婚的。"

"你必须结婚,否则,我就要诅咒你,凭上帝发誓,我就会把家产卖光,花尽,连半个卢布也不给你留下!给你三天时间考虑,在此之前,别让我看到你。"

阿列克赛知道,如果父亲的脑袋里起了什么念头,那么,照塔拉斯·斯科季宁[①]的说法,你就是用钉子打眼也挖不出来;但是,阿列克赛也像他父亲,他同样很难被说服。他走进自己的房间,开始沉思,他想到了家长权力的限度,想到了丽莎蓓塔·格

① 俄国作家冯维辛的喜剧《纨绔少年》(1782)中的一个人物。

里高里耶夫娜，想到了父亲要把他变为穷光蛋的可怕的诅咒，最后，想到了阿库尼娜。他第一次清楚地看出，他是深深地爱上了她；娶一个村姑为妻，靠自己的劳动生活，这个浪漫的念头出现在他的脑海里，他对这个果断的行为设想得越多，便越觉得它合情合理。由于多雨的天气，林中的幽会已经中断了一些时日。于是，阿列克赛便用清楚的笔迹和热情的文字写了一封信，向她通报了他所面临的困境，并同时向她求了婚。他马不停蹄地把信投进了树洞信箱，然后便相当悠然地上床睡觉了。

第二天，打定主意的阿列克赛一大早就去了穆罗姆斯基家，想开诚布公地和他谈一谈。他希望能激发出穆罗姆斯基的宽宏大量，把他拉到自己这边来。“格里高里·伊万诺新奇在家吗?”他把马停在普里鲁奇诺庄园的台阶前，问道。“不在，”一个仆人回答道。“格里高里一大早就骑马出门了。”“太遗憾了!”阿列克赛想，“那丽莎蓓塔·格里高里耶夫娜总该在家吧?”“她在家。”于是，阿列克赛跳下马来，把缰绳递给仆人，没等通报，便走进屋去。

“一切都会解决的，”他在走向客厅时想到，“我要对她本人解释一下。”——他走了进去……却一下子愣住了！丽莎……不，是阿库尼娜，亲爱的黑皮肤的阿库尼娜，她穿的不是长裙，而是一件白色的晨衣，她坐在窗前，正在读他的信；她读得那样专注，甚至没有发觉他走了进来。阿列克赛忍不住高兴地喊叫起来。丽莎颤抖了一下，抬起头来，她惊呼了一声，便要跑开。他却扑过去抓住了她。“阿库尼娜，阿库尼娜！……”丽莎竭力想挣脱他……“Mais laissez-moi donc, monsieur; mais êtes - vous fou?”[①]她反复地说着，挣脱着。“阿库尼娜！我的朋友，阿库尼娜！……”他也在反反复复地说着，吻着她的手。目睹这一场面的萨克逊小姐，不知该如何作想了。就在这时，门开了，格里高里·伊万诺维奇走了进来。

“啊哈!”穆罗姆斯基说道，“看来，你们的事已经完全解决了……”

读者们是会允许我摆脱那描写结局的多余义务的。

---

① 法文，意为“放开我，先生；您疯了吗?”

戈柳希诺村的历史

如果上帝能赐我以读者，那么，对于这些读者来说，了解一下我为何决定来写《戈柳希诺村的历史》，也许是有趣的。为此，我须得先来谈一些细枝末节。

我于1801年4月1日出生在戈柳希诺村，父母都是诚实、高尚的人，我在我们村的教堂执事那儿接受了最初的教育。后来在我身上得到了发展的对阅读的兴趣以及对文字课程的兴趣，都应该归功于这位执事。我的进步虽然缓慢，却是扎实的，因为我在出生后的第十个年头里，就已经记住了如今仍存在于我记忆中的几乎所有的东西，我的记忆天生就弱，同样弱的身体也不允许我给那记忆再额外地添加负担。

我一直觉得，文学家的称呼是最可羡慕的。我的父母是可敬的人，但他们又是普普通通的人，接受的是老式教育，从来也不读任何的书，因此，在家里，除了买给我的一本《识字课本》、几本历书和一本《最新语文读本》外，就再也没有任何书籍了。很长一段时间里，阅读《语文读本》成了我热衷的练习。我已将它背得滚瓜烂熟，尽管如此，我仍每天都能从中找到潜在的新的美妙之处来。除了我父亲曾在他那儿当过副官的普列米扬尼科夫将军外，库尔加诺夫[①]就是我心目中最伟大的人了。我向所有的人问起他的情况，但遗憾的是，没有一个人能满足我的好奇心，没有一个人曾与他有过交往，我提出了所有的问题，却只能听到一个回答：库尔加诺夫编写了《最新语文读本》。可这一点我早就熟知了。未知的阴影笼罩着他，他就像是某个半神半人的古人；有时，对于是否真的存在他这个人，我甚至也产生了怀疑。我觉得，他的名字是杜撰出来的，关于他的传说是一个空洞的神话，还有待于一个新的尼布尔[②]来加以阐释。但是，我的想象仍一直没有离开他，我努力地想确定出这一神秘人物的形象，终于，我

---

① 尼古拉·库尔加诺夫（1726—1796），俄罗斯启蒙教育家，他的《自学语文读本》初版时名为《俄语通用语法》（1769）。

② 尼布尔（1776—1831），德国历史学家，著有《罗马史》，1826年成为俄国科学院外籍院士。

认定,他应该长得像地方自治会的代表科柳奇金,这是一个小老头,生着一只红红的鼻子和一双闪亮的眼睛。

1812年,我被带到莫斯科,送进了卡尔·伊万诺维奇·迈耶尔寄宿中学,——我在那里待了不到三个月,因为,在敌人进攻前夕,我们被放走了,于是我又回到了乡下。敌人被赶走之后,家人又想领我回莫斯科,想看一看卡尔·伊万诺维奇是否已经返回了那片废墟,如果没有,就送我去另一所学校,但我却求妈妈让我留在乡下,因为我的身体状况不允许我在早晨七点起床,而所有的寄宿学校通常都要求这样做。就这样,我长到了十六岁,可教育仍停留在最初的水平上,和我那帮淘气鬼一起玩棒球,便成了我唯一的学科,早在寄宿学校时,我就在这一学科中获得了足够的知识。

这时,我成了××步兵团的士官生,在这个团一直待到去年,即18××年。在团里的岁月,没有给我留下什么愉快的印象,只有两件事除外,一件是被提升为军官,一件是在口袋里只剩下一卢布六十戈比时却一下赢了二百四十五卢布。我亲爱的父母的逝世,使我不得不退伍,回到了我世袭的领地。

我生活中的这一阶段对于我来说非常重要,因此,我打算详细地谈一谈它,我要事先请求好心的读者原谅,如果我滥用了读者那迁就的关注。

这是秋天里的一日,天色阴沉。我抵达一个驿站,要从这个驿站再回戈柳希诺,我雇了一辆马车,走在乡间的小道上。我迫不及待地想重新见到我度过自己美好岁月的故乡,这一愿望强烈地控制了我,使天性文静的我也频频催促起车夫来,时而允诺要赏他一瓶酒,时而威胁要揍他,在他的背上敲几下比解开钱袋要更为方便一些,因此,我承认我揍了他两三下,我平生从未做过这样的事,因为我对车夫阶层抱有特别的好感,我自己也不明白其原因。车夫在赶着他的三套马车,可是我觉得,他挥舞鞭子,不停地抖动缰绳,都不过是车夫的习惯动作,像是安慰马儿。终于,我看到了戈柳希诺的树林;十分钟后,我便驶进了自家的院子。我的心激烈地跳动着——我怀着难以描述的激动打量着周围的一切。我已八年未见戈柳希诺了。我亲眼看着被栽在篱笆边的那几株白桦,如今已长成枝繁叶茂的大树。这个院子,过去曾饰有三个方方正正的花坛,花坛间是一条用沙子铺成的宽宽的甬道,如今却变成了一片荒芜的草场,一头褐色的母牛正在这草场上吃草。我的车子在前门的台阶前停了下来。我的仆人跑去开门,但所有的门都锁着,虽说护窗板是敞着的,房子看样子也有人居住。一个女人从一间农舍里走了出来,问我找谁。听说是老爷回来了,她便又跑回到屋里去了,随后,我就被仆人们包围了。看着一张张熟悉和不熟悉的脸,我被深深地感动了,——于是,我便友好地吻了所有的人:我的那些淘气包已长成男子汉,那些曾坐在地板上听候使唤的小姑娘,也已是嫁了人的婆娘。男人们都哭了。我毫不客气地对女人们说着:“瞧你,变老啦。”她们则满有感情地回答我:“瞧您呢,老爷,也变丑啦。”我被领到后门的台阶上,我的奶娘出门迎面向我扑了过来,她哭喊着拥抱了我,像是在拥抱历尽苦难的奥德修斯。人们跑去烧澡堂。由于无所事事而蓄起了大胡子的厨师,提出要去给我做午饭,或者说是晚饭,——因为天色已暗了。人们很快就给我清理出一个房间来,我的奶娘和已故母亲的几个使女曾住在这个房间里。于是,我便置身于父辈留下的简朴的居所,在二十三年前我出生的那个房间里入睡了。

将近三个星期,我始终在忙着各种杂事,——与自治会的代表们、首席贵族们和省里的各种官吏们打了交道。终于,我继承了遗产,接管了领地;我安静了下来,但是不久,无事可做的烦恼就开始折磨我了。我还没有与我的邻居、善良可敬的××先生相识。管家理财的事我完全不在行。我的奶娘被我指派为总管家,她的故事由十五个家庭轶事组成,这些故事对于我来说是非常有趣的,但她的讲述总是一成不变的,因此,她便成了我的又一本《最新语文读本》,在这样的一本书里,我能知道哪一行在哪一页上。而那本真正的、功勋卓著的《语文读本》,被我从仓库中的一堆破烂里找了出来,它已破烂不堪。我把它带到明处,读了起来,但是对于我来说,库尔加诺夫已失去了从前那样的魅力,我把那本书又读了一遍,然后就再也不翻它了。

在这种极端狭隘的境地中,我突然产生这样一个想法:何不自己试着写点什么呢?善意的读者已经知道,我只勉强受了点教育,也不曾有机会找回那失去的一切,我和仆人的孩子们一直玩到十六岁,然后从一个省搬到另一个省,从一个家搬到另一个家,与犹太人和店伙计一起消磨着时光,在破烂不堪的球台上打台球,在泥泞中奔跑。

而且我还觉得,做一个写作者是需要智慧的,是我们这些外行人所难以企及的,拿起笔来写点东西的念头一开始还吓了我自己一跳。当我连与一位作家见一次面的火热愿望都难以实现的时候,我还敢指望能步入作家的行列吗?但这使我想起了一件偶然的事,我打算把它说出来,以证明我对祖国语言始终不渝的激情。

1820年,当我还是一名士官生的时候,有一次因公差到了彼得堡。我在彼得堡住了一个星期,尽管我在那里连一个熟人也没有,但是日子过得还是非常开心:我每天都不声不响地去看戏,坐在四楼的楼座里。所有演员的名字我都记住了,还热烈地爱上了××,在一个星期天,她出色地扮演了《仇恨人类和忏悔》[①]一剧中的阿玛里娅一角。早晨,从参谋总部回来,我通常要去一家低矮的糖果铺,边喝着一杯巧克力茶,边读着文学杂志。一次,我正在专心致志地读着《忠诚者》杂志上的一篇批评文章;

① 这是德国作家科策布的一个歌剧。

一个身穿灰黄色大衣、装束奇特的人走到我身边，抽出了压在我的书下的一张《汉堡日报》。我读得太专心了，连眼睛也没抬一抬。陌生人要了一份牛排，在我前面坐了下来；我一直在阅读，没有去注意他；这时，他吃完早饭，动气地骂了小跑堂的，说他招待不周，又喝了半瓶葡萄酒，然后走了。两个年轻人也在这里吃早饭。“你知道这人是谁吗?”其中的一位对另一位说道，“他就是 Б.，一位作家。”[①]“一位作家!”我不禁脱口喊道，——接着，我扔下没读完的杂志和没喝完的巧克力茶，跑去付账，该找的零钱也没要，就冲到大街上去了。我往四周看了看，见远处有一个穿灰黄色大衣的人，便沿着涅瓦大街向他追去，几乎是在飞奔。刚跑了几步，突然感到自己被人拦住了，——我一看，是一位近卫军军官在教训我，说我不该把他撞出人行道，而应当停下脚步，挺直身体。在这次训导后，我开始小心一些了；该我倒霉，我老是碰见军官，也只好不停地站下，而那位作家却一直在我的前方走着。有生以来，我这件士兵的大衣从未使我感到如此地沉重，而军官的肩章也从未使我如此地羡慕；终于，在阿尼奇金桥边，我追上了那件灰黄色的大衣。“请问，”我说道，还举手行了一个礼，“您就是 Б. 先生吗？我有幸在《教育竞争者》杂志上读到了您的精彩之作。”“我不是，”那人回答我道，“我不是作家，而是诉讼代理人，但是 × × 先生与我很熟；一刻钟前我还在警察桥碰见过他。”就这样，我对俄国文学的热爱使我损失了三十戈比的找头，挨了一通训斥，还差一点被逮捕，——全都是一场空！

尽管遇到了我的理性的反对，可那想成为作家的大胆念头仍不时在我的脑中闪现。最终，我无法抵御天生的爱好，还是为自己装订出了一个厚厚的笔记本，打定主意，无论是写什么，反正要把它填满。所有的诗歌题材都被我反复掂量过了（因为该死的散文我还不及考虑），于是我立即决定着手写一部以祖国历史为主题的史诗。我开始寻找主人公，不久就找到了。我选中的是留里克[②]，——我开始了写作。

我曾把在军官们中间流传的《危险的邻居》、《评莫斯科林荫道》、《评普列斯宁斯基池塘》[③]等诗抄在自己的笔记本上，并因此获得了某种写诗的诀窍。尽管如此，我的长诗仍进展缓慢，诗写到第三小节，我就停了笔。我感到，史诗这一体裁不合我的天性，于是我开始写一部关于留里克的悲剧。悲剧没写成。我试着把悲剧改写为一首故事诗，——但这故事诗我不知怎么也没写出来。后来，灵感终于降临到了我的身上，我开始为留里克的一幅画像写题词，并顺利地完成了。

---

① 据说是指俄国作家法捷伊·布尔加林(1789—1859)。

② 留里克是斯拉夫历史上留里克王朝的奠基人，据编年史记载，他原为瓦兰部队的首领，后应斯拉夫人之邀来诺夫哥罗德任大公。

③ 这是当时流传的几首讽刺诗。

我的题词并不是完全不值得注意的，更何况这又是一位青年诗人的第一部作品，但尽管这样，我还是感觉到，自己天生就不是诗人，于是，这最初的尝试便使我心满意足了。但是，我的创作尝试却将我紧紧地捆绑在文学事业上，使我已无法与笔记本和墨水瓶分手了。我想降格去写散文。第一次写散文时，我不愿去做那些事先的研究、提纲的准备和章节的划分等等，便打算写下一些孤立的思想，不要联系，不按次序，想到什么就写什么。不幸的是，我的脑袋里并没有出现什么思想，——整整两天，我只想出了下面这样一种看法：

一个人若不遵从理性的法则，而只听命于情欲的摆布，就会常常迷失方向，到后来必将后悔。这一思想当然是正确的，但是已不新鲜了。把思想丢在一边，我开始写小说，但是，由于不善安排杜撰的事件，我便选取了一些从各种人那儿听来的精彩轶事，竭力用生动的叙述去装饰真事，有时还要加上个人想象的色彩。在编写此类故事的同时，我逐渐形成了自己的文风，学会了正确、优美和自由的表达方式。但是很快，我的积累用光了，于是，我便再次开始寻找自己文学活动的对象。

应该扔掉这些琐碎的、飘渺的奇闻轶事，而去叙述那些真正的、伟大的事件，这一想法早就在激励我的想象了。做一个各时代、各民族的法官、观察家和先知，我认为这就是一个作家能够达到的最高境界。但是，只受到过一点可怜教育的我又能写出怎样的历史来呢？那些博学、勤勉的人不是已走在我的前面了吗？还有什么样的历史没被他们所写尽啊？我该去写世界史——然而不是已有修道院院长米洛特那部不朽的著作[①]了吗？我该去写祖国史？在塔季谢夫[②]、博尔京[③]和戈利科夫[④]之后，我还能说出什么呢？在我连斯拉夫数字都没能学会的时候，我能埋首于编年史并解读古文字中隐在的含义吗？我想到了范围小一些的历史，比如说我们省城的历史；但就是在这样的历史中，仍存在着无数我难以克服的障碍！要到城里去，拜会省长和主教，请求进入档案馆和修道院的藏经楼，等等。我们这座县城的历史对于我来说要更为方便一些，但是，无论是对于一位哲学家来说，还是对于一位实用主义者来说，这样的历史都是引不起注意的，它也无法为生花的妙笔提供出太多的素材。××村在17××年被改称为城市，其编年史上所记载的唯一一个显赫的事件，就是十年前发生的那场可怕的大火，那场大火烧毁了市场和县里的办公机关。

一件意外的事情解除了我的疑虑。一位妇人在阁楼上晒衣服，发现了一只装满

---

① 指的是《法国史教程》一书，出版于1769年，1820年被译成俄文。

② 似指瓦西里·塔季谢夫（1686—1750），曾任阿斯特拉罕总督，著有《俄罗斯通史》。

③ 伊万·博尔京（1735—1792），俄国国务活动家、历史学家，《罗斯真理》的第一个发行人。

④ 伊万·戈利科夫（1735—1801），俄国历史学家，著有《彼得大帝的业绩》。

木屑、废物和书籍的篮子。全家人都知道我对阅读的爱好。当我正坐在我的笔记本前，咬着鹅毛笔，设想着乡下人的说话习惯，我的女管家得意洋洋地把一只篮子搬进了我的房间，兴高采烈地喊道："书！书！书！"我惊喜地重复了一遍，朝那篮子奔去。我真的看到了一大堆的书，带着绿色和蓝色的封皮，——这是一些旧的历书。这一发现冷却了我的喜悦，但我还是因这意外的获得而感到高兴，这毕竟是书啊，于是，我便大方地赏给那个洗衣妇半个银币。等剩下我一个人的时候，我开始翻阅起自己的历书来，很快，我的注意力就完全被它们所吸引了。这些历书由 1744 年延续到 1799 年，也就是说，整整五十五年不曾间断。历书中通常附有的那些蓝色的纸页上，写满了旧体文字。我浏览着那一行行文字，惊奇地发现，其中不仅有天气情况的记录和家庭的账目，而且也有关于戈柳希诺村的简短的历史记载。我立即开始解读这些珍贵的笔记，很快就看出，这是一部严格按照编年顺序写出的近一个世纪里我的领地的全史。此外，它还包含着无限丰富的有关经济学、统计学、气象学等学科的观察结果。从此，对这些笔记的研究便占据了我所有的时间，因为我发现有可能从这些材料中整理出一段匀称、有趣、有教益的叙述文字来。在熟悉了这些珍贵的文献之后，我开始寻找戈柳希诺村历史的新的源头。很快，我的获得便令我自己吃惊了。我用了六个月的时间来研究素材，终于开始写那部我期待已久的著作了，在上帝的帮助下，我在 1827 年 11 月 3 日完成了这部著作。

此刻，就像那位与我相似、我却忘了他名字的历史学家①一样，在完成了自己付出艰辛的伟业之后，我扔下笔，忧郁地踱入自家的花园，在想着我所完成的一切。我感到，在我写出了《戈柳希诺村的历史》后，世界已不再需要我了，我的职责已经完成，我该去安息了！

在此，我提供一份我在编写《戈柳希诺村的历史》时使用过的原始材料的清单：

1. 旧历书集。五十四部。前二十部都是用古文体写成的。这部编年史由我的曾祖安德列·斯捷潘诺维奇·别尔金所写。这部编年史写得明确、简练，如：5 月 4 日。雪。特里施卡因顶嘴被揍。6 日，褐色母牛死。谢因卡因酗酒被揍。8 日，天气晴朗。9 日，雨雪。特里施卡被揍。11 日，天气晴朗。新雪。猎兔三只。诸如此类的记录，并无任何的思想……其余的三十五部则由各种文体写成，大部分是用所谓的商贩体写成的，文字拖沓，没有逻辑，也不遵守拼写规则。有些地方像是女性的手笔。这些地方有我的祖父伊万·安德列耶维奇·别尔金、他的夫人即我的祖母叶夫普拉克西

① 据说是指《罗马帝国衰亡史》的作者、英国历史学家吉本（1737—1794）。

娅·阿列克赛耶夫娜的记录，也有管家加尔勃维茨基的记录。

2. 戈柳希诺村教堂执事写的编年史。我是在娶了编年史作者之女的神父那儿找到这部有趣的编年史的。开头的几页被撕掉了，神父的孩子们把那些书页拿去糊了风筝。有一只风筝落到了我的院子中间。我捡起风筝，正想把它还给孩子们，却发现那上面写有字。刚读了第一行，我就看出，风筝是由编年史糊成的，所幸的是，我还来得及抢救剩余的部分。我用一俄石[①]燕麦换来的这部编年史，思想深刻，文笔非常的优美。

3. 口头的传说。我从不轻视任何传闻。但这里的传说尤其应该归功于阿格拉菲娜·特里丰诺夫娜，她是村长阿夫杰伊的母亲，从前曾是（据说）管家加尔勃维茨基的情妇。

4. 人口花名册，附有历任村长的批注（账目本），内容涉及道德风俗和农民的状况。

这个因其首都而被称为戈柳希诺的国度，占据了地球上二百四十多俄亩[②]的土地。居民总计为六十三人。它的北面是杰里乌霍沃村和彼尔库霍夫村，这两个村子里的居民贫穷、瘦弱、矮小，而高傲的主人们则热衷于猎兔的军事操练。在南边，西夫卡河将戈柳希诺与卡拉切耶夫自由农民的领地分割开了，这些自由农民很不安分，性格残暴。它的西面，是一片繁茂的土地，在一些聪明、有教养的地主们的治理下，那片土地一派兴旺。它的东面则是一块荒蛮的去处，那儿有一个难以通过的沼泽，那里只生长红莓，那里只能听到单调的蛙声，迷信的传说说那里有鬼。

附记：这个沼泽就叫魔鬼沼泽。有人说，一个有点傻的放猪姑娘曾在离那个荒芜之处不远的地方放猪。她怀了孕，却总也无法对此事做出一个圆满的解释。百姓认定是沼泽里的魔鬼作的怪；但这个故事不值得一个历史学家去关注，在尼布尔之后竟还相信这样的事，是不可原谅的。

自古以来，戈柳希诺就以物产丰富、风调雨顺而著称。它的沃土上生长着黑麦、燕麦、大麦和荞麦。白桦林和云杉林为居民提供了建筑用的木材和取暖用的枯枝。核桃、红莓和越桔取之不尽。蘑菇多极了；用酸奶油煎出的蘑菇非常好吃，虽然它对健康不利。塘里满是鲫鱼，西夫卡河里有狗鱼和鳕鱼。

戈柳希诺的居民大多是中等身材，身体结实、有力，他们的眼睛是灰色的，头发是淡褐色或棕黄色的。女人们的特征是鼻子有些朝上翘，颧骨突出，身胖体大。附记：

---

① 1俄石合209.91升。

② 1俄亩合109公顷。

健壮女人，在村长为人口花名册所作的注解中常常能见到这一说法。男人们朴实、勤劳（尤其是在耕种自己的土地时）、勇敢、好斗：他们中的许多人都常孤身一人去猎熊，在附近一带也都是赫赫有名的拳头战士；所有的男人都热衷予酗酒这一感官享受。除了家务外，女人们还分担了男人们的大部分农活；就性格之大胆而言，她们也不亚于男人，她们中间很少有人怕村长。她们组成了一支强大的卫队，彻夜不眠地在老爷的院子里巡逻，人们称她们为*扛矛者*（因长矛一词而得名）。扛矛者的主要任务之一，就是尽量多地用石子去砸一块铁板，以此来吓唬图谋不轨者。她们很贞洁，一如她们的美丽；对于大胆的企图，她们会严厉、直接地做出回答。

很久以来，戈柳希诺的居民一直在出产树皮绳、藤筐和树皮鞋等丰富的商品。西夫卡河为这些商品的出售提供了方便，在春天，村民们像古代的斯堪的纳维亚人一样驾着独木舟渡过河去，而在一年中的其他季节里，他们则把裤腿卷到膝盖上，涉水过河。

戈柳希诺的语言无疑是斯拉夫语言的一个分支，但它和俄语一样，与斯拉夫语还是有很大出入的。这种语言充满省略和被截短的词，——在这种语言中，有几个字母完全被取缔了或被用其他的字母替代了。但是，一个成年俄罗斯人是很容易听懂一个戈柳希诺人的话的，反过来也一样。

男人们通常在十三岁时与二十岁的姑娘结婚。在婚后的四至五年里，老婆打丈夫；然后，是丈夫打老婆。就这样，两性都拥有了自己的统治时期，平衡得到了保持。

葬礼按照如下的方式进行。在死亡的当天，死者即被送往墓地，——为了不让死者在家里白白地占据多余的位置。因此，有时会发生这样的情况，在就要落土的关键时刻，死者突然打了一个喷嚏或一个哈欠，这会让死者的家属高兴得不得了。女人们为丈夫雨哭泣，边嚎边诉："我的光明啊，我勇敢的当家人！你把我扔给了谁啊？我拿什么来祭你啊？"从墓地回来后，纪念死者的丧宴便开始了，亲属和朋友们喝得烂醉，一连三两天，甚或一个星期，这要视悼念死者的虔诚和热心的程度而定。

戈柳希诺人的装束是上着长衬衫，下穿长裤，这是他们的斯拉夫出身的显著标志。冬天，他们穿羊皮袄，但这主要是为了好看，而不是出于真正的需要，因为他们通常只把皮袄披在一个肩膀上，而一遇到需要活动的劳作，他们便会脱下皮袄。

自古以来，科学、艺术和诗歌在戈柳希诺就处于一个相当繁荣的状态之中。除了神父和教堂里的其他辅助人员外，村里一直不乏识字的人。编年史中记载，一个生活在1767年前后、名叫捷连季的村民，不仅能用右手写字，而且还会用左手写字。这位非同寻常的人因善写各种书信、诉状和私人文件等等而远近闻名。由于自己的手艺、热心和对各种重大事件的参与，他也不止一次地吃过苦头。他是在很老的年纪上谢世的，而在当时，他已经在学习用右脚写字，因为他用两手写出的笔迹已经家喻户晓了。他在戈柳希诺的历史中扮演了一个重要的角色，这一点读者在下面可以得知。

音乐一直是有教养的戈柳希诺人所喜爱的一门艺术，能愉悦敏感心灵的三弦琴和牧笛，至今仍鸣响在村民们的住宅里，在那座饰有枞树和双头鹰形象的古老的酒馆里，这样的音乐之声更是常常响起。

诗歌也曾在古代的戈柳希诺繁荣过。直到今天，阿尔希普·雷西伊的一些诗作还留存在后代的记忆中。

那些诗作就温情而言不亚于著名的维吉尔[1]的牧歌，就想象的优美而言则远远胜过苏马罗科夫[2]先生的田园诗。虽说在语言的豪华艳丽方面它们比不上我们的缪斯们的最新之作，但就新颖和机智而言，却与后者不相上下。

我们举这样一首讽刺诗为例：

村长安东在走，
走向老爷的住房，
他怀里揣着记工本，
他把本儿给老爷呈上，
老爷看着本儿，
却看不出什么名堂。
唉你呀，安东村长，
你把老爷们偷得精光，
你让全村的人去流浪，
还要献上你的婆娘。

就这样，我向我的读者介绍了戈柳希诺的民俗学和统计学方面的现状以及其居民的性格和风俗，现在，我们要开始真正的叙述了。

① 维吉尔（公元前70—公元前19），古罗马诗人。
② 亚历山大－苏马罗科夫（1717—1777），俄国诗人、剧作家。

神话时代
特里丰村长

戈柳希诺的管理方式有过好几次变化。村子开始由村民选举出的长老掌管，后来由地主任命的管家掌管，最后，由地主们亲自来治理。这些不同管理方式的利与弊，我将在下面的叙述中加以阐释。

戈柳希诺的建立以及其最初居民的情况，已不为人所知。有一些隐约的传说，说戈柳希诺曾是一个富裕、庞大的村落，村里的居民全都丰衣足食，一年只收一次租子，装上几车给一个不知是谁的人送去就算完事了。在当时，所有的人都是贱买贵卖。没有总管，村长们也不欺负任何人，村民们很少干活，日子却过得很好，连牧人们在看守畜群时也穿着皮靴。我们不应该被这幅迷人的画面所迷惑。关于黄金世纪的思想是所有的民族都具有的，这一思想仅仅表明，人们永远也不满足于现实，根据经验他们得知，对未来也不能抱太大的希望，因此，他们便用其想象的所有色彩去美化那难以复归的往昔。这里的叙述却是真实可信的：

戈柳希诺村自古以来就属于名门别尔金家族。但是，我的祖先拥有多处领地，因此并不太注重这块遥远的庄园。戈柳希诺所交的租子很少，村子由村民们在村民大会上选举出来的长老治理。

但是，随着时间的推移，别尔金家族分了家，家道也中落了。富裕祖父的那些变穷了的子孙们，不能舍弃自己那些奢侈的习惯，硬要从已缩小了十倍的领地上获得与从前同样的进项。威严的来信一封接着一封。村长在村民大会上朗读这些来信；长老们议论纷纷，村民们激动起来，——而老爷们，没有得到双倍的租子，却只收到了一些狡猾的托词和苦苦的怨诉，这些托词和怨诉被写在满是油污的纸上，信封上有用硬币盖的封印。

一片乌云正悬垂在戈柳希诺的上空，可是却没有人意识到这一点。在由村民选出的最后一任村长特里丰治理下的最后一年，在教堂命名节那一天，所有的村民都大叫大嚷地围在开心堂（即酒馆的俗称）周围，或是在街上闲逛，相互拥抱，大声地唱着阿尔希普·雷西伊的歌，就在这时，一辆由两匹半死不活的驽马拉着的藤篷马车驶进了村子；驾座上坐着一个衣衫破烂的犹太人，车窗里伸出一个戴着礼帽的脑袋，看来，这位来者在好奇地打量着开心的人们。村民们用哄笑和粗鲁的话语来迎接这辆马车。（附记：几个冒失鬼把衣襟卷成喇叭筒，冲着犹太车夫滑稽地叫喊："犹太鬼，犹太鬼，吃你的猪耳朵吧！"——引自戈柳希诺村教堂执事的编年史。）但是，马车在村子中间停下，来人从车里跳出来，用命令的语气说他要见村长特里丰，这时，村民便大为吃惊了。而这位村长这时却在开心堂里，两位长老恭恭敬敬地把他从那儿给搀了过来。陌生的来人威严地看着他，递给他一封信，要他马上宣读。戈柳希诺的村长们有一个习惯，即从不亲自朗读任何东西。这位村长也不识字。派人去找文书阿夫捷伊。他正在不远处一条小巷的篱笆边睡觉，人们找到他，把他带到那陌生人的跟前。但是，由于突如其来的恐惧，或是由于不幸的预感，信上那些写得清清楚楚的字母却使他觉得一片模糊，简直无法辨认了。陌生人可怕地叫骂着，让村长特里丰和文书阿夫捷伊去睡觉，读信的事明天再说，然后，他便走进了那间办公用房，那犹太人跟在他后面，把他的小箱子提了进去。

戈柳希诺人默默地、吃惊地看着这一不同寻常的事件，但是很快，马车、犹太人和陌生人又被抛到了脑后。这一天喧闹、欢快地结束了，——戈柳希诺步入了梦乡，并没有预见到等待它的将是什么。

太阳刚刚升起，村民们就被叩打窗户的声音惊醒了，有人唤他们去开村民大会。公民们一个接一个地来到了被作为会场的那间公房的院子里。他们一个一个睡眼惺忪，眼里布满血丝，面庞浮肿；他们打着哈欠，挠着头，望着那个头戴一顶礼帽、身穿一件旧的蓝布长衣的人，他正庄重地站在公房的台阶上，——村民们努力地在想，他们什么时候曾见过这个人。村长特里丰和文书阿夫捷伊站在他的旁边，没戴帽子，一副恭敬、忧伤的样子。“人到齐了吗？”那陌生人问。“人都到齐了吗？”村长重复了一遍。“到齐啦。”公民们回答。然后，村长宣布，接到了一份老爷写来的文件，现在让文书读给大家听。阿夫捷伊上前一步，大声地诵读了这样一份文件。（附记：“该威严之文件系由我自特里丰村长处转抄，他将此文件与他治理戈柳希诺时遗留之其他文献，一同珍藏于神龛。”而我已经找不到这份有趣的来信了。）

特里丰·伊万诺夫！

持此信者为我所委派的××，他将去我的领地戈柳希诺村管理该处。他到达后要立即召集农户开会，向他们宣布老爷我的命令，此命令即为：彼等农户须听从我所委派的××之命令，如同听从我本人之命令。无论他提出何种要求，彼等均要绝对执行，如有违抗，他可以随意严厉处置。是村民们没有良心的犯上和你，特里丰·伊万诺夫狡猾的纵容，迫使我做出此决定。

签名 NN

这时，××叉开两腿，像一个字母Φ，叉两手叉腰，像一个字母X，他说出了这段简短的、富有表现力的话来："在我这里，你们别耍聪明！我知道，你们都被惯坏了，我要在你们的脑袋上敲个洞，好早些放出昨个儿的醉意。"每个人的脑袋里都已经没有了醉意。戈柳希诺人如雷轰顶，一个个耷拉着头，满心恐惧地各自回家了。

总管××的治理

××掌握了治理大权，开始施行其政治体制；这一体制值得予以特别的考察。

这一体制的主要根据就是这样一条公理：农夫越富有便越骄纵，越贫穷便越顺从。因此，××便致力于领地上的顺从，将它当成农民们主要的美德。他要求农民进行登记，把它们划分为富裕的和贫穷的两类。1)欠缴的税租分摊给富裕农户，用一切严厉的措施来征收。2)贫穷、懒惰的人立即被赶去耕种，如果经他计算，他们的劳动不足以抵税，他就会派他们去其他农民那里当长工，他们因此要付给他一定的报酬，陷身为奴的人完全有权赎身，但要交纳超过两倍的年租。所有的社会义务都落到了富裕农民的头上。征兵成了这个贪财管理者的节日；所有的富裕农民都轮流花钱买了免征，与此同时，选择最后也落不到恶棍和破落户的身上。[①] 村民大会被取消了。他收租子收得不多，但一年到头收个不停。此外，他还要收一些额外的税捐。农民们付出得似乎也不比过去多多少，但是无论他们怎样努力，也挣不到、攒不下足够的钱来。三年下来，戈柳希诺便彻底地贫困化了。

戈柳希诺枯萎了，市场空空如也，阿尔希普·雷西伊的歌声也听不到了。小伙子们四出讨饭。一半的农民在种地，另一半在做长工；按编年史作者的话来说，那个教堂命名节已不再是一个喜悦、狂欢的日子，而成了一个忧愁和痛苦的纪念日。

---

① 该死的管家锁住了安东·季莫费耶夫，可季莫费伊老头花100卢布赎回了儿子；管家锁住了彼特鲁什卡·叶列缅耶夫，他父亲花68卢布赎出了他；那个该死的人又想锁列哈·塔拉索夫，可列哈逃进了森林，管家为这事伤透了心，大发脾气，让人把酒鬼万卡带到城里，送去当了兵。（戈柳希诺农民的告发。）——普希金原注

罗斯拉夫列夫

在阅读《罗斯拉夫列夫》的时候，我[1]惊奇地发现，这部小说的情节是以我所非常熟悉的一个真实事件为基础的。那个被扎戈斯金[2]先生选作其小说主人公的不幸女人，曾是我的朋友。他将公众的注意力再次引向那已被遗忘的事件，激起了被时间所尘封的愤慨之情，也惊动了静谧的坟墓。我将是一个幽灵的卫护者，——读者看重我真诚的动机，将会原谅我笔力的柔弱。我将不得不较多地谈到我自己，因为我的命运与我那可怜女友的遭遇是长久地交织在一起的。

我在1811年被带进了社交界。我不想去描写我最初的那些感受。离开了阁楼和教师，转而置身于一场接着一场的舞会，一个十六岁的姑娘此时会有什么样的感受，这是不难想象的。我带着我那个年纪上的活力，投身于欢乐的旋涡，还没有多想……可惜啊：那个时代是值得回顾的。

在和我一同进入社交界的姑娘们中间，才貌出众的是××公爵小姐（扎戈斯金先生称她为波里娜，我且让她保留着这个名字）。我们很快就成了朋友，我们交友的起因是这样的。

我的哥哥，一个二十二岁的青年，属于当时的花花公子阶层；他在外交部挂了名，住在莫斯科，整日跳舞，浪荡。他爱上了波里娜，求我来使两个家庭相互接近。哥哥是我们全家的宠儿，他想让我做什么，就能让我做什么。

为了讨好哥哥，我与波里娜接近了，但是不久，我就真的迷上了她。她身上有许多奇异的、非常吸引人的东西。我还没有了解她，就已经爱上了她。不知不觉地，我便在以她的目光看待一切、以她的思维思考一切了。

---

① 这里的第一人称“我”为一女性。

② 米哈伊尔·扎戈斯金（1789—1852），俄国作家，彼得堡科学院名誉院士，著有历史小说《罗斯拉夫列夫，又名1812年的俄罗斯人》（1831），普希金的这篇小说有意与他的小说同名，具有论战意味。

波里娜的父亲是一个功勋卓著的人，也就是说，他行路坐的是多驾马车，胸前佩戴着勋章和宫廷侍从官的标志，此外，他还很风流，头脑也很简单。她的母亲则相反，是一个举止得体的妇人，以端庄和思维健全而出众。

波里娜到处露面；她被众多的崇拜者包围着；崇拜者们对她大献殷勤，——但是她却很忧郁，这忧郁又赋予她一副高傲、冷漠的神情。这一神情与她那希腊式的面庞和那两道黑色的眉毛非常地吻合。当我的讽刺性意见能在这张端庄、忧郁的脸上激起微笑，我便自认为是一个很大的胜利。

波里娜读了非常多的书，且不加选择。她父亲图书室的钥匙在她手里。图书室里大多是18世纪作家的作品。法国的文学，从孟德斯鸠到克列比里昂[①]，她都很熟悉。卢梭的作品她能倒背。除了苏马罗科夫的几本集子外，图书室里一本俄文书也没有，而波里娜也从未翻过苏马罗科夫的那几本书。她对我说过，她读起俄文图书来觉得很吃力，似乎，她是没有读过任何的俄文作品，就连几位莫斯科诗人送给她的诗，她也未曾阅读。

这里，请允许我加进一小段插笔。人们骂我们这些可怜的人不读俄文作品，不会（似乎是的）用俄语表达思想，谢天谢地，已经骂了三十年了。（附注：《尤里·米洛斯拉夫斯基》的作者[②]不该重复这种庸俗的指责。我们全都读他的作品，他还应当感谢我们中间的一个人，是她把他的小说翻译成了法文。）问题在于，我们也很高兴读俄文作品，但我们的文学非常有限，在罗蒙诺索夫之前就没有什么东西了。当然，我们的文学为我们贡献出了好几个杰出的诗人，但是你不能要求所有的读者都对诗歌抱有特殊的爱好。在散文中我们只有卡拉姆津的《历史》[③]；最早的三两部长篇小说出现在三两年前，与此同时，在法国、英国和德国，书却在一本接一本地出，且一本比一本好。我们甚至看不到译本；就是看到了，随你们怎么说，我们还是更愿意看原文。我们的杂志是出色的，但那是办给我们的文学家们看的。我们不得不去从外国的书籍中汲取一切，获得消息和知识；这样一来，我们便在用外国语进行思维了（至少那些在时时思考并追踪着人类思想的人全都是这样）。我们的一些最著名的文学家都曾向我坦白过这一点。我们的作家们老是抱怨我们对俄文书籍的轻蔑态度，就像那些俄

① 克列比里昂·克洛德（1707—1777），法国作家。

② 亦指扎戈斯金，《尤里·米洛斯拉夫斯基，又名1612年的俄罗斯人》（1829），是他的另一部长篇历史小说。

③ 指俄国作家、历史学家尼古拉·卡拉姆津的12卷本《俄罗斯国家史》（1816—1829）。

国商人的抱怨一样，他们责怪我们不喜欢科斯特罗马[①]裁缝们的手艺，而总是去辛赫莱[②]那里买帽子。现在，我要返回我的主题了。

关于世俗生活的回忆通常是平淡的、微不足道的，甚至在一个历史时代中作这样的回忆，亦是如此。但是，一位女旅行家在莫斯科的出现，却给我留下了深刻的印象。这位旅行家就是 m-me de Satël[③]。她是夏天里来的，当时，大多数莫斯科人都到乡下避暑去了。俄国人的好客天性被煽动了；人们不知如何款待这位大名鼎鼎的外国女人才好。自然，要请她赴宴。男士们和太太们涌来看她，但大部分人都感到不满意。他们看到的是一个装束与其年纪不相协调的五十岁的胖老太太。她的声调也不讨人喜欢，她的谈话太长，衣袖却太短。波里娜的父亲在巴黎就认识了 m-me de Satël，他请她赴宴，并把我们莫斯科所有的聪明人也都请了过来。就是在这次宴会上，我见到了《柯丽娜》[④]的作者。她坐在首席上，双肘支着桌面，用好看的手指在将一张纸卷成圆筒，卷好了又展开，展开了又卷。她似乎心不在焉，有好几次想开口说话，但还是没说出来。我们的聪明之士们自顾自地吃着，喝着，看来，较之于 m-me de Satël 的谈话，他们更满意于公爵的鱼汤。女人们规规矩矩的。这些确信自己的思想很平庸、在欧洲名流面前感到胆怯的男女客人们，只是偶尔才打破一下沉默。宴会上，波里娜自始至终都如坐针毡。客人们的注意力放到了鲟鱼和 m-me de Satël 这两者之间。他们时刻在等着听她的 bon-mot[⑤]；终于，她吐出了一句双关语，且是相当大胆的一句。所有的人皆对这句话赞不绝口，他们哈哈大笑起来，随即响起一片表示惊奇的低语；公爵乐得合不拢嘴了。我看了波里娜一眼。她脸色通红，眼里满是泪水。客人们从桌边站起身来，他们已与 m-me de Satël 完全沟通了：她说出了一句俏皮的双关语，他们则赶着去把这句话传向全城。

"你怎么了，ma chèer[⑥]？"我问波里娜，"难道一个稍稍有点出格的笑话，就会让你难受到这个程度吗？""唉，亲爱的，"波里娜回答说，"我绝望了！这个不平凡的女人，一定会觉得我们的上流社会无聊透顶！她已经习惯于被理解她的人所包围，在那些人中间，她精彩的见解、有力的心灵运动和富有灵感的话语，永远不会是对牛弹琴的；她已经习惯了富有教养的深入交谈。可是在这里……我的上帝！整整三个小时，连

---

① 俄国伏尔加河畔的一个城市。

② 似是一外国商行或外国商人的名字。

③ 法文："斯塔尔夫人"；斯塔尔夫人（1766—1817），法国作家，曾因反对拿破仑而于 1803—1814 年间在德、俄、英、意、瑞典等国游历多年。

④ 斯塔尔夫人的长篇小说，写于 1807 年。

⑤ 法文："妙语"。

⑥ 法文："亲爱的。"

一丁点的思想、一个出色的字眼也没出现过！一张张愚蠢的脸，一副副愚蠢的架式，——仅此而已！她多无聊啊！她多累啊！她清楚他们要的是什么，她清楚这些受过教育的猴子能理解什么，所以她就扔给我们一句俏皮话。而他们也就扑了过去！我真感到害羞，我真想哭……算了，就让，"她激动地继续说道，"就让她把她对我们上流俗夫的这种看法带走吧，那些凡夫俗子原本就是这个样子。至少，她还看到了我们善良、朴实的人民，她也理解他们。你听见吗，当那个讨厌的、上了年纪的小丑为了讨好她这个外国女人而想到来嘲笑俄国人的大胡子时，她却对他说道：'一个一百年前曾捍卫了自己胡子的民族，现在也能捍卫住自己的脑袋。'她真可爱啊！我真爱她啊！我真恨那个迫害她的人啊！"

不止我一个人发现了波里娜的激动。在那一时刻，还有一双洞察一切的眼睛也停留在了她的身上，这便是 m-me de Satël 那双黑色的眼睛。我不知道 m-me de Satël 在想什么，只见她在宴会后走到我的女友跟前，与我的女友交谈起来。几天之后，m-me de Satël 给我的女友写来了这样一张便条：

> Ma chère enfant, je suis toute malade. Il serait bien aimable ὰ vous de venir me ranimer. Tâchez de Iôbtenir děm-me votre mère et veuillez lui prèsenter les respects děvotre amie de S. ①

这张便条还保存在我这里。尽管我一直很好奇，但波里娜仍始终没有对我解释她与 m-me de Satël 的关系。她对那位既有天赋又心地善良的名女人十分地迷恋。

对诽谤的热衷会达到怎样的程度啊！不久前，在一个非常体面的场合，我把这件事告诉了大家。"有可能，"有人对我说，"m-me de Satël 就是拿破仑的间谍，××公爵小姐替她收集了她需要的情报。""得了吧，"我说，"m-me de Satël 十年前就被拿破仑赶了出来，m-me de Satël 高贵、善良，好不容易才躲到俄国君主的庇护之下，m-me de Satël 是夏多布里昂和拜伦的朋友，m-me de Satël 决不会是拿破仑的间谍！……""非常、非常有可能，"尖鼻子的 B 伯爵夫人说道，"拿破仑是个大骗子，m-me de Satël 也是一个机灵的家伙！"

大家都在谈论日益迫近的战争，我所听到的，尽是些非常轻浮的言论。对路易十五时代的法国风气的模仿十分时髦。对祖国的感情则显得迂腐。当时的聪明人都奴

---

① 法文："我亲爱的孩子，我完全病倒了。如果您能屈尊来看我，那将会使我活跃起来的。请您努力征得您母亲的同意，并请转达爱你们全家的斯夫人对她的诚挚问候。"

颜卑膝地狂热吹捧拿破仑，嘲笑我们自己的失败。遗憾的是，祖国的捍卫者们又有些头脑简单；他们遭到了相当开心的嘲笑，他们没有任何影响。他们的爱国主义，仅仅局限于坚决反对在社交场合使用法语和外来词汇、疯狂地攻击库兹涅夫桥[1]等诸如此类的举动。年轻人带着轻蔑和冷漠谈论俄国的一切，以玩笑的方式向俄国预告莱茵和会[2]的命运。总之，当时的上流社会是相当卑鄙的。

突然，入侵的消息和皇上的诏书使我们惊呆了。莫斯科骚动起来。出现了拉斯托普钦伯爵[3]散发的用百姓的口吻写的传单。人民发了狠。社交界的饶舌者闭了嘴；太太们都吓坏了。法国语和库兹涅夫桥的反对者们在社交界中绝对地站了上风，容厅里满是爱国者：有人倒掉鼻烟壶里的法国烟草，开始闻起俄国烟草来；有人焚烧了几十本法文小册子；有人不再喝拉斐特酒[4]，改喝酸菜汤。所有的人都决心不再说法语；所有的人都在高声谈论波扎尔斯基和米宁[5]，开始宣传要进行一场人民战争，并着手准备长途旅行到萨拉托夫[6]的乡间去。

波里娜无法掩饰自己的轻蔑，就像她从前不掩饰自己的愤怒一样。那些人的顺风转舵和胆怯，使她难以忍受。在大街上，在普列斯年斯基池塘[7]，她故意讲法语；餐桌边，当着仆人的面，她故意驳斥那种爱国主义的大话，故意地谈论拿破仑军队的庞大和拿破仑的军事天才。在场的人脸色苍白，怕有人告密，慌忙来责备她不该去拥护祖国的敌人。波里娜轻蔑地笑了笑。“上帝保佑，”她说，“让所有的俄国人都像我一样地爱自己的祖国吧。”她使我感到吃惊。我一直认为波里娜是一个谦逊、寡言的人，我不明白她这样的勇气是哪里来的。“算了吧，”一次，我对她说道，“你老是去掺和别人的事。让男人们去吵架，去谈政治吧；女人们不打仗，波拿巴和女人无关。”她的眼睛闪亮起来。“你真不害羞，”她说，“难道女人就没有祖国吗？难道女人就没有父亲、兄弟和丈夫吗？难道我们身上流的不是俄罗斯的血吗？难道你认为，我们生下来，就是为了让别人在舞会上搂着我们跳苏格兰舞，就是为了让别人把我们锁在家里往布上绣小狗吗？不，我知道，女人也能对社会舆论产生影响，至少能对一个人的心灵产生影响。我不承认那些对我们的贬低。你瞧瞧 m-me de Satёl：拿破仑与她斗争，

① 当时，库兹涅夫桥附近多外国店铺，其中不乏时髦的法国商店。

② 1806 年，在拿破仑的操纵下，36 个德意志国家在莱茵和会上宣布建立受法国保护的“莱茵联盟”，该联盟于 1813 年解散。

③ 拉斯托普钦伯爵是当时莫斯科的总指挥。

④ 产于法国拉斐特地区的一种红葡萄酒。

⑤ 德米特里·波扎尔斯基（1578—1642），俄国公爵，领导了 1613—1618 年反对波兰入侵的战争；库兹马·米宁（？—1616），反抗波兰入侵者的民族英雄，在保卫莫斯科的战斗中表现突出。

⑥ 俄罗斯的腹地，伏尔加河中游地区。

⑦ 在莫斯科，原是人们常去散步的一个场所。

把她当成了一种敌对力量……一位大叔竟敢在法军逼近时去嘲笑她的胆怯！‘别担心，夫人，拿破仑攻打的是俄罗斯，而不是您……，是的！如果这位大叔落到了法国人的手里，他们会让他在帕列—罗雅里散步；而 m-me de Satël 若是落到他们手里，则会死在国家的监狱里。还有夏洛特·科尔黛[①]呢？还有我们的玛尔法夫人[②]呢？还有达什科娃公爵夫人[③]呢？我哪一点比她们差？是的，我心中的勇气和果敢并不亚于她们。"我吃惊地听着波里娜的话。我从未料到她身上会有这样的热情，这样的功名心。唉！她心灵中这些不同寻常的品质和她头脑中这一勇敢的崇高精神，会将她引向何方呢？我所喜爱的一位作家说得对：Il n'est de bonheur que dans les voies communes.[④]

皇上的驾临加重了公众的激动。爱国主义的热情终于在上流社会中激荡开来。客厅变成了报告厅。到处都在谈论爱国的奉献。将自己所有财产都捐献了出来的年轻伯爵马蒙诺夫的不朽言论，被广为引用。在他做出此举之后，一些做母亲的发现，伯爵已不再是一个令人羡慕的未婚夫了，但我们全都对他赞赏不已。波里娜老是念叨着他。"您都捐献了什么？"有一次，她问我的哥哥。"我还没有接管我的家产，"我们那个浪荡公子回答说，"我总共欠了三万元的债，我想把这些债务奉献到祖国的祭坛上去。"波里娜生了气。"对于有些人来说，"她说道，"荣誉和祖国都是区区小事。他们的兄弟们在战场上流血牺牲，他们却在客厅里穷开心。我不知道，会有哪个下贱的女人能让这样的小丑在她面前表白爱情。"我哥哥也火了。"您太刻薄了，公爵小姐，"他反驳道，"您要所有的人都把您看成是 m-me de Satël，您要所有的人都对您背诵《柯丽娜》中的话。您知道吗，一个在女人面前开玩笑的男人，是不会在祖国和祖国的敌人面前开玩笑的。"说完这话，他转过了身。我想，他俩是彻底吵翻了，可是我错了：波里娜喜欢我哥哥的豪爽，由于他那高贵的激愤之情的爆发，她原谅了他那个不合时宜的玩笑，一个星期后，当她听说我哥哥加入了马蒙诺夫团[⑤]，就亲自来求我，要我出面来调解他们俩的关系。哥哥高兴极了。他立即向她求了婚。她同意了，但她却把婚礼推迟到战争结束的时候。第二天，我哥哥就出发去了部队。

拿破仑在逼近莫斯科；我们的部队在后退；莫斯科恐慌起来。城里的居民一个接一个地逃出城去。公爵和公爵夫人劝母亲和他们一起到他们家在××省的庄园去。

---

① 夏洛特·科尔黛(1768—1793)，法国贵族，在法国大革命时刺杀了马拉，被判死刑。

② 玛尔法夫人是诺夫哥诺德行政长官博列茨基的遗孀，她曾领导贵族起义反对莫斯科大公。

③ 叶卡捷琳娜·达什科娃(1744－1810)，公爵夫人，曾参与拥立叶卡捷琳娜二世的宫廷政变，后多年侨居国外，1783－1796 年任俄国科学院院长。

④ 法文："只有老路旧道上方才有幸福。"这似乎是夏多布里昂的话。——出版人注(普希金原注)

⑤ 系上文提到的莫斯科公爵 M. 德米特里耶夫一马蒙诺夫出资组建的一个骑兵团。

我们到了那里，这是一个离省城十二里路远的大村庄。我们周围有许多邻居，大部分都是从莫斯科撤出来的。每天，大家都聚在一起；我们在乡间的生活和在城里的时候一样。几乎每天都有来自军中的书信，老太婆们在地图上寻找野营地这个地名，找不到，便生起气来。波里娜全身心地关心起政治来，除了报纸和拉斯托普钦的战报，她什么书都不读。周围尽是些理解力有限的人，经常听到荒谬的议论和不可靠的消息，她陷入了深深的忧伤之中，疲惫笼罩着她的心灵。她已对祖国的获救感到绝望了，她觉得，俄罗斯正在迅速地走向衰亡，每一份战报都加重了她的绝望，拉斯托普钦的警察局公告更让她忍无可忍。她觉得那些公告中的可笑词句粗鲁到了极点，他所采用的方式也野蛮得叫人难以忍受。她不理解当时那个时代的思想，那个因其可惧而伟大的思想，对这一思想的大胆履行，将拯救俄罗斯并解放欧洲。她一连几个小时趴在俄国地图上，计数着里程，追踪着军队的快速移动。她脑子里产生了一些奇怪的念头。有一次，她对我说，她想离开村子，混到法国人的军营中去，设法接近拿破仑，并亲手当场杀死他。我并不费力地就使她意识到，这样的做法等于发疯，——但她仍久久地想着夏洛特·科黛尔。

她的父亲，你们也已经知道了，是一个相当轻浮的人；他所想的仅仅是，怎样使乡下的日子过得更像是莫斯科的生活。他请人吃饭，举办 theatre de société[1]，在那里表演 proverbes[2]，千方百计地要给我们各种各样的满足。城里来了几个被俘的军官。公爵因这些新的面孔而感到高兴，他请求省长允许那几个俘虏住到他家里来……

俘虏共有四个，其中的三个是相当平庸的人，他们狂热地崇拜拿破仑，讨厌地夸夸其谈，他们身上可敬的伤口也的确是他们吹牛的资本。但第四位俘虏却是一个非常出色的人。

他当时二十六岁。他出身名门。他的脸很好看。他的嗓音也很好听。我们马上就对他另眼相看了。他则以高尚的谦逊接受了这样的宠爱。他很少说话，他总是言之有据。波里娜喜欢他，因为他是第一个能向她解释清楚军事行动和部队动向的人。他安慰着她，要她相信，俄国军队并不是在毫无意义地逃跑，撤退激怒了俄国人，但它同样也使法国人感到不安。“可是您，”波里娜问他，“难道您不相信你们的皇帝是战无不胜的吗？”西尼库尔（我又借用了扎戈斯金先生给他起的名字）沉默了一会，然后回答，处在他这样的位置上，要想开诚布公是困难的。波里娜坚持要听到他的回答。西尼库尔承认，法国部队对俄国心脏的进攻对法军来说可能是危险的，1812 年的远

① 法文：“家庭戏剧”。

② 法文：“谚语”。

征看来是结束了,不会有任何结果。“结束了!”波里娜反驳道,“可拿破仑还一直在前进,我们还一直在后退啊!”“这对我们来说就更糟了。”西尼库尔回答,然后便转换了话题。

波里娜一向讨厌我们邻居们的胆怯的预言和愚蠢的吹嘘,却十分喜欢倾听那些建立在专业知识和冷静分析基础上的意见。我常常收到哥哥的来信,可这些书信没什么内容。信中充斥的是各种聪明的和糟糕的笑话、关于波里娜的询问和庸俗的爱情表白等等。波里娜读了这些信后,就会耸耸肩膀,感到遗憾。“你得承认,”她对我说,“你的阿列克赛是一个很无聊的人。处在目前这样的环境中,在战场上,他居然还能写出这样一些毫无意义的信来,在往后平静的家庭生活中,我还有什么可以和他交谈的呢?”她错了。哥哥的信之所以空洞,不是由于他本人的卑琐,而是由于一个让我们最感屈辱的偏见:他认为,跟女人交谈,必须使用一种与她们薄弱的理解力相适应的语言,而重大的话题与我们女人是没有关系的。无论在什么地方,这样的观点都是不礼貌的,而在我们这里,它更是愚蠢的。毫无疑问,比起那些天晓得在干些什么的俄罗斯男人来,俄罗斯女人更富有教养,她们读的书更多,思考的问题也更深。

鲍罗金诺会战的消息传了过来。大家都在谈论这次会战;每个人都有他自己最确切的消息,每个人都有一个阵亡者和负伤者的名单。哥哥没有给我们来信。我们非常不安。终于,一个四处通报消息的人前来告诉我们,说哥哥被俘了,与此同时,他又小声地把哥哥阵亡的消息告诉了波里娜。波里娜非常伤心。她并不爱我的哥哥,也常常埋怨他,但是在这一时刻,他成了她心目中的受难者和英雄。波里娜常背着我偷偷地哭,我好几次看见她泪流满面。这并不使我感到意外,我知道,她在分担着我们战斗着的祖国的命运。我没料到,她的忧伤还另有原因。

一天早上,我在花园里散步;西尼库尔走在我的身边;我们谈起了波里娜。我发现,西尼库尔深深地意识到了波里娜非凡的品质,她的美貌也给他留下了强烈的印象。我笑着对他说,他目前的处境是最浪漫的。一个被敌人俘虏的骑士爱上了城堡高贵的女主人,他打动了她的心,最后与她终成眷属。“不行,”西尼库尔对我说,“公爵小姐将我视为俄罗斯的敌人,她是永远也不会离开她的祖国的。”就在这时,波里娜出现在林荫道的尽头,我们向她迎去。她加快脚步走了过来。她苍白的脸色让我吃惊。

“莫斯科失守了。”她向我说道,没有理会西尼库尔的鞠躬;我的心紧缩起来,眼泪像溪水一样夺眶而出。西尼库尔低垂着眼睛,没有做声。“这些高贵的、有教养的法兰西人,”波里娜又说道,由于愤怒,她的嗓音在颤抖,“在用公正的方式庆祝他们的胜利呢。他们放火烧了莫斯科,莫斯科的大火已经烧了两天了。”“您说什么?”西尼库尔叫了起来,“这不可能。”“请您等到天黑,”波里娜冷冷地回答,“您就有可能看到火光了。”“我的上帝！他完了,”西尼库尔说,“难道您还看不出,莫斯科的大火就是整个法国军队的灭亡啊,拿破仑没有地方藏身,他两手空空,他将不得不尽早地撤退,在冬季来临的时候带着一支溃不成军、怨声载道的部队穿过一片荒凉的焦土！您可以认为,法国人已为自己造好了地狱！不,不,是俄国人,是俄国人放火烧了莫斯科。这可怕的、野蛮的宽宏啊！现在一切都已决定了:您的祖国已脱离了危险;可等待着我们的是什么？等待着我们皇帝的是什么呢？……”

他离开了我们。波里娜和我都没缓过神来。“难道,”她说道,“西尼库尔的话是真的,莫斯科的火是我们自己放的？如果是这样……哦,我可以因为我的俄国名字而感到骄傲啦！整个宇宙都将因这巨大的牺牲而吃惊！现在,我不担心我们的失败了,我们的荣誉得救了;欧洲再也不敢和这个能斩断自己手臂、烧毁自己首都的民族开战了。”

她的眼睛闪闪发亮,她的声音也非常地响亮。我拥抱了她,我们高尚的喜悦之泪流在了一起,我们在一同热烈地为祖国而祈祷。“你知道吗?”波里娜动情地对我说道,“你哥哥……他是幸福的,他并没有被俘,你应该感到高兴:他为拯救俄罗斯而战死了。”

我大叫一声,扑倒在她的怀抱里,失去了知觉……

杜勃罗夫斯基

第一卷

第一章

几年之前，在自己多处庄园中的一处，住着门第古老的俄罗斯贵族基里拉·彼得罗维奇·特罗耶库罗夫。他的财富、显赫的门第和各种关系，使他成了他的庄园所在的几个省里的一个重要人物。邻居们乐于去迎合他最细小的癖好；省里的官吏一听到他的名字就发抖；基里拉·彼得罗维奇坦然接受那些奉承的表示，就像接受应得的贡品；他的家里总是宾客满座，客人们时刻准备去使老爷的生活欢乐起来，并分享他那些热闹的、有时是狂暴的消遣。谁也不敢拒绝他的邀请，在特定的日子里，人们都要毕恭毕敬地来到波克罗夫斯科伊村。在家庭生活中，基里拉·彼得罗维奇表现出了一个没有教养的人的所有恶习。他被包围着他的一切宠坏了，他惯于完全放纵自己，任自己暴躁的性子随意爆发，任自己相当有限的智慧异想天开。虽然他身体非常强壮，但每个星期仍会有两三次因为暴食而受苦，每天晚上也都喝得醉醺醺的。他家的一间侧屋里，住着十六个女仆，她们整天做着与她们的性别相称的针线活。侧屋的窗户上都钉着木条；门上挂着锁，钥匙由基里拉·彼得罗维奇保管。年轻的女隐士们在规定的时间里来到花园，在两个老太太的监视下散步。基里拉·彼得罗维奇不时地将其中的几个女仆嫁人，然后再补充进新的姑娘。他对待农民和仆人非常严厉、蛮横；但尽管如此，那些农民和仆人却很忠于他：他们可以炫耀自己老爷的财富和名声，反过来，倚仗老爷有力的庇护，他们也能欺负一下他们的邻居。

特罗耶库罗夫的日常活动由骑马巡视其辽阔的领地、持续时间很长的宴席和每天都有的恶作剧构成，在这些花样翻新的恶作剧中，某个新来的陌生人通常会成为牺牲品，虽说老朋友也不是总能逃脱被捉弄的命运，但是，只有安德列·加夫里罗维奇·杜勃罗夫斯基一人是个例外。这位杜勃罗夫斯基是一个退休的近卫军中尉,他是特罗耶库罗夫的近邻,他拥有七十个农奴。跟达官贵人打交道时都很傲慢的特罗耶库罗夫,却很尊重杜勃罗夫斯基,虽然杜勃罗夫斯基的地位很低。他俩曾是军中的同事,特罗耶库罗夫也熟知杜勃罗芙斯基暴躁、果敢的性格。境遇使他们分开了很久。由于家道中落,杜勃罗夫斯基被迫退伍,住到了他仅剩的一个村庄里。基里拉·彼得罗维奇了解到这个情况后,提出要给杜勃罗夫斯基以庇护,但杜勃罗夫斯基却婉言谢绝了,仍过着他清贫但独立的生活。几年之后,特罗耶库罗夫以上将衔退休,也回到了自己的领地,两人见了面,彼此都感到很高兴。从此以后,他俩天天在一起,平生从不去拜访任何人的基里拉·彼得罗维奇,却常常去他这位老朋友的家。他们是同龄人,出身于同样的阶层,接受了同样的教育,就连性格和爱好也有相近的地方。他们的命运也有相同之处:两人都是恋爱之后结的婚,两人都很快失去了妻子,妻子给他们两人都留下了一个孩子。杜勃罗夫斯基的儿子在彼得堡上学,基里拉·彼得罗维奇的女儿被养在父亲的身边,特罗耶库罗夫常常对杜勃罗夫斯基说:“我说,安德列·加夫里罗维奇老弟,如果你的瓦洛佳将来有出息,我就把玛莎嫁给他,哪怕他穷得像只鹰。”安德列·加夫里罗维奇总是摇摇头,这样回答:“不行,基里拉·彼得罗维奇,我的瓦洛佳不配做玛丽娅·基里罗夫娜的未婚夫。像他那样一个穷贵族,最好还是找一个穷贵族的女儿结婚吧,做个一家之主,比做一个娇生惯养的大小姐的奴才要好些。”

所有的人都羡慕傲慢的特罗耶库罗夫和他清贫的邻居之间的这种和睦关系,并惊讶于后者的大胆,后者敢于在基里拉·彼得罗维奇的餐桌边直截了当地说出自己的意见,并不在意他的意见是否与主人的意见相矛盾。有几个人想模仿他的做法,试图超越应有的服从界限,但是,基里拉·彼得罗维奇把他们狠狠地吓唬了一下,永远地打消了他们作此尝试的妄想,于是,只有杜勃罗夫斯基一人处在法则之外。一个偶然的事件,却打破、改变了这一切。

初秋的一天,基里拉·彼得罗维奇打算去远处的田园。头天晚上,狗夫和马夫就接到了命令,要在早上五点之前准备好一切。账篷和厨具已事先送到了基里拉·彼得罗维奇需要用餐的地方。主人和客人们来到狗舍,那里,有五百多条猎犬和灵猩生活在满足和温暖之中,它们在用狗的语言颂扬基里拉·彼得罗维奇的慷慨。这里有一间专为病狗治病的医院,它由校级军医吉莫什卡主管,还有一个专供高贵的母狗分娩和喂养狗崽的场所。基里拉·彼得罗维奇为这一出色的设施而感自豪,他利用每一个机会向自己的客人们展示这一杰作,他的每一位客人都至少已参观了二十次了。他来回巡视着狗舍,客人们围在四周,吉莫什卡和几个主要的狗夫不离左右;他不时地在一些狗窝前停下，或是询问询问病狗的身体情况，或是做出一些严厉程度和合理性不等的意见，或是把几只熟悉的狗召到跟前，和它们亲热地交谈。客人们将称赞基里拉·彼得罗维奇的狗舍视为自己的义务。只有杜勃罗夫斯基一人沉默不语，皱着眉头。他也是一个狂热的猎人。他的家境只允许他饲养两只猎犬和三四条灵猩；见到如此壮观的设施，他不免有些嫉妒。"你干吗皱着眉头，老弟，"基里拉·彼得罗维奇问他道，"你不喜欢我的狗舍吗？""不，"杜勃罗夫斯基严肃地回答，"狗舍是很出色，但您的仆人们住得恐怕还不如您的狗吧。"一位狗夫感到委屈了。他说道："我们有自己的地方住，感谢上帝，我们对老爷没啥可说的，但是说实在的，有那么一个贵族老爷，他还不如把庄园搬到这儿的随便哪一个狗窝里来呢。那样他就能吃得更饱一些，住得更暖和些了。"听了自己仆人这一大胆的言论后，基里拉·彼得罗维奇大声地笑了起来，客人们也跟着他哈哈大笑，虽然他们意识到，那狗夫的玩笑也可以是针对他们的。杜勃罗夫斯基脸色苍白，一句话也没说。就在这时，有人把一箩筐新生出来的狗崽搬到了基里拉·彼得罗维奇面前；他忙活了起来，为自己挑出两只狗崽，吩咐将其余的狗崽都淹死。而安德列·加夫里罗维奇却在这时消失了，谁也没有注意到他的走开。

与客人们一起从狗舍回来，基里拉·彼得罗维奇坐下来吃晚饭，只是在这时，没有看见杜勃罗夫斯基，他才问起他来。人们对他说，杜勃罗夫斯基回家去了。特罗耶库罗夫吩咐立即派人去追他，一定要让他回来。他每次出猎都是和杜勃罗夫斯基一起去的，杜勃罗夫斯基是一个经验丰富、眼光准确的相狗专家，还善于无误地解决一切可能出现的狩猎纠纷。晚饭还未结束，那个被派去追杜勃罗夫斯基的人就回来了，他向自己的老爷汇报说，安德列·加夫里罗维奇不听话，他不愿回来。照例被几杯酒烧热了的基里拉·彼得罗维奇勃然大怒，再次派那个仆人去对安德列·加夫里罗维奇说，如果他不马上回到波克罗夫斯科伊过夜，那么他，特罗耶库罗夫，就将永远与他为敌。仆人再次出发了，基里拉·彼得罗维奇从餐桌边站了起来，放走客人，然后就去睡觉了。

第二天，他的第一个问题就是：安德列·加夫里罗维奇在这儿吗？作为回答，有人将一个折成三角形的信递给了他；基里拉·彼得罗维奇让自己的文书读给他听，他听到的是这样几句话：

我尊敬的先生，

我是不会前去波克罗夫斯科伊的，除非您让狗夫帕拉莫什卡来向我赔罪，该惩罚他还是原谅他，得由我来决定，我不会忍受您的仆人的嘲笑，就是

您的嘲笑我也难以忍受,因为我不是一个小丑,而是世袭的贵族。仍旧愿为您效劳的

安德列·加夫里罗维奇·杜勃罗夫斯基

就是按当今的伦理学概念来说,这封信也是相当不礼貌的,但是,这封信之所以使基里拉·彼得罗维奇生气,并不是因为它奇怪的措词和口吻,而仅仅是由于它的内含:"什么,"特罗耶库罗夫赤着脚从床上跳了下来,大声吼道,"要我的人去向他请罪,是饶是罚都由他发落!他想得倒美;他知道他这是在和谁打交道吗?我要把他……他会在我面前哭个够的,他会明白的,和特罗耶库罗夫作对会有什么下场!"

基里拉·彼得罗维奇穿上衣服,和往常一样派头豪华地出门打猎去了,但这次狩猎却一无所获。整整一天只见到一只兔子,还让它给溜掉了。账篷中的野餐也不成功,至少是不合基里拉·彼得罗维奇的胃口,他把厨师揍了一顿,把客人们骂了一通,在回家的路上,故意带着整个狩猎队从杜勃罗夫斯基家的田地上踏过。

几天过去了,两位邻居间的敌意仍没有降低。安德列·加夫里罗维奇没有回到波克罗夫斯科耶来,——少了他,基里拉·彼得罗维奇感到无聊,他用一些最恶毒的话来大声地表达自己的恼怒,这些话借助本地地主们的好意,又被添油加醋地传到了杜勃罗夫斯基那里。一个新情况毁灭了和解的最后一线希望。

一日,杜勃罗夫斯基骑马巡看自己小小的领地;走近白桦林时,他听到一阵斧头砍树的声音,随后,又听到了一棵树倒下的声音。他急忙走进林子,只见几个波克罗夫斯科耶村的农民正在不慌不忙地偷他的木头。看见杜勃罗夫斯基,他们拔腿就跑。杜勃罗夫斯基和他的车夫一起抓住了其中的两个,并吩咐把那两个人捆起来押回去。敌方的三匹马也成了胜利者的战利品。杜勃罗夫斯基显然是发怒了,从前,特罗耶库罗夫手下那些以抢劫而出名的人,从来不敢迈进他的领地,因为他们知道他与他们主人的朋友关系。杜勃罗夫斯基明白,这些人如今是在利用这场争端,——于是,他决定违反战争法的一切概念,就用俘虏们在他的林中为自己准备下的树枝,好好地教训了他们一顿,那几匹马则归入了畜群,被赶去干活了。

关于这件事情的消息当天就传到了基里拉·彼得罗维奇那里。他气得发疯,在动怒的最初一刻,他真想带上所有的家人去攻打基斯捷涅夫卡(这就是他邻居那个村子的名字),彻底地捣毁它,并把那位地主关进自己的庄园。这样的功勋对他来说是并不鲜见的。但是,他的思路很快便转到另一个方向上去了。

他迈着沉重的步子在客厅里来回走着,偶然向窗外一瞥,见门口停着一辆三套马

车。一个头戴皮帽、身穿呢大衣的矮个子下了车,向管家的侧屋走去;特罗耶库罗夫认出来人是陪审员沙巴什金,就让人去叫他过来。一分钟后,沙巴什金已经站在基里拉·彼得罗维奇的面前了,他不停地鞠着躬,恭敬地等待着基里拉·彼得罗维奇的命令。

"好哇,你叫什么名字来着?"特罗耶库罗夫对他说道,"忙什么呢?"

"我要进城去,大人,"沙巴什金回答,"顺便来伊万·杰米扬诺夫这儿一趟,看看大人您有没有什么吩咐。"

"你来得正好,你叫什么名字来着? 我正用得着你。喝杯伏特加吧,听我说。"

这样的款待使陪审员非常地吃惊。他回绝了伏特加,开始用心用意地听着基里拉·彼得罗维奇的话。

"我有一个邻居,"特罗耶库罗夫说道,"是个无礼的小地主;我想把他的田产夺过来,——你对此是怎么想的?"

"大人,如果有些什么证据或……"

"别扯淡了,老弟,哪有什么证据给你啊。这里只有命令。我有的是力量,没有任何法律也能把田产夺过来。但是,等等。这处田产原来是属于我们家的,是从一个叫什么斯皮岑的人那里买来的,后来又卖给了杜勃罗夫斯基的父亲。这里有没有空子好钻啊?"

"未必能成,大人;那桩买卖也许完全是按照法律程序来进行的。"

"想一想嘛,老弟,好好琢磨琢磨。"

"比如说,大人,如果您能把您的邻居拥有田产的凭据或地契弄到手,那自然就……"

"我懂了,但是糟糕的是,他所有的文件都在失火的时候被烧掉了。"

"什么,大人,所有的文件都被烧掉了! 这对您是再好不过了。——在这种情况下,您就依据法律来行事吧,毫无疑问,您将得到完全的满足。"

"你是这样想的? 好吧,看你的。我就指望你的尽力了,至于我的奖赏你是不用怀疑的。"

沙巴什金深深地鞠了一躬,几乎弯到了地,然后走了出去,从这一天起,他就开始为这件杜撰出来的案子奔走了,由于他的麻利,刚好在两周后,杜勃罗夫斯基接到了城里发来的一个通知,要他立即对他对基斯捷涅夫卡村的所有权做出必要的解释。

安德列·加夫里罗维奇被这突如其来的查询弄得莫名其妙,他当天就写了一份相当愚蠢的回复,他在回复中称,基斯捷涅夫卡村是他从他死去的父亲那里继承来的,他根据遗产法拥有这个村子,特罗耶库罗夫与此毫不相干,任何外来的想强占他财产的企图，都是诬陷和欺诈。

这封信在陪审员沙巴什金的心中留下了一个愉快的印象。他发现，第一，杜勃罗夫斯基不大懂得打官司，第二，将如此火爆、粗忽的人置于一个于他最为不利的境地，是不难做到的。

安德列·加夫里罗维奇在冷静地看了陪审员的质询之后，觉得有必要做出一个更详尽些的回答。他写了一份相当有条理的文件，但后来表明，这份文件也是说理不充分的。

案子拖了下来。深信自己有理的安德列·加夫里罗维奇很少操心此事，他不想、也无力去花钱疏通，虽然他常常第一个出面骂那些刀笔吏们出卖良心，但是他却没有想到自己会成为诬陷的牺牲品。在另一方面，特罗耶库罗夫也很少关心这场由他起头的官司的输赢——有沙巴什金在替他张罗，代表他出面行事，威胁、收买法官，肆意篡改所有沾边的法规。其结果是，18××年2月9日，杜勃罗夫斯基接到了县警察局的一张传票，要他前去××县法院，听候关于他，杜勃罗夫斯基中尉，和特罗耶库罗夫上将之间田庄争议案的判决，并签署同意或不同意判决的意见。这一天，杜勃罗夫斯基进了城；在半路上，特罗耶库罗夫赶过了他。他俩傲慢地对视了一下，杜勃罗夫斯基在自己对手的脸上看到了一丝恶毒的笑容。

第二章

安德列·加夫里罗维奇进了城，落脚在一位熟悉的商人家，在他那里过了夜，第二天早上，他来到县法院。没有人注意到他。在他之后，基里拉·彼得罗维奇也赶到了。书记员们站起身来，将鹅毛笔夹在耳朵上。法庭成员们带着深深的敬意迎接他，出于对他的官衔、年纪和胖大体态的尊重，给他搬来了一把扶手椅；他面对敞开的门坐了下来，——而安德列·加夫里罗维奇却贴着墙站在那里；法庭里一片寂静，一个书记员声音响亮地宣读起法庭的判决。

我们把判决书完整地抄录在此，我们认为，每一个人都会乐意看到，在俄国，我们有多种方法可以剥夺那些我们无可争议地拥有的财产，这便是方法之一。

18××年10月27日，××县法院审理了近卫军中尉安德列·加夫里罗维奇·杜勃罗夫斯基非法占有原属上将基里拉·彼得罗维奇·特罗耶库罗夫之庄园的案件，该庄园位于××省基斯捷涅夫卡村，计有男性农奴××名，带有牧场和耕地的土地××亩。本案表明：上述之特罗耶库罗夫上将于去年，即18××年6月9日诉讼至本法院，称其已故的父亲、八等文官彼得·叶非莫夫·特罗耶库罗夫在其任××总督府省秘书时于17××年8月14日自出生贵族的办事员法捷伊·叶戈罗夫·斯皮岑手中购得此处庄园，该庄园位于××区之上述的基斯捷涅夫卡村内（该村在××次男性人口普查时被称为基斯捷涅夫斯基新村），计有据第四次男性人口普查查清的男性农奴××名及其所有的农家财产、一座府邸、已开垦和尚未开垦的土地、森林、草场、一条名为基斯捷涅夫卡的河上的渔场以及属于此庄园的所有耕地和老爷家的木屋，总之，该办事员将其自其父、出身贵族的县警察叶戈尔·捷连季耶夫·斯皮岑处继承来的所有财产，人不留一个，地不留一分，全都作价二千五百卢布售出，买卖契约与当日在法院××庭获得认证，特罗耶库罗夫上将的父亲于8月26日在××县法院办了过户手续。——后来，在17××年9月6日，其父仙逝，而此时，他，起诉人特罗耶库罗夫上将，自17××年、几乎还是孩子时起，就在军中服役，大部分时间里都在国外征战，因此他无法得知父亲逝世的消息，对父亲留下的庄园亦一无所知。如今，他退伍返乡，回到其父分布于××、××省××、××县、计有三千农奴的多处庄园，他发现，一处如前述有农奴××名（据本次、即第×次男性人口普查表明，该村共有农奴××名）和土地若干的庄园，竟为上述之近卫军中尉杜勃罗夫斯基所非法侵占，在此，特呈上卖主斯皮岑给他父亲的买卖契约，请求剥夺杜勃罗夫斯基对上述庄园的非法占有，并依法将其归还给他，特罗耶库罗夫。至于杜勃罗夫斯基在非法占有庄园期间的一切收入，也要他依据法律偿还给他，特罗耶库罗夫。

据××县法院对本案的调查获悉：有争议之庄园目前的占有者、近卫军中尉杜勃罗夫斯基曾向贵族陪审员递交一声明，称他如今占有的位于基斯捷涅夫卡村、有农奴××名以及土地和耕地若干的庄园，是其从其父亲、炮兵少尉加夫里拉·叶夫格拉福夫·杜勃罗夫斯基那里继承来的遗产，该庄园系其父自原告的父亲、先任省秘书而后任八等文官的特罗耶库罗夫手中购得，据他于17××年8月30日在××县法院交给九等文官格里高里·瓦西里耶夫·索波列夫的委托书可见，他亦将地契交给了被告之父，因为委托书上写有，他，特罗耶库罗夫，将他自办事员斯皮岑处购得的整个庄园连同××名农奴和土地卖给他，杜勃罗夫斯基的父亲，议定的价格为三千二百卢布，所有款项业已付清，特请委托人索波列夫来向其父递交买卖契约。该委托书还写道，自其父付清所有款项之时起，其父便拥有了其所购得之庄园，依据该契约其父将成为真正的所有者，而他，卖主特罗耶库罗夫，则与该庄园不再有任何干系。但是，委托人索波列夫是在什么场合将什么样的地契递交其父的，——他，安德列·加夫里罗维奇却不清楚，因为他当时非常年幼，其父死后，他亦未能找到此契约，他认为，该契约可能与其他文件一起在他们家17××年发生的一场火灾中被焚，该村的人皆知有过这场大火。如此，自特罗耶库罗夫售出或索波列夫递交委托书之日起，亦即自17××起，到其父17××的去世，再至如今，该庄园一直为杜勃罗夫斯基一家无可争议地占有，有附近居民证实这一点，证人共五十二人，均宣誓作证，自他们记事以来，该有争议之庄园便归上述之杜勃罗夫斯基一家所有，七十年来并无任何争议，但这种占有依据的是什么法规或契约，他们却不得而知。——至于本案提及的该庄园前买主，前省秘书彼得·特罗耶库罗夫是否曾拥有此庄园，他们亦不记得。二十年前村里的一场夜间大火，曾烧毁杜勃罗夫斯基家的房子，此外，一些旁观人士估计，该有争议之庄园的收益，在当时算来每年不会低于二千卢布。

为了反驳被告，基里拉·彼得罗维奇·特罗耶库罗夫上将于本年1月3日向本法院递交一份诉状，称上述之近卫军中尉安德列·加夫里罗维奇·杜勃罗夫斯基虽然向本案出示了其父给九等文官索波列夫、要他代为购买庄园的委托书，但是这不是真正的契约，而且，它甚至无法依据第十九章的总则和1752年11月29日的法令提供出该契约签订的时间。因此，据1818年5月××日的法令，当事人、即其父既已死亡，该委托书也就完全失效。——此外还有条款：

有争议之庄园的归属——有契约者凭契约，无契约者经调查确定。

对于属于其父的庄园，特罗耶库罗夫已出示地契为证，据此并依据上述之法律条款，应剥夺被告非法占有，并依据继承法将他归还特罗耶库罗夫。被告在非法占有他人财产期间的所有收益，也应依据××款查清，并归还给他，特罗耶库罗夫。——根据对本案的调查，并依据诸有关的法律条款，××县法院判决如下：

本案已查明，基里拉·彼得罗维奇·特罗耶库罗夫上将对现被近卫军中尉安德列·加夫里罗维奇·杜勃罗夫斯基占有的一处庄园提出争议，该庄园位于基斯捷涅夫卡村，据××次男性人口调查计有男性农奴××名，并有土地和耕地若干，他出具了买卖契约的原件，证明此庄园系其原任省秘书、后任八等文官的父亲于17××年自贵族出身的办事员法捷伊·斯皮岑处购得，此外，该地契上签字表明，买主特罗耶库罗夫已于当年去××县法院办理了过户手续，庄园已归到他的名下；另一方近卫军中尉安德列·杜勃罗夫斯基提出了反驳，他出具了已故的买主特罗耶库罗夫给九等文官索波列夫的一份要他去与其父杜勃罗夫斯基签订买卖契约的委托书，但是，此委托书不能被作为不动产的契约，依据××法令，即使是临时占有亦属非法，此外，当事人的死亡亦使委托书完全失效。——再则，是否依据该委托书在何时何地签署过关于有争议庄园的买卖契约，杜勃罗夫斯基一方自案件开始时、即18××年以来，也一直没有提供出任何清楚之证据。因此，本法庭裁定：该庄园连同其××名农奴、土地和耕地，根据地契原封不动地归特罗耶库罗夫上将所有；据此剥夺近卫军中尉杜勃罗夫斯基的所有权，将该庄园归还特罗耶库罗夫先生，并允许他据继承法在××县法院办理过户手续。此外，特罗耶库罗夫上将还请求收缴近卫军中尉杜勃罗夫斯基在非法占据他的庄园期间的所有收益。——但是，据老居民证实，该庄园数十年间一直为杜勃罗夫斯基一家无争议地占有，在本案发生之前，特罗耶库罗夫先生一方也始终没有对杜勃罗夫斯基的非法占有提出任何异议，兹根据此条款：

凡在他人土地上耕种或建造住房者，如被查明为非法占有，则应将土地连同其上的庄稼、耕地和建筑物一并归还原主。

特罗耶库罗夫上将对近卫军中尉杜勃罗夫斯基的民事诉讼被驳回，因为属于他的庄园已完全归其所有。虽然庄园已完全被移交，但如果特罗耶库罗夫上将得到清楚、有理的证据，仍准许他随时提出诉讼。本判决书依据法律和司法程序应向原告和被告宣读，原告和被告应通过警察局被传至本庭听读本判决书，并签字表示服从或不服。

本判决书由出席本庭的所有人员签署。

书记员读完了，陪审员站起身来，向特罗耶库罗夫深深地鞠了一躬，请他在递过来的那张纸上签字，得意洋洋的特罗耶库罗夫从陪审员手中接过笔，在法庭的判决书签了字，表示完全服从。

轮到杜勃罗夫斯基了。书记员把文件拿到他面前。可是杜勃罗夫斯基低着头，一动也不动。

书记员再次请他签字，并对他说，他可以表示完全的服从或明显的不服，如果他凭良心认为自己有理，他可以在法律规定的期限里任意提出上诉。杜勃罗夫斯基没有做声……突然，他抬起头来，他的眼睛闪着光，他跺了一下脚，用力推了那个书记员一把，把他推倒在地，接着，他抓起墨水瓶，向陪审员砸去。众人吓坏了。“好哇！连上帝的教会也不敬畏了！滚，你们这帮混蛋！”然后，他转向基里拉·彼得罗维奇：“真是怪事，大人，”他继续说道，“一群狗竟被领进了神的教堂！一群狗在教堂里乱窜。我会教训教训您的……”卫兵听到吵闹跑了进来，好容易才制服了他。他被架了出去，送进雪橇。特罗耶库罗夫在他后面也走了出来，法庭上所有的人都在送他。杜勃罗夫斯基突如其来的发疯，强烈地影响了他的情绪，败了他的兴致。

那些指望得到他感谢的法官们，连一句客气的话也没听到。他当天就回波克罗夫斯科伊去了。此时，杜勃罗夫斯基却躺在床上；幸好，县里的那个医生还不是一个十足的傻瓜，他及时地给他放了血，把水蛭和斑蝥贴在他身上。傍晚，病人就好些了，恢复了知觉。第二天，他就被送回了那几乎已经不属于他的基斯捷涅夫卡。

第三章

又过了一段时间，可怜的杜勃罗夫斯基的病情依然很糟；当然，疯癫是不再发作了，但他的力气却明显地减弱了。他淡忘了自己先前的事务，很少走出自己的房间，整天整夜地想心思。叶戈罗夫娜，一个曾照看过他儿子的善良老太太，如今成了他的保姆。她像照料一个孩子那样照料他，提醒他吃饭和睡觉的时间，给他喂饭，安排他睡觉。安德列·加夫里罗维奇不声不响地听从她的吩咐，除了她之外，不与任何人打交道。他已经无法操心自己的事情和家里的安排了，叶戈罗夫娜感到有必要把这一切通知给年轻的杜勃罗夫斯基，他正在当时驻扎在彼得堡的一个近卫军步兵团中服役。于是，她从账本上扯下一张纸，向基斯捷涅夫卡唯一识字的人、厨师哈里东口授了一封信，这封信当天就被送到了城里的邮局。

然而，该让读者君认识一下我们这个故事真正的主人公了。

弗拉基米尔·杜勃罗夫斯基是在士官武备学校中接受的教育，毕业后做了近卫军中的骑兵少尉；为了使儿子维持一种体面的生活，父亲不惜一切，因此，这个年轻人从家里得到的钱比他预料的还要多。他大方、爱虚荣，不停地满足着自己那些奢侈的欲望；他赌牌，欠下了债，他不去考虑未来，预料自己迟早会找到一个富裕的未婚妻，这样的未婚妻是贫穷年轻人的幻想。

一天晚上，几个军官正聚在他那里，他们躺在沙发上，用他的琥珀烟斗抽着烟，这时，他的勤务兵格里沙递给他一封信，信上的签字和印记立即让这年轻人吃了一惊。他急忙拆开信，读到了下面这段话：

我们的少爷弗拉基米尔·安德列耶维奇，——我是你的老奶妈，我决定把爸爸的身体情况告诉给你！他很不好，时常说胡话，成天像个傻孩子那样坐着，——是死是活全凭上帝的意愿了。你快回到我们这里来吧，我勇敢的小鹰，我们把马派到彼索契诺耶去接你。听说，县法院的人要到我们这里来，要把我们交给基里拉·彼得罗维奇·特罗耶库罗夫，因为，说什么，我们是他的人，可我们从来都是你们家的人，自打生下来还从来没听说过这样的事情呢。你住在彼得堡，要是有可能，就把这件事报告给皇上，他是不会让我们受欺负的。一直是你忠心的奴仆，你的奶妈

奥里娜·叶戈罗夫娜·布济列娃

我给格里沙捎去我做母亲的祝福，他侍候你侍候得好吗？我们这儿的雨已经下了一个多礼拜，牧人罗季亚在圣尼古拉节前死了。

弗拉基米尔·杜勃罗夫斯基怀着异常激动的心情，把这些相当混乱的话一连读了好几遍。他很早就失去了母亲，在八岁时就被送到了彼得堡，当时他几乎还记不住自己的父亲，——由于这一切，他对父亲有一种浪漫的亲情，对家庭生活那平静的欢乐享受得愈少，便会愈喜欢家庭的生活。

会失去父亲的念头强烈地刺痛了他的心，他通过奶妈的来信揣摩出的可怜病人的状态，使他感到害怕。他想象到，父亲留在偏僻的乡下，由一个傻老太婆和仆人们照看，他受到某种灾难的威胁，正在肉体和灵魂的折磨中孤苦无援地死去。弗拉基米尔谴责了自己有罪的疏忽。他已经很久没有接到父亲的来信了，却没有想到去探问一下，他认为父亲是出门去了，或是在忙于家事。

他决定回到父亲那里去，如果父亲的病情需要他留下，他甚至决定退伍。同事们见他神情不安，便走开了。弗拉基米尔孤身一人，他写了一张假条后，便抽着烟斗，陷入了深深的思考。

当天，他便为休假的事忙活起来，三天后，他已经走在大路上了。

弗拉基米尔·安德列耶维奇走进一个驿站，他必须在这个驿站拐弯去基斯捷涅夫卡。他的心充满了忧伤的预感，他怕见不到活着的父亲，他在想象等待着他的忧郁的乡间生活方式，荒凉，孤独，贫穷，为他完全不懂行的家务事而奔忙。来到驿站，他进门去找驿站长，想要上几匹私人的马。驿站长问清了他要去哪里，然后对他说，从基斯捷涅夫卡派来的人已经在这里等了他四天四夜了。很快，老车夫安东就来到了

弗拉基米尔·安德列耶维奇身边,他从前曾带着弗拉基米尔在马厩里玩耍,还照看过他的小马。见到他,安东泪流满面,他向弗拉基米尔深深地鞠了一躬,告诉他老爷还活着,然后就套马去了。弗拉基米尔·安德列耶维奇谢绝了给他准备的早餐,急忙出发了。安东拉着他走在乡间的小路上,这时,他们交谈了起来。

"你请说说,安东,我父亲和特罗耶库罗夫的案子是怎么回事?"

"天知道他们是怎么回事,弗拉基米尔·安德列耶维奇少爷……听说,老爷和基里拉·彼得罗维奇闹翻了,那位就告到了法院,——虽说他自己时常就是法官。我们做仆人本不该谈论老爷们的事,可是说实话,您爸爸不该去惹基里拉·彼得罗维奇,鸡蛋碰不过石头啊。"

"怎么,看来,这位基里拉·彼得罗维奇可以在你们这里为所欲为喽?"

"是这样的,少爷。陪审员他根本不放在眼里,县警察局长听他差遣。老爷们全去给他行礼,就像常言说的,只要有猪食盆,猪就会挤上门。"

"他真地要抢走我们的庄园吗?"

"唉,少爷,这事我们也听说了。前几天,波克罗夫斯科耶的教堂工友在我们村长的洗礼宴上说:你们也快活够了;你们马上就要落到基里拉·彼得罗维奇的手心里了。铁匠米基塔对他说:得了,萨维里奇,别叫亲家难受了,别叫客人们犯愁,——基里拉·彼得罗维奇也好,安德列·加夫里罗维奇也好,而我们反正都是上帝和皇上的臣民。别人的嘴你是堵不住的。"

"这么说,你们是不愿归特罗耶库罗夫所有了?"

"归特罗耶库罗夫所有!上帝救救我们,饶了我们吧:他对自己手下的人都那样狠,更不用说对外来的人了,他不仅会扯下他们的皮,还会挖了他们的肉。不,求上帝保佑安德列·加夫里罗维奇身体健康,如果上帝非要带走他不可,那除了你,我们的主人,我们什么人也不需要。请你别出卖我们,我们会跟着你的。"说完这话,安东扬了扬鞭子,抖了抖缰绳,他的马儿便飞快地跑了起来。

老车夫的忠诚打动了杜勃罗夫斯基,他沉默不语,又陷入了沉思。过了一个多小时,格里沙的一声惊叹突然把他惊醒了:"瞧,波克罗夫斯科耶!"杜勃罗夫斯基抬起头来。他正走在一个宽阔湖泊的岸上,一道小河从这湖中流出,在山岗之间蜿蜒流向远方;在其中的一座山岗上,树林的绿荫中露出一个绿色的屋顶和一座很大的石头房子的望楼,在另一座山岗上,是一座有五个圆顶的教堂和一座古老的钟楼;四周散落着一些带有篱笆和水井的农家小屋。杜勃罗夫斯基认出了这些地方;他记了起来,就是在这座山岗上,他曾与幼小的玛莎·特罗耶库罗娃一同玩耍,玛莎比他小两岁,当时就能看出,她将来一准是个大美人。他想向安东打听打听她的情况,但是一种害羞的感觉使他没能开口。

驶近老爷家的房子时，他看到有一件白色的衣裙在花园中的树影间闪现。这时，安东狠抽了几下马，为无论是乡下还是城里的车夫都具有的那种虚荣心所驱使，让他的马车全速驶过小桥，驶过村庄。驶出这个村庄，他们登上一座山，于是，弗拉基米尔看见了一片白桦林和左边那片空地上的一座红屋顶的灰色房子；他的心跳了起来；基斯捷涅夫卡和父亲那幢寒伧的房子就在他的眼前。

十分钟后，他驶进了老爷的院子。他怀着难以描述的激动看着自己的周围。他已经十二年没见到自己的故园了。他眼看着在篱笆边栽下的那几株白桦树，如今已长成高大、挺拔的大树了。院子里从前饰有三个方方正正的花坛，花坛间有一条仔细收拾过的宽宽的甬道，可如今，这院子却成了一片荒芜的草场，一头被拴着的马儿在那儿吃草。几条狗叫了起来，但是一看到安东，它们就不叫了，摇晃着毛茸茸的尾巴。仆人们从小屋里涌了出来，围着年轻的主人，吵吵嚷嚷地表达着他们的喜悦。他好不容易才挤过热情的人群，跑上破旧的台阶；叶戈罗夫娜在前厅里迎接他，她哭泣着拥抱了自己的乳儿。“你好，你好哇，奶妈，”他把善良的老太婆搂在胸前，一遍遍地说着，“爸爸呢，他在哪儿？他怎么样了？”

就在这时，一个身材高大、面容苍白而又消瘦的老人，身穿一件长袍，头戴一顶睡帽，勉勉强强地挪着步，走进了客厅。

“你好，沃洛季卡！”他声音软弱地说道，弗拉基米尔热烈地拥抱了自己的父亲。喜悦过分强烈地震撼了病人，他更弱了，脚站不稳了，如果没有儿子的搀扶，他就会倒下。

“你干吗起床呢，”叶戈罗夫娜对他说，“站都站不稳，还硬要往人多的地方挤。”

老人被扶进了卧室。他极力想和儿子交谈，但他脑子里的思绪却乱成一片，说出来的话也是前言不搭后语的。他沉默下来，睡着了。弗拉基米尔为父亲的状态而感到吃惊。他就在父亲的卧室里安顿了下来，吩咐家人让他一个人和父亲一起待着。家人遵从了他的意见，然后，他们全都跑到了格里沙那里，把他带进仆人的小屋，在那里用乡间的方式尽可能慷慨地款待了他，并用大堆的提问和问候把他弄得精疲力竭。

第四章

那儿本该摆宴席，如今却躺着一副棺木。[1] 回家后又过了几天，年轻的杜勃罗夫

---

① 引自杰尔查文的颂诗《悼梅谢尔斯基公爵》（1779）。

斯基想着手处理事情,可是他父亲却无法向他提供必要的解释,——安德列·加夫里罗维奇也没有代理人。他查看了父亲的文件,只找到了陪审员的第一封信和回答该信的草稿;通过这些东西,他无法清楚地了解那场官司,所以,他决定等待结果,指望着一个公道的解决。

与此同时,安德列·加夫里罗维奇的身体却一时比一时更糟了。弗拉基米尔预见到父亲将不久于人世,于是便寸步不离地守着这个变得像孩子一样的老人。

这时,规定的期限也到了,没有提出上诉。基斯捷涅夫卡归特罗耶库罗夫所有了。沙巴什金来到特罗耶库罗夫家,向他鞠躬、祝贺,并询问大人何时去接管他新得到的庄园,是自己亲自前往呢还是委托什么人去。基里拉·彼得罗维奇不好意思了。他天性并不贪婪,只是报复的欲望使他走得太远,他的良心感到不安了。他知道他的对手、他青春时代的战友目前的处境,所以胜利并不使他开心。他狠狠地瞪了沙巴什金一眼,想找个借口把他骂一顿,可是没找到足够的理由,于是他便怒气冲冲地对沙巴什金说道:“滚开,这不关你的事。”

沙巴什金见他情绪不好,便鞠了一躬,赶紧躲开了。基里拉·彼得罗维奇孤身一人,他来回踱着步,用口哨吹着《胜利的雷霆,响起来吧》,在他的思想非常激动的时候,他总要吹这支曲子。

最后,他吩咐给他套上轻便马车,添了几件衣服(这已是9月末),自己驾着车,出了院门。

很快,他就看见了安德列·加夫里罗维奇那座不大的房子,一阵矛盾的感情涌上了他的心头。复仇欲和权力感曾一度掩盖了他心中那些较高尚的情感,但后一类情感终于又占了上风。他决定与自己的老邻居和解,消除纷争,把他的庄园还给他。这一高尚的主意使他心里感到轻松了,基里拉·彼得罗维奇赶着马大步向自己邻居的府邸驶去,并直接驶进了院子。

这时,病人正坐在卧室的窗户边。看到基里拉·彼得罗维奇,他的脸上显出了可怕的惶恐:一阵血红涌上了通常是苍白的面颊,眼里闪着光,口中吐出几句含混的话。他的儿子正坐在卧室里查看账本,他抬起头来,父亲的样子使他大吃一惊。病人恐惧、愤怒地用手指指向院子。他慌慌忙忙地提着长袍的下摆,想从椅子上站起来,他刚一起身……就突然摔倒了。儿子冲到他身边,老人躺在地上,失去了知觉和呼吸,——他中风了。“快,快到城里去叫医生!”弗拉基米尔喊了起来。“基里拉·彼得罗维奇要见您。”一个仆人走进来说。弗拉基米尔狠狠地瞪了他一眼。

“去告诉基里拉·彼得罗维奇,趁我还没叫人把他赶出院子,叫他赶快走开……滚!”那仆人兴高采烈地跑去执行少爷的命令去了;叶戈罗夫娜拍了一下手。“我们的小少爷啊，”她用尖细的嗓音说道，“你不要脑袋啦！基里拉·彼得罗维奇会吃了我们的。”“别说了，奶妈，”弗拉基米尔生气地说，“马上派安东去城里请医生。”叶戈罗夫娜走了出去。

前厅里一个人也没有，大家都跑到院子里看基里拉·彼得罗维奇去了。她走到台阶上，——听见那个仆人正在传达少爷的回话。基里拉·彼得罗维奇坐在马车上听着。他的脸色比黑夜还要暗，他轻蔑地笑了一下，狠狠地扫了仆人们一眼，赶着马慢慢地驶过院子。他向那个窗口望了一眼，一分钟前安德列·加夫里罗维奇还坐在那里，可现在已经不在了。奶妈站在台阶上，忘了少爷的命令。仆人们热闹地议论着这件事情。突然，弗拉基米尔来到众人前，哭泣着说道：“不用请医生了，爸爸去世了。”

一阵慌乱。人们冲向老爷的房间。他躺在扶手椅上，是弗拉基米尔把他抱上去的；他的右手垂向地板，脑袋耷拉在胸前，——在这具尚未冷却、却已被死亡扭曲了的躯体上，已没有一丝生命的痕迹了。叶戈罗夫娜大声地哭了起来，仆人们围在交给他们照料的遗体边，——他们洗净遗体，给他穿上早在1797年就已做好的寿衣，把他摆在桌子上，就是在这张桌子边，他们侍候了老爷许多年。

第五章

葬礼在第三天举行。可怜老人的遗体躺在桌子上，盖着殓布，四周点着蜡烛。餐厅里挤满了仆人。就要出殡了。弗拉基米尔和三个仆人抬起棺木。一个神父走在前面，一个教堂执事跟着他，吟唱着葬礼祷告词。基斯捷涅夫卡的主人在最后一次迈出自家的门槛。棺木被抬过树林。教堂就在树林的后面。这是一个晴朗、寒冷的日子。秋天的叶子自树上纷纷落下。

走出树林，人们便看见了基斯捷涅夫卡的用木头建起的教堂以及那片被几株老橡树掩映着的墓地。弗拉基米尔母亲的遗体就安息在那里；昨天，紧挨着她的墓穴，又刨出了一个新坑。

教堂里挤满了基斯捷涅夫卡的农民，他们赶来向自己的主人做最后的致敬。年轻的杜勃罗夫斯基站在唱诗班的边上，他没有哭，也没在祈祷，——但是他的脸色很可怕。悲哀的仪式结束了。弗拉基米尔第一上前去与遗体告别，在他之后是所有的家人，然后盖上棺盖，钉死了棺木。女人们嚎啕大哭；男人们时不时地拿拳头擦着泪。弗拉基米尔和那三个仆人在全村人的护送下把棺木抬到墓地。棺木被放进墓穴，到场的人每人都往墓穴里撒了一把土，墓穴被填平。众人向新坟鞠了躬，然后便离去了。弗拉基米尔匆匆地走开了，他超过所有的人，消失在基斯捷涅夫卡的树林里。

叶戈罗夫娜以少爷的名义邀请神父和教堂的所有人员来赴丧宴，并说年轻的老爷不打算出席宴会，于是，神父安东、神父太太费多托夫娜和一个教堂执事便步行向老爷的院子走来，一路上在和叶戈罗夫娜谈论着死者的善举，谈论着他的继承者看来将会面临的问题。（特罗耶库罗夫的来访和他受到的接待，已经传遍附近地区，本地的政治家们预言，此事将产生严重的后果。）

"是福是祸，都躲不过啊。"神父太太说道，"如果弗拉基米尔·安德列耶维奇不能做我们的主人，那就太可惜了。一个好小伙子啊，没说的。"

"如果不是他，还有谁会是我们的主人呢？"叶戈罗夫娜抢过了话头，"基里拉·彼得罗维奇发火也是白搭。他遇到的可不是一个胆小鬼：我的小鹰会保护自己的，而且，上帝保佑，恩人们是不会抛下他的。他基里拉·彼得罗维奇也傲够了！当我的格里沙冲他嚷道：'滚，你这条老狗！快从这院子里滚出去！'他不是也夹着尾巴溜走了吗？"

"哎呀，叶戈罗夫娜，"教堂执事说，"格里高里不该那样说呀；我可是宁愿去骂主教几句，也不敢斜着眼看基里拉·彼得罗维奇一眼哪。一见到他，就害怕，发抖，冒汗，腰也就自然而然地弯了下去……"

"万事皆空哪，"神父说道，"将来也会给基里拉·彼得罗维奇唱挽歌的，就像今天给安德列·加夫里罗维奇唱的一样，只不过他的葬礼能更排场些，请到的客人更多一些罢了，在上帝面前还不都是人人平等的！"

"唉，老爷子啊！我们本来也想把远乡近邻的人都请来，可是弗拉基米尔不同意。我们未必什么都有，但还是有东西来招待客人的，任你吃喝。至少，虽说没有客人，但我是能叫你们吃得饱饱的，我们尊贵的客人们。"

这亲切的许诺和能吃到美味馅饼的希望，使谈话者们加快了步伐，他们顺利地抵达了老爷的家，那儿，餐桌已经摆好，伏特加酒也已端了上来。

与此同时，弗拉基米尔却走进了树林的深处，他努力地想用运动和疲劳来压抑内心的悲伤。他走着，并不在意脚下的路；树枝时时挂住他，扎了他，他的脚也经常陷进沼泽之中，——可他什么都没觉察到。最后，他来到一处树木环抱的小水洼；一条小溪在被秋天脱去一半衣裳的树木旁静静地流淌。弗拉基米尔停下脚步，坐在一快冰冷的草地上，一个比一个更阴郁的念头，压迫着他的心……他强烈地感觉到了自己的孤独。他感到自己的未来就像笼罩一切的可怕的乌云。与特罗耶库罗夫的为敌，又向他预示了新的不幸。他那可怜的庄园将落到别人的手里，——那样的话，等待着他的就将是贫穷。他久久地、一动也不动地坐在原地，凝视着静静的溪流，那溪流带走几片枯叶，生动地向他呈现出了生活真实的模样，——生活就在这样平静、不息地流淌着。终于，他发现天已经黑了下来；他站起身，开始寻找回家的路，但是，他在这片他不熟悉的树林里转了很久，才找到那条直通他家大门的小道。

神父和教堂里的那几个人迎面向杜勃罗夫斯基走来。这也许是个不祥的预兆，这个念头闪过了他的脑海。他不由自主地闪到一旁，躲在一棵树后。他们没有发现他，他们热烈地交谈着，从他身边走过。

“躲开祸就是福啊，”神父对太太说，“我们没必要留在这里。无论结果怎么样，反正也不是你的祸事。”神父太太回答了些什么话，但弗拉基米尔没有听清她的话。

走近自己的家，他看见有许多人，——农民和仆人们都聚集在老爷的院子里。远远地，弗拉基米尔就听到了不同寻常的喧闹声和说话声。棚子边停着一辆三套车。台阶上站着几个穿制服的人，看样子，他们是在说着什么。

“这是怎么回事？”他气冲冲地问迎面向他跑来的安东，“这是些什么人？他们要干什么？”

“唉呀，弗拉基米尔·安德列耶维奇少爷，”老人气喘嘘嘘地答道，“法院的人来啦。他们要把我们交给特罗耶库罗夫，要让我们离开你啊！……”

弗拉基米尔垂下头，他的人围着自己不幸的老爷。“你是我们的老爷，”他们喊着，吻着他的手，“除了你，我们不需要别的老爷。下命令吧，老爷，我们来跟法院的人算账。我们就是死了，也决不出卖你。”弗拉基米尔看着他们，一阵异样的情感激动着他。“你们站着别动，”他对他们说，“我来和当官的谈一谈。”“去谈吧，老爷，”人群中有人向他喊道，“去羞一羞那帮该死的家伙。”

弗拉基米尔向那几个官吏走去。沙巴什金头戴一顶帽子，两手卡腰站在那里，傲慢地看着四周。县警察局长，一个又高又胖、脸膛通红、留着唇须的五十来岁的男人，看到走近的弗拉基米尔，便清了清嗓子，声音嘶哑地说道：“是这样的，我再给你们重复一遍我刚刚说过的话：根据县法院的判决，你们现在属于基里拉·彼得罗维奇·特罗耶库罗夫了，他的代表就是这位沙巴什金先生。无论他发出什么命令，你们都要听从，而你们，女人们，要爱他、尊敬他，他可是一个非常爱你们的人哟。”说完这个露骨的玩笑之后，他哈哈大笑起来，沙巴什金和其他官吏也跟着他笑了起来。弗拉基米尔由于愤怒而热血沸腾。“请问，这是怎么回事？”他带着一种装出来的冷漠问那位兴高采烈的警察局长。“是这么回事，”故作高深的官吏回答，“我们来此把庄园过户给基里拉·彼得罗维奇·特罗耶库罗夫，并让其他不相干的人赶快走开。”“但是在告诉我的农民之前，你们似乎可以先来找我，向地主本人宣布剥夺他的所有权……”“你又是什么人？”沙巴什金问道，目光很放肆，“前地主安德列·加夫里罗维奇·杜勃罗夫斯基遵循上帝的意志死去了,而您我们并不认识,也不想认识。”

“弗拉基米尔·安德列耶维奇是我们的老爷。”人群中有一个声音喊道。

“谁胆敢在那里胡说?”警察局长恶狠狠地说,“什么老爷,什么弗拉基米尔·安德列耶维奇?你们的老爷是基里拉·彼得罗维奇·特罗耶库罗夫,听清楚了吗,你们这些傻瓜?”

“不是这样的。”那个声音又说。

“这是在造反啊!”警察局长喊道,“喂,村长,到这里来!”

村长走到了前面。

“赶快查一查,是谁竟敢和我顶嘴,我要收拾收拾他!”

村长转向人群,问道:是谁说的?可是大家都不做声;很快,在后面几排响起一阵窃窃私语,这声音越来越大,一时间竟变成了可怕的嚷嚷声。警察局长压低声音,想来劝说大家。“干吗老看着他?”几个仆人喊道,“弟兄们!揍他们啊!”于是,整个人群都动了起来。沙巴什金和其他几个官吏急忙冲进前厅,并关上了门。

“弟兄们,去把他们捆起来呀。”又是那个声音在喊,人群向前涌来……“住手,”杜勃罗夫斯基喊道,“你们这些傻瓜!你们这是干吗?你们在害你们自己,也在害我。快回家去,让我安静安静。你们别害怕,皇上是仁慈的,我会去求他的。他是不会欺负我们的。我们都是他的孩子。如果你们暴动,抢劫,那叫他还怎么来保护你们呢?”

年轻的杜勃罗夫斯基的话,他响亮的声音和庄重的举止,都取得了预期的效果。人们静下来,散去了,——院子也空了。官吏们坐在前厅里。最后,沙巴什金悄悄地打开门,走到台阶上,卑恭地鞠着躬,感谢杜勃罗夫斯基仁慈的庇护。弗拉基米尔轻蔑地听着他的话,什么话也没回答。“我们决定,”陪审员继续说道,“请您允许我们留在这里过夜;否则的话,天这样黑,您的农民会在半路上袭击我们的。请您行行好吧:让人给我们送一些东西到客厅里来,哪怕是干草也行;天一亮,我们就走。”

“随你们的便好了,”杜勃罗夫斯基冷冷地回答他们,“我已经不是这里的主人了。”说完这话,他就走进父亲的房间,并随手闩上了门。

第六章

“就这样,一切都结束了,”他独自在想,“今天早晨我们还拥有一个角落和一块面包。明天,我就要离开这座我出生于此、我父亲逝世于此的房子,把它交给父亲的死亡和我的贫穷的罪魁祸手。”他的眼睛一动也不动地落在他母亲的画像上。画家笔下的她,用肘支着栏杆,身穿一件白色的晨裙,发间插着一朵红红的玫瑰。“这幅画也会落到我们家庭的敌人的手里，”弗拉基米尔想到，“它会被扔进库房，和那些破椅子放在一起，或者被挂在前厅，成为他的狗夫们嘲笑、议论的对象，而在她的卧室里，在这个房间……这个父亲在此去世的房间里，将会住进他的管家，或是他的情妇。不！不！他把我赶出了这座房子，可这座悲哀的房子他也休想得到。”弗拉基米尔咬着牙，他的脑中产生出了一些可怕的念头。那几个官吏的声音传到了他这边，他们在发号施令，要这要那，讨厌地打断了他悲伤的思绪。终于，一切都静了下来。

弗拉基米尔打开柜子和箱子，开始清理逝者的文件。这些文件大都是账本和各种事务性的往来信件。弗拉基米尔看也没看，就撕了。在这些文件中间，他突然看见一个纸包，上面写着一行字：我妻子的书信。弗拉基米尔非常激动地读起这些信来：这些书信写于土耳其远征时期，是从基斯捷涅夫卡发往军中的。她向他谈了自己孤独的生活和家里的各种事情，温情地抱怨了离别，并唤他回来，投入他爱妻的怀抱；在其中的一封信中，她对他写道，她很担心小弗拉基米尔的健康；在另一封信里，她又为弗拉基米尔早熟的才能而感到高兴，说他会有一个幸福、辉煌的未来。弗拉基米尔入迷地读着，忘记了世界上的一切，他全身心地沉浸在家庭幸福的天地中，没有感觉到时间的流逝，墙上的挂钟敲了十一下。弗拉基米尔把那些信装进衣袋，拿着一根蜡烛，走出了书房。客厅里，那些官吏睡在地板上。桌上摆着他们用过的几个杯子，一股浓烈的罗姆酒味充斥着整个房间。弗拉基米尔厌恶地走过他们身边，走向前厅，——门是锁着的。没有找到钥匙，弗拉基米尔又回到客厅，见钥匙放在桌子上，弗拉基米尔打开门，突然撞上了一个躲在墙角里的人，——他手上的一把斧头在闪着寒光，弗拉基米尔端着蜡烛走近他，认出这是铁匠阿尔希普。“你在这里干什么？”他问。“哎哟，弗拉基米尔·安德列耶维奇，是您哪，”阿尔希普低声答道，“上帝饶恕我啊！您要是没拿着蜡烛可就糟了！”弗拉基米尔吃惊地看着他。“你躲在这里干什么？”他问铁匠。

“我想……我是来……来看看，他们是不是都在屋里。”阿尔希普吞吞吐吐地轻声回答。

“那你为什么拿着斧头呢？”

“为什么拿着斧头？如今走路不带把斧头可不行。瞧这些当官的可不是老实的家伙啊，——等着瞧吧……”

“你喝醉了，快放下斧头，睡觉去。”

“我醉了？弗拉基米尔·安德列耶维奇老爷，上帝作证，我一滴酒也没沾啊……听说了这样的事，哪还有心思喝酒，——这些当官的想管制我们，想把我们的老爷赶出他的家……听，他们在打呼噜呢，这些该死的家伙；一下子把他们干掉算了，神不知鬼不觉地。”

杜勃罗夫斯基皱了皱眉头。“听着，阿尔希普，”他沉默了片刻，说道，“事情不像你想的这样。不能怪这些当官的。你去点亮灯笼，跟我来。”

阿尔希普接过老爷手中的蜡烛，在火炉后面找到灯笼，点着了，然后，俩人轻轻地走下台阶，来到院子里。值更的敲响铁板，几只狗叫了起来。“谁在值更？”杜勃罗夫斯基问。“是我们，老爷，”一个细细的声音回答，“是瓦西里萨和鲁克里娅。”“你们回屋去吧，”杜勃罗夫斯基对她们说，“用不着你们了。”“下班了。”阿尔希普说了一句。“多谢了，老爷。”两个女人答道，然后立即回家去了。

杜勃罗夫斯基继续向前走，两个男人向他走来；他们在唤他。杜勃罗夫斯基听出了安东和格里沙的声音。“你们为什么不睡觉？”他问他俩。“我们哪里还睡得着，”安东回答，“谁能想到，我们会落到这步田地……”

“轻点！”杜勃罗夫斯基打断了他的话，“叶戈罗夫娜在哪儿？”

“在老爷家她那间小屋里。”格里沙回答。

“把她叫到这里来，把我们家所有的人都叫外面来，除了那几个当官的，屋里一个人也别留下，你，安东，快去套车。”

格里沙去了，一分钟后和他母亲一起回来了。老太太在这夜没有脱衣服；除了那几个当官的，这房子里没有一个人合眼。

“人都在这里了吗？”杜勃罗夫斯基问，“屋里一个人也没有了吗？”

“除了那些当官的，一个人也没了。”格里沙回答。

“去搬些干草或麦秸到这里来。”杜勃罗夫斯基说。

众人跑向马房，带着一抱抱的干草回来了。

“放到台阶下面去。就这样。好吧，弟兄们，点火！”

阿尔希普打开了灯笼，杜勃罗夫斯基燃着了一支松明。

“等等，”他对阿尔希普说，“我刚才匆匆忙忙的，好像把前厅的门给锁上了，你快去把它打开。”

阿尔希普跑进前厅，见门没锁。阿尔希普把门给锁了，并低声地说道：“这可不成，让你开门去吧！”然后，他回到了杜勃罗夫斯基这里。

杜勃罗夫斯基让松明挨近草堆，干草一下就着了，火焰腾了起来，映红了整个院子。

“哎哟，”叶戈罗夫娜伤心地喊道，“弗拉基米尔·安德列耶维奇，你在干什么啊？”

“别说了，”杜勃罗夫斯基说，“好了，孩子们，再见了，我要去上帝要我去的地方了;但愿你们和新主人在一起过得幸福。”

“你是我们的老爷,恩人,”众人回答,“我们死也不离开你,我们要跟你走。”

马已经套好了;杜勃罗夫斯基和格里沙一起坐上马车,让众人到基斯捷涅夫卡森林去与他会合。安东抽了一下马他们便离开了院子。

起风了。火焰刹那间吞没了整座房子。红色的烟雾在房顶上翻滚。窗玻璃噼啪作响,纷纷跌落,烧着的圆木也开始倾倒,响起一阵伤心的哀号和喊叫:“着火啦,救命,救命啊。”“这可不成,”阿尔希普说道,带着恶毒的笑容看着大火。“阿尔希普什卡,”叶戈罗夫娜对他说,“去救救他们这些该死的人吧,上帝会奖赏你的。”

“这可不成。”铁匠回答。

这时,那些当官的出现在窗边,他们极力想捅开双层的窗楣。但就在这时,房顶哗啦一声塌了下来,嚎叫声停止了。

很快,所有的仆人都跑到院子里来了。女人尖叫着赶忙去抢自己的破烂东西,孩子们又蹦又跳,欣赏着大火。火星向暴风雪一样地纷飞,那些农舍也着起火来。

“现在一切都妥了,”阿尔希普说,“烧得多好啊,是吗? 从波克罗夫斯科耶那边看过来,才好看呢。”

就在这时,一个新情况引起了他的注意;一只猫在着了火的棚顶上乱跑,不知该往那里跳,——它的四周全都是火。这可怜的动物伤心地咪呜叫着,在请求帮助。男孩子们看着它绝望的样子,开心地笑着。“有什么好笑的,你们这些小魔鬼,”铁匠生气地对他们说,“你们连上帝都不怕哪? 上帝的造物要死了,你们还在笑。”然后,他把一个梯子加在着火的房顶上,爬上去救那只猫。那猫明白了他的意图,带着一种慌慌张张、感激不尽的神情,抓住了他的衣袖。半边身子都着了火的铁匠,抱着自己的所得回到了地面。“好吧,弟兄们,再见了,”他对不好意思的仆人们说道,“我在这里没事可干了。祝你们幸福,别老记着我的坏处。”

铁匠走了;大火又烧了一段时间。最后,火熄灭了,一堆堆没有火苗的炭火,在夜的黑暗中明亮地燃着,被烧得精光的基斯捷涅夫卡的居民,在那些火堆边徘徊着。

第七章

第二天,失火的消息就传遍了附近的地区。大家对这场火灾做了不同的猜测和假设。一些人认为,是杜勃罗夫斯基家的人在葬礼上喝醉了酒,不小心烧着了房子;其他人责怪的是在新居里饮酒作乐的官吏们;很多人则以为,是房子自己着的火,烧死了县法院的人和所有的仆人。也有一些人猜出了真相,断定这场可怕灾难的罪魁祸首就是为仇恨和绝望所驱使的杜勃罗夫斯基本人。特罗耶库罗夫于次日驾车来到火灾现场,亲自查看后果。看来,县警察局长、县法院陪审员、诉讼代理人和书记员,与弗拉基米尔·杜勃罗夫斯基、奶妈叶戈罗夫娜、仆人格里高里、车夫安东和铁匠阿尔希普一样,全都下落不明。所有的仆人都说,那几个当官的在屋顶塌下来的时候被烧死了;他们烧焦的骨头被扒了出来。两个女人瓦西里萨和鲁克里娅说,在火灾前的几分钟,她们看见过杜勃罗夫斯基和铁匠阿尔希普。各种迹象都表明,铁匠阿尔希普还活着,看来,他即便不是火灾的唯一祸首,也是主犯之一。杜勃罗夫斯基也有重大的嫌疑。基里拉·彼得罗维奇给省长写了一封信,详细地描述了所发生的一切,于是,一桩新案子又立案了。

很快,一些传闻又给人们的好奇心和闲谈提供了新的材料。在××地方出现了强盗,他们在远乡近邻制造了恐怖。政府针对他们而采取的措施,结果是不得力的。抢劫一次接一次地发生,一次比一次做得漂亮。无论是在路上,还是在村里,都没有安全感。几辆满载强盗的三套车,光天化日之下在全省驰骋,他们拦截路人和邮车,闯进村庄,洗劫地主的庄园,然后将它们付之一炬。匪徒的头领以聪明、勇敢和某种慷慨而闻名。流传着许多关于他的神话;杜勃罗夫斯基的名字被众人挂在嘴上,人们全都相信,率领那帮大胆匪徒的首领不是别人,正是他。有一件事很奇怪:特罗耶库罗夫的庄园一直幸免于难;强盗们没抢过他的一间棚子,也没截过他的一辆大车。素来傲慢的特罗耶库罗夫,将这一例外归结为全省都对他持有的恐惧,同时也认为这是因为他的村庄里有他组建的出色的保安队。起初,邻居们私下里还嘲笑特罗耶库罗夫的傲慢,每天都在期待着那些不速之客光顾他们定会有收获的波克罗夫斯科耶,但是最后,他们不得不同意特罗耶库罗夫的意见,承认强盗们对他有一种莫名其妙的尊敬……特罗耶库罗夫得意洋洋,每听到一桩杜勃罗夫斯基新的抢劫案,他总要嘲笑一番省长以及那些警察局长和连长们,杜勃罗夫斯基永远能安全地逃脱他们的追捕。

说话间,时间到了 10 月 1 日,——这一天是特罗耶库罗夫村子里的教堂命名节。但是,在描写这一节日和后来的事件之前,我们应当让读者君认识几个新人物,在我们的故事开始时,我们曾简单地提到过他们。

第八章

读者君也许已经猜到了,我们在前面仅仅提到几句的基里拉·彼得罗维奇的女儿,就是我们这个故事的女主人公。在我们所描写的这个时期,她是十七岁,其美貌正如一朵盛开的鲜花。父亲非常地爱她,但是却带着他固有的武断来对待她,他时而会迎合她最细小的古怪念头，时而又会用严肃甚或残酷的态度去吓唬她。他深信女儿孝敬他，但他从来得不到女儿的信赖。她已习惯于在他面前掩饰自己的感情和思想，因为她永远无法约略地知道，父亲会以怎样的方式对待她的那些感情和思想。她没有女友，是在独处中长大的。邻居们的妻子女儿很少到基里拉·彼得罗维奇这里来，因为他通常的交谈和娱乐需要的是男人的合作，而非女人的到场。我们的美人很少出现在来基里拉·彼得罗维奇家宴饮的客人们中间。那间主要是由18世纪法国作家的作品构成的很大的图书室，归她使用。她的那位除了《绝妙的女厨师》之外什么也不读的父亲，无法指导她选择图书，因此，玛莎在浏览了各种各样的著作后，自然而然地迷上了小说。就这样，她完成了那在家庭教师米米的指导下开始的教育。基里拉·彼得罗维奇曾对那位教师小姐表示出了很大的信赖和好感，最后，当他的友爱的结果变得过于明显的时候，他不得不悄悄地将她送往另一处庄园。米米小姐给人留下了相当好的印象。她是一个善良的姑娘，她从不利用她对基里拉·彼得罗维奇显然具有的影响来做坏事，这一点使她有别于他那些时常替换的情妇。基里拉·彼得罗维奇本人对她的爱似乎也超过其他人，那个长着米米小姐那样的南方人特征的黑眼睛男孩，一个九岁左右的淘气包，被基里拉·彼得罗维奇养在跟前，认作儿子，而众多长得和基里拉·彼得罗维奇一模一样的男孩，却赤着脚在他的窗前跑来跑去，他们都被视为仆人的孩子。基里拉·彼得罗维奇为自己的小萨沙从莫斯科请了位法国家庭教师，这位教师在我们如今描写的事件发生的时候来到了波克罗夫斯科耶。

这位教师堂堂的外表和简洁的举止很合基里拉·彼得罗维奇的意。他向基里拉·彼得罗维奇出示了自己的各种证书以及特罗耶库罗夫一位亲戚的信，那位亲戚在特罗耶库罗夫家做了四年的家庭教师。基里拉·彼得罗维奇看了所有这些东西，只是不满意这个法国人的年轻，——这并不是因为，他觉得这个可爱的缺点与教师这个不幸职业所需的耐心和经验不相适应，而是由于他另有疑虑，他决定立即向他道出这一疑虑。为此，他让人去把玛莎叫来（基里拉·彼得罗维奇不会说法语，玛莎是来做他的翻译的）。

“过来，玛莎；告诉这位先生，就这样，我雇了他；但是要他别追我的姑娘们，否则，我就要把他这个狗崽子……把这话翻给他听，玛莎。”

玛莎的脸红了，她转向教师，用法语对他说，他父亲希望他谦虚一些，举止检点一些。

法国人向她鞠了一躬，回答道，他希望他即便不能赢得他们的好感，也会是值得尊重的。

玛莎逐字逐句地翻译了他的回答。

“好,好,”基里拉·彼得罗维奇说,“对于他来说,既不需要好感,也不需要尊重。他的事就是照顾萨沙,教给他语法和地理,把这话翻给他听。”

玛丽娅·基里罗夫娜在翻译中淡化了父亲那种粗鲁的表达,然后,基里拉·彼得罗维奇就让他那位法国人去了侧屋,在那里给他安排了一个房间。

玛莎丝毫没有注意这个年轻的法国人,在贵族的偏见中长大的她,认为家庭教师不过是仆人或手艺人,而一个仆人或手艺人对于她来说并不是男人。她没有发觉她在杰福日先生身上引起的反响,没有察觉到他的羞怯、他的颤抖和那变了调的声音。在接下来的几天里,她相当经常地见到他,但都没有给予他太多的关注。一件偶然的事情,使她完全改变了对他的看法。

在基里拉·彼得罗维奇的家里,通常养有几头小熊,它们构成了波克罗夫斯科耶地主的主要爱好之一。在那些熊还幼小的时候,它们每天都会被带到客厅里去,基里拉·彼得罗维奇在客厅里一连几个小时地逗它们玩,让它们和猫、狗打架。它们长大之后,就被拴上了链子,等待着真正的厮杀。有时,熊会被带到老爷的窗户前,然后把一只钉满铁钉的空酒桶滚到他们面前;熊会闻闻那酒桶,轻轻地碰碰它,熊的掌子被碰痛了,熊一生气,就更使劲地推那桶,它也就被扎得更痛了。熊会完全疯狂了,它尖叫着扑向酒桶,直到人们将那使它愤怒的东西从这可怜野兽的身边拿开。有时,会把一对熊套上马车,把一些自愿或不自愿的客人塞进车里,让他们驶向上帝要他们去的方向。但是,被基里拉·彼得罗维奇视为最佳的,是这样的玩笑。

把 头饥饿的熊关在 间通常是空着的房间里,用 根绳了拴着它,绳了则系在嵌在墙上的一个圆环上。绳子的长度几乎与房间相等,这样一来,只有站在对面的一个墙角里才能躲避那头可怕野兽的攻击。通常会把一个新来的人带到这个房间的门口,突然把他推到熊那里去,门被锁上,让不幸的牺牲者与那个毛茸茸的隐士单独相处。可怜的客人,衣服被撕破了,身上被抓出血来了,很快就找到了那个安全的角落,但他不得不一连三个小时紧贴着墙壁站在那里,看着疯狂的野兽在离他两步远的地方咆哮,跳跃,站起身来,使劲地向他扑来。这便是一个俄国老爷高尚的娱乐！在家庭教师到来后的几天,特罗耶库罗夫想到了他,便打算在熊房间里款待款待他。为此,一天早晨,特罗耶库罗夫将他带进了黑暗的走廊;突然,旁边的门被打开,两个仆人把法国人推进房间,然后锁上了房间的门。缓过神来的家庭教师,看见了拴着的熊,那野兽呼哧起来,远远地嗅着自己的客人,突然,它抬起两只前爪,向他走来……法国人没有慌乱,他没有逃跑,而在等待着攻击。熊逼近了,杰福日从口袋里掏出一支小手枪,对准那头饥饿野兽的耳朵,开了一枪。熊倒下了。众人跑过来,门被打开了,基里拉·彼得罗维奇走进来,对他这个笑话的结局感到非常吃惊。基里拉·彼得罗维奇想立即查清这件事：是谁事先把这个为教师准备的玩笑告诉给了杰福日，还有，为什么他的口袋里会有一把上了膛的手枪。他让人去找玛莎，玛莎来了，把父亲的问题翻译给了法国人。

“我并没有听说过熊的事，”杰福日回答，“但是我一直带着枪，因为我不打算去忍受侮辱，我一旦受到侮辱，以我的身份，我是无法提出决斗的。”

玛莎吃惊地看着他，把他的话翻给了基里拉·彼得罗维奇。基里拉·彼得罗维奇什么话也没说，让人把熊拖出去，剥下熊皮；然后，他转身对手下的人说：“真是好样的！他不害怕，他真的不害怕。”从这一刻起，他就喜欢上了杰福日，也不想再去考验他了。

然而，这件事对玛丽娅·基里洛夫娜产生了更大的影响。她的思想受到了震撼：她目睹了那头死熊和站在死熊旁边静静地和她说着话的杰福日。她发现，勇敢和高傲的自尊并不仅仅属于一个阶层，从此，她开始尊重这位年轻的家庭教师了，这种尊重与日俱增。在他俩之间，有了一些往来。玛莎有一副好嗓子和很高的音乐天赋，杰福日自告奋勇要给她上音乐课。在此之后，读者君已不难猜到，玛莎爱上了他，只是她自己暂时还不愿承认这一点罢了。

第二卷

第九章

节日的前夕，客人们开始陆续到来，一些人住在老爷的家里和侧屋里，另一些人住在管家的家里，第三类人住在神父家里，第四类人则住在富裕农民的家中。马房里满是拉车的马，院子和棚子里摆满了各式马车。早晨九点，做礼拜的钟声响了，众人都向那座新建的石质教堂走去，这座教堂是基里拉·彼得罗维奇出资兴建的，他每年都要拿出礼物将教堂装饰一番。高贵的信徒们来得太多了，所以教堂里便没有了普通农民的立足之地，它们只好站在台阶上的院子里。礼拜还没有开始，人们在等基里拉·彼得罗维奇。他乘一辆六驾马车来到，庄严地走向自己的位置，玛丽娅·基里洛夫娜走在他身边。男人和女人们的目光都落在她的身上；男人们惊讶于她的美貌，女人们关注的是她的衣着。礼拜开始了，家庭唱诗班唱起赞美诗，基里拉·彼得罗维奇自己也跟着唱起来，做着祈祷，目不斜视，当助祭高声地提起本教堂的建造者时，他带着高傲的虔诚，深深地鞠躬到地。

礼拜结束了。基里拉·彼得罗维奇第一个走向十字架。众人跟在他后面，然后，邻居们又走去向他致敬。女人们围起了玛莎。基里拉·彼得罗维奇走出教堂时,邀请所有的人都去他家吃饭,然后,他坐上马车,回家去了。众人都跟在他的后面。各个房间里都挤满了客人。不时有新的客人进来,他们费很大的劲才能挤到主人的面前。小姐们坐成一个规矩的半圆形,她们的打扮是过时的,身着贵重但是已经穿旧了的服装,全都佩戴着珍珠和宝石;男人们则挤在鱼子酱和伏特加酒的旁边,七嘴八舌地相互交谈着。大厅里摆着一张桌子,上面有八十份餐具。仆人们忙活着,摆着酒瓶和酒杯,整理着桌布。终于,管家喊道:"请大家入席啦。"——基里拉·彼得罗维奇第一个坐到桌边,跟着他,太太们也动了起来,她们遵循着年龄的次序,端庄地占据了自己的位置;小姐们挤来挤去,就像一群胆怯的小羊,一个紧挨一个地选定了自己的座位。坐在她们对面的是男士们。桌子的另一端,紧靠着小萨沙,坐着家庭教师。

仆人们开始端上盘子,他们按照职位的大小为序,在弄不清楚的时候,则以拉瓦特的假说[①]为依据,并几乎总是正确无误的。盘子和勺子的响声和吵吵闹闹的说话声汇成一片,基里拉·彼得罗维奇兴高采烈地看着自己的宴席,完全沉浸在一个好客主人的幸福之中。这时,一辆六驾马车驶进院子。"这是谁?"主人问。"是安东·帕夫努季伊奇。"好几个声音回答道。门打开了,安东·帕夫努季伊奇·斯皮岑,一个五十岁左右、生着一张圆圆的麻脸和三层下巴的肥胖男人走进餐厅,他鞠着躬,赔着笑,已经准备请求原谅了……"拿一套餐具来。"基里拉·彼得罗维奇喊道,"欢迎你啊,安东·帕夫努季伊奇,快坐下来,给我们讲一讲,这是怎么回事:你没来参加我的礼拜,吃饭又迟到。这不像是你做的事,你是一个既爱神又爱吃的人嘛。""是我的错,"安东一面把餐巾塞进暗黄色大衣的扣眼,一面回答,"是我的错,基里拉·彼得罗维奇老爷,我很早就上路了,刚走了十里路,前轮突然裂成了两半,你说这可怎么办?幸好,离一个村子不远;车子被拖到村里,找到一个铁匠,凑凑合合弄好了,时间却过了整整三个小时,没办法啊。我可不抄超近道穿过基斯捷涅夫卡森林,我绕了一圈……"

"嗨!"基里拉·彼得罗维奇打断了他的话,"你呀,我说,真是一个胆小鬼;你有什么可怕的呢?"

"怎能不怕呢,基里拉·彼得罗维奇老爷,是怕杜勃罗夫斯基啊;一不小心,就会落到他的手里。他很精明啊,谁都不会放过,我要是落到他的手里,更要被剥掉两层皮了。"

"老弟,为什么会有这样的区别呢?"

---

① 拉瓦特(1741—1801),瑞士作家,另著有《相面术种种》(1775—1778),认为根据一个人颅骨的构造和相貌特征可以断定此人的性格。

“因为什么，基里拉·彼得罗维奇老爷？还不是因为已故的安德列·加夫里罗维奇的那场官司。不就是我吗，为了满足您的要求，也就是说，为了良心和正义，曾作证说杜勃罗夫斯基一家对基斯捷涅夫卡的占有是没有任何法律依据的，仅仅是仰仗您的宽宏？死者（愿他进入天国）曾发誓要和我算账，他的儿子，当然要来兑现老子的话。到如今为止，上帝一直保佑着我。他们总共只抢了我的一间仓库，但一不小心，他们就会来抢我的宅子的。”

“到了你的宅子里，他们就可以为所欲为了，”基里拉·彼得罗维奇说道，“我说，你那只红匣子里可是满满的啊……”

“您说到哪儿去了，基里拉·彼得罗维奇老爷。那匣子从前是满的，可如今已经完全空了！”

“别撒谎了，安东·帕夫努季伊奇。我们知道你家的情况；你的钱能花到哪里去呢，你在家里过的是像猪一样的生活，你什么客也不请，还要从你的农民身上剥一层皮，你只知道攒钱。”

“您尽会开玩笑，基里拉·彼得罗维奇老爷，”安东·帕夫努季伊奇笑着嘟囔道，“我们真的破产了。”接着，安东·帕夫努季伊奇把一块油腻的馅饼和主人的玩笑一起吞了下去。基里拉·彼得罗维奇放过他，转向新任警察局长，他第一次来此做客，坐在桌子另一端的家庭教师身边。

“喂，您能抓得住杜勃罗夫斯基吗，局长先生？”

警察局长不好意思起来，他鞠了一躬，笑了笑，嘟囔着，最后终于说道：

“尽力而为吧，大人。”

“嗯，我们尽力而为吧。老早，老早就在尽力而为了，却一直没有个结果。是的，说实话，干吗要抓他呢？杜勃罗夫斯基的抢劫可以给警察局长们带来好处哇：出差，调查，车马费，钱都落进了腰包。这样的恩人哪能把他除掉呢？是这样的吗，局长先生？”

“完全是事实，大人。”

客人们哈哈大笑起来。

“我喜欢说实话的好汉，”基里拉·彼得罗维奇说，“真舍不得已故的局长塔拉斯·阿列克赛耶维奇啊，他要是没被烧死，这一带就会平安无事的。关于杜勃罗夫斯基有什么消息啊？最近一次见到他是在哪里啊？”

“在我那里，基里拉·彼得罗维奇，”响起一位太太粗粗的声音，“上礼拜二，他在我那里吃了饭……”

众人的目光都转向了安娜·萨维什娜·格洛博娃，她是一个心地相当单纯的寡妇，人们都喜欢她善良而开朗的性格。众人好奇地准备听她的故事。

“是这样的，三个礼拜前，我派我的管家去邮局给我的瓦纽沙寄钱。我并不宠儿子，我就是想宠他，也没有那个能力。但是你们自己也都知道：一个近卫军军官是要保持体面的，所以我就尽可能地和瓦纽沙分享我的收入。这次我派人给他寄去两千卢布，虽说我不止一次地想到杜勃罗夫斯基，但我还是以为：这里离城很近，总共才七里路，兴许没问题吧。可我一看：我的管家晚上回来了，他脸色苍白，衣服破破烂烂的，马车也不见了，——我就喊了起来。‘怎么回事？你出了什么事？’他对我说：‘安娜·萨维什娜太太，我被强盗给抢了；我差点没被他们杀掉，杜勃罗夫斯基本人也在那里，他本想把我吊死，后来看我可怜，才把我放了，但是所有的东西都被他抢走了，马和车子也被拉走了。’我晕了过去；我的上帝啊，我的瓦纽沙可怎么办呢？没有法子啊：我给儿子写了一封信，把这一切告诉了他，给他捎去了我的祝福，钱却一文也没有。

“过了一个礼拜，又一个礼拜，一天，突然有一辆马车驶进我的院子。有个将军想要见我，我说：请吧；一个三十五岁左右的人走进来见我，他黑黑的脸膛，黑黑的头发，留着唇须和大胡子，活像是一幅库里涅夫[①]的肖像，他向我自我介绍道，他是我已故的丈夫伊万·安德列耶维奇的朋友和同事；他路过这里，知道我住在这里，不能不顺路来看看他朋友的遗孀。我尽我的可能款待了他，我和他谈这谈那，最后谈到了杜勃罗夫斯基。我对他谈了我那件伤心的事。我的将军皱了皱眉头。‘这事很奇怪呀，’他说，‘我听说杜勃罗夫斯基并不是见人就抢的啊，他只攻击众所周知的有钱人，就是对他们也是分享，而不是抢光，更没有人见他杀过人；这里头也许有诈，请您让人把您那位管家叫来。’有人去找管家，管家来了；一见到将军，管家就呆住了。‘老弟，你来给我们说一说，杜勃罗夫斯基是怎么抢你的，他是怎么想吊死你的。’我的管家浑身发抖，跪倒在将军的脚下。‘老爷，我有罪，我鬼迷心窍了，我撒了谎。’‘既然这样，’将军答道，‘你就来给太太说说到底是怎么回事，我来听着。’管家没能缓过神来。‘怎么啦，’将军继续道，“快说：你是在哪里遇到杜勃罗夫斯基的？’‘是在两棵松树旁边，老爷，是在两棵松树旁边。’‘他对你说了什么？’‘他问我，你去哪儿，干什么去？’‘嗯，后来呢？’‘后来他就要看信和钱。’‘嗯哼。’‘我就把信和钱给了他。’‘那他呢？……嗯，那他呢？’‘老爷，我有罪。’‘嗯，他到底做了什么？……’‘他把钱和信还给了我，说：你快去吧，把这些东西送到邮局去。’‘嗯，可你呢？’‘老爷，我有罪。’‘亲爱的，我要来跟你算算账，’将军威严地说，‘而您，太太，派人去搜一搜这个骗子的箱子，他，

---

① 库里涅夫是在1812年卫国战争中阵亡的一位将军，他的肖像画曾广泛流传。

您就交给我吧，让我来教训教训他。您知道吗，杜勃罗夫斯基自己也曾经是一个近卫军的军官，他可不想欺负自己的战友。'我猜到了这位大人是谁，我没什么可跟他谈的了。几个车夫把管家捆在马车的车座上。钱找到了；将军在我这儿吃完饭，然后马上就离开了，把管家也带走了。第二天，有人在森林里找到了我那位管家，他被绑在一棵橡树上，浑身被剥得精光。"

所有的人都在默不作声地听着安娜·萨维什娜的故事，小姐们听得尤其认真。她们中有许多人都暗暗地倾慕故事中的男主角，将他视为一位浪漫的英雄，玛丽娅·基里洛夫娜更是这样，因为她是一位在拉德克利夫[①]的神秘恐惧故事中成长起来的热烈的幻想家。

"安娜·萨维什娜，你认为杜勃罗夫斯基本人到过你家？"基里拉·彼得罗维奇问道，"你大错特错了。我不知道去你那里做客的是谁，但肯定不是杜勃罗夫斯基。"

"为什么不是杜勃罗夫斯基呢，老爷？不是他，那又是谁呢？跑到大路上拦过路人，还要搜查他们。"

"我不知道，但肯定不是杜勃罗夫斯基。我还记得他小时候的样子；我不知道他的头发是否变黑了，但当时他可是一个满头黄鬈发的男孩，而且，我还似乎记得，杜勃罗夫斯基比我的玛莎大五岁，因此，他不应该是三十五岁，而应该是二十三岁左右。"

"一点不错，大人，"警察局长发了言，"我口袋里有一份弗拉基米尔·杜勃罗夫斯基相貌特征说明。那上面正好说他是二十三岁。"

"啊！"基里拉·彼得罗维奇说，"正好，你来读读它，我们来听一听；知道一下他的特征，对我们来说可不是坏事，如果碰上他，也好抓住他。"

警察局长从口袋里掏出一张揉得皱巴巴的纸，他庄重地展开那张纸，大声地读了起来：

"其从前仆人所描述的弗拉基米尔·杜勃罗夫斯基的相貌特征：

年龄二十三岁，身材中等，脸庞清秀，胡须剃光，眼睛棕色，头发黄色，鼻子直挺。特别特征：无。"

"就这些？"基里拉·彼得罗维奇说。

"就这些。"警察局长折起那张纸，回答。

"祝贺你，局长先生。就这么张纸！根据这些特征你们是找不到杜勃罗夫斯基的。谁不是中等身材，谁不是黄头发，谁不生着直挺的鼻子和棕色的眼睛！我敢打赌，你就是和杜勃罗夫斯基在一起一连谈上三个小时的话，你也猜不出上帝把谁送到

---

① 拉德克利夫(1764—1823)，英国女作家，其作品及其"恶棍英雄"对浪漫主义作家有很大影响。

了你的面前。没什么说的,这些当官的脑袋真是聪明啊。"

警察局长卑谦地把他那张纸放进口袋,默默地吃起白菜烧鹅肉来。这时,仆人们已经围着客人们转了好几圈,斟满每个人的酒杯。好几瓶高加索葡萄酒和齐姆良葡萄酒都被当成是名牌香槟酒,给喝光了,一张张脸发红了,谈话也变得更响亮、更语无伦次、更开心了。

"不,"基里拉·彼得罗维奇继续说,"我们已经见不到已故的塔拉斯·阿列克赛耶维奇那样的局长了!他胆大心细,机灵着呢。可惜啊,这条好汉却被烧死了,要不,那帮匪徒一个也逃不出他的手心。他会抓住所有的人,连杜勃罗夫斯基本人也休想逃掉。塔拉斯·阿列克赛耶维奇是会从他的手里拿钱的,但是他却不会放走他;这是死者的习惯。没办法,看来,我得出面来做这件事,带着我的人去把那些强盗抓起来。第一件事,我就要派上二十来个人去清剿贼窝;我的人不是胆小鬼,每个人都可以单独对付一头熊,见了强盗他们是不会后退的。"

"您的那头熊还好吗,基里拉·彼得罗维奇?"安东·帕夫努季伊奇说道,在说这话的时候,他又想起了那个毛茸茸的老相识,想起了他曾成为其牺牲品的那几个笑话。

"米沙升天了,"基里拉·彼得罗维奇回答,"它光荣地死在敌人的手里。这位就是战胜它的人,"基里拉·彼得罗维奇用手指着杰福日说,"你得为我这位法国人祈祷祈祷啊。是他为你报了仇……恕我直言了……你还记得那件事吗?"

"怎么会不记得呢?"安东·帕夫努季伊奇挠了挠头,说道,"记得清清楚楚。这么说,米沙死了。米沙可惜了,太可惜了!它多讨人喜欢啊!它多聪明啊!没有比它更好的熊了。可是这位先生为什么要杀它呢?"

基里拉·彼得罗维奇心满意足地谈起了他那位法国人的功勋,因为他有一种善于炫耀自己身边一切东西的幸福才能。客人们聚精会神地听着米沙之死的故事,并吃惊地看着杰福日,而后者却不知道此时正在谈论他的勇敢,他静静地坐在自己的位置上,正在对自己顽皮的学生进行道德上的说教。

持续了近三个小时的午餐结束了;主人把餐巾扔到了桌子上,——众人也都站起身来,走向客厅,客厅里等待着他们的有咖啡和纸牌,在餐厅里开了个好头的畅饮,也将在这里继续下去。

第十章

将近晚上七点钟的时候,有几个客人想要走了,但喝酒喝得兴奋起来的主人,却下令关上大门，并宣布，在第二天早晨之前，别放任何人出门。很快，音乐响了起来，大厅的门全都被打开，舞会开始了。主人和他的亲信们坐在一个角落里，一边一杯接一杯地喝酒，一边欣赏着年轻人的热闹。老太婆们在打纸牌。像在所有没有枪骑兵部队驻扎的地方一样，这里的男舞伴也比女士少，因此，凡是适合要求的男士都被请了出来。家庭教师在所有的人中最为出众，他也跳得最多，所有的小姐都在找他，发现和他一起跳华尔兹舞非常轻松。他和玛丽娅·基里罗夫娜跳了好几个舞，小姐们讥讽地盯着他俩。终于，快到夜半了，疲倦的主人中止了舞会，让人把晚餐送上来，他自己则睡觉去了。

基里拉·彼得罗维奇的不在场，使众人感到更自由、更活跃了。男伴们敢于坐到女士们的身边；姑娘们也敢与身边的人窃窃私语了；太太们隔着桌子大声地交谈着；男人们则喝着酒，争论着，不停地哈哈大笑，——总之，晚宴非常开心，给人留下了许多愉快的回忆。

只有一个人没有参与进这共同的欢乐：安东·帕夫努季伊奇愁眉不展、默默不语地坐在自己的位置上，心不在焉地吃着东西，显得非常不安。关于强盗的谈话激发了他的想象。我们很快就会看到，他对强盗的害怕是有着充分的理由的。

安东·帕夫努季伊奇曾请上帝出面作证，说他的红匣子是空着，他没有说谎，没有罪过：那只红匣子的确是空的，曾经放在那匣子里的钱，被转移进一个皮包，而那皮包却被他贴身揣在前胸。这一防范措施使他不再怀疑一切、老是担惊受怕了。现在他被迫要在别人家过夜，他怕他会被带到某一个偏僻的房间里去睡觉，而小偷很容易溜进去，所以，他在用眼睛搜寻一个可靠的同伴，最后，他选中了杰福日。他的外表，他超人的力量，更重要的是，他在面对那只可怜的安东·帕夫努季伊奇一想到它就会发抖的狗熊时所表现出的勇敢，使安东·帕夫努季伊奇做出了这样的选择。当众人从桌边站起身来的时候，安东·帕夫努季伊奇在那个年轻的法国人身边转来转去，哼哼几声，干咳了几下，才终于向他说道：

“嗯，嗯，先生，我能不能在您的房间里过夜，因为您知道……”

“Que désire monsieur?”[①]杰福日彬彬有礼地向他鞠了一躬，问道。

“唉，真糟糕，先生，你还没学会讲俄国话啊。热维，姆阿，舍务库舍，[②]你懂了吗?”

---

① 法文：“您有什么吩咐？”

② 安东蹩脚的法文发音，意为“我想和您睡觉”。

“Monsieur, très volontiers,”杰福日答道,“veuillez donner des ordres en conséquence.”[①]

安东·帕夫努季伊奇对自己的法语知识感到非常满意,他立即跑去做准备了。

客人们开始相互告别,各自去了分派给他们的房间。安东·帕夫努季伊奇则跟着家庭教师去了侧房。夜漆黑一片。杰福日打着灯笼引路,安东·帕夫努季伊奇走在教师的身后,他走得相当抖擞,还时不时摸一摸藏在胸口的皮包,看看钱还在不在身上。

教师走进房间,点亮蜡烛,两人开始脱衣服。这时,安东·帕夫努季伊奇把房间巡视一番,检查了门锁和窗子,他摇了摇头,对检查的结果不满意。门上只有一道门闩,窗户上也没有双层的窗框。他想就此对杰福日做一番抱怨,可他的法语知识实在有限,难以做出如此复杂的解释——法国人是听不懂他的话的,因此,安东·帕夫努季伊奇只好抛开自己的抱怨了。他们的床对面摆着,两人躺了下来,家庭教师吹灭了蜡烛。

“普库阿,务,吹灭,普库啊,务,吹灭?”[②]安东·帕夫努季伊奇喊了起来,马马虎虎地把俄语的动词“吹灭”塞到了法语中间。“没有灯,我就不能‘多尔米尔’[③]。”杰福日没听懂他的叫喊,向他道了一声晚安。

“该死的异教徒,”斯皮岑嘟囔道,裹紧了被子,“他要吹灭蜡烛。这对他更糟。没有灯,我就睡不着。——先生,先生,”他又喊道,“热维,阿维克,务,帕尔列。[④]”但是杰福日没有做答,他很快就发出了鼾声。

“这法国鬼子扯起呼噜来了,”安东·帕夫努季伊奇想,“可是我却一点瞌睡也没有。一不小心,就会有贼从敞开的门走进来,或者从窗子爬进来,可是这个法国鬼子,连大炮怕是也轰不醒他呢。”

“先生!先生!见你的鬼去。”

安东·帕夫努季伊奇不再喊了,疲倦和酒劲渐渐地战胜了他的担心,他打起瞌睡来,不久,便死死去睡着了。

他被奇怪地惊醒了。似乎是在梦中,他感到有个人在轻轻地掏他的领口。安东·帕夫努季伊奇睁开眼,借助秋晨的月光,他看清自己面前的是杰福日;那法国人一只手握着手枪,一只手在解他珍藏的钱袋。安东·帕夫努季伊奇吓傻了。

---

① 法文:“请便,大人,请您做准备去吧。”

② 意为:“您为什么把灯吹灭?”

③ 意为:“睡觉”。

④ 意为:“我想和您说说话。”

“克斯，克塞，先生，克斯，克塞？”[①]他声音颤抖地说。

“轻点，闭嘴。”家庭教师用纯正的俄语说道，“闭嘴，否则要你的命。我就是杜勃罗夫斯基。”

第十一章

在我们故事的这段情节之前，还有一些情况我们未及介绍，现在，请读者君允许我们前来加以解释。

在××驿站，在我们已经提到过的那位驿站长的家里，有位行人温顺、有耐心地坐在角落里，看样子他是一个平民，或是一个外国人，是一个在驿站里没有发言权的人。他的马车停在院子里，等着给车轴上油。马车上放着一只小小的箱子，这是他不富裕的财产可怜的证明。这行路人没有要茶，也没有点咖啡，只是望着窗外，吹着口哨，吹得坐在屏风后的站长太太非常不满意。

“哪儿来了个爱吹响的人，”她低声地说道，“瞧他吹的，让他吹炸了才好呢，这该死的异教徒。”

“怎么哪？”驿站长说，“这有什么？让他吹去罢。”

“这有什么？”生气的太太反驳道，“你难道不懂得兆头吗？”

“什么兆头？还不就是，口哨会把钱吹跑。唉！帕霍莫夫娜，不管怎么吹，也吹不到我们头上哪：我们反正没有钱。”

“你快放他走吧，西多雷奇。你留他在这里干吗？给他几匹马，叫他见鬼去吧。”

“这可要等一等，帕霍莫夫娜，马房里只有三拨马了，另一拨要喘口气。说不定会有要人路过；我可不想因为一个法国人而拿自己的脖子开玩笑。瞧，这不，来人了！哦嚯，跑得真快啊；莫不是来了位将军？”

马车在台阶旁停了下来。仆人从驾位上跳下来，打开车门，一分钟后，一位身穿军大衣、头戴白色制帽的年轻人进门来到驿站长的面前，——跟在他身后的一个仆人提进一个小箱子，把它放在窗台上。

“备马。”军官用命令的口吻说道。

“马上，”驿站长应道，“不过请您出示一下驿马证。”

“我没有驿马证。我要去……你难道连我也不认识吗？”

驿站长慌了起来，忙去催车夫。那年轻人在房间里来回踱着步，他走到屏风后，

---

① 意为：“这是干什么，先生，这是干什么？”

轻声地问站长太太道,角落里的那位过路人是谁。

“天晓得他从哪里来,”站长太太回答,“是个法国人罢。他等马等了五个钟头了,还一直吹着口哨。真讨厌,这该死的。”

年轻人用法语和那过路人交谈了起来。

“请问,您要去哪儿?”他问那法国人。

“去近处的这个城市,”法国人回答,“从那儿再去一个地主的家,他托人雇我做他的家庭教师。我原以为今天就能到达目的地,可是看来,站长先生却不是这样想的。在这个地方想弄到马,真是难啊,军官先生。”

“您要去见的地主是哪一位呢?”

“是特罗耶库罗夫先生。”法国人回答。

“是特罗耶库罗夫?这位特罗耶库罗夫是什么人?”

“Ma foi,mon officier…[①]我很少听到关于他的好话。人们说,他是一个傲慢、任性的老爷,对待自己的仆人很残酷,没有人能和他合得来,所有的人一听到他的名字都会发抖,他也不尊重家庭教师(avec les Outchitels),曾经把两位教师打得半死。”

“天哪!可是您还是打算到这个怪物的家里去。”

“没法子啊,军官先生。他答应给我的薪水很高,一年三千卢布,一切也都准备齐全了。也许,我会比其他的人走运。我有一个老母亲,我要把一半的薪水寄去养活她,剩下的钱攒上五年,就是一笔小小的资本,够我维持将来的独立了,——到那个时候,就 bonsoir[②] 了,我要去巴黎做买卖。”

“特罗耶库罗夫家有谁认识您吗?”他问。

“谁也不认识,”教师回答,“他是通过他的一个朋友在莫斯科雇的我,他那位朋友的厨师是我的同胞,那位厨师推荐了我。不瞒您说,我本来没准备当教师的,而打算做一个面点师傅,但是有人告诉我,在你们这里,教师的称号要更有赚头一些。”

军官思考了一下。

“听我说,”军官打断他的话头,“如果给您一万现金,要您别去当那教师,马上回巴黎去,您愿不愿意?”

法国人吃惊地看了军官一眼,笑了一下,摇了摇头。

“马备好了。”驿站长走进来说。仆人也说一切都准备好了。

“就来,”军官回答,“你们先出去呆会儿。”驿站长和仆人走了出去。“我不是在

---

① 法文:“是啊,军官先生……”

② 法文:“再见”。

开玩笑，”军官用法语继续说道，“我可以给您一万块钱，我只要你离开这里并留下所有的证件。”他一边说着，一边打开小箱子，拿出了几沓钞票。

法国人瞪大了眼睛。他弄不明白这究竟是怎么一回事。

“要我离开……我的证件，”他吃惊地重复着，“这些就是我的证件……但是您是在开玩笑吧，您要我的证件干什么？”

“这不关您的事。我只问您，您是同意还是不同意？”

法国人还是不大相信自己的耳朵，他把自己的证件递给那位年轻的军官，军官很快地把那些证件翻看了一遍。

“您的护照……很好。推荐信，让我们来看看。出生证，太好了。这是给您的钱，您快往回走吧。再见……”

法国人呆呆地站着没动。

军官转回身来。

“我差点忘了最重要的一件事。您要向我发誓，永远不把此事告诉任何人，请您发誓。”

“我发誓。”法国人回答，“但是我的证件呢，没有证件我可怎么办呢？”

“走到您遇见的第一个城市里，您就去说，您被杜勃罗夫斯基抢了。他们会相信您的，会发给您必要的证明。再见，上帝保佑您早日回到巴黎，看到您身体还健康的母亲。”

杜勃罗夫斯基走出房间，坐上马车，飞驰而去。

驿站长看着窗外，见马车离开了，他才转身对妻子喊道：“帕霍莫夫娜，你知道吗？这就是杜勃罗夫斯基啊。”

站长太太急忙向窗边冲过去，但为时已晚：杜勃罗夫斯基已经走远了。她大骂起丈夫来：

“你连上帝也不怕啦，西多雷奇，你为啥不早点对我说，让我也看一眼杜勃罗夫斯基哪，如今，只好等他下次再来了。你这个没良心的，真是的，没良心的！”

法国人呆呆地站着没动。与军官的交谈，钱，他觉得所有这一切都是一场梦。然而，大沓的钞票就在这里，就揣在他的口袋里，它们雄辩地向他证明，那惊人的一幕的确发生过。

他决定租几匹马进城去。车夫慢吞吞地拉着他，夜里才来到城边。

还没走到那个并无哨兵而只有一座倒塌岗亭的哨卡边，法国人就让马车停了下来，他钻出车来，做着手势对车夫说，马车和箱子送他作酒钱，然后便徒步走开了。他的慷慨使车夫大为吃惊，车夫的惊讶程度和法国人在听到杜勃罗夫斯基建议时的表情一模一样。但是,这车夫由此认定,这外国佬是疯了,他恭敬地向法国人鞠了一躬,以示感谢,他并不认为进城是什么好事,于是,便去了他所熟悉的一个开心处所,那儿的老板和他很熟。他在那儿过了整整一夜,第二天早晨,他面孔浮肿,两眼通红,赶着一驾空空的三套车回来,车篷和箱子都不见了。

得到了法国人的证件后,如我们所看到的那样,杜勃罗夫斯基勇敢地去见了特罗耶库罗夫,并在他家里住了下来。不管他的秘密计划是什么(我们在后面将会得知),而他的举止中则没有任何可疑之处。的确,他很少对小萨沙进行教育,使小萨沙有充分的自由去调皮捣蛋,课也抓得不紧,不过是做做样子而已,——但是,他却全力以赴地关注着自己女学生的音乐成就,常常一连几个小时地与她一起坐在钢琴边。所有的人都喜欢年轻的家庭教师,基里拉·彼得罗维奇喜欢他在打猎时的勇敢敏捷,玛丽娅·基里罗夫娜喜欢他无限的热忱和胆怯的殷勤,萨沙喜欢他对自己恶作剧的迁就,仆人们喜欢他的善良以及那与他的身份似乎不太相称的慷慨。而他自己,仿佛也迷上了这整个大家庭,已自觉是其中的一员了。

从他享有家庭教师的称号到这个值得纪念的节日,已有近一个月的时间了,谁也不曾怀疑,这个谦逊、年轻的法国人就是那个使这一带所有的地主都闻风丧胆的可怕的强盗。在这段时间里,杜勃罗夫斯基并没有离开波克罗夫斯科耶一步,但关于他的抢劫行动的传闻却不曾停息,这要归功于乡村居民富有创造性的想象力,也许是,即便首领不在,他那帮强盗仍在继续自己的行动。

和这个他理应视其为敌人、为他之灾难的主要祸首之一的人在同一个房间里过夜,杜勃罗夫斯基无法克制住复仇的诱惑。他知道此人身上藏着钱包,就决定将它夺过来。我们已经看到,突然由家庭教师变成了强盗的他,把可怜的安东·帕夫努季伊奇吓成了什么样子。

早上九点,在波克罗夫斯科耶过夜的客人们又陆续聚集到了客厅里,客厅里,茶炊已经烧开,玛丽娅·基里罗夫娜身穿晨裙坐在茶炊前,基里拉·彼得罗维奇穿着厚绒衫和便鞋,端着他那只像洗碗盆一样的大碗在喝水。最后一个到场的是安东·帕夫努季伊奇;他脸色苍白极了,显得魂不守舍,他的模样使众人均大吃一惊,连基里拉·彼得罗维奇也过问起他的身体来。斯皮岑答非所问地嘟囔了几句,不时恐惧地看几眼家庭教师,教师却若无其事地坐在那里。几分钟后,仆人进来对斯皮岑说,他的马车已经备好了;安东·帕夫努季伊奇赶忙告辞了,他不顾主人的挽留,急匆匆地走出房间,马上就走了。众人均不知他出了什么事,基里拉·彼得罗维奇则认定他是吃撑了。喝完茶,吃了告别的早餐,其他的客人也开始离去,波克罗夫斯科伊很快就空了下来,一切又复归于平日的秩序。

第十二章

几天过去了，没有发生什么值得一提的事情。波克罗夫斯科伊居民的生活是千篇一律的。基里拉·彼得罗维奇每天出去打猎；占据着玛丽娅·基里罗夫娜时间的是阅读、散步和音乐课，尤其是音乐课。她开始明白自己的心了，她不禁有些遗憾地承认，面对那年轻法国人的诸多优点，她那颗心并不是无动于衷的。在他这一方面，他也没有超越尊重和严格礼节的界限，他的这种做法冲淡了她的骄傲，打消了她的担心。她越来越倾心于那诱人的习惯。杰福日不在，她就会感到心烦，他在身边时，她便不停地与他谈话，想知道他对于一切事情的意见，并想永远与他观点一致。也许，她还没有坠入情网，但是，只要一碰到某个偶然的障碍或命运的一次突然的迫害，激情的火焰就会在她的心中熊熊地燃烧起来。

这一天，玛丽娅·基里罗夫娜走进大厅，她的教师已经在那里等她了，玛丽娅·基里罗夫娜吃惊地发现，他苍白的脸上带有羞怯。她打开钢琴盖，唱了几句乐谱，但杜勃罗夫斯基却借口脑袋疼，请她原谅，中止了上课，他合上乐谱，偷偷递给她一张纸条。玛丽娅·基里罗夫娜还来不及想一想就接过了它，她立即后悔了，但杜勃罗夫斯基已经不在大厅里了。玛丽娅·基里罗夫娜回到自己的房间，展开纸条，读到了这样一句话：

今天七点请来小溪边的亭子。我必须和您谈谈。

她的好奇心被激了起来。她早已在等待表白，她是既想听又怕听这样的表白。能听到她所猜想的事情得到肯定，她自然高兴，可是她又觉得，从一个就其身份而言不能指望向她求婚的男人那儿听到这样的表白，对于她来说又是不体面的。她决定去赴约会，但有一件事她拿不定主意：该用什么样的方式来接受教师的表白，是用贵族式的愤怒，是用友谊的规劝，还是用开心的玩笑或默默的同情？与此同时，她不停地看着钟。天黑了下来，蜡烛点上了，基里拉·彼得罗维奇坐下来和几个来访的邻居打波士顿牌。餐厅里的钟敲响了，到了六点三刻，玛丽娅·基里罗夫娜悄悄地走到台阶上，看了看四周，然后向花园跑去。

夜色很黑，天上笼罩着乌云，——两步之外就什么也看不见了，但玛丽娅·基里罗夫娜却沿着熟悉的小道在黑暗中往前走着，一分钟后，她便来到了亭子旁；她在这里停住脚步，好喘口气，以便能以一副无动于衷、从容不迫的样子出现在杰福日的面前。但是，杰福日已经站在了她的面前。

“谢谢您，”他用轻轻的、忧愁的声音对她说道，“谢谢您没有拒绝我的请求。如果您不来，我会绝望的。”

玛丽娅·基里罗夫娜用准备好的一句话做了回答：

“我希望您不会让我为自己的迁就而感到后悔。”

他没有说话，似乎，他是在鼓足勇气。

“有些情况需要……我必须离开您，”他终于说道，“也许，您马上就会听说……但是在分手之前，我应该亲口来向您解释……”

玛丽娅·基里罗夫娜什么话也没回答。在这几句话中，她已经感觉到了即将进行的表白的开场。

“我不是您所认定的那种人，”他垂着头，继续说道，“我不是法国人杰福日，我是杜勃罗夫斯基。”

玛丽娅·基里罗夫娜叫了起来。

“您别怕，看在上帝的分上，您不应该害怕我的名字。是的，我就是那个不幸的人，我被您父亲剥夺了最后一块面包，被赶出了自己的家园，被您父亲逼得到大路上去抢劫。但是您不必怕我，——您不用为自己担心，也不用为他担心。一切都已经结束了。我已经原谅了他。请您听着，是您救了他的命。我血腥的功绩，本该首先在他的身上完成。我在他家的四周做了侦察，选定在哪里放火，从哪里进入他的卧室，如何截断他的逃路，——就在这时，您从我的身边走过，像天上的仙女，我的心于是软了下来。我明白了，有您居住的房子是神圣的，与您有着血缘关系的任何一个人，都不应该遭到我的诅咒。我放弃了复仇，像放弃了一个疯狂的举动。一连几天，我都在波克罗夫斯科伊花园的四周徘徊着，希望能远远地看到您白色的裙子。在您毫不戒备地散步时，我曾跟随着您，从一个灌木丛跳到另一个灌木丛，并因这样一个念头而感到幸福：我在保护您，在我秘密出现的地方，您是没有危险的。终于，机会来了。我住进了您的家中。这三个星期是我的幸福时光。对这些时光的回忆，将是我悲惨一生中的欢乐……今天我得到一个消息，往后我无法在这里再待下去了。我今天就要和您分手了……就是现在……但是在此之前，我必须向您坦白一切，免得您诅咒我，看不起我。请您有时也想一想杜勃罗夫斯基吧。您知道，他原是为着另一种使命而出生的，他的心能够爱您，永远也不……”

这时，传来一下轻轻的口哨声，杜勃罗夫斯基停下话头。他抓起她的手，将它贴在自己滚烫的嘴唇上。口哨声又响了一下。

“对不起，”杜勃罗夫斯基说，“他们在叫我了，多耽搁一分钟，我就有可能会送命的。”他走开了，玛丽娅·基里罗夫娜站着没动，杜勃罗夫斯基转回身来，又抓住了她的手。

“如果什么时候，”他用温柔、动情的声音对她说，“如果什么时候，您遇到了不幸，又没有人来帮助您，保护您，您能答应吗，在这种情况下您一定来找我，让我付出一切来救您？您能答应接受我的效忠吗？”

玛丽娅·基里罗夫娜哭泣着，没有做声。口哨声第三次响起。

“您会杀了我的！”杜勃罗夫斯基喊了起来，“您不回答我，我就不离开您，——您答不答应我？”

“我答应。”可怜的美人轻声答道。

因与杜勃罗夫斯基的会面而激动不已的玛丽娅·基里罗夫娜从花园里回来了。她觉得，所有的人都在乱跑，全家都动了起来，院子里有许多人，台阶边停着一辆三套马车；远远地，她就听到了基里拉·彼得罗维奇的声音，她急忙走进房间，害怕她的离家会被发现。在大厅里，她撞上了基里拉·彼得罗维奇；客人们正围着县警察局长，我们的那位熟人，并向他提出大堆的问题。警察局长一身行装，从头到脚全副武装，他带着神秘、忙乱的神情回答着众人。

“你去哪儿了，玛莎？”基里拉·彼得罗维奇问，“你见到杰福日先生了吗？”玛莎费了很大的劲才做出否定的回答。

“你想想看，”基里拉·彼得罗维奇继续说道，“警察局长抓他来了，还硬要我相信，他就是杜勃罗夫斯基本人。”

“相貌完全相符，大人。”县警察局长恭敬地说道。

“唉，老弟，”基里拉·彼得罗维奇打断话头，“收起你那一套不知哪来的相貌吧。在我没把事情搞清楚之前，我是不会把我的法国人交出来的。怎么能相信安东·帕夫努季伊奇那个胆小鬼、那个骗子的话呢，他瞎说教师想要抢他。那天早晨他为什么连一个字也没对我说呢？”

“那法国人对他进行了威胁，大人，”警察局长回答，“他要他发誓别说出去……”

“扯淡，”基里拉·彼得罗维奇断然地说，“我马上就会弄个水落石出的。教师在哪儿？”他问进门来的仆人道。

“哪儿都找不到他。”仆人回答。

“快去把他找出来，”特罗耶库罗夫喊道，他也开始感到可疑了，“把你那不得了的相貌拿给我看看，”他对警察局长说，局长立即把那张纸递给了他，“嗯，嗯，二十三岁……年龄对头，但这还是说明不了什么问题。教师怎么样啦？”

“找不到他。”还是这样的回答。基里拉·彼得罗维奇开始着急了，玛丽娅·基里罗夫娜则吓得半死不活。

“你脸色发白，玛莎，”父亲对她说道，“他们吓着你了。”

“不是，爸爸，”玛莎回答，“我头疼。”

“去吧，玛莎，回你自己的房间去，别害怕。”玛莎吻了吻父亲的手，然后快步回到自己的房间，她扑倒在床上，歇斯底里地大哭起来。女仆们跑过来，给她脱去衣服，拼命地用冷水和酒精来使她安静，让她躺下，她睡着了。

这时，法国人还是没有找到。基里拉·彼得罗维奇在大厅里来回踱着步，又大声地用口哨吹起了《胜利的雷霆》。客人们在窃窃私语，警察局长傻了眼，法国人没有找到。也许，他事前听到风声，及时地藏了起来。但是是谁把消息走漏给他的呢？又是怎样通报给他的呢？这仍是一个秘密。

钟敲了十一下，可是谁也没有睡意。终于，基里拉·彼得罗维奇气冲冲地对警察局长说道：

“怎么？你要在这里等到天亮？我的家可不是旅馆，老弟，如果他真是杜勃罗夫斯基，你就赶紧去抓他吧。回家去吧，往后可得再麻利些。你们也该回家了，”他向客人们转过身去，继续说道：“你们快吩咐套车吧，我想睡觉了。”

特罗耶库罗夫就这样不客气地和自己的客人们道了别！

第十三章

又过了一段时间，没有发生什么特别的事件。但是，在次年的夏初，基里拉·彼得罗维奇的家庭生活中却出现了许多变化。

在离他家三十里路远的地方，是维列伊斯基公爵富裕的庄园。公爵长期住在国外，他的整个庄园由一位退伍的少校管理，在波克罗夫斯科耶和阿尔巴托沃两村之间，不曾有过任何往来。然而，在5月末，公爵回国了，来到他出生以来还从未见过的自己的村子。他消遣惯了，忍受不了独处，于是，在他到来后的第三天，便到与他有过一面之交的特罗耶库罗夫这里来吃午饭了。

公爵将近五十岁，但他看上去要老得多。各种各样的放纵生活使他亏了身子，在他身上留下了难以磨灭的印记。尽管这样，他的外表依然是体面、出色的，一直置身于社交界的经历，使他具有某种彬彬有礼的派头，对女人尤其如此。他有着无休止的消遣需求，同时又无休止地觉得无聊。基里拉·彼得罗维奇因他的来访而感到心满意足，认为这是一个见过世面的人敬重他的表示；他按自己的老规矩领公爵观看了自己的各种设施，把他领进了狗舍。但是。公爵差点儿没被狗的气味给呛死，他急忙退了出来，用洒了香水的手帕捂着鼻子。那座老式花园也不合他的意，花园里生长着剪过枝的椴树，有一个方方正正的池塘和一条平直的林荫道；他喜欢英国式的花园和所谓的大自然。但是，他还是称赞、感叹了几句。一个仆人过来说，饭已经准备好了。他们前去就餐。公爵瘸着腿，走得精疲力竭，他已经在后悔自己的来访了。

然而，在大厅里迎接他们的是玛丽娅·基里罗夫娜，于是，这位老风流便为玛丽娅的美貌所打动了。特罗耶库罗夫让客人坐在她的身边。公爵由于她的在场而活跃起来，他兴高采烈，并好几次用自己有趣的故事引起了她的注意。饭后，基里拉·彼得罗维奇提议去骑马，但公爵表示了歉意，他指了指自己的天鹅绒靴子，又嘲笑了一番自己的关节炎；他认为最好是乘敞篷马车去兜兜风，这样一来，他就不会和他可爱的女邻居分开了。敞篷马车套好了。两个老头和一个美女，三人一起坐上去，离开了家。谈话始终没有间断。玛丽娅·基里罗夫娜满意地听着这个上流人士恭维的和开心的谈吐，可是突然，维列伊斯基转向基里拉·彼得罗维奇，问他道：这片被烧毁的建筑是怎么回事？它是不是属于您的？……基里拉·彼得罗维奇皱起了眉头；由这座烧毁的庄园所勾起的回忆，使他感到不快。他回答说，这块土地现在归他所有，但从前属于杜勃罗夫斯基。

"属于杜勃罗夫斯基？"维列伊斯基重复了一句，"就是那位大名鼎鼎的强盗吗？"

"属于他父亲，"特罗耶库罗夫回答，"不过，他老子也是一个大强盗。"

"我们这位里纳尔多[1]藏到哪儿去了？他还活着吗？抓到他了吗？"

"还活着，自由自在的，只要我们的警察局长们还与小偷们相互勾结，他就不会被抓到；顺便问一句，公爵，杜勃罗夫斯基到过你的阿尔巴托沃吗？"

"到过，是在去年，好像烧了几间房子，抢了些东西……能与这位浪漫的英雄认识一下，倒是蛮有意思的，你认为是这样的吗，玛丽娅·基里罗夫娜？"

"哪里有什么意思！"特罗耶库罗夫说，"她认识他，他教了她整整三个星期的音乐，谢天谢地，他通过上课什么也没得到。"于是，基里拉·彼得罗维奇便谈起自己那位法国家庭教师的故事来。玛丽娅·基里罗夫娜则如坐针毡，维列伊斯基专心致志地听了一会，等他感到这一切很是奇怪时，便改换了话题。回来后，他立即吩咐套车，尽管基里拉·彼得罗维奇竭力要他留下过夜，他还是在喝了茶后马上就走了。但在离开之前，他还是发出了邀请，要基里拉·彼得罗维奇和玛丽娅·基里罗夫娜一起去他家做客，——骄傲的特罗耶库罗夫也答应了下来，因为，他看重那公爵的爵位、两枚勋章和世袭庄园里的三千农奴，他在一定程度上认为维列伊斯基公爵是一个与自己

---

① 德国作家乌尔庇乌斯（1762—1827）的"绿林小说"《里纳尔多·里纳尔蒂尼》（1797—1880）中的主人公。

地位相当的人。

在那次造访后的两天，基里拉·彼得罗维奇带着女儿去维列伊斯基家做客。走近阿尔巴托沃的时候，他情不自禁地欣赏起一间间清洁、好看的农舍和那幢英国城堡风格的、用石头建成的主人府邸来。府邸前是一片茂密的绿色草场，草场上，几头瑞士奶牛在吃草，它们身上的小铃铛不时发出响声来。一个开阔的花园，包围了主人的府邸。主人在台阶旁迎接客人，他把手递给了年轻的美人。他们走进了富丽堂皇的大厅，大厅里的一张桌子上已经摆好三套餐具。公爵把客人领到窗前，在他们的眼前，展现出一幅美妙的风景。伏尔加河在窗前流过，河上航行着鼓着满帆的货船，被形象地称为小划子的渔舟，在河上时隐时现。河对岸，伸展着山岗和田野，几座村庄使那片地区充满了生机。然后，他们又去看公爵在国外购得的绘画藏品。公爵向玛丽娅·基里罗夫娜介绍着那些绘画的不同内容和画家们的故事，并指出了画上的长处和短处。在谈论绘画时，他用的不是内行人的术语，但带有感情和想象力。玛丽娅·基里罗夫娜出神地听着。他们入席了。特罗耶库罗夫对自己的阿姆菲特里翁①的美酒以及他的厨师的手艺做出了公正的评价，而玛丽娅·基里罗夫娜在与这位她平生第二次谋面的人交谈时，竟没有感到丝毫的慌乱或窘迫。午餐后，主人建议客人们到花园里看看。他们在湖畔的凉亭中喝咖啡，湖面很开阔，上面散落着几个小岛。突然，传来一阵吹奏乐，一只六桨小船靠在凉亭边。他们在湖面上绕着小岛泛舟，并登上了其中的几座，一座岛上有一尊大理石雕像，另一座岛上有一个幽深的洞穴，第三座岛上有一座纪念碑，碑上那神秘的铭文在玛丽娅·基里罗夫娜身上激发出了少女的好奇心，但这种好奇没有因公爵那含混的解释而得到满足；时间不知不觉地过去了，天黑了下来。公爵借口说天凉、有露水，急忙要回家去；茶炊在等着他们。公爵请求玛丽娅·基里罗夫娜在老光棍的家中做主妇。她斟着茶，听着那位殷勤的饶舌者滔滔不绝的故事；突然，一声炮响，焰火映亮了天空。公爵递给玛丽娅·基里罗夫娜一条披巾，招呼她和特罗耶库罗夫到阳台上去。屋前，彩色的火焰在黑暗中闪耀，焰火旋转着腾上天空，像麦穗，像棕榈树叶，像喷泉，然后落下来，像雨水，像星星，焰火熄灭了，再重新燃起。玛丽亚·基里罗夫娜像个孩子似的乐了。维列伊斯基因她的开心而高兴，特罗耶库罗夫对公爵也非常满意，因为他认为，公爵的 tous les frais② 都是敬重他、想要款待他的表示。

晚餐的丰盛一点也不亚于午餐。客人们住到了为他们准备的房间里。第二天早

---

① 古希腊太林斯的国王，以好客著称；莫里哀曾在喜剧《阿姆菲特里翁》(1668)中写到他。
② 法文："所有的开销"。

晨，客人们与好客的主人道了别，彼此相约不久再见一次面。

第十四章

玛丽娅·基里罗夫娜坐在自己房间敞着的窗户前，在绣花绷子上绣着花。她没有用错绣线，没有像康拉德的情人那样，在爱情的迷蒙中用绿色的丝线绣出一朵玫瑰[①]。她飞针走线，准确无误地按底图绣着，虽然她的思想并没放在做活上，而已溜到了老远的地方。

突然，一只手悄悄地伸向窗户，有人把一封信放在了绣花架上，玛丽娅·基里罗夫娜还没来得及弄清是怎么回事，那人却已消失了。就在这时，一个仆人走进来，唤她去见基里拉·彼得罗维奇。她哆嗦着把信藏进头巾里，慌忙向父亲的书房走去。

书房里不止基里拉·彼得罗维奇一人。维列伊斯基公爵也坐在他这里。玛丽娅·基里罗夫娜刚走进来，公爵便站起身来，带着在他身上很少见的惶恐，默默地向她鞠了一躬。

"过来，玛莎，"基里拉·彼得罗维奇说道，"我要告诉你一个消息，我想这个消息会叫你开心的。这就是你的未婚夫，公爵向你求婚了。"

玛莎惊呆了，面如死灰。她没有说话。公爵走到她身边，抓起她的手，神情激动地问她能不能答应给他这个幸福。玛莎没有说话。

"她答应，她当然答应喽，"基里拉·彼得罗维奇说，"但是你知道吗，公爵，一个姑娘是很难说出这个字来的。好吧，孩子们，你们亲吻吧，祝你们幸福。"

玛莎站着没动，老公爵吻了吻她的手，突然，泪水一下子流满了她苍白的脸庞。公爵稍稍地皱了皱眉头。

"去吧，去吧，去吧，"基里拉·彼得罗维奇说道，"去把眼泪擦干，再高高兴兴地到我们这里来。她们在订婚时总是要哭的，"他转向维列伊斯基，继续说道，"她们总是这个样子……现在，公爵，让我们来谈谈正事，也就是说，来谈谈嫁妆吧。"

玛丽娅·基里罗夫娜赶忙趁机走开了。她跑进自己的房间，闩上门，一想到自己要成为老公爵的妻子，她的眼泪便一个劲儿地流淌着；她突然感到公爵很讨厌，很可恨……这婚姻像断头台，像坟墓，使她感到恐惧……"不，不，"她在绝望中反复地念叨着，"我宁愿去死，宁愿去修道院，宁愿嫁给杜勃罗夫斯基。"这时，她想起了那封

---

① 密茨凯维奇的长诗《康拉德·华伦洛德》(1828)中的情节，爱上了男主人公的公爵女儿阿尔多娜，在幻想爱情时错把玫瑰绣成绿色，而把叶子绣成红色。

信,她预感到那是杜勃罗夫斯基的来信,于是便贪婪地拿起就读。信确实是他写来的,总共却只有一行字:

晚上十点,在老地方。

第十五章

一轮明月挂在天上,7 月的夜静静的,时而有微风拂过,于是,一阵轻轻的沙沙声便滑过了整个花园。

就像一个轻盈的影子,年轻的美人走近了约会的地点。那儿一个人也没有,可是突然,杜勃罗夫斯基从亭子后面闪出,来到了她的面前。

“我全都知道了,”他用轻轻的、忧伤的声音对她说道,“想一想您的允诺吧。”

“您说您要保护我,”玛莎应道,“但是请您别生气,您的保护让我感到害怕。您打算怎样帮助我呢?”

“我能使您摆脱那个可恶的家伙。”

“看在上帝的分上,请您别碰他,如果您爱我,就请您别去碰他,——我不想成为什么可怕事情的祸首……”

“我不去碰他,您的意志对于我来说是神圣的。他能活下去,是因为您。无论什么恶事都不会以您的名义来进行的。尽管我犯下了各种罪过,可您仍然应当是清白的。但是,怎样把您从那个残忍的父亲手里救出来呢?”

“还有希望。我想用我的眼泪和绝望去打动他。他很固执,但是他很爱我。”

“您别指望了,您这些眼泪只会被他看成是常有的胆怯,看成是年轻姑娘们在不是出于感情、而是出于精明考虑而嫁人的时候都会有的厌恶;如果他要违背您的意志,却认为这是在为您谋幸福,如果他们强行为您举行婚礼,把您的命运永远地交到一个老丈夫的手里,那又怎么办呢? ……”

“那样的话,那样的话就没有办法了,那就请您到我这里来,——我就做您的妻子。”

杜勃罗夫斯基颤抖起来,苍白的脸上涌上一阵红晕。但是立即,他的脸又比先前更加苍白了。他垂着头,久久没有说话。

“鼓起精神来吧,去求求您父亲,跪在他的脚下,向他说明您可怕的未来,说您的青春将凋谢在一个虚弱、荒淫的老头身边,您要下决心对他发出警告,您就对他说:如果他顽固到底，那么……那么您就会得到一种可怕的保护……您对他说，财富不能带给您片刻的幸福；奢侈只能安慰贫乏，而且也仅仅因为新鲜而作用于一时；您要缠住他，别怕他暴跳、发火，只要还有一线希望，看在上帝的分上，您就要缠住他。既然没有别的办法……"

说到这里，杜勃罗夫斯基用两手捂住脸，看来，他是在哭，玛莎也哭了起来……

"我悲惨的命运啊，"他深深地叹了一口气，说道，"为了您，我愿意付出我的生命，远远地看着您，轻轻地触摸一下您的手，对我来说都是巨大的欢乐。在我有可能把您揽进我火热的怀抱并说一声'我的天使，让我们死去吧！'的时候，悲惨的我，却不得不放弃这样的幸福，不得不竭尽全力躲避这样的幸福……我不敢扑倒在您的脚下，因为那莫名的、我不配享有的恩赐而感谢上天。哦，我本该怎样地仇恨那个人啊，可是我感到，此刻我的心中已没有仇恨的情感了。"

他轻轻地拥抱着她匀称的身体，轻轻地将她揽进自己的怀抱。她信赖地将头贴在年轻强盗的肩上。两人都没有说话。

时间在飞逝。"好了。"玛莎终于说道。杜勃罗夫斯基好像被从沉睡中惊醒了过来。他握住她的手，将一枚戒指戴在她的手指上。

"如果您要求助于我，"他说，"就把这戒指带到这里来，放进这棵橡树的树洞里，我就会知道该怎么办了。"

杜勃罗夫斯基吻了吻她的手，然后便消失在树影间。

第十六章

维列伊斯基公爵的求婚对于邻居们来说已不是秘密了，基里拉·彼得罗维奇接受了祝贺，婚事也已筹办好了。玛莎将她决然的陈述一天天地拖了下来。在这些日子里，对那个年老未婚夫，她的态度是冷淡、勉强的。公爵对此却不在意。他并不操心爱情，只因她默默的同意而感到心满意足。

但是，时间在流逝。终于，玛莎决定采取行动了，——她给维列伊斯基公爵写了一封信；她竭力想在他的心里唤起宽宏大量的情感，她直接地向他坦言，她对他连一丁点的感情也没有，她求他出面解除婚约并使她摆脱父亲的包办。她悄悄地把信交给了维列伊斯基公爵，公爵独自一人时读了那封信，但丝毫未被未婚妻的坦陈所打动。相反，他感到必须尽快举行婚礼，为此，他觉得有必要让未来的岳父读一读这封信。

基里拉·彼得罗维奇气疯了；公爵好容易才劝住他，要他别让玛莎看出他已经知道她那封信了。基里拉·彼得罗维奇同意不对她提那事,但决定不再浪费时间,吩咐第二天就举行婚礼。公爵觉得这个办法相当明智,他便来到自己未婚妻的身边,对她说,那封信使他感到很难过,但他希望能逐渐赢得她的感情,会失去她的念头对于他来说是过于沉重了,他无法赞同关于自己的死刑判决。说完这些话,他恭恭敬敬地吻了吻她的手,走了,只字未提基里拉·彼得罗维奇的决定。

但是,公爵刚刚走出院子,她父亲就走了进来,不容商量地命令她为明天的事做好准备。已经因公爵的表白而情绪激动的玛丽娅·基里罗夫娜,热泪夺眶而出,她扑倒在父亲的脚下。

"爸爸啊,"她悲哀地叫喊着,"爸爸,您别害死我,我不爱公爵,我不想做他的妻子啊……"

"这是什么意思?"基里拉·彼得罗维奇神色威严地说,"你一直不做声,都同意了,可是现在,一切都准备好了,你又来胡闹,要反悔。别干傻事了;你在我这里是闹不赢的。"

"别害死我,"可怜的玛莎一遍遍地说,"您为什么要赶走我,把我嫁给一个我不爱的男人呢?难道我让您讨厌了?我想像从前一样和您在一起。爸爸,没有我在您身边,您会难过的,要是想到我不幸福,您会更难过了,爸爸,您别强迫我,我不想嫁人……"

基里拉·彼得罗维奇被感动了,但是,他掩饰住自己的慌乱,推开她,严肃地说道:

"胡说八道,你听见了吗?怎样才能使你幸福,我比你清楚,眼泪帮不了你的忙,后天你就结婚。"

"后天!"玛莎喊了起来,"我的天哪!不,不,这不可能,这不可能。爸爸,如果您已经决定要害死我,那我就会去找我的保护人,您不知道他是谁,等您见到他,您就会害怕的,是您把我逼到了这一步。"

"什么?什么?"特罗耶库罗夫说,"威胁!你竟敢威胁我,你这个大胆的小丫头!你要明白,我会怎样来对付你,你连想都想不出来。你竟敢搬出保护人来吓唬我。我们倒要来看看,这个保护人是什么人。"

"是杜勃罗夫斯基。"绝望中的玛莎回答道。

基里拉·彼得罗维奇心想女儿是疯了,他吃惊地看着她。

"好,"在短暂的沉默之后,他对她说,"随你等着谁来救你好了,但是你必须待在这个房间里,在婚礼之前,你休想跨出房门一步。"说完这话,基里拉·彼得罗维奇走了出去,又返身锁上了门。

可怜的姑娘哭了很久,在设想等待着她的一切,然而,那阵暴风雨般的陈述却使她的心情轻松了一些,她得以更冷静地思考自己的处境,决定自己该怎么办。对于她来说,最主要的事情,就是要摆脱这可恶的婚姻;和那个为她准备下的命运相比,她觉得做一个强盗的妻子就是天堂。她看了看杜勃罗夫斯基留给她的戒指。她非常想与他相见,在决定性的时刻到来之前再次与他久久地交谈一番。预感告诉她,晚上在花园的凉亭边她能见到杜勃罗夫斯基;她决定等天一黑,就去那儿等他。天黑了。玛莎准备起身,但是门却被锁住了。女仆在门外回答她说,基里拉·彼得罗维奇不准她开门。玛莎被监禁了。深感屈辱的她,坐在窗边,一直坐到深夜,也不曾解衣,一动也不动地看着漆黑的天空。黎明时,她打起瞌睡来,但一个接一个的悲伤梦境扰乱了她浅浅的睡意,初升太阳的光芒,便已将她惊醒。

第十七章

她醒来了,她首先想到的就是她处境的可怕。她摇了摇铃,使女走进来,回答她的问题说,基里拉·彼得罗维奇昨晚去了一趟阿尔巴托沃,很晚才回来,他下了一道严格的命令,不准放小姐出她的房间,要看住她,不让任何人与她谈话,使女还说,没见对婚礼做了什么特别的准备,只是让神父不得以任何借口离开村子。传达完这些消息后,使女把玛丽娅·基里罗夫娜留在屋里,重新锁上了门。

使女的话使年轻的女囚横下了一条心,——她脑袋发烫,血沸腾了起来,她决定将这一切通知给杜勃罗夫斯基,便开始设想将戒指送到约定的橡树树洞里去的办法;就在这时,一颗石子打在她的窗户上,窗玻璃清脆地响了一声,——玛丽娅·基里罗夫娜向院子里一看,见是小萨沙,他正在向她做着秘密的手势。她知道他爱她,看到是他,她很高兴。她打开了窗户。

"你好,萨沙,"她说,"你叫我干吗?"

"姐姐,我是来问您,您需不需要什么。爸爸生气了,让全家的人都别理您,但是您可以让我为您做事,我什么事都能替您办。"

"谢谢你,亲爱的小萨沙,你听着,你知道那棵上面有个树洞的老橡树吗,凉亭旁边的那棵?"

"我知道,姐姐。"

"如果你爱我,就赶快跑到那儿去,把这个戒指放在树洞里,你要注意,别让别人看见你。"

说完这话,她就把戒指扔给他,然后关上了窗户。

小男孩捡起戒指，飞快地跑了起来，——三分钟，他就跑到了那棵秘密的橡树边。他在这里站下，喘了几口气，看了看四周，然后将戒指放进了树洞。顺利地做完了这件事情，他正想马上回去向玛丽娅·基里罗夫娜汇报，突然，一个红发斜眼、衣衫褴褛的男孩从亭子后面闪了出来，他跑到橡树前，把手伸进了树洞。萨沙比松鼠还快地向他冲了过去，用双手抓住了他。

"你在这儿干什么？"萨沙恶狠狠地问。

"这关你什么事？"那男孩回答，竭力想挣脱他。

"放下这个戒指，你这个红毛兔崽子。"萨沙叫了起来，"要不，看我不好好教训教训你。"

那男孩没有回答，却朝他的脸上揍了一拳，但是萨沙没有放开他，还扯开嗓子大叫道："抓小偷，抓小偷啊，——快来人，快来人啊……"

男孩在使劲摆脱他。他看上去要比萨沙大两岁，也比萨沙有劲得多，但萨沙要更灵活一些。他俩搏斗了好几分钟，最后，红发男孩占了上风。他把萨沙摔倒在地，掐住了萨沙的喉咙。

但是就在这时，一只有力的手揪住了他鬃毛似的红头发，花匠斯捷潘将他高高地提了起来……

"啊哈，你这个红发小鬼头，"花匠说，"你竟敢打小少爷……"

萨沙爬了起来，整了整衣服。

"你抱住我的腰了，"萨沙说，"不然你永远别想摔倒我。马上把戒指还回来，然后滚开。"

"你休想。"红发男孩回答，突然，他在原地一转身，从斯捷潘的手中挣脱了自己的鬃发。他拔腿就跑，但是萨沙却追上了他，朝他的后背搡了一下，男孩摔倒在地，花匠再次将他抓住，用腰带把他给捆了起来。

"把戒指交出来！"萨沙喊道。

"等一等，少爷，"斯捷潘说，"我们把他带到管家那里去，让管家来收拾他。"

花匠把俘虏带到了老爷的院子里，萨沙跟着他，有些不安地看着自己的裤子，裤子扯破了，还在草地上蹭上了绿颜色。突然，这三个人撞在了基里拉·彼得罗维奇面前，他正在巡视自己的马房。

"这是怎么回事？"他问斯捷潘。

斯捷潘三言两语地叙述了事情的经过。基里拉·彼得罗维奇注意地听着。

"你这个捣蛋鬼，"他转身对萨沙说，"为什么和他缠在一起？"

"他偷了树洞里的戒指，爸爸，让他把戒指还回来。"

“什么戒指？在哪个树洞里？”

“是玛丽娅·基里罗夫娜交给我的……那戒指……”

萨沙慌了神，吞吞吐吐起来。基里拉·彼得罗维奇皱了皱眉头，摇着脑袋说道：

“又是玛丽娅·基里罗夫娜。你快把一切都说出来，否则我就用树条抽你，叫你知道知道厉害。”

“是真的，爸爸，爸爸……玛丽娅·基里罗夫娜什么事也没让我去干，爸爸。”

“斯捷潘，去给我弄一根像样的树条来，要一根新鲜的桦树条……”

“等一等，爸爸，我把什么都告诉您。我今天在院子里跑，玛丽娅·基里罗夫娜姐姐打开窗户，我跑到她跟前，姐姐不小心掉了一个戒指，我就把它藏到了树洞里……可是……可是……这个红头发男孩想把它偷走。”

“不小心掉的，你还想隐瞒……斯捷潘，快去弄树条。”

“爸爸，等等，我全都告诉您。玛里娅·基里罗夫娜姐姐让我跑到橡树跟前，把戒指放到树洞里去，我就跑过去放下了戒指，可是这个可恶的男孩……”

基里拉·彼得罗维奇转向那个可恶的男孩，严厉地问道：“你是谁家的孩子？”

“我是杜勃罗夫斯基老爷家的仆人。”红发男孩回答。

基里拉·彼得罗维奇的脸阴沉了下来。

“这么说，你不承认我是老爷，好，”他说，“那么你在我的园子里干什么？”

“来偷悬钩子。”男孩无动于衷地回答。

“好哇，仆人像主人，有其主必有其仆啊，但是悬钩子难道长在我的橡树上吗？”

男孩什么话也没说。

“爸爸，让他把戒指还回来。”萨沙说道。

“闭嘴，亚历山大，”基里拉·彼得罗维奇回答，“你别忘了，我还有账要和你算呢。快回你自己的房间去。而你这个斜眼的小家伙，我看你倒是个机灵鬼。把戒指交出来，回家去吧。”

男孩松开拳头，伸出来，他的手上什么也没有。

“如果你把一切都告诉我，我就不打你，还给你五个戈比买核桃吃。否则的话，看我怎么来收拾你。听见了吗？”

男孩什么话也不回答，他垂着脑袋站着，装出一副十足的傻瓜模样。

“好，”基里拉·彼得罗维奇说，“找个地方把他关起来，别让他跑了，否则我就要把你们皮全都剥下来。”

斯捷潘把男孩押到了鸽棚，关了进去，让养鸽子的老太婆阿加菲娅看着他。

“马上进城去叫警察局长，”基里拉·彼得罗维奇目送着那个男孩，说道，“越快越好。”

“毫无疑问，她和该死的杜勃罗夫斯基有来往。难道她真的在向他求援吗？”基里拉·彼得罗维奇心想，他在房间里来回踱着步，生气地用口哨吹着《胜利的雷霆》，“也许，我能找到他的踪迹，那样的话他就别想从我们手中逃脱了。我们要利用这个机会。听见没有？车铃声，谢天谢地，局长到了。”

“喂，把抓着的那个男孩带到这里来。”

与此同时，一辆马车驶进了院子，我们已经认识的警察局长风尘仆仆地走进了房间。

“有个好消息啊，”基里拉·彼得罗维奇对他说道，“我抓住了杜勃罗夫斯基。”

“感谢上帝，大人，”警察局长喜形于色地说，“他在哪里？”

“抓着的不是杜勃罗夫斯基本人，而是他的一个同伙。他们马上就会把他带上来。他能帮我们抓到匪首。瞧，他们把他带上来了。”

警察局长原以为会看到一个剽悍的强盗，但眼前出现的却是一个相当瘦弱的十三岁男孩，他感到很吃惊。他迷惑不解地转向基里拉·彼得罗维奇，等待着解释。基里拉·彼得罗维奇立即谈了早晨发生的事，但是没有提到玛丽娅·基里罗夫娜。

警察局长注意地听着他的话，不时看一看那个小坏蛋，男孩装出一副傻瓜模样，仿佛对他周围发生的一切都漠不关心。

“大人，请允许我单独地和您谈一谈。”最后，警察局长说道。

基里拉·彼得罗维奇将他领到另一个房间，随手关上了门。

半个小时之后，他们又回到了大厅，在那里，小囚犯正在等待着对自己命运的判决。

“老爷本想把你，”警察局长对那男孩说道，“送到城里去坐牢，抽你一顿鞭子，然后再把你给流放了，但是我为你说了话，求老爷饶了你。给他松绑。”

男孩被松了绑。

“快谢谢老爷。”警察局长说。男孩走到基里拉·彼得罗维奇跟前，吻了吻他的手。

“回家去吧，”基里拉·彼得罗维奇对他说，“往后别在树洞里偷悬钩子了。”

男孩出了门，跳下台阶，头也不回地飞跑起来，越过田野向基斯捷涅夫卡跑去。跑到村里.，他在村边第一家那间塌了一半的农舍前停了下来，敲了敲窗户；窗户打开了，一个老太婆探出身来。

“奶奶，面包，”男孩说道，“我一天没吃东西了，饿死我啦。”

“哦，是你啊，米佳，你跑到哪儿去了，小鬼头？”老太婆说。

“等会儿再对您说，奶奶，看在上帝的分上，快给点面包。”

“进屋来吧。”

“没时间了，奶奶，我还要到一个地方去。面包，看在基督的面上，给点面包。”

“你这个坐不住的孩子，”老太婆唠叨道，“喏，给你一块。”她把一块黑面包递出了窗子。男孩贪婪地咬了一口，嚼着，一转眼又跑远了。

天开始黑了。米佳绕过烘干房和菜园，跑进了基斯捷涅夫卡森林。走到林中那两棵前沿哨兵似的松树前，他停了下来，看看四周，打了几个清脆、短促的口哨，然后开始谛听；他听到了回答他的一个轻声、悠扬的口哨声，有人走出林子，向他走来。

第十八章

基里拉·彼得罗维奇在大厅里来回走着，比平日更响地用口哨吹着他那支歌；全家都动了起来，男仆们跑来跑去，使女们忙这忙那，车夫们在车棚里套车，院子里挤着很多人。在小姐的梳妆室里，在一面大镜子前，一位太太正在给面色苍白、一动也不动的玛丽娅·基里罗夫娜梳妆，四周围着许多使女；玛亚娅·基里罗夫娜的戴着沉甸甸钻石的脑袋，无精打采地低垂着，当别人的手不小心碰到了她，她才轻轻地抖动一下，但是她一直沉默不语，傻傻地盯着镜子。

“快好了吗？”门外传来了基里拉·彼得罗维奇的声音。

“就好，”那太太回答，“玛丽娅·基里罗夫娜，您站起来，看看合不合适。”

玛丽娅·基里罗夫娜站了起来，什么话也没说。门打开了。

“新娘打扮好了，”太太对基里拉·彼得罗维奇说，“请您吩咐上车吧。”

“上帝保佑，”基里拉·彼得罗维奇答道，然后拿起了桌上的圣像，“到我跟前来，玛莎，”他声音激动地说道，“我来给你祝福……”可怜的姑娘跪倒在他的脚上，哭了起来。

“爸爸……爸爸……”她满含热泪地开了口，却说不下去了。基里拉·彼得罗维奇急急忙忙地为她祝了福，接着，有人搀起她，几乎是把她架到了马车上。伴娘和一个使女和她坐到了一起。他们向教堂驶去。未婚夫已经在那里等她们。他出来迎接新娘，她苍白的脸色和奇怪的神情使他感到震惊。他俩一同走进了冷飕飕、空荡荡的教堂；在他俩进去之后，门就被锁上了。神父从祭台后走出来，马上就开始主持仪式。玛丽娅·基里罗夫娜什么也没看见，什么也没听到，只想着一件事，她从一大早就开始等待杜勃罗夫斯基，她也一直没有放弃希望，但是，当神父转向她，对她提出那些照例要问的问题时，她颤抖了一下，呆住了，然而她仍在拖延，仍在期待；神父没有等到她的回答，便已道出了那句不可挽回的话。

仪式结束了。她感觉到了不可爱的丈夫那冰冷的一吻，她听到了参加婚礼的人们兴高采烈的祝贺，但是她还是难以相信，她的生活就这样被永远地固定了，杜勃罗夫斯基不会来救她了。公爵对她说了些温柔的话，但是她没有听清，他俩走出教堂，教堂的院子里聚集着从波克罗夫斯科伊来的农民。她匆匆地扫了他们一眼，就又陷入先前的麻木状态之中。一对新人双双坐上马车，向阿尔巴托沃驶去；基里拉·彼得罗维奇已经到了那里，为的是在那里迎接新人。与年轻的妻子单独坐在一起，公爵一点儿也不因为她的冷漠而惶恐。他没有用甜腻的解释和可笑的喜悦去惹她讨厌，他的话很简洁，也无需回答。就这样，他们走了将近十里路，马儿在崎岖的乡间土路上飞奔着，但那装着英国弹簧的马车却几乎不摇晃。突然，传来了一阵追赶的呼喊声，马车停下了，一伙手持兵器的人围住马车，一个脸上戴着面罩的人，打开了年轻的公爵夫人座位这边的车门，对她说道："您自由了，请出来吧。""干什么？"公爵喊了起来，"你是什么人？……""这就是杜勃罗夫斯基。"公爵夫人说。公爵二话没说，从口袋里掏出一把小手枪，对着那戴面具的强盗就是一枪。公爵夫人大叫一声，恐惧地用双手捂住了脸。杜勃罗夫斯基的肩膀被击中了，血流了出来。公爵马上又掏出另一把手枪，但是他已经来不及开枪了，几只有力的手把他拖下马车，夺下了他的枪。几把明亮的尖刀，对准了他。

"别碰他！"杜勃罗夫斯基叫了起来，那几个阴森森的帮凶退后一步。

"您自由了。"杜勃罗夫斯基转向脸色苍白的公爵夫人，继续说道。

"不，"她回答，"晚了，我已经结婚了，我是维列伊斯基公爵的妻子。"

"您说什么？"杜勃罗夫斯基绝望地叫了起来，"不，您不是他的妻子，您是被迫的，您从来就没答应过……"

"我答应了，我发了誓，"她坚定地反驳道，"公爵是我的丈夫，请您让他们放开他，让我和他在一起。我没有撒谎。我一直等您到最后一刻……但是现在，您听我说，现在晚了。您就放了我们吧。"

但是，杜勃罗夫斯基已经听不清她的话，伤口的疼痛和心中的激动使他失去了力量。他倒在车轮边，强盗们围着他。他支撑着对他们说了几句话，他们把他放在马背上，两个人扶着他，另一个人牵着马，那伙人全都向一旁撤去，马车、被绑着的人和被卸了套的马，都被丢在大路中间，他们没有抢劫任何东西，也没有为给头领报仇而伤害任何人。

第十九章

在茂密的森林中一片狭窄的草地上，耸起了一个由土堡和沟壕构成的不大的泥土工事，工事后面有几间棚子和土屋。

院子里有许多人，就穿着的杂乱和装备的一致，便可立即认出这是一伙强盗，他们都没戴帽子，坐在一口大锅前吃着午饭。土堡上的一门小炮边，有一名哨兵，他盘腿坐着，正在往自己衣服的几个窟窿上补补丁，他飞针走线非常熟练，像是一个老练的裁缝；他不时望一望四周。

一把饭勺虽然已经在众人中来回传递了好几次，但人群中仍保持着一片奇怪的沉默；强盗们吃罢午饭，便一个接一个地站起身来，向上帝作了祈祷，然后，有人走进了棚子，有人散到了森林中，有人则按俄国人的习惯躺倒就睡。

哨兵干完自己的活，抖了抖他那件破衣服，欣赏了一下补丁，然后把针别在衣袖上，骑上大炮，大声地唱起一首忧伤、古老的民歌来：

你不要吵闹呀，绿色的橡树妈妈，
别妨碍我呀，我这个小伙子正在想心事。

这时，一间棚子的门打开了，一个头戴白帽、衣着整洁而又古板的老太太出现在门口。"你别唱啦，斯捷普卡，"她生气地说道，"老爷在睡觉，你倒在这儿瞎吼；你们这些没良心的、狠心的人。""我错了，叶戈罗夫娜。"斯捷普卡答道，"好的，我不唱了，让我们的老爷好好睡觉，养好身子。"老太太走了，斯捷普卡在土堡上来回走着。

在老太太探出身来的那间棚子里，在屏风的后面，受伤的杜勃罗夫斯基躺在一张行军床上。他跟前的一张桌子上摆着好几支手枪，脑袋上方挂着一把军刀。土屋的地上和墙上都饰有贵重的地毯，屋角有一个银质的妇女梳妆台和一面大镜子。杜勃罗夫斯基的手里拿着一本翻开的书，但他的眼睛却紧闭着。不时从屏风后面打量着他的老太太，无法知道他是睡着了，还是在思考问题。

突然，杜勃罗夫斯基抖动了一下：工事中发出了警报，斯捷普卡也从窗口探进脑袋来。"弗拉基米尔·杜勃罗夫斯基老爷，"他喊了起来，"我们的人发来信号，有人来搜我们啦。"杜勃罗夫斯基从床上跳下来，拿起武器，走出了棚子。强盗们吵吵嚷嚷地聚集在院子里；见他出来了，却全都一声不响了。"人都到齐了吗？"杜勃罗夫斯基问。"除了放哨的，都到齐了。"有人回答他道。"各就各位！"杜勃罗夫斯基喊道。强盗们各就各位了。这时,三个哨兵向大门跑来。杜勃罗夫斯基向他们迎去。"怎么回事?"他问那几个哨兵。"官兵进林子了,"他们回答,"我们被包围了。"杜勃罗夫斯基命令关紧大门,然后亲自去检查那门炮。森林里响起一些人声,那声音越来越近了;强盗们静静地等待着。突然,林中出现了三四个士兵,但立即又缩了回去,只放了几枪通知自己的同伴。"准备战斗!"杜勃罗夫斯基说,强盗们中间传出一阵声响,然后一切又复归于寂静。这时,已能听到队伍逼近的声音,武器在林中时隐时现,一百五十名左右的士兵冲出树林,叫喊着向土堡扑来。杜勃罗夫斯基点燃引线,炮弹打中了:轰掉了一个人的脑袋,还有两人被炸伤。士兵们中间出现了恐慌,但那个军官却向前冲来,士兵们跟着他,冲进了壕沟;强盗们用步枪和手枪向他们射击,还拿起斧头来保卫土堡,一些疯狂的士兵,将二十来个负伤的同伴扔在沟壕中,已爬上了土堡。白刃战开始了,士兵们占领了土堡,强盗们已开始退却,但是,杜勃罗夫斯基冲向那名军官,用手枪对准他的胸口开了一枪,军官仰面倒下,几名士兵架起他,慌慌忙忙地把他拖进树林,其他的士兵见失去了指挥官,也都停了下来。士气大振的强盗们趁敌人犹豫的瞬间,打垮了敌人,把他们逼进壕沟,进攻者逃走了,强盗们喊叫着追打他们。胜局已定。杜勃罗夫斯基断定敌人已被彻底打垮,便命令手下的人停止追击,抬回受伤的人,锁上要塞大门,增派哨兵,不让任何人出门。

最近发生的这些事件,引起了政府对杜勃罗夫斯基大胆抢劫行为的严重关注。搜集了许多关于他的行踪的情报。派出一个连的兵力,命令不论死活都要将他抓住。抓住了他的几个同伙,由他们的口中得知,杜勃罗夫斯基已经不在他们当中了。在那之后的几天……[1]他把自己的同伙召集到一起,对他们说,他打算永远地离开他们,并建议他们也改变生活方式。"你们在我的领导下都已经发了财,你们每个人都有身份证,带着它你们可以安全地去一个偏远的省份,在那里用诚实的劳动度过富裕的余生。但是,你们都是些骗子,也许,你们不想放弃你们的这门手艺。"说完这些话,他就离开了他们,只带上了××一个人。谁也不知道他去了哪里。起初,人们还不相信那些人的招供,因为强盗们对其首领的忠诚是路人皆知的。人们认为,那些人是在努力地救他。但是,后来的事证明那些人的话属实。可怕的造访,放火抢劫,这一切都停止了;道路也畅通了。另据一些消息称,杜勃罗夫斯基去了国外。

---

① 初稿中以下空缺,末尾一段是1833年加上去的。

黑桃皇后

黑桃皇后主潜在之不祥

——《最新卦书》

一

天气不好的日子里，
他们常常聚集
在一起；
下注——上帝饶恕！——
从五十
下到一百卢布，
有人赢钱，
有人用粉笔
注销输数。
就这样，天气不好的日子里，
他们便忙起
这样的事。

一天，一伙人在近卫军骑兵纳鲁莫夫家玩牌。漫长的冬夜不知不觉地过去了；早上五点，众人坐下来吃夜宵。那些赢了钱的人吃得津津有味，其余的人则无精打采地坐在空空如也的餐具前。但是，香槟酒出现了，谈话活跃起来，于是所有的人便都加入了进去。

“你怎么样，苏林？”主人问。

“输了，和往常一个样。必须承认，我不走运：我玩牌从不急躁，什么样的事情也不会叫我犯糊涂，可还是老输钱！”

“你从来没有着过魔？一次也没有，老是押某一张走运牌？……你的坚强真让我吃惊。”

“瞧人家赫尔曼的！”一位客人指着一个年轻的军事工程师说道，“他的手从来没摸过牌，也从来没下过注，但是他却和我们一起坐到五点钟，一直看着我们玩牌！”

“玩牌非常吸引我，”赫尔曼回答，“但是我不能用必不可少的钱去挣额外的东西。”

“赫尔曼是个德国人，他算计得精，就这么回事！”托姆斯基发表意见道，“但是有一个人我却理解不了，她就是我奶奶，安娜·费多托夫娜伯爵夫人。”

“怎么回事？说说吧。”客人们喊道：

“我真不明白，”托姆斯基继续说道，“我奶奶怎么能洗手不赌了呢！”

“一个八十岁的老太太洗手不赌了，”纳鲁莫夫说道，“这有什么可奇怪的呢？”

“这么说，你们对她一点也不了解？”

“是的，一点也不了解。”

“噢，那你们就听我来说一说吧：

“您该知道，我奶奶在六十年前去了巴黎，她在那里非常走红。人们追随着她，都想看一看这个 la Vénus moscovite[①]；黎塞留追求过她，奶奶曾说，由于她的冷酷无情，那位元帅差点开枪自杀了。

“那时，太太们都打法拉昂牌[②]。一次在宫中，她赊账输给了奥尔良大公一笔数目很大的钱。奶奶回到家中，从脸上揭下人造美人痣[③]，脱下箍骨裙，然后对爷爷说她输了钱，要爷爷付账。

“我记得，已去世的爷爷，是奶奶家管家的后代。他像怕火一样地怕奶奶。但是，当他听说她输掉了如此惊人的一笔钱后，还是火了。他拿来账本，向她说明，半年里他们的支出已达五十万，还说他们在巴黎郊区可没有庄园，不像在莫斯科郊区和萨拉托夫省里那样，因此，他断然拒绝付款。奶奶给了他一个耳光，独自一人躺下睡觉，以

① 法文：“莫斯科的维纳斯”。

② 纸牌的一种玩法。

③ 当时的妇人时兴用膏药或黑布在脸上贴出一个美人痣。

表示她不喜欢他了。

“第二天，她命人把丈夫叫来，指望家常的惩罚能对他起到作用，但她发现他还是毫不动摇的。平生第一次，她与他论起道理来；她想打动他，就迁就地对他说明，债务与债务不同，欠王子的钱和欠车夫的钱不是一回事。——哪里管用！爷爷是疯了。是的，毫无办法！奶奶不知该如何是好了。

“她与一个相当有名的人有过一面之交。你们听说过圣热尔曼伯爵[①]吧，关于他有许多传奇的故事。你们知道，他自称是一个终身漂泊的犹太人[②]，是长命水和点金石的发明者，等等。人们嘲笑他，说他是一个骗子，卡桑诺瓦[③]在自己的笔记中说他是个间谍；不过，圣热尔曼尽管来历神秘，却仪表堂堂，在社交界是一个很讨人喜欢的人。奶奶一直疯狂地爱着他，一听到有人说他的坏话就会生气。奶奶知道，圣热尔曼有办法弄到大笔的钱。她决定去求他。她给他写了一张便函，要他立即来她这里。

“这个年老的怪人立即来了，碰见了可怕的伤心事。她用最黑暗的色彩向他描述了丈夫的野蛮，最后，她说道，她全部的希望全托付给他的友谊和厚意了。

“圣热尔曼沉思了片刻。

“‘我可以为您付出这笔钱，’他说道，‘但是我知道，在您没有还清我的钱之前，您是安不下心来的，而我又不想使您陷入新的奔波。还有一个办法，您能把钱赢回来；‘但是，亲爱的伯爵，’奶奶说，‘我告诉您，我们一分钱也没有了。’‘用不着钱，’圣热尔曼反驳说，‘请您听我说。’这时，他告诉了她一个秘诀，为了这个秘诀，我们当中的每个人都情愿付出……”

年轻的赌徒们加倍地留心听着。托姆斯基咬着烟斗，深深地吸了一口，然后才继续说道：

“当天晚上，奶奶就去了凡尔赛宫，au jeu de la Reine[④]。奥尔良大公坐庄；奶奶因没有把欠款给他带来而稍稍表示了歉意，她为此还编了一个小故事，然后，便坐到他的对面开始下注。她选出三张牌，将它们一张连一张地押了上去：三张牌全都赢了钱，奶奶的本完全捞了回来。”

“是碰巧了！”一个客人说。

“是神话！”赫尔曼说。

“也许，是几张做了手脚的牌？”第三个人附和道。

---

① 圣热尔曼，法国18世纪末的一个炼丹家和冒险家。

② “终生漂泊的犹太人”原系古犹太传说中一个叫阿格斯菲尔的人。

③ 卡桑诺瓦(1725—1798)，意大利冒险家、作家。

④ 法文：“在皇后那里玩牌”。

“我不那样想。”托姆斯基庄重地说。

“是这样!”纳鲁莫夫说,“你有一个能一连猜中三张牌的奶奶,可你为什么至今还没从她那里学到这个绝招呢?”

“是啊,活见鬼!”托姆斯基回答,“她有四个儿子,其中有一个是我的父亲:四个儿子全都是不要命的赌棍,可她没有向任何一个儿子吐露过自己的秘密;虽说这对他们甚至对我来说并不是坏事。但是我的叔叔伊万·伊里奇告诉过我这样一件事,他担保说这事是真的。死去的恰普里茨基,就是那个挥霍尽数百万家产,在贫困中死去的恰普里茨基,年轻时,他有一次输了钱,记得是输给了佐林,输了将近三十万。他陷入了绝望。一向对年轻人的胡闹持严厉态度的奶奶,不知为何可怜起恰普里茨基来。她给了他三张牌,要他一张接一张地打出,并要他发誓往后再不打牌。恰普里茨基到了他的赢家那里,两人坐下来打牌。恰普里茨基在第一张牌上押了五万,他赢了;他又加码押了两次,——这样,他捞回了本,又赢了钱……

“但是,该睡觉啦,已经五点三刻了。”

的确,天已经亮了,这些年轻人喝干自己杯中的酒,各自回去了。

二

——Il parait que monsieur est décidément pour les suivantes.

——Que voulez - vous, madame? Elles sont plus fraiches.[①]

——社交场上的交谈

××老伯爵夫人坐在自己梳妆室的镜子前。三个使女围着她。一个手拿胭脂盒,一个手拿发针匣,第三个使女则捧着一顶有火红饰带的高高的包发帽。伯爵夫人已丝毫不想去追求那早已逝去的美色了,但是,她却保持着年轻时代的所有习惯,严格地奉行着70年代的时尚,她的梳妆和六十年前一样地长久、认真。窗边,有位小姐坐在绣花架旁,那是她的养女。

“您好,grand'maman[②]。”一位年轻的军官走进门来,说道,“Bon jour, mademoiselle Lise.[③]Grand'maman,我有一件事要求您。”

---

① 法文:“您似乎更喜欢那些使女。”“有什么法子呢,太太?她们更鲜艳些啊。”

② 法文:“奶奶”。

③ 法文:“您好,丽莎”。

"什么事,Paul[1]?"

"请允许我向您介绍我的一个朋友,星期五我要带他到舞会上去见您。"

"你把他直接带到舞会上来见我吧,在那里你就把他介绍给我好了。你昨天去了××那里了吗?"

"当然去了!非常开心哪,一直跳到早上五点钟。叶列茨卡娅真是漂亮啊!"

"哦,我亲爱的!她怎么漂亮啦?她的奶奶达丽娅·彼得罗夫娜怎么样啦?……顺便问问,我想,达丽娅·彼得罗夫娜她已经很老了吧?"

"什么很老了?"托姆斯基漫不经心地回答,"她七年前就死啦。"

小姐抬起头来,向年轻人使了一个眼色。他想了起来,人们对老伯爵夫人隐瞒了她那位同龄人的死讯,于是他便咬住了嘴唇。但是,伯爵夫人听到了这个对于她来说的新消息时,却是无动于衷。

"死了!"她说,"我都不知道!我俩是一起被封为宫中女官的,我们一起进宫时,女皇还……"

于是,伯爵夫人第一百次地向孙子谈起自己的掌故来。

"好了,Paul,"她之后说,"现在扶我站起来。丽桑卡,我的鼻烟壶在哪儿?"

接着,伯爵夫人带着使女们走到屏风后面,去完成她的梳妆。托姆斯基和小姐留了下来。

"您想介绍的是哪一位?"丽莎维塔·伊万诺夫娜轻声问道。

"是纳鲁莫夫。您认识他吗?"

"不!他是军人吗?"

"是军人。"

"是军事工程师?"

"不!是个骑兵。您为什么会认为他是个工程师呢?"

小姐笑了,一个字也没有回答。

"Paul!"伯爵夫人在屏风后面叫了起来,"你给我随便拿一本什么样的新小说来吧,只是千万别拿今年出的那些。"

"要什么样的呢,Grand'maman?"

"要那样的小说,小说里的主人公既不掐死父亲也不掐死母亲,小说里也没有淹死鬼的尸体。我最怕淹死鬼!"

"这样的小说可没有。您想不想读一读俄国的小说?"

---

① 法文:"保尔"。

“难道已经有俄国的小说啦？……拿来吧，亲爱的，请拿来！”

“再见，Grand'maman，我还有急事……再见，丽莎维塔·伊万诺夫娜！您为什么会认为纳鲁莫夫是个工程师呢？”

托姆斯基走出了梳妆室。

剩下了丽莎维塔·伊万诺夫娜一个人，她扔下手里的活，开始望起窗外。很快，在街道的一侧，一位年轻军官从拐角那幢房子的后面走了出来。一阵红晕覆盖了她的面颊；她又做起手工来，脑袋低低地俯在绣花架上。这时，穿戴完毕的伯爵夫人走了进来。

“丽桑卡，”她说道，“你去让他们套车，我们散散心去。”

丽莎从绣花架边站起身来，开始收拾自己的活计。

“你怎么啦，我的妈呀！你耳朵聋了吗？”伯爵夫人喊了起来，“快去让人套车。”

“就去！”小姐轻轻地回答，向前厅跑去。

一个仆人走进来，帕维尔·亚力山大罗维奇公爵送来的几本书交给了伯爵夫人。

“好的！谢谢。”伯爵夫人说，“丽桑卡，丽桑卡！你跑到哪里去了？”

“我在穿衣服。”

“快点，妈呀。坐到这里来。翻开第一卷，大声地读……”

小姐拿起书，读了几行。

“大声点！”伯爵说，“你怎么啦？我的妈呀，你嗓子哑了吗？……等等，把小凳递给我，再近点……好了！”

丽莎维塔·伊万诺夫娜又读了两页。伯爵夫人打了一个呵欠。

“别读这本了，”她说，“一派胡言！把这些书还给帕维尔公爵，要谢谢他……马车怎么样了？”

“马车准备好了。”丽莎维塔·伊万诺夫娜向外面看了一眼，说道。

“你怎么还没换好衣服？”伯爵夫人说，“总是要等你！唉，妈呀，真让人受不了。”

丽莎跑进了自己的房间。刚过两分钟，伯爵夫人又使劲地摇起铃来。三名使女从一扇门跑进来，一个男仆则从另一扇门跑了进来。

“你们怎么都叫不应啊？”伯爵夫人对他们说，“快去对丽莎维塔·伊万诺夫娜说，我在等她。”

丽莎维塔·伊万诺夫娜身穿晨装、头戴帽子走了进来。

“你到底来了，我的妈呀！”伯爵夫人说，“瞧这身打扮！穿这身衣服干吗？……勾引谁呀？……天气怎么样啊？好像有风。”

“没风，夫人！一点风也没有！”那个男仆回答。

"你们总是骗人！把通风窗打开！瞧，有风吧！还是凉风！卸车！丽桑卡，我们不去了，你也用不着打扮了。"

"这就是我的生活！"丽莎维塔·伊万诺夫娜想道。

的确，丽莎维塔·伊万诺夫娜是一个非常不幸的人。但丁说过，别人的面包是苦的，别人家的台阶是难上的，而除了有钱有势老太太的这个可怜的养女，又有谁能知道寄人篱下的苦楚呢？当然，××伯爵夫人的心肠并不狠毒；但是，她像一个被社交界宠坏的女人那样任性，像所有无爱地度着余生、与现实格格不入的老人那样吝啬，带有冷酷的个人主义。她出席上流社会的一切娱乐活动，参加舞会，坐在角落里，脸上搽着胭脂，身上穿着老式服装，像是舞会上一个丑陋的、不可或缺的装饰；到场的客人们走来向她深深地鞠一躬，像是在履行一个法定的程序，然后，谁也不会再来理睬她了。她在自己家里接待全城的人，遵循着严格的礼节，但她谁的脸也看不清。她众多的仆人，一个个在她家的前厅和侧房里呆到身体发胖，头发发白，他们肆意妄为，争先恐后地搜刮着这个行将就木的老太婆。丽莎维塔·伊万诺夫娜却是家里的受难者。她斟茶，会因放多了糖而挨骂；她高声朗读小说，但作者的所有错误都要由她来承担；她陪伯爵夫人出去散心，却要为天气和道路负责。她有薪水，却从未拿满过；与此同时，却要求她穿戴得要像所有的人一样，也就是说，要像为数不多的阔小姐一样。在社交界，她扮演着一个最可怜的角色。大家都认识她，但谁也不去注意她；在舞会上，只是在 vis－a－vi－sis[①] 不够的时候她才有舞跳，太太们需要到梳妆室里去整理衣服的时候，每次都要拉上她。她是有自尊心的，她强烈地感觉到了自己的处境，她时时打量着四周，——在急切地等待着一个解救者；但那些年轻的男人们为了满足自己浅薄的虚荣心，并不注意她，虽说她比他们苦苦追求的那些厚颜无耻、冷若冰霜的未婚姑娘们要可爱一百倍。有多少回，她离开枯燥、豪华的客厅，回到她那寒酸的房间里哭泣。她的房间里只有一扇两面糊着纸的屏风、一个橱子、一面镜子和一张上了漆的床，一支蜡烛在铜烛台上发出暗淡的光芒。

一次，——这事发生在本小说开头处所描写的那个夜晚的两天之后，在我们刚刚涉及的这幕场景的一个星期之前，——一次，丽莎维塔·伊万诺夫娜正坐在窗边的绣花架前，她无意中向街上看了一眼，看到一个年轻的军事工程师一动也不动地站在那里，凝视着她的窗户。她垂下头，又做起自己的活来；五分钟后，她再看一眼，——那年轻军官仍站在原地。她从不和路过的军官们调情，于是便不再向街上看，绣了近两个小时的花，一直没有抬头。午饭摆上了。她站起身来，开始收拾自己的绣花架，无

① 法文："舞伴"。

意中她望了望街上，又看到了那个军官。这使她觉得非常地奇怪。午饭后，她怀着有些忐忑的心情来到窗边，但是那军官已经不在了，——于是她也就忘了他……

两天后，她在与伯爵夫人一同出门坐上马车的时候，又见到了他。他就站在台阶旁，用海狸皮的衣领遮着脸：他那双黑眼睛在帽檐下闪亮着。丽莎维塔·伊万诺夫娜感到害怕，她自己也不知道这是因为什么，她带着一阵莫名的颤抖坐上了马车。

回到家中，她跑到窗子前，——军官站在老地方，正用眼睛盯着她。她离开窗口，被好奇心折磨着，一种她从未体验过的情感使她感到激动。

从那时起，那个年轻军官每天都会在特定的时刻出现在她们家的窗下。他与她之间建立起了一种默契。她坐在自己的老地方做活，感觉到他的迫近，——便抬起头来，她看他的时间也一天比一天长。年轻的军官看来因此也很感激她：她以那青春的锐利目光发现，每一次，当他们的目光相遇时，一阵羞红便迅速地涌上他那苍白的面颊。一个星期之后，她对他笑了一下……

当托姆斯基请求伯爵夫人允许他把自己的一个朋友介绍给她时，这可怜姑娘的心跳了起来。但是，当她得知，纳鲁莫夫不是一名军事工程师，而是一个近卫骑兵的时候，她就感到后悔了，生怕她那个不慎重的问题会使轻浮的托姆斯基了解到她的秘密。

赫尔曼的父亲是一个俄国化了的德国人，他给儿子留下了一笔小小的资本。赫尔曼深知有必要保持住自己的独立，因此他没有动用那笔遗产的利息，仅靠薪水过日子，丝毫也不放纵自己。而且，他性格内向，自尊心很强，所以他的同事们很少有机会嘲笑他过分的小气。他有着强烈的欲望和狂热的想象力，但是，坚强的性格使他避免了年轻时通常会有的迷失。比如，天性好赌的他，却从来不摸牌，因为他算计到，他的处境不允许他（如他自己所说的）用必不可少的钱去挣额外的东西，——与此同时，他却整夜整夜地坐在牌桌前，情绪紧张地观看着千变万化的牌局。

有关三张牌的故事强烈地激发起了他的幻想，他整整一夜都一直在想着这件事。“如果，”第二天傍晚，他一边在彼得堡闲逛，一边想，“如果老太婆能把那秘诀告诉给我，那该有多好！如果她能向我点明那三张牌！为什么不去碰碰自己的运气呢？……向她作个自我介绍，博得她的宠爱，或许，做她的情人，但所有这一切都需要时间，而她已经八十七岁了，也许一个星期后就会死，也许两天后就会死！……可这个故事呢？……它可信吗？……不！算计，节俭，勤勉。这才是我的三张可靠的牌，这才会使我的财产两倍、六倍地增加，才会使我安定、独立！”

他这样盘算着，来到彼得堡的一条主要街道上，走近一幢老式建筑风格的房子前。大街上车水马龙，马车一辆接一辆地驶到了那灯火通明的大门口。从马车里不时踏出的，有年轻美人匀称的腿，有丁当作响的马靴。有带条纹的袜子和外交官的矮帮皮靴。一件件皮大衣和斗篷从傲慢的守门人面前掠过。赫尔曼停下了脚步。

“这是谁的家？”他问街角的警察。

“是××伯爵夫人的家。”警察回答。

赫尔曼一阵颤抖。那个奇异的故事又浮现在他的脑海里。他开始在这座房子的四周转来转去，想象着房子的主人及其神奇的才能。他很晚才回到自己那寒酸的角落；他久久不能入睡，当他睡着时，则梦见了一把纸牌、一张绿色的桌子、一沓沓的钞票和一摞摞的金币。他一张接一张地出牌。坚决地下着注，一直在赢，他把金币揽了过来，把钞票塞进了衣袋，他很晚才醒来，他因那幻想中的财富的损失叹了一口气，然后又去城里闲逛，又来到了××伯爵夫人的房子前。仿佛，有一种无形的力在将他引向那幢房子。他停下脚步，开始看那些窗子。在一扇窗户中，他看到一个黑头发的脑袋，那脑袋低垂着，像是在看书或是在做手工。那脑袋抬了起来。赫尔曼看见了一张鲜艳的脸蛋和一双黑色的眼睛。这一时刻决定了他的命运。

三

Vous mĕcrivez, mon ange, des lettres de quatre pages plus vite que je ne puis les lire. [1]

——通信

丽莎维塔·伊万诺夫娜刚刚脱下大衣和帽子，伯爵夫人又让人来找她，并吩咐重新套上马车。她们出门乘车去。就在两个仆人提起老太婆、将她塞进车门的时候，丽莎维塔·伊万诺夫娜在车轮旁再次看见了她那位工程师；他抓住了她的手；她吓得一时还未缓过神来，那年轻人却已经消失，一封信留在了她的手里。她把信藏进手套里，一路上是听而不闻，视而不见。伯爵夫人在马车里照例要不时地提问：我们碰到的这人是谁？这座桥叫什么名字？那边的招牌上写的什么字？这一回，丽莎维塔·伊万诺夫娜回答得驴头不对马嘴，惹伯爵夫人生气了。

“你是怎么回事，我的妈呀！你是傻了吗？你没听见我的话，还是不懂我的话？……谢天谢地，我的话还能说得清，还没老糊涂！”

丽莎维塔·伊万诺夫娜没有去听她的话。回到家里，她跑进自己的房间，从手套

---

① 法文：“我的天使，您给我的信都写满了四张纸，我甚至来不及读它们了。”

里掏出信:信没有封口。丽莎维塔·伊万诺夫娜读了这封信。此信充满了爱的表白:信写得温情、恭敬,是逐字逐句地从德国小说中抄来的。但是,丽莎维塔·伊万诺夫娜不懂德文,因此,她很为此信而感到满足。

然而,她接到的这封信又使她非常地不安。她第一次和一个年轻的男人有了秘密、密切的关系,他的大胆使她害怕。她责备自己的行为不够谨慎,她不知道该怎么办了:不再坐在窗前,用不理睬来冷却年轻军官心中继续追求的热情吗?给他回封信?冷淡地、坚决地回答他?她无人可与之商量,她没有女友,也没有导师。丽莎维塔·伊万诺夫娜最后决定回信。

她坐到写字桌前,拿起笔和纸,——思考了起来,她开了好几次头,可又都把信给撕了:她时而觉得措辞过于迁就,时而又觉得过于冷酷了。终于,她写出了她感到满意的这样几行字。"我相信,"她写道,"您的动机是纯洁的,您不想用鲁莽的举动来使我蒙受侮辱;但我们的相识不能以这样的方式开始。我把您的信退还给您,我希望,我往后不会有机会去抱怨那种不应有的不尊重。"

第二天,一看到走来的赫尔曼,丽莎维塔·伊万诺夫娜就从绣花架前站起身来,走到大厅,打开通风窗,把那封信扔到街上,指望年轻的军官把它捡起来。赫尔曼跑过来,捡起信,跑进了一家糖果店。拆开封口,他看到了自己的那封信和丽莎维塔·伊万诺夫娜的回信。这是他预料之中的事,回到家里,他便一心一意地为他的私情忙活起来。

三天之后,一个年纪很轻、眼睛滴溜溜转的姑娘从时装店里给丽莎维塔·伊万诺夫娜送来一个字条。丽莎维塔·伊万诺夫娜不安地打开它,以为是账单,却突然发现是赫尔曼的手笔。

"亲爱的,您弄错了,"她说,"这字条不是给我的。"

"不,就是给您的!"那大胆的姑娘说道,并不掩饰那狡猾的笑容,"请您读一读嘛!"

丽莎维塔·伊万诺夫娜将字条浏览一遍。赫尔曼提出要和她约会。

"这不可能!"丽莎维塔·伊万诺夫娜说,这匆忙的要求和他采用的方式把她吓着了。"这字条肯定不是给我的!"然后,她将来信撕成了碎片。

"既然这信不是给您的,那您为什么把它给撕了呢?"那姑娘说道,"我得把它还给发信人呀。"

"亲爱的!"丽莎维塔·伊万诺夫娜说,她因那姑娘的洞察而羞红了脸,"请您往后别再给我送这样的字条来。您就对那个派您来的人说,他应该感到害羞……"

但是赫尔曼没有罢休。丽莎维塔·伊万诺夫娜每天都会接到一封他的来信,送信的方式也是五花八门的。这些信已不再是来自德语的译文了。它们是由因激情而充满灵感的赫尔曼写出来的,是他用自己独特的语言说出口的:这些信体现出了他之愿望的坚定以及其奔放想象力的无序。丽莎维塔·伊万诺夫娜已经不想把它们再退回去了:她迷上了这些书信;她开始写回信,——而且,她的字条也一刻比一刻更长、更温柔了。终于,她越过窗户向他抛去了下面这样一封信:

今天××公使将举办舞会。伯爵夫人要去那里。我们要在那里待到两点左右。您现在有机会单独和我见面了。伯爵夫人一走,她那些人也许都会走开,门厅里只会留一个看门人,就连他通常也会回到自己的小屋里去。您在十一点半来。直接上楼梯。如果您在前厅里碰见了谁,就问伯爵夫人在不在家。他们要是对您说不在,那就没办法了。您就应当回去。但是,您也许不会碰到任何人的。女仆们全都坐在她们自己的那一间房子里。您从前厅往左拐,一直走到伯爵夫人的卧室。在卧室的屏风后面,您会看见两扇小门:右边的一扇通向伯爵夫人从来也没进去过的那间书房;左边的那扇通向走廊,走廊上有一个螺旋形的小梯子,这梯子就通向我的房间。

赫尔曼颤抖着,像一头老虎一样,在等待着约定的时间。晚上十点,他已经站在了伯爵夫人的房子前。天气非常地糟糕:风狂吹着,湿漉漉的雪鹅毛般地飘落;街灯昏暗地闪亮着;街道上空无一人。一个车夫驾着一匹瘦马拉着的马车,他时而探出头来,看有无迟归的乘客。赫尔曼只穿一件礼服站在那里,他既没有感觉到风,也没有感觉到雪。终于,伯爵夫人的马车来了。赫尔曼看见,几个仆人把那个裹着貂皮大衣、弯腰驼背的老太婆拖进了马车,在她之后,她的养女那身穿一件薄风衣、头上插着鲜花的身影闪现了一下。门嘭的一声关上了。马车吃力地驶过松软的积雪。守门人锁了门。窗户里的灯光暗了下来。赫尔曼在这座人去楼空的房子旁踱着步:他走到街灯下,看了看表,——十一点二十分。他留在街灯下,眼睛紧盯着表上的指针,等待着最后几分钟的过去。十一点半。赫尔曼准时地踏上伯爵夫人家的台阶,走进了灯火通明的门廊。守门人不在,赫尔曼跑上楼梯,打开通向前厅的门,看到一个仆人歪在一把肮脏的老式扶手椅上,在灯光下睡觉。赫尔曼迈着轻盈却坚定的步伐从他身边走过。大厅和客厅里都很暗。前厅里的灯隐隐地映亮了这里。赫尔曼走进卧室。在一个摆着多个老式圣像的神龛前,燃着一盏金质的神灯。墙边是几把褪了色的缎面扶手椅和几张摆有羽绒靠垫、扶手上的镀金已经脱落的沙发,它们构成了一种忧郁的对称，墙壁上贴着一层中国花布。墙上还挂着两幅肖像画，是 m-me Lebrun[①] 在巴黎画的。其中的一幅画的是一位四十岁左右的男人，他面色红润，身阔体胖，身穿绿色制服，胸佩勋章；另一幅画的是一个年轻的美女，她高高的鼻子，两鬓的头发梳得很整齐，扑了粉的头发上还插了一朵玫瑰花。在各个角落里，摆放着陶瓷牧女、大名鼎鼎的 Leroy[②] 制作的座钟、许多小盒子、赌博用的轮盘、扇子和各种各样的女人玩具，这些玩具是在上个世纪末与蒙戈尔菲耶兄弟[③]的气球和梅斯默[④]的催眠术一同被发明出来的。赫尔曼来到屏风后面。屏风后是一张小铁床；右边是一扇通往书房的门；左边是另一扇门，——通向走廊。赫尔曼打开左边的门，看到一个狭窄的、螺旋形的梯子，它通向那可怜养女的房间……但是，他回过身，走进了黑暗的书房。

时间过得很慢。四周静悄悄的。客厅里的钟敲了十二下；各个房间里的钟也都一个接一个地敲了十二下，——然后周围又都安静了下来。赫尔曼站在那里，倚着冰凉的壁炉。他很镇静；像一个下定决心去为必要的事情而冒险的人那样，他的心在平静地跳动着。时钟敲了一下，然后又敲了两下，到了早上两点。——也远远地听到了马车的声响。一阵不由自主的激动控制了他。马车驶近，停下。他听到了踏板放下的声音。房子里忙活了起来。仆人跑动着，响起喊叫声，房子里的灯也亮了。三个年老的女仆跑进卧室，接着，半死不活的伯爵夫人走了进来，瘫坐在高背扶手椅里。赫尔曼透过门缝看着，见丽莎维塔·伊万诺夫娜从他身边走了过去。赫尔曼听到了她上梯子时的急促的脚步声。他的心中出现了某种近似良心谴责的情感，但随后便重新平静了下来。他是铁了心了。

伯爵夫人开始在镜子前脱衣服。女仆摘下了她那顶饰有几朵玫瑰的帽子，从她那花白的、剃得极短的脑袋上取下扑着粉的假发。别针雨点般地落在她的周围。用银线缝制的黄色长裙，落到她浮肿的脚边。赫尔曼成了她盛装之内这些恶心秘密的目睹者；终于，伯爵夫人身上只剩下一件睡袍和一顶睡帽了：穿着这身更适合于她的衰老的衣服，她倒显得不那么可怕、难看了。

像所有的老年人一样，伯爵夫人也有失眠的痛苦。卸了装后，她坐到窗边的高背扶手椅上，赶走了女仆。蜡烛被端走了，房间里又燃起一盏油灯。伯爵夫人坐在那

---

① 法文："勒布朗夫人"；勒布朗（1755—1842），法国女肖像画家。

② 法文："勒鲁瓦"；勒鲁瓦是法国著名的钟表师。

③ 约瑟夫·蒙戈尔菲耶（1740—1810）和艾蒂安·蒙戈尔菲耶（1745—1799）兄弟于 1783 年 6 月制成了世界上第一个热气球，同年 11 月在巴黎进行了第一次载人飞行。

④ 梅斯默（1734—1815），奥地利医生，在 18 世纪后半期提出催眠术理论，认为"动物磁性"是催眠术的基础，用催眠术能改变机体的状态。

里,脸色蜡黄,耷拉下来的嘴唇在不停地嚅动,身体左右摇晃着。她混浊的眼睛说明她完全没有任何思想;看她一眼,就会想到,这可怕的老太婆的摇晃并非由于她自己的意志,而是某种隐在的电流在起作用。

突然,这张僵死的脸莫名其妙地改变了。嘴唇不再嚅动,眼神活跃了起来:一个陌生男人站到了伯爵夫人的面前。

“你别害怕,看在上帝的分上,您别怕!”他清晰地、轻轻地说道,“我不打算伤害您;我只是来祈求您的恩典。”

老太婆不做声地看着他,好像是没听见他的话。赫尔曼以为她耳聋,就低下腰,贴着她的耳朵把刚才的话又重复了一遍。老太婆还是没有说话。

“您能够,”赫尔曼继续说,“给我的生活带来幸福,这在您并不费什么劲:我知道,您能连续猜中三张牌……”

赫尔曼停住了。看来,伯爵夫人明白他要求的是什么了;看来,她正在考虑如何回答。

“这是一个玩笑,”她最后说道,“我向您起誓！这是一个玩笑!”

“这没什么玩笑可开的,”赫尔曼生气地反驳道,“您该记得恰普里茨基吧,是您帮他扳回了本。”

伯爵夫人显然慌了起来。她的面部特征体现了她激烈的内心活动,但是,她很快又陷入了先前的那种麻木状态。“您能不能,”赫尔曼继续说,“把那三张必赢的牌告诉我?”

伯爵夫人没说话;赫尔曼继续说道:

“您在为谁保持您的秘密呢?为您的孙子们吗?他们很有钱,用不着这个;他们也不知道钱的价值。您的那三张牌帮不了败家子的忙。不会保持祖先遗产的人,都会在贫穷中死去,哪怕他们像魔鬼一样地使尽力气也是白搭。我不是败家子;我知道钱的价值。我是不会白白糟蹋您那三张牌的。说吧!……”

他停下话头,颤抖地等待着她的回答,伯爵夫人没说话;赫尔曼跪了下来。

“如果您的心,”他说,“曾经体验过爱情,如果您还记得那些喜悦,如果您在听到新生儿的哭声时哪怕笑过一次,如果您的心中曾经充满过人类的感情,那么,我就要用妻子、情人、母亲的感情,用生活中所有神圣的感情,来祈求您,请您不要拒绝我的请求!向我说出您的秘诀吧!您要那秘诀干吗?……也许,这个秘密伴随有可怕的罪孽,会危及永恒的幸福,它是与魔鬼定下的契约……您想一想,您已经老了,您不会活得很久了,——我甘愿把您的罪孽转移到我的心灵上来。向我说出您的秘诀吧。您想一想,一个人的幸福就握在您的手中;不仅是我,而且还有我的孩子、我的孙子和重孙们，都将永远地感激您，把您当做一个圣人来尊敬……”老太婆一个字也没有回答。

赫尔曼站起身来。

“老妖婆！”他咬着牙说道，“那我只好强迫你回答了……”

说话之间，他从口袋里掏出一支手枪。

见到手枪，伯爵夫人第二次表现出了强烈的情感来。她摇着头，抬起手，似乎是想挡住子弹……随后仰面倒了下去……接着便一动也不动了。

“别装蒜啦，”赫尔曼抓住她的手，说道，“我最后一次问您：您愿不愿意把那三张牌告诉我？告不告诉我？”

伯爵夫人没有回答。赫尔曼发现，她已经死了。

四

7 Mai 18××.

Homme sans moeurs et sans religion![①]

——通信

丽莎维塔·伊万诺夫娜坐在自己的房间里，身上还穿着舞会上穿的衣服，她陷入了深深的思考。回到家里，她急忙打发走了那个睡意惺忪、不想伺候她的女仆，她说她自己来脱衣服，然后便战战兢兢地朝自己的房间走去，她既希望在那里见到赫尔曼，又但愿别看到他。她一眼就发现他不在，她感谢命运为他们的幽会设置了障碍。她坐下来，没有解衣，开始回想在如此之短的时间里使她迷得如此之深的所有原因。从她第一次在窗边见到那个年轻人的时刻算起，还不到三个星期。可是她已经在和他通信了，而他竟已经从她这里获得夜间幽会的机会了！她知道他的名字，仅仅因为那名字写在他的几封信上；在这个晚上之前，她还没和他说过话，没听过他的声音，也没有听人说起过他……一件奇怪的事啊！这天晚上，在舞会上，托姆斯基在与波琳娜·××公爵小姐斗气，因为那小姐一反常态，不与他调情，想用冷漠来报复他，于是，他便叫来丽莎维塔·伊万诺夫娜，和她没完没了地跳马祖卡舞。在整个跳舞的过程中，他一直在取笑她对军事工程师军官们的好感，并说他知道的事情比她所想象的要多得多，他的好几个玩笑都击中了要害，弄得丽莎维塔·伊万诺夫娜好几次都以

① 法文：“18××年5月7日。一个没有任何道德准则、没有任何神圣感的人！”

为，他已经知道了她的秘密。“您是听谁说的？”她笑着问道。

“从您所熟悉的一个朋友那里听说的，”托姆斯基回答，‘那可是一个非常出色的人哪！”

“这个出色的人是谁呀？”

“他叫赫尔曼。”

丽莎维塔·伊万诺夫娜什么话也没说，但她的手脚却变得冰凉……

“这个赫尔曼，”托姆斯基继续说道，“真是一个浪漫的人物啊：他有一副拿破仑式的侧面像，却有一颗靡非斯特式的灵魂。我认为，他的良心上至少有着三桩罪恶。您的脸怎么这样白啊！”

“我头疼……赫尔曼对您说了什么？您是怎么看他的？……”

“赫尔曼对他那位朋友很不满意：他说，他若处在他朋友的境地上，他会完全以另一种方式行事的……我甚至认为，赫尔曼自己对您有意思，至少，在听到他朋友的爱慕之词时，他不是无动于衷的。”

“他是在哪儿看见过我的？”

“在教堂里，也许，是在散步的时候！……鬼知道他！也许，是在我们家的房间里，在您睡觉的时候，他就……”

三位女士走过来，问他“oubi ou regret”①，她们打断了那使丽莎维塔·伊万诺夫娜非常感兴趣的谈话。

被托姆斯基选中的女士，正是××伯爵小姐。她与他又跳了一轮舞，在自己的座位前再次旋转了几下，于是，便与他和好了。托姆斯基在回到自己的座位上时，已经忘了赫尔曼，也不再记得丽莎维塔·伊万诺夫娜了。丽莎维塔·伊万诺夫娜始终想恢复那被打断的谈话；但是，马祖卡舞已经结束，此后，老伯爵夫人很快就要回家了。

托姆斯基的话不过是舞会上的闲言乱语，可是它却在年轻的女幻想家的心中深深地扎下了根。托姆斯基所描绘出的那幅肖像，与她本人所想象的不谋而合，加之这些最新传闻的作用，这个卑鄙人物使她感到可怕，也引起了她的幻想。她坐着，赤裸的手臂交叉放在膝上，还插着花朵的脑袋垂向敞着的胸口……突然，门打开了，赫尔曼走了进来。她浑身颤抖了起来……

“您去哪里了？”她用胆怯的低语问道。

“在老伯爵夫人的卧室里，”赫尔曼回答，“我刚从她那里过来。伯爵夫人死了。”

“我的上帝！……您说什么呀？”

---

① 法文：“疏忽或是道歉”。

“好像像是我，”赫尔曼继续道，“导致了她的死亡。”

丽莎维塔·伊万诺夫娜看了他一眼，托姆斯基的话又在她的心中响起：这个人的良心上至少有着三桩罪恶！赫尔曼在她身边的窗台上坐下来，道出了一切。

丽莎维塔·伊万诺夫娜恐惧地听着他的话。原来，这些热烈的书信，这些火热的请求，这大胆、不懈的追求，所有这一切并不是爱情！钱，——这才是他内心所渴望的一切！她并不能满足他的愿望，使他幸福！可怜的养女却成了一个盲目的帮凶，她帮助了这个抢劫、杀害其年老养护人的凶手！……她因其深深的、痛苦的忏悔而痛哭起来。赫尔曼默默不语地看着她：他的内心也感到难过，但是，无论是可怜姑娘的眼泪，还是她痛苦时所具有的惊人的美，都不能打动他冷酷的心肠。在想到那个死去的老太婆时，他并没有感觉到良心上的谴责。只有一件事使他感到可怕：他指望用来发财的那个秘密，无可挽回地丧失了。

“您这个魔鬼！”丽莎维塔·伊万诺夫娜最后说道。

“我没想害死她，”赫尔曼说，“我的手枪没装子弹。”

他们两人都没有说话，

天亮了。丽莎维塔·伊万诺夫娜吹灭了将要燃尽的蜡烛，淡淡的晨光照亮了她的房间。她擦干泪眼，抬眼看着赫尔曼：他坐在窗台上，抱着手，威严地皱着眉头。他的这个姿势，和拿破仑的肖像是很相像。这种相像甚至让丽莎维塔·伊万诺夫娜也大吃了一惊。

“您怎样走出这幢屋子呢？”丽莎维塔·伊万诺夫娜说道，“我本想领您走那个秘密的楼梯出去，但那要经过卧室，我害怕。”

“您把那秘密楼梯的位置告诉我；我自己出去。”

丽莎维塔·伊万诺夫娜站起来，从箱子里取出一把钥匙，把它交给赫尔曼，并对他作了详细的交代。赫尔曼握了握她冰凉的、毫无反应的手，吻了吻她低垂的头，然后走了出去。

他走下螺旋式的楼梯，又走进了伯爵夫人的卧室。死去的老太婆僵硬了；她的脸上带有一种深深的安详。赫尔曼在她面前停下来，久久地看着她，似乎想证实一下这件可怕的事是否真的发生了；最后，他走进书房，摸到了壁布后面的一扇门，沿着一个黑暗的楼梯往下走，心中激荡着许多奇异的感觉。他想到，也许，六十多年前，一个穿着绣花袍、头发梳成 l'oiseau royal① 的年轻的幸运儿，把三角帽紧贴在胸前，就是在这个时刻，沿着这个楼梯，偷偷溜进了这间卧室，如今，那幸运儿早已在坟墓中腐烂了，

---

① 法文：“帝王鸟式”。

而他这位衰老的情妇的心脏，也在今天停止了跳动……

在楼梯的尽头，赫尔曼遇到一扇门，他用那把钥匙打开门，走进了一条通向大街的过道。

五

这夜，已故的封·维××男爵夫人来到我处。她一身白装，对我说道："您好，顾问先生！"

——斯维登堡[①]

在那命中注定的夜晚后的第三天，早晨九点，赫尔曼动身去××修道院，人们将在那里安葬已故伯爵夫人的遗体。他虽然没有悔过之意，但是也无法完全窒息良心的声音，那声音在反复地对他说：你就是杀害老太婆的凶手！他没有真正的信仰，却有很多的迷信。他相信，死去的老太婆会对他的一生产生有害的影响，——于是，他决定来参加她的葬礼，以便请求她的宽恕。

教堂里满是人，赫尔曼费了很大的劲才挤过人群。棺木放在华丽的灵台上，其上悬挂着天鹅绒的网上网上幔账。死者躺在棺木中，她双手交叉放在胸前，头戴有花边的帽子，身穿白色的缎裙。她的家人站在四周：仆人们身穿黑袍，肩披绣有族徽的绶带，手里端着蜡烛；儿子辈、孙子辈和重孙辈的亲属们也身披重孝。没有人哭；眼泪似乎是 une affectation[②]。伯爵夫人已活得很老了，她的死不会使任何人感到吃惊，她的亲属们也早已将她视为一个活到了头的老人。一位年轻的主教诵读了悼文。他用简单却感人的字句谈到了这位有德之人平静的逝去，说她多年来静静地、苦苦地修行，为着这一基督徒式的善终。"死亡的天使接纳了她，"这位演说家说道，"接纳了这位通宵思想善意、等待耶稣基督的女人。"追悼活动以一个悲伤的仪式作为结束。亲属们首先走上去和遗体告别。然后，无数的客人上前几步，他们都是前来向逝者致意的，她曾长期是他们各种开心活动的参加者。在他们之后，是所有的仆人们。最后，是一位年老的太太，她和死者同龄。两个年轻的使女搀着她。老太太已无力鞠躬到地，——她只能掉几滴眼泪，去吻吻她那位夫人的冰凉的手。在她之后，赫尔曼坚定地走近了棺木。他鞠躬到地，在落满松针的地上匍匐了好几分钟。最后，他抬起身

① 斯维登堡(1688—1772)，瑞典神秘主义哲学家，彼得堡科学院名誉院士(1734)。

② 法文："虚情假意"。

来,脸色苍白得就像死者,他迈上灵台的台阶,俯下身来……就在这时,他感觉到,死者眯着一只眼,嘲笑地望了他一眼。赫尔曼急忙向后退去,他一脚踩空,仰面摔倒在地。有人扶起他。也就在这时,晕过去的丽莎维塔·伊万诺夫娜被人扶到院子里去了。这个插曲将庄严、肃穆的仪式搅乱了好几分钟。在参加活动的人中,响起了一阵低沉的私语,死者的近亲、一位瘦瘦的宫廷侍从官,向站在他身边的一个英国人耳语道,这个年轻军官是死者的私生子,对此,那英国人冷冷地应了一句:"Oh?"[1]

整整一天,赫尔曼都非常地心烦意乱。他在一家僻静的餐馆里吃了午饭,破例喝了很多的酒,想用酒浇灭内心的激动。但是,酒却使他的想象更加活跃了。回到家里,他连衣服也没脱,就倒在床上,沉沉地睡去了。

他醒来时,已是夜里:月亮照亮了他的房间。他看了一下表:两点三刻。他的睡意消失了;他坐在床上,想着老伯爵夫人的葬礼。

这时,有人自大街上透过窗子向他望了一眼,——立即又消失了。赫尔曼对这个人影一点也没在意。一分钟后,他听到有人打开了前屋的门。赫尔曼认为,这是他的勤务兵照例又喝醉了,刚夜游归来。但是,他听到了一阵陌生的脚步声:那人走着,轻轻地踢踏着便鞋。门开了,一个身穿白裙的女人走了进来。赫尔曼将她当成是自己的老奶妈,他正在奇怪,这么晚了,是什么事让她跑到这里来了呢?但是,那白衣女人飘然一晃,就来到了他的面前,——赫尔曼认出了伯爵夫人!

"我违背自己的意愿来到了你这里,"她声音坚定地说,"但是有人命我来满足你的请求。三点,七点,爱司,这三张牌能使你连续赢钱,但是,你一昼夜只能打一张牌,在此之后一生都不要再打牌。你害死了我,我原谅你,但有一个条件,你要娶我的养女丽莎维塔·伊万诺夫娜为妻……"

说完这话,她轻轻地转过身,向门口走去,踢踏着便鞋,消失了。赫尔曼听到,前厅的门砰地关上了,他还看到,又有人透过窗子看了他一眼。

赫尔曼久久未缓过神来。他走进了另一个房间。他的勤务兵睡在地板上;赫尔曼费了很大的劲才把他弄醒。勤务兵照例又喝醉了,从他那里什么事情也问不清楚。前厅的门是锁着的。赫尔曼回到自己的房间,点亮蜡烛,记下了自己的见闻。

六

"等会再发牌!"

---

① 英文:"噢?"

“您竟敢对我说什么等会再发牌?”

“大人,我说了,等会再发牌!”

两个静止不动的思想不可能同时存在于精神的自然之中,正如两副躯体不可能在肉体的世界中占据同一的位置。三点,七点,爱司,——它们很快就遮盖了赫尔曼想象中的死老太婆形象。三点,七点,爱司,——它们一刻也没离开他的脑袋,一直挂在他的嘴上。看到一个年轻的姑娘,他就会说:“她长得多匀称啊!……就像一个红心3。”别人问他几点了,他会回答道“差五分七点。”每一个大腹便便的男人,都会使他想到爱司。三点,七点,爱司,——它们追随着他直到梦里,并幻化为各种可能的形象:三点在他面前开出了一朵怒放的石榴花,七点像一个哥特式的大门,爱司则是一个巨大的蜘蛛。他的千思万虑聚集为一点,——去利用他这个珍贵的秘诀。他考虑到了退伍,考虑到了旅行。他想去巴黎的公开赌场,在迷人的命运女神那里大捞一笔。一个偶然事件却使他避免了诸如此类的奔波。

在莫斯科,有一个富裕赌徒组成的团体,领头的是大名鼎鼎的切卡林斯基,他在牌桌边混了一生,曾挣得百万家产,他赢钱时收期票,输钱时却付现金,久战赌场的经历使他博得了同伴们的信赖,他家那开放的性质、出色的厨师和亲切愉快的气氛,也赢得了公众的敬重。此人来到了彼得堡。年轻人涌到他那里,为了玩牌而忘了舞会,认为法拉昂牌①的诱惑胜过与女人的调情。纳鲁莫夫把赫尔曼带到了他那里。

他俩走过好几间富丽堂皇的房间,房间里站满了恭恭敬敬的侍者。有几个将军和三等文官在玩维斯特牌②;一些年轻人坐在缎面沙发上,吃着冰激淋,抽着烟斗。客厅里,在一张围有约二十名赌徒的长桌旁,坐着主人,他是庄主,正在发牌。他是一个六十岁左右的人,有一副令人肃然起敬的外表:他满头银发,一张饱满、舒展的脸表露出善良,一双因总是含着微笑而显生动的眼睛在闪烁着。纳鲁莫夫把赫尔曼介绍给他。切卡林斯基友好地握了握他的手,请他不要拘谨,然后就继续发牌了。

这一局持续得很久。桌上已摆有三十多张牌。

在每一次分牌之后,切卡林斯基都要停一停,给赌家一些准备的时间,他也好记下输数,彬彬有礼地听着赌家的要求,并更加彬彬有礼地展平某只漫不经心的手多折出的一个角。最后,赌局结束了。切卡林斯基洗了洗牌,准备再发另一局牌。

“请给我一张牌。”赫尔曼说道,从一个也在赌钱的胖先生的背后伸出手来,切卡

① 为纸牌的玩法。

② 为纸牌的玩法。

林斯基笑了笑，默默地点头致意，表示完全遵命。纳鲁莫夫笑着向赫尔曼表示祝贺，祝他解除了持续很久的赌戒，并祝他旗开得胜。

“好啦！”赫尔曼说道，用粉笔在自己那张牌的上方写下了赌注。

“多少？”庄家眯起眼，问道，“对不起，我看不清。”

“四万七千。”赫尔曼回答。

听到这句话，所有的脑袋刹那间都转了过来，所有的眼睛都投向了赫尔曼。“他疯了！”纳鲁莫夫想。

“请允许我告诉您，”切卡林斯基带着他那不易察觉的笑容说道，“您下的注很大，这里还没有人下的注超过二百七十五卢布呢。”

“怎么啦？”赫尔曼反驳道，“您敢不敢接我的牌啊？”

切卡林斯基点头致意，说明他愿遵命。

“我仅仅想告诉您，”他说道，“我虽然得到了同伴们的信赖，但没有现款我还是不能发牌。在我这方面，当然，您的一句话就能让我相信了，但是为了游戏的规则，为了好算数，我请您还是将现钱放在牌上。”

赫尔曼从口袋里掏出一张银行支票，把它交给切卡林斯基，后者很快地扫了那支票一眼，然后将它放在赫尔曼的那张牌上。

他开始发牌。右边的一张是九点，左边是一张是三点。

“赢啦！”赫尔曼说道，亮出了自己那张牌。

赌客们中间响起一阵低语。切卡林斯基皱了皱眉头，但那笑容很快又回到了他的脸上。

“您要收钱吗？”他问赫尔曼。

“劳您的驾了。”

切卡林斯基从口袋里掏出几张银行支票，马上付清了账。赫尔曼接过自己的钱，离开了牌桌。纳鲁莫夫一时没能缓过神来。赫尔曼喝了一杯柠檬水，然后便回家去了。

第二天晚上，他又出现在切卡林斯基这里。主人在发牌。赫尔曼走到桌边；赌友们立即给他让出了地方。切卡林斯基亲切地向他点头致意。

赫尔曼等到了新的一局，他摆下一张牌，将自己的四万七千卢布和昨天赢的钱全都押在那张牌上。

切卡林斯基开始发牌。右边是杰克，左边是七点。

赫尔曼亮出了七点。

所有的人都惊呼了起来。切卡林斯基看来有些慌乱了。他数出九万四千卢布，递给了赫尔曼。赫尔曼心平气静地接过钱,立即走开了。

次日的晚上,赫尔曼再次出现在赌桌旁。众人皆在等他。将军和三等文官们扔下了自己的维斯特牌局,好过来看看这出不同寻常的赌局。年轻的军官们从沙发上跳了起来;所有的侍者都聚集到了客厅里,众人围着赫尔曼。其他的赌客均不再发牌,而在焦急地等待着这出赌局的结果。赫尔曼站在桌边,准备独自和这位脸色苍白、却一直在微笑着的切卡林斯基决一雌雄。他俩每人都拆开了一副新牌。切卡林斯基洗了牌。赫尔曼抽出一张牌,放下去,并把一大沓银行支票压在那张牌上。这场面像是一场决斗。周围鸦雀无声。

切卡林斯基开始发牌,他的手在颤抖。右边是一张皇后,左边是一张爱司。

"爱司赢了!"赫尔曼说道,亮出自己的牌。

"您的皇后是输牌。"切卡林斯基亲切地说。

赫尔曼颤抖了一下:果然,他手上的不是爱司,而是一张黑桃皇后。他不敢相信自己的眼睛,他不明白自己怎么会抽错牌。

这时,他觉得,那黑桃皇后眯起眼睛,冷笑了一下。这不同寻常的相似吓坏了他……

"老太婆!"他于恐惧中喊道。

切卡林斯基将赢来的支票揽了过去。赫尔曼一动也不动地站着。在他离开牌桌的时候,响起了一阵喧闹的谈话声。"他赌得真痛快!"赌客们说道。切卡林斯基洗了牌:牌局照常进行。

结　局

赫尔曼疯了。他整日坐在奥布霍夫医院的十七号病房里,从不回答任何问题,只会非常快速地念叨着:"三点,七点,爱司!三点,七点,爱司!……"

丽莎维塔·伊万诺夫娜嫁给了一个相当可爱的年轻人;他在某处任职,有着可观的财产,他是老伯爵夫人早先那个管家的儿子。丽莎维塔·伊万诺夫娜收养了亲戚家一个可怜的小女孩。

托姆斯基晋升为骑兵大尉,与公爵小姐波琳娜结了婚。

基尔扎里

故 事

基尔扎里是一个布加尔人[1]。在土耳其语中,“基尔扎里”的意思就是“勇士”、“好汉”。他的真名我不清楚。

基尔扎里打家劫舍,整个摩尔达维亚都怕他。为了使人对他能有所了解,我将说一说他众多功绩中的一项。一天夜里,他与阿尔纳乌特人[2]米哈伊拉基两人合伙袭击一个布加尔人的村庄。他们分别在村子的两头点着火,然后开始一家一家地抢劫。基尔扎里动刀,米哈伊拉基抢东西。他俩一起喊着:“基尔扎里! 基尔扎里!”全村的人四散而逃。

当亚历山大·伊普西朗蒂[3]发动起义、开始招兵买马的时候,基尔扎里带着自己的几个老友投奔了他。艾戴里亚[4]的真正目标他们并不清楚,但是,打仗提供了发财的机会,他们可以从土耳其人、或许是摩尔达维亚人那里大捞一把,——这一点他们倒是清楚的。

亚历山大·伊普西朗蒂本人很勇敢,但是他缺乏担任他那个角色所必需的素质,他过于急躁,过于粗心。他也不善于和他的部下搞好关系。部下既不尊重他,也不信任他。在那次损失了希腊青年之精华的战斗之后,伊奥尔达基·奥里姆比奥蒂建议他远走,自己则取代了他的位置。伊普西朗蒂跑到与奥地利接壤的边境,从那里诅咒

① 8—10 世纪生活在伏尔加流域的一个游牧民族。

② 土耳其人对阿尔巴尼亚人的称呼。

③ 见《射击》一篇中的注。

④ 18 世纪末至 19 世纪初以推翻土耳其统治为目标的希腊秘密组织。

那些被他称之为犯上者、胆小鬼和坏蛋的人。这些胆小鬼和坏蛋们拼死地抵抗着十倍于自己的敌人,大多战死在塞库修道院的墙头上或普鲁特河[①]的两岸。

基尔扎里在格奥尔基·康塔库辛[②]的部队里呆过,刚刚说过的那些关于伊普西朗蒂的话,也可以重复地用在他的身上。在斯库良纳战役[③]打响的前夜,康塔库辛请求俄国指挥官让他躲进我们的检疫站。部队失去了指挥者;但是,基尔扎里、萨福雅诺斯、康塔戈尼及其他人并不需要任何人来指挥。

斯库良纳战役那感人的真实场面,似乎还没有人描写过。试想,七百名毫无军事素养的阿尔纳乌特人、阿尔巴尼亚人、希腊人、布加尔人和各种各样的乌合之众,在一万五千名土耳其骑兵的进逼下撤退。这支部队退到了普鲁特河边,在自己的阵前支起两门小炮,这两门炮是从雅西[④]的大公那里弄来的,原是在命名日宴会上鸣放礼炮用的。土耳其人本想放霰弹,但是未经俄军长官的允许他们不敢放,因为霰弹肯定会飞过河落到我们这边来。检疫站的站长[⑤](如今已去世)已在军中服役了约四十年,却从未听到过子弹飕飕飞过的声音,但这次上帝让他听到了。有几颗子弹呼啸着自他耳边飞过。老头非常生气,因此把检疫站所属的奥霍茨基步兵团的少校大骂了一通。少校不知该怎么办,便跑向河边,见对岸有几个土耳其的骑兵头领正在耀武扬威,少校伸出指头吓了吓他们。那几个骑兵头领看见他的手势,便掉转马头跑开了,整个土耳其部队也跟着他们远去了。伸出指头吓唬敌人的人叫霍尔切夫斯基。他后来怎么样了,我也不清楚。

但是第二天,土耳其人又来攻打艾戴里亚分子。他们不敢用霰弹,也不敢用榴弹,而一反常态,决定使用冷兵器。战斗很残酷。一把把弯刀在起落。土耳其人的阵中还出现了他们从不使用的长矛;这些长矛是俄国人的,因为有涅克拉索人[⑥]在他们的阵中作战。艾戴里亚曾得到我们皇上的恩准,可以渡过河来,躲进我们的检疫站。他们开始渡河了。康塔戈尼和萨福雅诺斯是留在土耳其一岸的最后两个人。昨夜就负了伤的基尔扎里,已经躺在检疫站里。萨福雅诺斯战死了。康塔戈尼是一个很胖的人,一把长矛刺进了他的肚子。他一手扬起军刀,一手抓住敌人的长矛,使那长矛更深地刺进自己的身体,以便让他的刀能砍到敌人,与敌人同归于尽。

---

① 多瑙河的支流,摩尔达维亚和罗马尼亚之间的界河。

② 一位伯爵,希腊起义的参加者,普希金在基什尼奥夫时曾与他相识。

③ 这次战役发生在1821年6月17日。

④ 今罗马尼亚东部的一个地区。

⑤ 实有其人,即C.纳夫罗茨基。

⑥ 指在康德拉季·布拉文(1660—1708)于1707年发动的哥萨克起义失败后逃往土耳其的一批哥萨克,因起义头领之一伊格纳特·涅克拉索而得名。

一切都结束了，土耳其人成为胜利者。摩尔达维亚被清洗了一场。近六百名阿尔纳乌特人流落到比萨拉比亚[1]各地；他们虽然无法谋生，但仍感激俄国的庇护。他们过着游手好闲的生活，但并不胡作非为。在半土耳其化的比萨拉比亚的咖啡馆里，总能见到他们，他们嘴里叼着长长的烟袋，端着小小的杯盏，一口一口地品着咖啡。他们的绣花上衣和红色尖头鞋已经被穿破了，但有毛的圆帽还歪扣在头上，宽宽的腰带上还挂着弯刀和手枪。没有人去控告他们。无法想象，这些老实巴交的穷人，就是摩尔达维亚最有名的解放战士，就是威名远扬的基尔扎里的战友；无法想象，基尔扎里本人也就在他们中间。

统治雅西的巴夏[2]得知了这些情况，便依据和平协议要求俄国当局引渡这名强盗。

警察开始搜捕。他们获悉，基尔扎里其实就在基什尼奥夫城里。一天晚上，他在一个逃亡修士的家里被抓住了，当时，他正和七个同伴一同坐在黑暗的地方吃晚饭。

基尔扎里被关押起来。他没有隐瞒真相，承认他就是基尔扎里。"但是，"他又补充道，"自打我渡过普鲁特河以来，我没有动过别人的一针一线，没有欺负过一个茨冈人。对于土耳其人、摩尔达维亚人和瓦拉几亚人[3]来说，我当然是强盗，但是对于俄国人来说，我却是一个客人。萨福雅诺斯打完霰弹后，来到我们的检疫站，把伤员们身上的扣子、铆钉和弯刀上的环扣、镶头全都搜罗了去，当作霰弹去放那最后几炮，我把二十个土耳其硬币也给了他，从此就身无分文了。上帝看得见，我基尔扎里是靠施舍过日子的！如今，俄国人为何要把我出卖给我的敌人呢？"说完这些话，基尔扎里就不再开口了，开始静静地等待着对其命运的处置。

他没有等得太久。当局没有必要从浪漫的角度去看待这些强盗，他们认为土耳其方面的要求是合理的，于是就下令把基尔扎里送往雅西。

有个有头脑、好心肠的人[4]，当时还是一个不知名的年轻官吏，如今他已身居要职，他生动地向我描述了基尔扎里的离去。

牢房门前停着一辆邮车……（也许，诸位没有见过这种摩尔达维亚的马车。它很低矮，用藤条编成，不久前，这样的马车通常套有六匹或八匹驽马。一个蓄着唇须、头戴羊皮帽的摩尔达维亚人骑在其中一匹马的背上，不时吆喝几声，打几个响鞭，他的

---

① 历史地名，大致为今摩尔达维亚大部和乌克兰奥德萨地区南部。

② 土耳其的行政长官。

③ 罗马尼亚的一个民族。

④ 指的是 M. 列克斯，他原是英佐夫将军办公室的一个小官吏，后在内务部任要职，是他向普希金讲述了基尔扎里的事迹。

马儿便相当快地跑着。如果其中的一匹马累了,他就解开它的套,臭骂它一通,然后把它丢在路上,不管它的死活。回来的路上,他一准能在原地找到那马,它会在绿色的草原上安静地吃着草。常常会发生这样的事,一位旅客从一个驿站出发时驾有八匹马,到达另一个驿站时,却只剩下两匹了。十五年前就是这个样子。如今,在已经俄罗斯化了的比萨拉比亚,人们已转而采用俄式的挽具和俄式的马车了。)

1821年9月末的一天,就是这样的一辆摩尔达维亚式马车停到了牢房门前。犹太女人们放下衣袖,趿拉着鞋,阿尔纳乌特人穿着破烂但艳丽的衣服,身材匀称的摩尔达维亚女人手里抱着黑眼睛的孩子,众人围住了那辆马车。男人们保持着沉默,女人们则在焦急地等待着什么。

大门打开了,几个警官走了出来;在他们后面,两个士兵押出了带着镣铐的基尔扎里。

他大约三十岁左右。他面色黝黑,五官端正,神色严肃。他身材高大,肩膀阔大,他整个的人体现出了一股非凡的力量。一条彩色头巾斜裹在他的头上,细细的腰部扎着一根宽宽的腰带;厚蓝呢布的上衣,长衫上那些拖到膝部的阔大皱褶,一双好看的鞋子,这些构成了他的全副装束。他的神态高傲而又从容。

一位红脸膛的老官吏,身穿一件腿了色的制服,制服上有三个纽扣在晃荡着,他的那副锡框眼镜不是架在鼻子上,而是架在一块红色的瘤子上。他展开一张纸,用浓重的鼻音,操着摩尔达维亚话读起那公文来。他时不时傲慢地向戴着镣铐的基尔扎里看上一眼,看来,那公文与基尔扎里有关。基尔扎里认真地听着他的诵读。那官吏读完了,他收起公文,威严地向众人吼了一声.要众人躲开些。——然后他命令将马车赶过来。这时,基尔扎望转向那官吏,用摩尔达维亚语对他说了几句话;基尔扎里的声音颤抖着,脸色也变了;他哭了起来,跪倒在那警官的脚下,弄得身上的镣铐哗哗直响。警官吓坏了,后退了一步;士兵们想去把基尔扎里拉起来,可是他自己已经站起身,他抓起身上的镣铐,迈上马车,高喊一声:“走!”一个宪兵坐到他身边,摩尔达维亚车夫甩了个响鞭,马车动了起来。

“基尔扎里对您说了什么?”年轻的官吏问那警官。

“他求我,您瞧,”警官笑着答道,“照顾他的老婆和孩子,他们就住在离这里不远的一个保加利亚人的村子里,他怕他们会因为他而受苦。这些人真是蠢啊。”

年轻官吏的故事深深地打动了我。我很同情可怜的基尔扎里。很长一段时间里,我没有听到关于他的遭遇的任何消息。几年之后,我又与那位年轻的官吏相遇了。我们谈起了过去的那桩事。

“您的朋友基尔扎里怎么样了?”我问,“您知不知道他后来的情况?”

“怎会不知道呢?”他答道,并向我讲述了这样一个故事:

基尔扎里被押到雅西,交给了巴夏,巴夏判他死刑。死刑延至某个节日执行。在此之前,他被关押在监狱里。

看押这个犯人的是七个土耳其人(他们是些普普通通的老百姓,但内心里和基尔扎里一样,也都是强盗);他们尊重他,并带着东方人普遍具有的贪婪听着他那些神奇的故事。

看守和犯人之间建立起了紧密的关系。一天,基尔扎里对他们说道:“弟兄们!我的死期不远了。每个人都逃不脱自己的命。我很快就要离开你们了。我想留一些东西给你们作纪念。”

土耳其人竖起了耳朵。

“弟兄们,”基尔扎里继续说道,“三年前,我和死去的米哈伊拉基一起抢过人,我们把一口装满金子的锅埋在了离雅西不远的草原上。看来,无论是我,还是他,都用不着这口锅了。就这么办吧:你们把它拿去吧,和和气气地分一分。”

土耳其人高兴得几乎疯了。他们在想:怎样才能找到那个秘密的地方呢?他们想来想去,最后决定让基尔扎里亲自带他们去。

时辰到了夜里。土耳其人取下了犯人脚上的镣铐,用绳子绑住他的双手,然后与他一起出城向草原走去。

基尔扎里领着他们笔直地沿着一个方向走着,越过了一个又一个山头。他们走了很久。最后,基尔扎里在一块大石头边停了下来,用脚步向南量了二十步,跺了跺脚,说道:“就是这里。”

土耳其人忙活起来。四个人抽出弯刀,挖起地来。三个人仍在看守犯人。基尔扎里坐在石头上,看他们干活。

“怎么样?快了吗?”他问,“挖着了吗?”

“还没有。”土耳其人回答道,他们一个个忙得大汗淋漓。

基尔扎里开始显得不耐烦了。

“你们这些人哪,”他说,“连挖地都不会。要是我来干,两分钟就完事了。孩子们!松开我的手,把弯刀递给我。”

土耳其人想了想,相互商量起来。

“怎么样?”他们做出了决定,“我们就松开他的手,把弯刀给他。有什么可怕的?他孤身一人,我们是七个。”于是,土耳其人就松开了他的手,递给他一把弯刀。

终于,基尔扎里自由了,并手握着武器。他该会有怎样的感觉啊!……他麻利地挖了起来,有几个看守在帮他……突然,他把弯刀刺进了一个看守的身体,他让那柄刀留在看守的胸口上，从他的腰间拔出了两把手枪。

其余的看守见基尔扎里手里握着两把手枪，便四散而逃了。

基尔扎里现在仍在雅西一带打劫。不久前，他给大公写了一封信，要大公付给他五千列弗[①]，并威胁说，如若不付，他就将火烧雅西，找大公本人算账。他得到了这五千列弗。

基尔扎里这个人怎么样啊？

① 保加利亚等地的货币单位名称。

埃及之夜

第一章

——Quel est cet homme?

——Ha c'est un bien grand talent,

il fait de sa voix tout ce qu'il veut.

——Il devrait bien, madame,

s'en faire une culotte.①

恰尔斯基是一个土生土长的彼得堡居民。他还不到三十岁;他还没有结婚;他的公务也不甚繁忙。他那个在自己美好年代里当过副省长的已故的叔叔,为他留下了一份可观的产业。他的生活原本可以过得非常开心;但是,他不幸写作并发表了一些诗作。杂志上称他为诗人,仆人们则叫他写书的。

尽管写诗的人享有巨大的特权(说实话,除了能用第四格代替第二格以及其他一些所谓的诗的自由外,我们在俄国诗人们那里看不到任何的特权),——不管怎么说,尽管他们享有各种可能的特权,这些人还是会遭受一些重大的损失,遇到许多很不愉快的事。对于一个写诗的人来说,最痛苦、最难以忍受的事情,就是他们的称呼和雅号,那些称呼和雅号烙在他的身上,他永远也摆脱不掉。公众会将他视为自己的财产;他们认为,诗人生来就是为他们谋利益、使他们得到满足的。他若是从乡下回来,遇见他的第一个人就会问道:"您给我们带回什么新作品了吗?"他若是思忖起自己

① 法文:"这是个什么人?""噢,这是一个大天才;他能用他的嗓子做成他想做的一切。""太太,他该用那嗓子给自己先做条裤子才是。"——引自法文版的《双关语汇》(1771)。

乱糟糟的事情或他某个亲人的疾病来，马上就会有一个可鄙的笑容伴着一声可鄙的感叹：您肯定是在写作！他若是坠入情网呢？——他的美人就会到英国商店里去购买一本纪念册，等着他的哀歌。他若是去见一个他几乎不认识的人，去和他谈一件重要的事情，那人就会把年幼的儿子叫来，强迫他朗读这位诗人的诗句；于是，小男孩便用残缺不全的诗人的诗句来款待这位写诗的人。而这些竟是诗艺的精华！还有多少苦处啊？恰尔斯基承认，那些致意、提问、纪念册和男孩，都使他讨厌极了，他不得不时常按捺住自己，以免做出傻事来。

恰尔斯基千方百计地想摆脱掉那个不堪重负的雅号。他回避与自己的文学家兄弟们来往，认为凡夫俗人、甚至连那些最空虚的人，也胜过文学家们。他的谈吐非常粗俗，从不涉及文学。在衣着上，他总是怀着一个平生第一次来到彼得堡的莫斯科青年所怀有的畏葸和盲从，紧随着最新的时髦。在他那间收拾得像小姐的卧室一样的书房里，没有任何东西能使人联想到他是一位作家：桌子上下不见堆有书籍；沙发上不见溅有墨水；也没有那种缪斯在场、扫帚和刷子却不在场时会有的混乱。如果手中握着笔的他被某个社交界的俗人撞见，他便会感到无地自容。很难相信，一个智慧和心灵都天分极高的人竟如此地拘泥于小节。他时而装成一个狂热的爱马者，时而扮作一个玩命的赌徒，时而又表现为一个最挑剔的美食家；虽然，他无论如何也分不清山地马和阿拉伯马，从来记不住主牌，而且，私下里竟认为烤土豆要胜过法国烹调术所有可能的发明。他过着非常散漫的生活；他参加所有的舞会，出席每一个外交宴会，在每一场招待会上，他都像列扎诺夫的冰激淋[1]一样是必不可少的。

然而，他毕竟是一个诗人，他的激情是难以遏制的：当那*废物*（他对灵感的称呼）来到他身上的时候，恰尔斯基就把自己锁在书房里，从早上一直写到深夜。他对自己的好朋友们坦陈，只有在那样的时候，他才体味到了真正的幸福。其余的时间里，他则闲逛着，一边小心地装模作样，不时听着那个荣耀的提问：您写出什么新作品来了吗？

这天早上，恰尔斯基觉得心情特别舒畅，在这样的时刻，各种幻想会清晰地浮现在您的面前，您能抓住许多生动的、意想不到的词句来体现您的所见，在这样的时刻，诗句会轻易地出现在您的笔下，响亮动听的韵律飞跑着迎向有序的思想。恰尔斯基的整个心灵都沉浸在那甜蜜的醉意中……社交界，社交界的舆论，以及他自己的那些奇怪念头，这一切对于他来说均已不复存在了。他在写诗。

突然，他书房的门响了一下，一个陌生人的脑袋探了进来。恰尔斯基颤抖一下，

---

① 指彼得堡的列扎诺夫食品店制作的冰激淋。

皱起了眉头。

"谁呀?"他懊恼地问道,心里在骂自己的仆人们,他们总是没待在前厅里。

陌生人走了进来。

来人个子很高,人很瘦。年纪在三十岁左右。他那黝黑的面孔很富有表情:苍白的、高高的额头,上面垂着几绺黑发,一双炯炯有神的黑眼睛,下面是一个鹰钩鼻子,浓密的络腮胡包围着凹陷的、黑里透黄的面颊,这一切都表明他是一个外国人。他穿一件黑色的燕尾服,衣缝处已经发白;腿上是一条夏天的裤子(虽说外面已是深秋);在一根用旧的黑领带的下方,一颗假钻石在黄色的胸衣上闪亮;那顶粗呢礼帽,显然是经过风见过雨的。如果在森林里遇见这个人,您会把他当成一个强盗;在社交场合,您会把他当成一个政治阴谋家;在前厅里,您就会把他当成一个贩卖仙丹和砒霜的江湖骗子。

"您有什么事?"恰尔斯基用法语问他。

"Signor,"那外国人深深地鞠了一躬,回答道,"Lei voglia perdonarmi se…"①

恰尔斯基没有请他落座,他自己站了起来,谈话用意大利语继续进行着。

"我是一个那不勒斯的艺术家,"陌生人说道,"境遇迫使我离开了祖国;我来到俄国,指望能施展自己的才华。"

恰尔斯基想,这个那不勒斯人是准备开几场大提琴音乐会,他正在挨家挨户地推销自己的门票。他正想给他二十五卢布,早点打发他走,但那外国人却又补充道:

"我希望,Signor,您能给您的同行以友好的帮助,把我带到您本人经常出入的那些人家中去。"

没有什么能比这样的话更能伤害恰尔斯基的虚荣心了。他傲慢地盯了那个称他为同行的人一眼。

"请问,您是什么人,您把我当成什么人了?"他强忍住自己的愤怒,问道。

那不勒斯人察觉出了他的恼怒。

"Signor,"他结结巴巴地回答,"ho creduto…ho sentito…la vostra Eccelenza mi perdonera…"②

"您想做什么?"恰尔斯基又冷冷地问了一句。

"我久闻您的惊人天赋;我相信,本地的老爷们一定会因向您这样一位出色的诗人提供周到的庇护而感到荣幸,"意大利人回答,"因此,我才冒昧地来见您……"

---

① 意大利文:"先生……请您原谅,如果……"

② 意大利文:"先生,我以为……我想……大人,请您原谅……"

“您错了，Signor，”恰尔斯基打断了他的话，“我们这里没有诗人这种称呼。我们的诗人不受老爷们的庇护；我们的诗人们本身就是老爷，如果我们的文艺庇护者（让他们见鬼去吧？）连这一点也不清楚，那对他们来说可就更糟了。我们这里没有那种衣衫褴褛的神父，是个音乐家就可以把他们从大街上拉回去编 Libretto[①]。我们这儿的诗人从不徒步串门，挨家挨户地乞求帮助。再说，大概有人对您开了个玩笑，说我是个伟大的诗人。不错，我是写过几首蹩脚的诗，但是，谢天谢地，我与那些写诗的老爷们毫无共同之处，我也不想有这样的共同之处。”

可怜的意大利人慌了神。他环顾着四周。油画，大理石雕像，铜像，哥特式架子上摆着的贵重玩具，——这一切都使他惊叹不已。他面前的这个人，头戴柔软的锦缎小帽，身穿一件金色的、腰间裹着土耳其披巾的中国式长袍，而他却系着皱巴巴的领带，穿着陈旧的燕尾服，这位意大利人明白了，在这位 dandy[②] 和他这个可怜的流浪艺人之间，确实没有任何共同之处。他说了几句不相关联的道歉话，鞠了一躬，便想退出来。他可怜的模样打动了恰尔斯基，后者尽管性格古怪，却有着一颗善良、高尚的心。他为自己自尊心的冲动而感到惭愧。

“您去哪儿？”他对那意大利人说，“等一等……我应该谢绝那个我不配拥有的头衔，我要向您坦白，我不是一个诗人。现在，我们来谈谈您的事情。只要有可能，我愿意为您效劳。您是音乐家？”

“不，Eccelenza[③]！”意大利人回答，“我是一个贫穷的即兴诗人。”

“即兴诗人！”恰尔斯基喊了起来，感到自己先前的态度太冷酷了。“您为什么不早说您是一个即兴诗人呢？”恰尔斯基怀着一种真诚的忏悔之情，握了握来人的手。

他友好的神情使意大利人受到了鼓舞。他原原本本地道出了自己的打算。他的外表是能说服人的；他需要钱；他指望在俄国能多少改善一下自己的家庭条件。恰尔斯基认真地听完了他的话。

“我相信，”他对贫穷的艺术家说道，“您能取得成功，因为这里的社交界还从未听说过即兴诗人。好奇心会被激发起来；当然，意大利语在我们这里不流行，大家听不懂您的话；但是这也没什么大不了的；主要的是，要让您成为一种时髦。”

“要是你们谁也不懂意大利语，”即兴诗人想了想，说道，“那么谁还会来听我的朗诵呢？”

---

① 意大利文：“歌剧脚本”。

② 英文：“纨绔子弟”。

③ 意大利文：“大人”。

“会有人来的，您别担心，一些人为了好奇来，另一些人为了要消磨掉一个晚上，还有一些人为了要向人证明，他们懂意大利语；我再说一遍，只需要使您成为一种时髦就行了；而您肯定能时髦起来的，有我帮您呢。”

恰尔斯基留下意大利人的地址，亲切地和他道了别，当晚，恰尔斯基就出门为他张罗去了。

第二章

我是沙皇，我是奴隶，我是蛆虫，我是上帝。

——杰尔查文[1]

第二天，恰尔斯基在一家旅馆黑暗、肮脏的楼道里找到了三十五号房间。他在门前站下，敲了敲门。昨天那个意大利人打开了房门。

“成了！”恰尔斯基对他说，“您的事情办妥了。××公爵夫人愿意向您提供她的大厅；昨天的晚会上，我已经为您招揽到了半个彼得堡；您去印制门票和海报吧。我向您保证，就是不能高奏凯歌，也至少能赚到钱……”

“这才是主要的呢！”意大利人叫了起来，他做了几个南方人所特有的活跃动作，来表达他的喜悦，“我知道您会帮助我的。Corpo di Bacco[2]！您是一位诗人，和我一样；不管怎么说，诗人毕竟还是宠儿嘛；我该怎样向您表达我的谢意呢？等等……您愿意听一首即兴诗作吗？”

“即兴诗作！……难道没有听众、没有音乐、没有雷鸣般的掌声，您也能作即兴朗诵吗？”

“废话，废话！我到哪儿去找更好的听众？您是一位诗人，您比他们更能理解我，对于我来说，您默默的赞许比那暴风雨般的鼓掌更珍贵……您找个地方坐下来吧，给我出个题目。”

恰尔斯基坐到了一只箱子上（这间狭小的房间里只有两把椅子，一把坏了，一把堆满了纸张和内衣）。即兴诗人从桌上拿起吉他，站到了恰尔斯基的面前，他用瘦削的指头拨着琴弦，等着恰尔斯基的题目。

“我给您这样一个题目，”恰尔斯基对他说道，“诗人自己为他的歌选择对象；听

---

① 引自杰尔查文的颂诗《上帝》(1784)。

② 意大利文：“见鬼”。

众无权左右他的灵感。”

意大利人的眼睛闪亮起来，他弹了几个和弦，高傲地昂起头，于是，一行行火热的诗句，瞬间情感的表达，都和谐地从他的嘴里飞了出来……这些便是留存在恰尔斯基记忆中的、由我们的一个朋友随意转述出来的诗句：

诗人走着：双目圆睁，
但是他没有看到任何人；
就在这时，一个过路人
扯住了他的衣襟……
“请问，你为何无目的地徘徊？
你刚刚登上峰顶，
却把目光投向山谷，
你又在打算往下行。
你朦胧地看着整齐的世界；
枉然的热情在使你痛苦；
渺小的对象在不时地
让你激动，把你引诱。
天才应该向往天空，
为了灵感的歌唱，
一个真正的诗人，
应该选择崇高的对象。”
——风为何在峡谷激荡，
卷起落叶和尘土，
当航船在平静的海面
焦急地等待它的吹拂？
鹰为何飞离山巅，绕过塔楼，
沉重、恐怖地飞翔，
落向干枯的树桩？
去问问它，年轻的
苔丝德梦娜为何爱着

自己的那位黑人，[1]
就像月亮爱着黑夜？
因为，风啊，鹰啊，
姑娘的心啊，都没有法规。
诗人亦如此：他像风神，
能将他想要的一切带走，
他像鹰，他要飞翔，
不用征得任何人的许可，
他像苔丝德梦娜，
为自己的心灵选择偶像。

意大利人停下了……感到吃惊、受到感动的恰尔斯基，也没有说话。

"怎么样？"即兴诗人问道。

恰尔斯基抓住他的手，紧紧地握了一下。

"怎么？"即兴诗人问，"怎么样啊？"

"太棒了，"诗人回答，"太奇妙了！别人的思想一碰到您的耳朵，马上就变成了您的财产，好像是您孕育了它，抚育了它，不断地发展着它。这么说，在灵感到来之前，您既没有艰难，没有冷漠，也没有这样的不安？……太棒了，太棒了！……"

即兴诗人回答道：

"每一个天才都是难以解释的。一个雕塑家如何能在一块卡拉拉大理石[2]中看出潜在的朱庇特，并用凿子和锤子剥去他的外壳，使他面世呢？为什么一个思想在离开诗人的头脑时已经带有四个韵脚、具有整齐一致的音步了呢？——这种感受的速度，自己的灵感和他人的外在意志之间的这种紧密联系，除了即兴诗人外，谁也理解不了，我就是想解释，也是说不清楚的。但是……应该考虑考虑我的首场晚会了。您是怎么想的？为了不让观众负担太重，也要让我有赚头，一张票该定个什么价呢？听说，la signora Catalani[3]一张票收二十五卢布？真是一个好价钱哪！……"

从诗歌的高处突然跌落至小事务员的板凳下，这使恰尔斯基很不舒服；但他深知生活的需要，便与意大利人精打细算了一番。这时，意大利人暴露出了他野蛮的贪婪

① 苔丝德梦娜是莎士比亚的《奥赛罗》一剧中的主人公，她"那位黑人"指奥赛罗。

② 意大利卡拉拉城附近出产的一种大理石。

③ 意大利文："卡塔拉尼夫人"；卡塔拉尼夫人（1780—1849），意大利歌唱家，1820 年曾去彼得堡演出。

和对利润赤裸裸的热衷，这让恰尔斯基讨厌，于是他想赶紧离开意大利人，别让那杰出的即兴诗人在他心中激起的赞赏之情丧失殆尽。忙得正起劲的意大利人没有觉察出这一变化，他把恰尔斯基送到楼道，送下楼梯，一边频频地深深鞠躬，说他将永远感激恰尔斯基。

第三章

票价十卢布；七点开场。

——海报

××公爵夫人把大厅提供给即兴诗人使用。舞台已经搭好了；椅子摆成十二排；在演出的那天，从晚上七点开始，大厅里就灯火通明起来，一个长鼻子老妇人坐在门边的一张小桌子边，负责售票和收票，她头戴一顶灰色的帽子，帽子上的羽毛断了几根，她的每个指头上都戴着戒指。门口站着一个宪兵。观众陆续到来。恰尔斯基是首先到场的人中的一位。为了演出的成功，他做了大量的工作，他想来见见即兴诗人，看他是否对一切感到满意。他在一间侧房里见到了正在焦急不安地看着表的意大利人。意大利人穿着演出服；他一身黑装；他的衬衣的花边领子翻在外面，裸露的脖子白得吓人，和浓密、黑色的胡须形成了鲜明的对照，垂下的额发遮住了前额和眉毛。恰尔斯基不喜欢这一身打扮，看到一个诗人穿上流浪艺人的服装，他感到很不愉快。在短暂的交谈之后，他回到大厅，大厅里的人越来越多了。

很快，每排椅子上都坐满了盛装的女士；男人们则站在台旁、墙边和最后几排椅子的后面，像一个紧紧的箍。乐师们带着乐谱架，坐在舞台的两侧。舞台中央的一张桌子上，摆着一只瓷花瓶。观众很多。大家在迫不及待地等着开演；终于，在七点半，乐师们忙活起来，他们端起琴弓，奏起了《坦克雷迪》[①]中的序曲。众人全都落座，安静下来，序曲的最后几个音符响过了……这时，在四面八方响起的震耳欲聋的掌声中，即兴诗人深深地鞠着躬，来到了舞台的最前面。

恰尔斯基不安地等待着，看最初的出场会造成什么印象，可是他发觉，那身他认为很难看的装束，却没有在观众中间引起与他同样的感觉。当他看到即兴诗人站在台上，一张苍白的脸被无数的灯光和烛光映得透亮，他自己也不觉得那即兴诗人的身上有什么可笑的了。掌声停了下来；谈话止息了……意大利人用糟糕的法语说了话，

① 意大利歌剧作曲家罗西尼（1792—1868）的成名作，作于1813年。

要到场的先生们出几个题，把那些题目写在特制的纸片上。听见这意外的请求，众人均默默地你看我，我看你，谁也没有做出反应。意大利人等了一会，又用胆怯、卑谦的声音把自己的请求重复了一遍。恰尔斯基就站在台边；他感到一阵不安；他预感到，没有他的参与事情就要砸锅，他不得不出面写出一个题目。果然，有几位女士向他转过头来，开始唤他，起初声音很轻，接着就越来越响了。即兴诗人听见有人在唤恰尔斯基的名字，便用目光搜寻到了站在自己脚边的恰尔斯基，并带着友好的微笑，把一支铅笔和一块纸片递给了他。恰尔斯基非常不愿意在这幕喜剧中扮演角色，但是又毫无办法；他从意大利人的手里接过铅笔和纸片，写了几个字；意大利人端起桌上的花瓶，走下舞台，把花瓶端到恰尔斯基面前，恰尔斯基便把自己的题目投了进去。他的榜样起了作用；两位报刊作者，身为文学家，认为自己有义务每人各写出一个题目；那不勒斯领事馆的一位秘书和一个刚刚旅行归来、对佛罗伦萨念念不忘的年轻人，都把卷起来的纸片投进了罐中；最后，一个不漂亮的姑娘在母亲的命令下，眼含泪水用意大利文写了几行字，满脸羞红地将它交给了即兴诗人，这时，女士们都默默地盯着她，带着勉强可以觉察出的嘲笑。回到舞台上，即兴诗人将罐子放在桌子上，一张接一张地掏出纸片，大声地读出了每一个题目：

钦契一家。
(La famiglia dei Cenci.)
Lúltimo giorno di Pompeia.
Cleopatra e i suoi amanti.
La primavera veduta da una prigione.
Il trionfo di Tasso. ①

“尊敬的观众们是什么意见呢?”卑恭的意大利人问道，“是由你们从这些题目中

① 意大利文:“(钦契一家。)”“庞贝的末日。”“克娄巴特拉和她的情夫们。”“监狱外面的春天。”“塔索的凯旋。”钦契家族是意大利的名门，该家族的成员之一弗朗切斯科·钦契于1798年被杀，后查明系其子女和他们的继母所为，审讯中表明荒淫、残暴的弗朗切斯科死有余辜，但杀害他的人仍均被判处死刑；克娄巴特拉(公元前69—公元前30)为埃及女皇，以荒淫著称，先后做过凯撒、马可·安东尼的情妇，后在屋大维率罗马军队攻进埃及后自杀；塔索(1544—1595)，意大利文艺复兴时期的诗人，这里的“凯旋”，指的是塔索在他去世几天后被授予了他终生梦寐以求的桂冠诗人称号。普希金列在此处的这些题目，也的确是些“热门”的文艺题材，如席勒就写有五幕悲剧《钦契》(1819)，长期旅居意大利的俄国画家布留洛夫(1799—1852)的《庞贝的末日》(1830—1833)曾于1834年在彼得堡展出，克娄巴特拉的形象曾出现在莎士比亚、萧伯纳等人的文学作品和鲁本斯等人的画中，意大利作家佩利科(1789—1854)在他的《我的狱中生活》(1832)一书中，谈到了他的一个诗人难友在监狱中描写窗外春天的情景，俄国诗人巴丘什科夫曾写有《濒死的塔索》(1817)，等等。

为我指定一个，还是抓阄决定呢？”

“抓阄！……”一位观众说道。

“抓阄，抓阄！”观众们重复道。

即兴诗人再次走下舞台，手里捧着那罐子，问道：“谁来抽题？”即兴诗人那恳求的目光扫过了前几排。坐在前几排的盛装女士们，没有一个动窝。即兴诗人不习惯北方人的冷漠，好像很难过……突然，他看到旁边举起了一只戴着白色小手套的手；他灵活地转过身，来到坐在第二排边上的这位年轻、端庄的美人面前。她大大方方地站起身来，毫不做作地将那只贵族的纤手伸进罐子，抽出一个纸卷来。

“请您展开来读一读。”即兴诗人对她说。美人展开纸片，出声地读道：

“Cleopatra e i suoi amanti.”

这几个字是轻轻地读出来的，但是大厅里如此安静，所以每个人都听得清清楚楚。即兴诗人向那位漂亮的女士深深地鞠了一躬，以示衷心的谢意，然后他又回到了自己的舞台上。

“女士们先生们，”他面对观众，说道，“抓阄决定了我的题目将是皇后克娄巴特拉和她的情夫们。我恭顺地请求出这个题目的先生将自己的意思对我解释一下，这里谈的是哪几位情夫，perché la grande regina n'aveva molto…[①]”

听了这话，许多男人都高声地笑了起来。即兴诗人有些难为情了。

“我只是想知道，”他继续说道，“出这个题目的先生指的是哪一段历史时期……如果这一点能被解释清楚，我将不胜感激。”

没有人出面作答，几位女士将目光投向了那个遵照母亲吩咐写了题目的不漂亮的姑娘。那可怜的姑娘觉察出了这种不怀好意的注视，她害羞极了，连眼泪都已挂上了睫毛……恰尔斯基看不下去了，他转向即兴诗人，用意大利语对他说道：

“那题目是我出的。我指的是奥勒留·维克多[②]的记述，他写道，克娄巴特拉曾要人以死亡作为赢得她爱情的代价，但还是出现了许多追求者，她的条件没有吓倒他们，没能使他们放弃追求……但是我觉得，这个题目有些难度……您不想换一个题目吗？……”

但是，即兴诗人已经感觉到了神的临近……他做了一个手势，让乐师们奏乐……他的脸白得怕人，他的身子像打摆子一样颤抖着；他的眼睛闪烁出奇异的光芒；他用手掠了掠黑色的头发，用手帕擦了擦大汗淋漓的额头……突然，他向前跨出一步，两

---

① 意大利文：“因为这位伟大的女皇曾拥有许多位……”

② 奥勒留·维克多，公元4世纪的罗马历史学家，著有《帝王记》。

手在胸前交叉为一个十字……音乐停止了……即兴朗诵开始了。

皇宫里灯火辉煌。伴着长笛
和竖琴,歌手们在高声地歌唱。
女皇以她的目光她的声音,
为她那豪华的宴席增色添光;
每颗心都在飞向她的宝座,
但是突然,面对一盏金杯,
她陷入深深的思索,
把那迷人的头颅低垂……

豪华的宴席于是仿佛睡去,
客人们静下了。合唱也停息。
可她又再度把头抬起,
容光满面地对着众人笑语:
“在我的爱情里你们会有幸福?
这幸福你们可以购买……
请听我说:在我们之间,
我将重新建立平等。
谁将来做这情欲的交易?
我愿把自己的爱情出卖;
请问:你们中间有谁
愿拿生命换取我一夜的宠爱?”

她说完,恐惧笼罩了众人,
一颗颗心在因情欲而颤抖……
她听着慌乱的低语,
脸上挂着冷漠的放肆,
望着一个个的崇拜者,
那轻蔑的目光扫过四周……
突然,有一个走出人群,
在他之后,又出来两人。

他们举止勇敢，眼睛明亮！
她站起身将他们迎候；
成交了：卖出了三个夜晚，
死亡的床铺在向他们招手。

面对一动也不动的客人们，
从那命中注定的罐子里，
三个得到献身者祝福的阄，
一个接一个被抽出。
第一位，是勇敢的军人弗拉维，
他是罗马军团中的老兵；
面对妻子高傲的蔑视，
他实在无法忍气吞声；
他接受了快感的招手，
就像在战争的年代
接受了激烈战斗的召唤。
随后是克里通，年轻的智者，
他生在伊壁鸠鲁①的森林，
他是卡里忒斯②、库普律斯③、
阿穆尔④的歌手和崇拜者……
第三位令人赏心悦目，
像刚刚开放的春天的花朵，
他没有把姓名给世人留下。
一层初生的胡须，
刚刚温柔地覆上他的面颊；
他的眼中闪烁着狂喜；

① 伊壁鸠鲁（约公元前341—公元前270），古希腊哲学家，提倡过离群索居的生活，认为生活的目的就是没有痛苦、身体健康和心灵平静；其学说接近伦理学中的幸福说，后被享乐主义者所用，故这里的"伊壁鸠鲁的森林"，当是指享乐的福地。

② 希腊神话中美惠三女神（妩媚、优雅和美丽）的合称。

③ 希腊神话中爱神阿佛洛狄忒的别称。

④ 希腊神话中的小爱神。

那颗年轻的心脏中，
翻滚着情欲那陌生的力量……
高傲的女皇俯瞰着，
把忧郁的目光投在他的身上。

“我发誓……噢，欢乐的女神，
我将以新的方式为你服务，
在那荡魂消魄的床榻上，
我将像一个普通的奴仆。
听我说，万能的库普律斯，
还有你们，地下的君主，
噢，还有恐怖地狱的诸神，
我发誓，在天亮之前，
我将用肉欲的快感去耗尽
我的三个主宰者的力量，
我将使出所有亲吻的秘诀，
用醉人的温柔使他们如愿以偿。
但是，只要永恒的奥罗拉[1]
展现出她紫红的长裙，
我发誓，这三个幸运儿的头颅，
将在死亡的斧钺下翻滚。”

（完）

① 罗马神话中的司晨女神。

大尉的女儿

名誉要从小爱护。

——谚语

第一章　近卫军中士

“他明天就会是个近卫军大尉。”

“没那个必要；让他先在军中混混。”

“说得好！就让他去受受苦……

……

但他的父亲是谁？”

——克尼亚什宁[①]

我的父亲是安德列·彼得罗维奇·格里尼奥夫年轻时在米尼希伯爵[②]的手下从过军，后在17××年以中校衔退役。此后，他一直住在他位于辛比尔斯克的田庄里，在那儿和当地一位穷贵族的女儿阿夫多季娅·瓦西里耶夫娜·Ю结了婚。我们家共有过九个孩子。我所有的兄弟姐妹都在很小时就夭折了。

当我还在娘胎里的时候，就蒙我们家的近亲、近卫军少校Б公爵的关照，以中士

---

① 引自俄国诗人克尼亚什宁（1742—1791）的喜剧《吹牛王》（1786）。

② 米尼希伯爵（1683—1767），俄军元帅，生于德国，女皇安娜·伊万诺夫娜在位时曾任军政部大臣，1742年被伊丽莎白女皇所流放。

衔在谢苗诺夫军团里注了册。如果母亲生下的不幸是个女儿的话，父亲就得去宣布那个不曾出现过的中士的死亡，这样也就能把事情给了结了。在我的学业完成之前，我一直算是在休假。那时，我们接受的不是现在这样的教育。五岁起，我就被交到了马夫萨维里奇的手上，他由于行为检点而被指定为我的男仆。在他的监督下，我十二岁时便认识了俄国文字，并能相当准确地判断一只猎狗的特性。就在这个时候，父亲又为我雇了一个法国人，这位波普列先生是被与够吃一年的葡萄酒和橄榄油一同从莫斯科订购来的。萨维里奇非常不喜欢他的到来。"谢天谢地，"他独自嘟囔道，"瞧这孩子干干净净的，吃得也好。干吗要花多余的钱去请这么个先生，好像自家的人都不顶用了似的！"

波普列在法国原是个理发匠，后来去普鲁士当了兵，后来又来到了俄国，pour ôtre outchitel①，虽说他对"教师"这个词的含义并不十分清楚。他是一个好小伙子，但却极端轻浮、放荡。他的一个主要的弱点就是对女性的热情；他经常由于自己的柔情而碰壁，碰壁之后便整日整夜地唉声叹气。除此之外，他也不是*酒瓶的敌人*（照他自己的说法），也就是说，爱多喝几杯（照俄国的说法）。但是，由于我们家只在午饭时才给酒喝，而且只给一小杯，再加上给教师的酒又通常是漏斟的，所以，我的波普列很快就习惯了俄国的露酒，甚至开始认为俄国露酒比他们国家的葡萄酒更好喝，对胃更有好处。我们很快就厮混熟了，虽然，按照合同，他必须给我讲授法文、德文及所有的学科，但他却认为尽快在我这里学会用俄语聊天要更好一些，——在此之后，我们两人便各行其事了。我们很投机地生活在一起。我不希望别样的老师。但是不久，命运就将我们分开了。事情是这样的：

一天，胖胖的、麻脸的洗衣姑娘巴拉什卡和瞎了一只眼睛的放牛姑娘阿库尼卡不约而同地跪到了母亲面前，承认自己有软弱的罪过，并痛哭着控诉说，那位先生利用她们的无知诱惑了她们。母亲认为这事可不是儿戏，就告诉了父亲。父亲的处理很简洁。他当即派人去叫那个法国流氓。仆人回答说，先生正在给我上课。父亲便来到我的房间。这时，波普列正躺在床上做着悠然的梦。我则在忙我自己的事。需要说明一下，家人曾从莫斯科为我订购来一张地图。这地图毫无用处地挂在墙上，那又宽又好的纸张早就被我看上了。我决定用它来做个风筝，此时，趁波普列在睡觉，我便干起了这件事。父亲走进来的时候，我正在往好望角上接一根薄树皮做的风筝尾巴。看见我在做这样的地理练习，父亲便揪了我的耳朵，然后又奔向波普列，很不客气地叫醒了他，抛过一阵责备。波普列惊慌失措之中想要坐起身来，可是他起不来：

① 法文，意为："想当个教师"。

这个不幸的法国人喝得烂醉。新账旧账要一块算了。父亲抓着他的衣领把他从床上提了起来，推出门外，当天便把他赶出了院门，这使得萨维里奇无比地高兴。我的教育也就这样结束了。

我过起了纨绔少年的生活，整日里追追鸽子，和仆人的孩子们玩玩跳背游戏。不知不觉，我就过了十六岁。这时，我的命运发生了转折。

秋天里的一天，母亲在客厅里熬蜜饯，我在贪婪地盯着沸腾的糖浆。父亲坐在窗边读他每年都能得到一份的《宫廷年鉴》。这本书总是能对他产生强烈的影响：他每次读它，都要带着一种特别的参与劲儿，而且，这种阅读总要引发他惊人的恼怒。母亲深知他的这个脾气，所以总想把这本倒霉的书藏得远远的，于是，他有时一连几个月都见不到这本《宫廷年鉴》。然而，一旦他偶尔找到这本书，便会一连几个小时也不撒手。这天，父亲就在读着《宫廷年鉴》，还不时耸耸肩，低声嘟囔道："陆军中将！……他那时在我们连里只是个中士！……两枚俄国勋章的获得者！……难道我们早不就……"最后，父亲把《年鉴》摔在沙发上，限入了沉思，这副深思状可决不是什么好兆头。

突然，他转身问母亲道："阿夫多季娅·瓦西里耶夫娜，彼得鲁沙多大了？"

"已经十七了，"母亲回答说，"彼得鲁沙出世那年，就是娜斯塔西娅·加拉西莫夫娜姑妈瞎了一只眼的那一年，当时还……"

"好，"父亲打断母亲的话头，"该让他去从军了。和姑娘们追打，掏鸽子窝，他也该玩够了。"

很快就要和我离别的念头，吓着了母亲，她惊得连勺子都掉进了锅里，泪水在她的脸上流淌。我却和她相反，喜悦的心情简直难以言表。在我的心中，服役的概念是和自由的概念、和彼得堡自在生活的概念融会在一起的。我把自己想象为一位近卫军的军官，我认为，那便是人类幸福的顶峰。

父亲既不喜欢改变主意，也不喜欢拖延实施自己的主意。我的出发日已定了下来。离家的前一天晚上，父亲说他想给我未来的首长写一封信，并吩咐拿笔和纸来。

"别忘了，安德列·彼得罗维奇，"母亲说，"替我向Б公爵问好；你就说，我希望他多多关照彼得鲁沙。"

"你胡扯些什么！"父亲皱着眉头说。"我干吗要给Б公爵写信？"

"你不是说你要给彼得鲁沙的首长写信吗？"

"是又怎么啦？"

"彼得鲁沙的首长就是Б公爵嘛。彼得鲁沙就是在谢苗诺夫军团注的册呀。"

"注册？他注没注册与我什么相干？彼得鲁沙要去的不是彼得堡。在彼得堡服役，他能学到什么？去学习挥霍，浪荡？不，要让他到军队中去吃吃苦，闻闻火药味，那样才能成为一个士兵，而不是一个游手好闲的人。在近卫军里注了册！他的证件在哪里？拿来我看看。”

母亲从她的箱子里找出了我的证件，那证件和我受洗时穿的褂子放在一起。母亲用颤抖的手把证件交给了父亲。父亲认真地读了那证件，然后把它摆在面前的桌子上，开始写起他的信来。

好奇心在折磨着我：如果不去彼得堡，那么将把我派到哪里去呢？我目不转睛地盯着父亲那杆移动得相当缓慢的笔。终于，他写完了信，他把信和证件一同封在一个信封里，然后摘下眼镜，把我叫到跟前，说道：“为你写的这封信，是写给安德列·卡尔罗维奇·P的，他是我的老战友、老朋友。你去奥伦堡吧，就在他的部下服役。”

这样一来，我所有那些辉煌的希望全都成了泡影！等待我的，将不是欢乐的彼得堡生活，而是荒凉、遥远之地那无聊的戍边生活。一分钟前我还满怀喜悦地设想着的从军，此时却让我觉得是深重的不幸了。但是，争辩是不会有什么结果的。第一天早晨，一辆有篷马车驶到了台阶前；一只箱子、一个装着茶具的食品箱和几个装着面包和馅饼的袋子被放到了车上，这些东西是家庭宠爱最后的标志。父亲对我说道：“再见，彼得。你对谁宣了誓，就要忠诚地为他服务：要听首长的话；但别去讨好他们；不要去抢什么差事；也不要推卸任务；您只要记住这样一句谚语：衣服要趁新珍惜，名誉要从小爱护。”母亲含着泪嘱咐我注重身体，并要萨维里奇好好照看好孩子。家人给我穿了一件兔皮袄，外面又披了一件狐皮大衣。我和萨维里奇坐上马车出发了，我的眼泪夺眶而出。

当天夜里，我就到了辛比尔斯克，我要在这里过一天，以便买些要用的东西。买东西的事托萨维里奇去办了。我留在旅馆里。萨维里奇一大早就去了商店。看厌了窗外那条肮脏的胡同，我便在各个房间里串了起来。走进台球房，我看到一个身材高大的老爷，他三十五岁左右，蓄着长长的黑色唇须，身披一件长衫，手里握一根台球杆，嘴里咬着烟斗。他在和一个服务员玩球，那位服务员如果赢了，就能喝上一盅酒，如果输了，就必须四肢着地钻过台球桌。我看起他们的游戏来。随着游戏的延续，钻桌子的次数越来越多，最后，服务员终于瘫在了台球桌下。那老爷向服务员说了几句类似悼词的尖刻话语，然后就邀我来一盘。我因为不会玩而拒绝了。看来，这使他感到很奇怪。他看了我一眼，似乎很遗憾；但是，我们还是交谈起来。我得知，他名叫伊万·伊万诺维奇·祖林，是××骠骑兵团的大尉，他来辛比尔斯克是为了召募新兵，就住在这家旅馆里。祖林邀请我和他一起随便地吃顿午饭，就像士兵那样。我愉快地同意了。我们坐到了餐桌旁。祖林喝了很多酒，也劝我喝，并说道，必须习惯于军旅作风;他给我讲了许多军中的艳闻奇事,逗得我差点笑破肚皮,离开餐桌时,我们已经完全是朋友了。这时,他提议要教我玩台球。"玩台球,"他说道。"对我们军人弟兄来说可是少不了的。比如说,你行军来到一个小地方,你干什么好呢? 又不能老是去揍犹太人。没办法,你只能去旅馆里玩玩台球;因此,必须学会打台球!"我完全被他说服了,便一心一意地学了起来。祖林高声地夸奖着我,对我的飞速进步惊叹不已,几番演练之后,他建议和我来赌钱的,一个铜币一局,不是为了赢钱,而是为了别白玩,照他的话说,白玩是一种最恶劣的习惯。我同意了,祖林吩咐拿果酒来,劝我尝一尝,并反复强调说,我必须习惯军旅生活;而要是没有酒,还叫什么军旅生活! 我听了他的话。与此同时,我们的赌局在继续着。我端酒杯的次数越多,胆子便越大。我打出的球不时飞出台面;我火了,骂着服务员,天知道那个服务员是怎么记的分,我下得赌注越来越大,——一句话,我的举止就像一个没有任何约束的孩子。时间不知不觉地过去了。祖林看了看表,然后放下了球杆,对我宣布道,我输给他一百卢布。这使我感到有些难堪。我的钱都在萨维里奇那里。我请他原谅。祖林打断了我的话:"没事! 你请放心。我可以等一等,现在,我们去阿里努什卡那里吧。"

有什么可说的呢? 这天晚上,我和白天一样过得很放荡。我们在阿里努什卡那里吃了晚饭。祖林不时地给我斟酒,反复劝我要习惯军旅生活。离开餐桌时,我几乎连站都站不稳了;深夜,祖林把我送回了旅馆。

萨维里奇在台阶上接我。见到我热心于军旅生活的显著成果之后,他叹息了一声。"少爷,你这是怎么啦?"他抱怨道,"你在哪儿灌成这个样子? 天哪! 这样的作孽我可是从来也没见到过呀!""住口,老家伙!"我口齿不清地答道,"看来你倒是醉了,我要去睡觉……你帮我收拾一下。"

第二天我头昏脑胀地醒来,朦胧地记起了昨天发生的事。萨维里奇端着一杯茶走进房间来,打断了我的思路。"太早了,彼得·安德列伊奇,"他摇晃着脑袋说道,"你放荡得太早了。你像谁呢? 我记得,你父亲、你爷爷都从来没有喝醉过;你母亲就更不用说了:自打生下来,除了克瓦斯,她什么也没喝过。这都是谁的罪过呢? 就是那个该死的先生。他时不时跑到安季别夫娜那里去:'太太,来点酒吧。'现在,你也这样'来点酒'了! 没说的,这都是那个狗崽子教出的好事。非要雇个异教徒来教孩子,好像老爷家里就没人了似的!"

我很惭愧。我背转过身,对他说:"你走吧,萨维里奇;我不想喝茶。"但是,萨维里奇一旦开始了说教,就很难叫他停下来。"你看看,彼得·安德列伊奇,这样放荡有什么好处? 脑袋痛了,饭也不想吃了。一个醉鬼什么事也不干了……喝一点加蜜的酸黄瓜汤吧,最好还是喝半杯果酒。你说呢?"

就在这时,一个小男孩走进屋来,把伊·伊·祖林的一字条交给了我。我展开字条,读到了下面几行字:

> 亲爱的彼得·安德列耶维奇,请把你昨天输给我的一百卢布交这个男孩带给我。我急等着钱用。
>
> 甘愿为你效劳的
> 伊万·祖林

毫无办法。我做出一副满不在乎的样子,转向萨维里奇,我的钱财、服装和一切事务的监管者,[①]命他给这个男孩一百卢布。“什么! 为什么?”吃惊的萨维里奇问道。“我欠他的钱。”我尽量淡然地回答。“欠钱!”萨维里奇越来越惊奇了,“少爷,你什么时候欠下的账? 这事有些不对劲。随你怎么办,钱我是不会给的。”

我想,如果在这关键的时候我不能制伏这个固执的老头,往后便很难摆脱他的管束了,于是,我傲慢地看了他一眼,说道:“我是你的主人,你是我的仆人。钱是我的。我输了钱,因为我愿意输。我劝你不要自作聪明,没叫你做的事你就别做。”

萨维里奇被我的话惊呆了,他两手一拍,僵在那里。“你还傻站着干吗?”我生气地喊道。萨维里奇哭了起来。“彼得·安德列伊奇少爷,”他声音颤抖地说道,“你别让我愁死了。我的宝贝啊! 听听我这个老头子的话吧:你给这个强盗写个条子,就说你是闹着玩的,我们没那么多的钱。一百卢布! 我仁慈的上帝啊! 你说,你父母是怎样绝对禁止你赌博的,除非是赌核桃的……”“别胡扯了,”我打断了他的话,“快把钱拿来,要不我就掐着脖子把你赶出去。”

萨维里奇带着深深的忧伤看了我一眼,便去偿还我的债务了。我很同情这个可怜的老人;但是我想赢得自由,证明我已不再是一个小孩子了。钱交到了祖林的手上。萨维里奇想尽快把我带出那家该死的旅馆。他进来通报说,马已经套好了。怀着良心上的不安,带着默默的忏悔之意,我离开了辛比尔斯克,没有去和我的那位老师告别,也没有去想往后还能否再见到他。

---

① 此句引自冯维辛的《献给我的仆人舒米洛夫、万卡和彼得鲁什卡的诗》(1769)。

第二章　向导

此地是我的家园吗？
这里是陌生的异乡！
不是我自愿来到你这里，
是一匹好马带我到这方；
是青春的活力和豪放，
是酒馆里芬芳的酒香，
引我这棒小伙来在异乡。

——古歌[①]

我一路上的思绪并不十分愉快。我输的钱，按当时的价钱讲，是一笔不小的数目。我内心里不能不承认，我在辛比尔斯克旅馆中的行为是愚蠢的，面对萨维里奇，我也感到自己有罪。这一切在折磨着我。老人忧郁地坐在驾座上，背对着我，一言不发，只是不时咳嗽几声。我非常想和他讲和，但又不知从何处说起。后来，我终于对他说道："喂，喂，萨维里奇！够了，我们讲和吧，是我不对；我自己也知道我错了。我昨天胡闹，还平白无故地让你受了委屈。我保证往后学聪明些，听你的话。喂，别生气了；我们讲和吧。"

"唉，彼得·安德列伊奇少爷啊！"他深深地叹息了一声，答道，"我是在生我自己的气啊；这都是我的错啊。我怎能把你一个人丢在旅馆里呢！有什么法子？鬼迷了心窍：我想到要去教堂执事的老婆那儿，看看我们孩子的教母。还真是这样：去见教亲，走进牢门。这不就遭了灾了！……我还怎么去见老爷和太太啊？他们要是知道他们的孩子又是喝酒又是赌钱，那他们会说什么呢？"

为了安慰可怜的萨维里奇，我向他保证说，往后没有他的同意，我连一个戈比也不花。渐渐地，他安下心来，虽然还要不时地摇摇头，独自嘟囔道："一百卢布啊！可不是件小事啊！"

我离我的目的地越来越近了。在我的四周，呈现着一片片布满山岗和沟壑的荒

① 这首古歌选自楚尔科夫编选的《俄国民歌选》第3卷（1770—1774）。

原。积雪覆盖着大地。太阳就要落山了。马车走在一条狭窄的道路上,更确切地说,是走在农民的雪橇碾出的辙印上。突然,车夫向一旁张望起来,最后,他摘下帽子,转身向我说道:

"老爷,是不是该往回走啊?"

"为什么要往回走?"

"天气靠不住啊,起风了;瞧,风把雪都吹起来了。"

"这有什么可怕的!"

"你瞧那边是什么?"(车夫用鞭子指了指东边。)

"除了白茫茫的草原和明晃晃的天空,我什么也没看见。"

"瞧,瞧,那儿有朵云。"

果然,我看见了天边的那朵云,起初,我把它看成是远处的一座小山了。车夫对我解释道,云就是暴风雪的前兆。

我听说过此地的暴风雪,知道它能把整座整座的马车给埋掉。萨维里奇同意车夫的意见,建议转回头去。但是,我觉得风并不大;我指望能抢先到达下一个驿站,于是便命令加快速度。

车夫赶马急驶;我们全都在望着东边。马儿齐心协力地跑着。与此同时,风也越来越强烈了。那朵白云变成了铅色的乌云,它黑压压地腾升着,扩展着,逐渐遮蔽了天空。下起了小雪,——刹那之间,便飘起了鹅毛大雪。风在呼啸;暴风雪来临了。一转眼的工夫,阴暗的天空便和雪的海洋交织为一体了。一切都消失了。"瞧啊,老爷,"车夫喊叫道,"糟了,暴风雪!"

我从车内向外望了一眼,见四周是一片阴霾,旋风肆虐。风的呼啸具有如此可怖的表现力,使人觉得它仿佛是有生命的;雪落在我和萨维里奇的身上;马儿一步一步地走着,——很快就停下了。"你为什么不走了?"我不耐烦地问车夫。"还怎么走?"他从驾座上跳下来,答道,"不知道往哪儿走了:看不见路,四周这么黑。"我开始骂他。萨维里奇却在为他开脱。"你为什么不听劝呢,"他生气地说,"要是回客栈去,就能喝笼茶,一觉睡到天亮,等暴风雪停了之后,再往前赶路。我们着的什么急? 又不是赶着去结婚!"萨维里奇是对的。没什么办法。大雪就这样下着。马车的旁边积起了一个雪堆。马儿站在那里,垂着脑袋,不时打几个哆嗦。车夫在四周走着,由于无事可做,便整理开了挽具。萨维里奇在发着牢骚;我环顾四周,试图发现出一点点人烟或道路的痕迹,但是,除了风雪那混沌的飞旋,我什么也分辨不出……突然,我看到了一个黑点。"哎,车夫,"我高喊道,"快看,那边的黑点是什么?"车夫向那边望去。"天知道是什么,老爷,"他坐到了自己的位置上,说道,"不像是车,也不像是树,好像还在动。大概，不是狼，就是人。”

我命令驶向那个不明的对象，那个目标随即也迎面向我们移动过来。两分钟后，我们和一个人相遇了。

“喂，老兄！”车夫向他喊道，“请问，你知不知道路在哪里？”

“路就在这里；我站的地方就是实实的路面呀，”过路人回答道，“问这干吗？”

“听着，老乡，”我对他说道，“你熟悉这地方吗？你能带我们找个过夜的地方吗？”

“这地方我熟悉，”过路人回答，“谢天谢地，我步行、骑马，走遍了这一带。是啊，瞧这鬼天气，哪能不迷路呢？最好在这里停一停，等风雪静下来，天空亮起来，我们就能根据星星找到路了。”

他的冷静鼓舞了我。我已经决定把自己托付给上帝的意志了，就在这大草原上过夜，就在这时，过路人突然敏捷地跳上驾座，对车夫说道：“谢天谢地，不远处就有住家的；往右转，走吧。”

“我干吗要往右走？”车夫不满地问，“你看到哪儿有路了？恐怕啊，反正马是别人的，套具也不是自己的，你就不停地赶吧。”我觉得车夫是对的。“是啊，”我问道，“你为什么认为不远处就有人家呢？”“因为风是从那边吹来的，”过路人回答道，“我闻到了烟味；这就是说，村子很近了。”他的机灵和敏锐的嗅觉使我感到很吃惊。我让车夫往前赶。马儿在深深的积雪中艰难地迈着步。篷车时而撞上雪堆，时而落进深沟，时而歪向这边，时而又倒向那边。此时的感觉，就像是乘船航行在波涛汹涌的大海上。萨维里奇哼哼着，不时撞上我的侧面。我放下车窗上的草帘，裹紧皮大衣，打起瞌睡来，暴风雪的歌唱和马车轻轻的摇晃，在催我入眠。

我做了一个我永远也忘不了的梦，直到今天，每当我把自己生活中的奇遇和那梦境相映照时，我仍觉得那个梦有着某种预兆性质。读者是会原谅我的，因为，凭经验他也许会明白，一个人无论他有可能受到怎样的鄙视，他还是会相信迷信的。

我就处在这样的心理状态中，现实让位于幻想，却又在蒙眬的浅梦中和幻想交织在一起。我感觉到，暴风雪仍未停息，我们仍在风雪的荒原上徘徊……突然之间，我看到了大门，我驶进了我家庄园的庭院。我的第一个念头就是担心，怕父亲因我擅自回家、不听他的话而对我发怒。我不安地跳下马车，我看见：母亲在台阶上迎接我，神情非常地忧伤。“轻点，”她对我说，“你父亲病危了，他想和你告个别。”被恐惧所震惊的我，随母亲走进卧室。我看到，房间里光线很暗；床边站着一些脸色哀伤的人。我轻轻地走到床前；母亲掀开了账子，说道：“安德列·彼得罗维奇，彼得鲁沙来了；他听说你病了，就赶了回来；你为他祝福吧。”我跪在床前，盯着病人。怎么回事？……

我看到，床上躺的不是父亲，而是一个蓄着黑胡须的男人，他正开心地望着我。我困惑不解地转向母亲，问她："这是什么意思？这不是父亲。我干吗要让这个男人来给我祝福？""反正都一样，彼得鲁沙，"母亲回答我，"这是为你主婚的干爹；吻他的手，就让他为你祝福吧……"我没有同意。这时，那男人从床上跳起来，从背后抽出一把斧头，左挥右舞。我想逃走……可是跑不脱；房间里满是尸体；我绊着了一具尸体，在血泊中踉跄着……那个可怕的男人在亲热地招呼我，嘴里说着："别怕，快过来接受我的祝福……"恐惧和迷乱笼罩了我……可就在这时，我醒来了；马儿停住了脚步；萨维里奇抓住我的手，说道："下车，少爷，我们到了。"

"我们到哪儿了？"我揉着眼睛问。

"到客栈了。上帝保佑，我们一直驶到了围墙边。下来吧，少爷，快去暖和暖和。"

我走出了篷车。暴风雪还在继续，虽然势头弱了些。四周一片漆黑，伸手不见五指。店主用衣襟遮着手提的灯笼，在门前迎接我们，接着，他把我领进了一间狭窄、但相当干净的正房；屋里点着松明。墙上，挂着一支步枪和一顶高筒的哥萨克帽。

店主是一位生长在亚伊克河[①]地区的哥萨克，他看上去六十岁左右，但依然容光焕发，精神抖擞。在我之后，萨维里奇搬进了食品箱，提出要生火烧茶，我也从来没有像现在这样想要喝茶。店主跑去张罗去了。

"那向导在哪儿？"我问萨维里奇。

"我在这儿，大人。"一个声音从我上面传来。我往高铺上一看，看到了那把黑色的胡须和两只闪亮的眼睛。"怎么，老弟，冻僵了吧？""怎能不冻僵哩，我只穿了一件小呢褂！有过一件皮袄，说出来不怕人笑话，昨晚押给了酒店老板，我原来以为天不大冷哩。"这时店主搬着一只热腾腾的茶炊走了进来；我请我们的向导也喝杯茶；那汉子从高铺上爬了下来。我觉得，他是一个仪表堂堂的人：他年纪约四十岁，中等个头，身材较瘦，但肩膀很宽。黑色的胡须中露出几根白丝；一双生动的大眼睛来回转动。他脸上的表情很讨人喜欢，但也有点狡猾。他的头发剪成了一个圆；他的身上是一件呢褂和一条鞑靼人穿的那种灯笼裤。我递了一杯茶给他；他抿了一口，皱了皱眉头。"大人，您行行好，让人给来杯酒吧；茶可不是给我们哥萨克喝的东西。"我愉快地满足了他的要求。店主从柜子中拿出一个酒瓶和一只杯子，走到他跟前，看了他一眼，说道："嗨，你又来我这里了！你是打哪儿来的？"我的向导意味深长地使了个眼色，用暗语说道："飞进菜园，啄啄大麻籽；老婆婆扔石块，——没打中。你们的人怎么样？"

---

① 乌拉尔河的旧称。

“我们的人能怎样?”店主回答,然后也用暗语说道:“他们想去敲晚钟,但神父老婆不让敲:神父在做客,魔鬼在墓地。”

“别说了,大爷,”我的那位流浪人说道,“天要下雨,就会有蘑菇;有了蘑菇,就会有篮子。这会儿(他又使了个眼色),你该把斧头藏在背后:守林子的人在巡逻啊。大人!为您的健康干杯!”说着,他端起杯子,画了一个十字,一口气喝干了酒。然后,他向我鞠了一躬,就又回到高铺上去了。

起初,我一点也没听懂那些黑话;但是后来,我猜出了,他们谈论的是亚伊克的部队,当时,在1772年的暴动之后,这支部队刚刚被镇压下去。萨维里奇非常不满地听着他们的谈话。他带着怀疑的神情,时而看看店主,时而看看向导。这家客栈,或者按当地的说法叫它大车店,所在偏僻,它独立在荒原上,远离所有的村庄,像是一个强盗的黑窝。但是没什么办法。继续赶路的事是连想也不能去想了。萨维里奇的不安使我感到很好笑。这时,我也想睡了,便躺倒在一条长凳上。萨维里奇决定睡到壁炉上面的炕上去;店主躺在地板上。不久,整个小屋都响起了鼾声,我也睡得像个死人似的。

第二天早晨,我醒得相当晚,我发现,暴风雪已经停了。阳光灿烂地照耀着。一层耀眼的白色积雪,覆盖着无垠的草原。马已经套好了。我和店主结了账,店主只要了很少的钱,就连萨维里奇也没有和他争执,没有像往常那样讨价还价一番,昨天的怀疑也完全从他的脑海里消失了。我叫来向导,对他的帮助表示了感谢,并要萨维里奇给他半个卢布做酒钱。萨维里奇皱了皱眉头。“半卢布的酒钱!”他说道,“为什么?是你把他拉到这个客栈里来的呀?随你的便,少爷,我们可没有那么些多余的半卢布。不管是谁都给酒钱,我们自己很快就要饿肚皮了。”我无法和萨维里奇争吵。我已经答应过他了,钱由他全权支配。但是,不能对这位向导表示一下谢意,我是感到很遗憾的,因为,即便不能说他使我免遭了一场灾难,那么也至少可以说,是他帮助我摆脱了糟糕的处境。“那好,”我冷冷地说,“如果你不愿给钱,就把我的衣服送他一件。他穿得太少了。就把我的兔皮袄给他吧。”

“饶了我吧,彼得·安德列伊奇少爷!”萨维里奇说,“你的兔皮袄对他有什么用?他这条狗,在下一个酒店里就会把它给喝掉的。”

“老头儿,”我的那位流浪人说道,“我喝不喝掉它,这不关你的事。老爷他要把自己的皮袄赏给我,那是他老爷的意思,你这当奴才的不该顶嘴,应该从命才是啊。”

“你这个强盗,连上帝都不怕!”萨维里奇气冲冲地回答他,“你见这孩子年纪小,就想利用他的天真来抢劫他。你要那兔皮小袄干吗?你那该死的肩膀也套不到那皮袄里头去呀。”

“请你别逞能了，”我对老仆人说道，“快去把皮袄拿来。”

“老天爷啊！”我的萨维里奇叹息道，“那件兔皮袄还几乎是新的呢！给谁也好，偏偏要给这个穷酒鬼！”

不过，兔皮袄还是被拿来了，那汉子马上就穿上了它。果然，这件我穿着都略嫌紧的皮袄，对于他来说是小了点。但是他摆弄了一阵，还是穿上了它，只不过绷裂了衣缝。萨维里奇听到线头绷断的声音，几乎哭喊了起来。流浪人对我的礼物非常满意。他一直把我送到马车边，深深地鞠了一躬，说道：“谢谢您，大人！上帝会报答您的善心的。我一辈子也不会忘记您的仁慈。”他走开了，我也走远了，没有去注意萨维里奇的懊丧，很快，我便忘记了昨天的风雪，忘记了我的向导和那件兔皮袄。

到了奥伦堡，我径直去见将军。我见到的是一个身材高大、但因年老而驼了背的老人。他长长的头发已经完全花白了。一身褪了色的旧军服，能叫人记起安娜·伊万诺夫娜时代[①]的军人，他说话时带有浓重的德国口音。我将父亲的信递给了他。看到信封上的姓名，他飞快地看了我一眼。“我的上帝！”他说道，“不久之前，安德列·彼得罗维奇好像也就你这么大，可是如今，他已经有这么大的孩子了！唉，时间啊，时间！”他拆开信，低声地读了起来，还不时做出自己的评论。“‘尊敬的安德列·卡尔罗维奇大人，我希望大人您……，干吗来这个客套？呸，他真不害羞！当然，军纪是头等大事，但是给老朋友写信用得着这样吗？……‘大人您没有忘记……’，嗯……‘和……已故米元帅……远征时……还有……卡罗林卡……’，啊哈，这位老兄！他怎么还记得我们干的那些恶作剧呢？‘今有一事……我把儿子托付给您……’嗯……‘您要把他攥在刺猬手套里……’什么叫刺猥手套啊？这大概是一句俄国成语……什么叫‘把人攥在刺猬手套里’啊？”他转向我，又问了一遍。

“这就是说，”我竭力以一副天真的表情回答他道，“要态度温和，不要太严厉，要多给点自由，这就叫攥在刺猬手套里。”

“嗯，我懂了……‘就是别给他自由……’不，看来，刺猬的手套不是你那个意思……‘附上……他的证件……’证件在哪儿？啊，在这……‘在谢苗诺夫团注的册……’好，好，一切都会妥的……‘让我不论官职地拥抱你……像一个老战友、老朋友那样’——啊！他终于想到了这一点……等等，等等……好的，老弟，”他读完信后，把我的证件放在一边，说道，“一切都会办妥的：你将作为一名军官被编进××团，好了别浪费时间，你明天就去白山要塞，在那里，你归米罗诺夫大尉指挥，他是一个诚实的好人。在那里，你能过到真正的部队生活，能学会军纪。在奥伦堡你没什么可做

① 安娜·伊万诺夫娜（1673—1740）是俄国女皇，彼得一世的侄女，在位时间为1730—1740年。

的;无所事事对一个年轻人是有害的。今天,就请你在我这里吃午饭。”

“我是越来越糟了!”我暗自想到。“我在娘胎里就已经是一个近卫军中士了,可这对我竟然毫无用处!瞧我被弄到哪里来了?到了××团,到了靠近吉尔吉斯—卡伊萨克草原的一个偏僻的要塞!……”我在安德列·卡尔罗维奇家吃了午饭,同桌的还有他的一个老副官。他的餐桌显示出一种德国式的严格的节约,因此,我想到,害怕在他单身汉的餐桌边上时常看到一个多余的客人,就是他急忙把我打发到边境去的原因之一。第二天,我告别了将军,向我的就任地点赶去。

第三章　要塞

我们住的是碉堡,
吃得的水和面包;
万一凶恶的敌人
来我们这儿找馅饼,
我们就会炮弹上膛;
这就是我们的礼品。

——士兵的歌

老一辈的人哪,我的老兄。

——《纨绔少年》

白山要塞坐落在离奥伦堡四十里路的地方。道路沿着亚伊卡河陡峭的岸伸延着。河流还没有封冻,那铅色的波涛,在覆盖着白雪、显得单调的两道河岸之间忧郁地泛着黑光。河的对岸,伸展着无垠的吉尔吉斯草原。我沉浸在深思中,我的思绪大多是忧伤的。边防军的生活对我没什么吸引力。我努力地在想象我未来的指挥官米罗诺夫大尉的模样,我认定他是一个严肃的、脾气很大的老头,除了军务之外什么都不懂,还会为了什么鸡毛蒜皮的小事把我关起来,让我只喝水和吃面包。这时,天色暗了起来。我们的马车走得相当地快。“离要塞还远吗?”我问车夫。“不远了,”他回答,“瞧,已经能看见了。”我往四周看了看,指望能看到威严的碉堡、塔楼和城墙;可是,除了一个用原木做栅栏围起来的小村庄外,我什么也没看见。村子的一边,是三四个被雪埋住了一半的干草垛;另一边,是一架倾斜的风车,几只树皮叶翼无精打采地耷拉着。“要塞在哪里?”我惊奇地问。“就是这儿。”车夫手指村子答道。说话之间,我们已驶进了村子。在门口,我看见了一尊破旧的铁铸大炮;街道既狭窄又弯曲;房子很低,大多是草顶的。我吩咐把车赶到指挥官那里去,一分钟后,马车停在一幢木头房子前,这幢房子建在一块高地上,旁边是一座木质结构的教堂。

没有人来接我。我走过穿堂,推门走进了前厅。一个年老的残疾士兵坐在桌子上,正在往一件绿军服的肘部缝一块蓝布补丁。我让他去通报我的到来。“进来吧,老爷,”残疾士兵回答说。“我们的人都在家。”我走进一间干干净净的、按老式方法安排的小房间。屋角是一个放餐具的橱子;墙上挂着一个装着军官证书的镜框;镜框边显眼地挂了几幅民间版画,有几幅画画的是攻占基斯特里和奥恰科夫[①]的场景,另几幅画的是“选新娘”、“耗子葬猫”等。一位身着棉背心、裹着头巾的老太太坐在窗边。她正在绕毛线,一个身穿军服的独眼老人伸开两手,为她绷着线。“您有什么事,老爷?”她一边做着她的事,一边问道。我回答说,我是来就任的,我有义务来拜见大尉先生,说这话时,我把脸转向了那个独眼老人,认为他便是要塞司令;但是,女主人却打断了我滔滔不绝的话。“伊万·库兹米奇不在家,”她说道,“他到盖拉西姆神父家做客去了;不过反正是一样,老爷,我是他的太太。请多多关照。请坐吧,老爷。”她唤来了女仆,要她去叫军士。那个独眼的老人好奇地看了我一眼。“我斗胆问一句,”他说道,“您原先是在哪个团服役来着?”我满足了他的好奇心。“我再斗胆问一句,”他又说道,“您为什么要从近卫军转到边防军里来呢?”我回答说,这是上司的旨意。“兴许,是因为一些有失近卫军军官身份的行为吧。”这个不倦地追根刨底的人继续说道。“废话说够了,”大尉太太对他说,“你瞧,年轻人路上走累了;他没有时间听你的……手抓紧些……你,我的老爷,”她转向我,继续说道,“你被送到我们这个荒凉的地方来了,可别发愁哟。你不是第一个人,也不是最后一个。熬上一阵,就会喜欢上的。阿列克赛·伊万内奇·施瓦勃林因为杀人罪被调到我们这里来,已经是第五个年头了。天知道,是什么使他鬼迷心窍了;你看看,他和一名中尉骑马跑到城外,都带着剑,一到那里就相互打了起来;阿列克赛·伊万内奇一剑刺死了中尉,还当着两个证人的面!你说该怎么办呢?人生一世,谁人无过呢?”

这时,年轻的军士走了进来,他是一个身材匀称的哥萨克。“马克西梅奇!”大尉太太对他说,“给这位军官先生找套房子,要干净些的。”“是,瓦西里萨·叶果罗夫娜,”军士回答,“能把这位大人安排到伊万·波列扎耶夫家吗?”“瞎说,马里西梅

① 此处系指七年战争时期俄国军队对普鲁士要塞基斯特里的围攻(1758年)以及俄土战争时期俄军对土耳其要塞奥恰科夫的占领(1737年)。

奇,”大尉太太说,“波列扎耶夫那儿太挤了;他还是我的教亲哩,我们是他的上司,这一点他不会忘记的。你把这位军官先生……你叫什么名字,我的老爷?彼得·安德列伊奇?……你把彼得·安德列伊奇先生领到谢苗·库佐夫那里去。他这个骗子,把他的马放到我的园子里去了。那么,马克西梅奇,一切都还顺利吧?”

“谢天谢地,一切平安,”那个哥萨克回答,“只有普罗霍罗夫班长为了一盆热水,和乌斯吉尼娅·涅古里娜在澡堂里打了一架。”

“伊万·伊格纳吉奇!”大尉太太对那个独眼的老头说道,“你去调查一下普罗霍罗夫和乌斯吉尼娅,看他们谁是谁非。但你要把两个人都惩罚一下。你呢,马克西梅奇,忙你的去吧。彼得·安德列伊奇,马克西梅奇这就领您去您的住所。”

我行礼告退。军士把我领到一间农舍里,这房子建在高高的河岸上,坐落在要塞的最边沿。农舍的一半被谢苗·库左夫一家占据,另一半归我。这房子原是一间相当整洁的正房,后被隔成了两间。萨维里奇开始在屋里收拾起来;我则透过狭窄的窗户向外看去。我的眼前,呈现出一片荒凉的草原。斜对面有几间小屋;街道上走着几只鸡。一个老太太端着猪食盆站在台阶上唤猪,猪们则在用友好的哼哼声回答她。我命中注定就要在这样一个地方度过我的青春!一阵愁闷袭上我的心头;我离开窗口,躺了下来,尽管萨维里奇劝了半天,我还是没吃晚饭,只听萨维里奇在伤心地念叨着:“上帝阿!一点东西都不吃!要是孩子病了,老太太会怎么说啊?”

第二天早晨,我正要穿衣,房门突然被打开了,一个身材不高的年轻军官走了进来,他的脸色黝黑,显然不好看,但非常活跃。“请您原谅,”他用法语对我说,“我冒昧地前来和您认识。昨天我就听说您来了;终于能见到一张像个人样的脸了,我的心情很急迫,实在憋不住了。您在这里再过上一段时间,就会明白这一点了。”我猜到,此人就是那位因为决斗被开除出近卫军的军官。我们立即相互作了介绍。施瓦勃林很精明。他的谈吐既尖刻又有趣。他兴高采烈地向我描绘了要塞司令的家庭和他的交往圈子,也对我命中注定要来到的这一地区作了介绍。我开心地笑着,就在这时,曾在要塞司令家的前厅里补军装的那个残疾人走进来找我,他代表瓦西里萨·叶果罗夫娜请我去他们那儿吃午饭。施瓦勃林也自愿地要和我一同去。

走近要塞司令的家时,我看到小操场上有二十来个上了年纪的残疾人,他们都扛着长把镰刀,头戴三角帽。他们排成了队列。要塞司令就站在队列前,这是一个精神抖擞、身材高大的老头,他戴一个尖顶小帽,穿一件蓝布长衫。见到我们,他便跑到我们面前来,对我说了几句热情的话,然后又忙着指挥去了。我们站在那里看操练;但是他却叫我们先去瓦西里萨·叶果罗夫娜那里,并说他随后就到。“在这里,”他又添了一句,“您没什么可看的。”

瓦西里萨·叶果罗夫娜不拘礼节地、热情地接待了我们,对我就像对待一个老相识那样。那个残疾兵和帕拉什卡在摆桌子。“我的伊万·库兹米奇今天这是操的什么练哟!”大尉太太说,“帕拉什卡,去叫老爷回来吃饭。玛莎去哪儿了?”这时,走进来一个十七八岁左右的姑娘,她的脸庞圆圆的、红红的,淡褐色的头发梳在耳朵后面,通红的耳朵露了出来。最初一看,我并不很喜欢她。我是带着一种偏见看她的:施瓦勃林已对我描绘过了大尉的女儿玛莎,说她完全是个傻姑娘。玛丽娅·伊万诺夫娜[①]坐到角落里,做起针线活来。这时,汤端了上来。瓦西里萨·叶果罗夫娜没见到丈夫,便再次派帕拉什卡去叫他:“你就对老爷说:客人们在等你哩,汤都快凉了;谢天谢地,操练是跑不掉的,有他喊个够的时候。”很快,大尉就在独眼老人的陪同下回来了。“怎么回事,我的大老爷,”妻子向他说道,“吃的东西早就摆好了,就是叫不回来你。”“瞧你,瓦西里萨·叶果罗夫娜,”伊万·库兹米奇回答,“我有军务在身:我在训练那些士兵呀。”“得了吧!”大尉太太反驳道,“什么训练士兵,还不是个虚名:他们学不会军务,你自己也搞不清楚。还是坐在家里吧,祷告祷告上帝;这样会更好一些。亲爱的客人们,请你们入席吧。”

我们坐下来吃饭。瓦西里萨·叶果罗夫娜的嘴一刻也不停,向我提了一大堆的问题,诸如:我的父母是谁,他们是否还健在,他们住在哪里,他们的家产如何,等等。听说我父亲有300个农奴,她说道:“了不起啊!世上竟有这么富的!可是我们,我的老爷,只有帕拉什卡这一个使女;但谢天谢地,我们的日子还过得去。只有一件事叫人发愁,那就是玛莎;姑娘该出嫁了,可她哪有嫁妆呢?只有一把梳子,一把扫帚,一个三戈比的铜币,(请上帝饶恕!)那铜币只够去澡堂洗个澡。如果能找到一个好人家就好了;否则就只能坐在家里当一辈子的老姑娘了。”我看了玛丽娅·伊万诺夫娜一眼,她的脸羞得通红,眼泪甚至都滴到了她的盘子里。我很可怜她,便急忙转开了话题。“我听说,”我极其冒失地说道,“巴什基尔人要来攻打你们的要塞。”“你是听谁说的,老爷?”尹万,库兹米奇闻。“我是在奥伦堡听说的。”我回答。“不值一提!”要塞司令说,“我们这里早就平安无事了。巴什基尔人被吓倒了,吉尔吉斯人也挨了教训。他们恐怕不敢来打我们了;要是他们来打,我就会狠揍他们一顿,让他们安静个十来年。”“住在这个面临着危险的要塞里,您不觉得害怕吗?”我接着转向大尉太太,问道。“我习惯了,我的老爷。”她回答,“二十年前,我们刚从团里来这里的时候,天哪,我对这些该死的异教徒真是怕得很啊!那时,我一见到猞猁皮的帽子,一听到他们的喊声,我的天啊,信不信由你,我的心就吓得不跳了!但是现在习惯了,就是有

① 即玛莎。

人来报告我们，说强盗就在要塞外面跑动，我也不会挪一下屁股的。”

“瓦西里萨·叶果罗夫娜是一个勇敢的太太。”施瓦勃林郑重地说。“这一点伊万·库兹米奇可以作证。”

“是的，你说得是，”伊万·库兹米奇说，“她不是一个胆小的妇人。”

“那玛丽娅·伊万诺夫娜呢？”我问，“也和你们一样胆大吗？”

“是问玛莎胆大吗？”她的母亲回答道，“不，玛莎的胆子很小。直到如今，她还听不得枪声，一听到枪声就会发抖。两年前，伊万·库兹米奇在我的命名日里想出要用我们的大炮放上几响，可是她，我的小鸽子，几乎吓得死了过去。从那时起，我们也就不再放那该死的炮了。”

我们从餐桌边站起身来。大尉和大尉太太睡觉去了；我则去了施瓦勃林那里，和他一起过了整整一个晚上。

第四章　决斗

“请吧，请摆好姿势。
看我怎样刺透你的身体！”

——克尼亚什宁[①]

几个星期过去了，我在白山要塞的生活不仅变得能让我忍受，甚至使我感到愉快了。要塞司令一家把我当做亲人。这对夫妻是最可敬的人。伊万·库兹米奇是从一个士兵的后代成长为军官的，他没有受过教育，普普通通的，但是为人非常诚实、善良。他的妻子管制着他，这倒也很投合他懒散的天性。瓦西里萨·叶果罗夫娜把军务当成她的家务事，就像管理家庭似地管理着要塞。不久，玛丽娅·伊万诺夫娜也不再躲着我了。我们熟识了。我发现她是一个聪明、敏感的姑娘。不知不觉地，我喜欢上了这善良的一家人，甚至也喜欢上了伊万·伊格纳吉奇，也就是那个独眼的边防军中尉，施瓦勃林曾捏造说，中尉和瓦西里萨·叶果罗夫娜有不正当的关系，这事连一点影子都没有。但施瓦勃林对他的捏造却并不感到亏心。

我被提升为军官。我觉得军务并不重。在这座上帝保佑着的要塞里，既没有检

① 引自克尼亚什宁的喜剧《怪人》(1793)。

查，没有训练，也无人站岗放哨。要塞司令有时来了兴致，也会训一训他的士兵；但是他总是不能让那些士兵全都弄明白，哪边是右哪边是左，尽管有不少士兵为了不出错，在每次转身前都要画一个十字。施瓦勃林有几本法文书。我开始了阅读，于是，我对文学产生了兴趣。我每天早晨都要读书，做翻译练习，有时还写写诗。我几乎每天在要塞司令家吃午饭，一天中的其余时间也通常是在那儿度过的；晚上，盖拉西姆神父和他的妻子阿库尼娜·帕姆费罗夫娜有时也去要塞司令家，神父的妻子是这一带最能搬弄是非的人。当然，我与阿·伊·施瓦勃林是天天见面的；但是，他的谈吐我越来越不爱听了。我非常不喜欢他老是嘲笑要塞司令一家，尤其不喜欢他关于玛丽娅·伊万诺夫娜的那些尖刻的话。在要塞里我没有其他的交往，可我也不想和其他的人来往。

尽管有谣传，但巴什基尔人并没有叛乱。我们要塞的四周一派安宁。但是，一个突如其来的内讧却打破了这片宁静。

我已经说过，我在进行文学写作。我的习作在当时来说，还是蛮不错的，几年之后，亚历山大·彼得罗维奇·苏马罗科夫[①]曾对我的那些习作大加赞赏。一次，我写了一首我自己很满意的歌。众所周知，写作者有时会借着征求意见的名义去寻找热心的听众。于是，在写好这支歌后，我便带着它去见施瓦勃林，他是整个要塞中唯一能对诗人的作品做出评价的人。简短的开场白之后，我便从口袋里掏出了笔记本，向他朗诵了下面这首小诗：

驱除爱的情思，
我要把美人儿忘记，
啊，我要躲避玛莎，
幻想着把自由获取！

可那迷惑的目光，
时时在我眼前闪现；
它扰乱了我的心境，
它摧毁了我的安宁。

你知道我的不幸，

---

① 苏马罗科夫（1717—1777），俄国诗人、戏剧家。

玛莎啊，请把我怜悯，
别让我再忍受这痛苦，
我已经做了你的俘虏。

“你觉得这首诗怎么样？”我问施瓦勃林，期待着赞赏，就像期待我必定会得到的礼物那样。然而，使我深为遗憾的是，平时总是很宽容的施瓦勃林，这次却断然宣布，我的这首诗写得不好。

“为什么不好？”我掩饰起自己的遗憾，问他道。

“因为，”他回答，“这样的诗只配由我的老师瓦西里·基里雷奇·特列季亚科夫斯基[①]来写，我觉得你的诗很像他的那些爱情诗。”

说着，他从我手中拿过笔记本，无情地评价起每一句诗、每一个字来，并非常尖刻地嘲笑、挖苦我。我忍受不住，从他的手中夺回我的本子，并说再也不会把我的诗给他看了。施瓦勃林对这个威胁又作了嘲笑。“我们来看看，”他说，“你能不能信守诺言；诗人是需要听众的呀，就像伊万·库兹米奇在午饭前需要一瓶酒那样。这个你对她倾诉柔情、抱怨爱的不幸的玛莎又是谁呢？就是那个玛丽娅·伊万诺夫娜吧？”

“这里的玛莎是谁，”我皱着眉头说，“这不关你的事。我不需要你的意见，也不要你来瞎猜。”

“啃嚯！好一个自尊的诗人，好一个谦虚的情人啊！”施瓦勃林还在说，他越来越让我愤怒了，“不过，你还是听听朋友的劝告吧：你要想成功，我建议你别用诗来行事。”

“先生，你这是什么意思？我请你解释一下。”

“乐意效劳。这话的意思就是，你如果想让玛莎·米罗诺娃晚上跑到你那里去，你就用不着写诗，只要送她一对耳环就得了。”

我的血液沸腾了起来。

“你为何对她持这样的看法？”我勉强压着自己的火，问道。

“因为，”他带着魔鬼般的讥笑回答，“我根据经验得知了她的性格和习惯。”

“你撒谎，你这个混蛋！”我疯狂地叫道，“你是一个最无耻的骗子。”

施瓦勃林的脸色变了。

“这事没完，”他紧抓着我的手说，“您得答应和我决斗。”

“我随时奉陪！”我高兴地回答。这时，我真想把他撕个粉碎。

---

① 特列季亚科夫斯基（1703—1769），俄国诗人、学者。

我立即去找伊万·伊格纳吉奇，见他正拿着针线，按大尉太太的吩咐把蘑菇串起来，好晾干了留到冬天吃。“啊，彼得·安德列伊奇，”见到我后，他说道，“欢迎光临！是哪阵风把您吹来了？我斗胆问一句，您有什么事吗？”我简短地对他说道，我和阿列克赛·伊万内奇吵了架，现在我请他，伊万·伊格纳吉奇，来做我的决斗证人。伊万·伊格纳吉奇用他唯一的那只眼望着我，认真地听完了我的话。“您是说，”他对我说道，“您想把阿列克赛·伊万内奇给刺死，还想要我做这事的证人？是这样吗？我斗胆问一句。”

“正是这样。”

“您饶了我吧，彼得·安德列伊奇！亏您想得出！您是和阿列克赛·伊万内奇吵了架？什么大不了的事！骂人的话是留不住的。他骂了您，您就去骂他；他打您的脸，您就抽他的耳光，抽两下，再抽第三下，——然后你们就走开；我们再来给你们劝架。如果不是这样，而要去刺死自己身边的人，我斗胆问一句，这难道是一件好事吗？您要是能一剑刺死他，让他这个阿列克赛·伊万内奇见鬼去，倒也是件好事；我也不喜欢他那个人。但是，如果是他把您给刺穿了呢？那么会怎样呢？我斗胆问一句，谁又将是个傻瓜呢？”

聪明的中尉的这番议论并没有使我动摇。我坚持着自己的打算。“随您的便，”伊万·伊格纳吉奇说，“您要怎么做就怎么做好了。可是我为什么要做这个证人呢？有什么道理呢？我斗胆问一句，打架的事情难道没见过吗？谢天谢地，我和瑞典人、土耳其人都打过仗，我什么都见识过了。”

我反反复复地向他解释决斗助手的职责，可是伊万·伊格纳吉奇怎么也弄不明白我的意思。“随您的便，”他说，“如果您硬要让我卷到这件事里去，我就要去见伊万·库兹米奇，遵守军人的职责，向他汇报说，要塞里有人有意要干一桩危害公家利益的坏事，问司令官先生要不要采取适当的措施……

我吓坏了，忙请求伊万·伊格纳吉奇什么话也别对要塞司令讲；我好容易才说服了他；他对我做了保证，于是，我决定马上离开他。

这天晚上，我照例是在要塞司令家度过的。我竭力装出一副快快活活、心平气和的样子，以免引起怀疑，也好躲避各种烦人的问题；但是我得承认，我并没有那些处在我这种境地中的人总要自我标榜一番的那种冷静。这天晚上，我显得很温柔，很动感情。我也觉得玛丽娅·伊万诺夫娜比平时更可爱了。我想到，我也许是最后一次见她了，这一想法使她在我的眼中变得越发动人了。施瓦勃林也来到了这里。我把他领到一边，把我和伊万·伊格纳吉奇的谈话告诉了他。“我们干吗要证人，”他冷冷地对我说，“我们不要证人也行。”我们约好在要塞外边的草堆旁决斗，时间是明早六至七点间。我们的谈话看上去是非常友好的，因此，看着高兴的伊万·伊格纳吉奇便一下说漏了嘴。“早就该这样了，”他满意地对我说，“好的吵架，不如坏的和好，丢了面子，但保住了命。”

“什么，你说什么，伊万·伊格纳吉奇？”正在角落里用纸牌占卜的大尉太太说，“我没听清。”

伊万·伊格纳吉奇看到我不满的神色，想起了他的诺言，一下窘住了，不知该如何作答。施瓦勃林赶来帮了他的忙。

“伊万·伊格纳吉奇赞扬了我们的和解。”他说道。

“你跟谁吵架了，我的少爷？”

“我和彼得·安德列伊奇大吵了一架。”

“因为什么吵的架？”

“因为一桩小事，瓦西里萨·叶果罗夫娜，是为了一首歌。”

“你们可找着吵架的理由了！为了一首歌！……到底是怎么回事？”

“是这么回事：彼得·安德列伊奇不久前写了一首歌，今天他当着我的面唱了这首歌，我也哼了我喜欢的一首歌：

大尉的女儿呀，
你半夜别去溜达……①

于是，我们就吵了起来。彼得·安德列伊奇开始很生气；但他后来也意识到，各人都有权唱自己爱唱的歌。事情也就这样了结了。”

施瓦勃林的无耻差一点把我给气疯了；但是，除了我之外，谁也没有听懂他那粗鲁的双关语；至少，谁也没去留意他的那些话。话题从歌转向了诗人，要塞司令指出，所有的诗人全都是些放荡的人，都是痛苦的酒鬼，他友好地劝我停止诗歌写作，说写诗会妨碍军务，也不会带来任何好的结果。

施瓦勃林的在场使我难以忍受。我很快就和司令及其家人告了别；回到家里，我查看了一下我的佩剑，试了试剑锋，然后就躺下了，并吩咐萨维里奇明早六点多钟叫醒我。

第二天，在约定的时间里，我已经站在了草堆旁，等着我的对手。不久，他就来了。“我们有可能被人发现，”他对我说，“动作要快些。”我们脱去军服，只穿坎肩；我

---

① 此为一首俄国民歌，引自俄国学者普拉奇所编的《俄国民歌集》。

们拔出剑来。就在这时,草堆后面突然出现了伊万·伊格纳吉奇和五六个残疾兵。他要我们去见要塞司令。我们只得懊丧地服从;士兵们围着我们,我们跟在伊万·伊格纳吉奇的身后,向要塞走去,伊万·伊格纳吉奇得意洋洋地领着我们,步态十分地庄重。

我们走进了要塞司令的家。伊万·伊格纳吉奇推开门,得意地报告了一声:"到!"迎接我们的是瓦西里铲·叶果罗夫娜。"啊哈,我的少爷们!这像什么话呀?怎么回事?什么?要在我们的要塞里搞凶杀!伊万·库兹米奇,马上把他们关起来!彼得·安德列伊奇!阿列克赛·伊万内奇!把你们的剑交过来,快交过来。帕拉什卡,把这些剑拿到库房去。彼得·安德列伊奇!我真没想到你会这样做。你不觉得害羞吗?阿列克赛·伊万内奇倒也罢了,他就是因为杀人才被开除出近卫军的,他连上帝都不信;可是你呢?你想往哪条路上走呢?"

伊万·库兹米奇完全赞同妻子的意见,他还补充说道:"你听到了吗,瓦西里萨·叶果罗夫娜说得对。在军事条例中,决斗是明令禁止的。"这时,帕拉什卡取走我们的佩剑,把剑拿到库房里去了。我忍不住笑了。施瓦勃林却保持着他的严肃。"虽然我非常尊重您,"他冷冷地对大尉太太说,"但我仍不能不指出,请您别费心来审判我们。请您把这件事交给伊万·库兹米奇,这是他的事。""哟!我的少爷!"大尉太太反驳道,"难道丈夫和妻子不是同心同德的吗?伊万·库兹米奇!你还愣着干吗?马上把他们分开禁闭起来,只给面包和水,让他们的傻劲快些过去;再让盖拉西姆神父来给他们来一道宗教惩罚,叫他们求上帝宽恕,当众忏悔。"

伊万·库兹米奇不知该怎么做才好。玛丽娅·伊万诺夫娜的脸色非常苍白。渐渐地,风暴平息了下来;司令太太静下心来,硬要我们俩人相互接吻。帕拉什卡拿来了我们的剑。我们离开要塞司令时,看上去已经和解了。伊万·伊格纳吉奇送我们出来。"您真不害羞,"我生气地对他说,"您对我发过誓,为什么还要向司令告我们?""上帝在上,我没对伊万·库兹米奇说过这事,"他回答,"是瓦西里萨·叶果罗夫娜从我这里问出了一切。她没有通知司令,就安排好了一切事情。再说,谢天谢地,事情就这样结束了。"说了这话,他便转身回去了,只剩下施瓦勃林和我单独在一起。"我们的事不能就这么完了。"我对他说。"当然,"施瓦勃林回答,"你得用你的血来偿还你对我的无礼;但是他们也许会监视我们。我们要装几天的假。再见!"于是,我们像什么事也没发生似的分了手。

回到要塞司令的家里;我照例坐到了玛丽娅·伊万诺夫娜的旁边。伊万·库兹米奇不在家;瓦西里萨·叶果罗夫娜在忙着家务。我俩低声地谈起话来。玛丽娅·伊万诺夫娜温情地向我说,我与施瓦勃林的争吵让所有的人都很担心。"听说你们要用剑打架，我简直吓死了。”她说道，“男人们真奇怪啊！为了一句个把星期就能忘记的话，他们就要互相拼命，不仅要牺牲性命，而且还要牺牲良心和其他一些人的幸福……但是我知道，这场争吵不是您挑起的。恐怕，这是阿列克赛·伊万内奇的错。”

“您为什么这样想呢，玛丽娅·伊万诺夫娜？”

“是这样的……他可是个刻薄的人！我不喜欢阿列克赛·伊万内奇。他很叫我反感；这事也奇怪：我却又不希望他也同样地不喜欢我。这事让我很烦恼。”

“您是怎样认为的，玛丽娅·伊万诺夫娜？他喜欢您吗？”

玛丽娅·伊万诺夫娜语塞了，脸涨得通红。

“我以为，”她说，“我想，他喜欢我。”

“您为什么这样以为？”

“因为他向我求过婚。”

“求婚！他向您求过婚？什么时候？”

“去年。在您来之前两个月。”

“您没答应？”

“这您也能看出的。当然，阿列克赛·伊万内奇是个聪明人，出身名门，又有家产；但是，一想到婚礼时要当着大家的面和他接吻……决不！无论有什么好处也决不能答应！”

玛丽娅·伊万诺夫娜的话打开了我的眼界，使我明白了许多事情。我明白了，施瓦勃林为什么老是说她的坏话。也许，见我们俩相互爱慕，他便一心想要拆散我们。那些挑起我和他争吵的话，现在使我觉得更加卑鄙了，我明白了，那些话不仅是愚蠢、下流的嘲讽，而且是处心积虑的诽谤。在我的心中，想对这个无耻的造谣者进行惩罚的愿望更加强烈了，我在焦急不安地等待着合适的机会。

我并没有等得太久。第二天，我在写作一首哀歌，正咬着笔杆在寻找韵脚，这时，施瓦勃林敲了敲我的窗户。我扔下笔，拿起佩剑，出门向他走去。“还拖延什么？”施瓦勃林对我说，“有人在盯着我们。我们去河边吧。在那里没人碍我们的事。”我们默默地向那里走去。沿着陡峭的小路下到河边，我们在靠近河水的地方站下，拔出了佩剑。施瓦勃林的剑术比我好，但我比他更有劲，更勇敢，当过兵的波普列先生也曾给我上过几堂剑术课，现在被我派上了用场。施瓦勃林没有料到我竟是一个如此强劲的对手。我们打了很长一段时间，但都没有伤到对方一根毫毛；最后，眼见施瓦勃林体力不支了，我便猛烈地向他进攻，几乎把他逼进河中。突然，我听到有人高声地呼喊我的名字。我回过头去，看见了正沿着陡峭的小路向我跑来的萨维里奇……就在这时，我右肩下方的胸部被重重地刺了一剑；我倒下了，失去了知觉。

第五章　爱情

啊，你这漂亮的姑娘！
你别年纪轻轻就嫁人；
去问问你的父母亲，
姑娘，问问你的亲人；
你要积攒智慧，姑娘，
用那智慧做你的嫁妆。

——民歌

你若找到比我好的人，就把我忘记。
你若找到比我差的人，就把我回忆。

——民歌

醒来之后，我好一会都没清醒过来，也不明白自己出了什么事。我躺在床上，躺在一个陌生的房间里，我感到非常虚弱。萨维里奇手持蜡烛站在我的面前。有人在小心地解着我胸部和肩部缠着的绷带。渐渐地，我的思想清晰了起来。我回忆起了自己的决斗，猜到自己是受了伤。就在这时，门吱呀了一声。“什么？他怎么样了？”一个声音低低地说，那声音使我颤抖了。“还是老样子，”萨维里奇叹息着回答，“还是昏迷不醒，这都第五天了。”我想翻个身，但是动不了。“我是在哪儿？谁在这里？”我吃力地说道。玛丽娅·伊万诺夫娜走到我的床边，向我俯下了身子。“怎么？您感觉怎么样了？”她说。“谢天谢地，”我有气无力地回答，“这是您吗，玛丽娅·伊万诺夫娜？请问……”我无力继续说下去了，便沉默不语了。萨维里奇惊叹了一声。他的脸上现出了欢喜。“醒过来了！醒过来了！”他念叨着，“感谢上帝啊！喂，彼得·安德列伊奇少爷！你吓死我了！这是件小事吗？五天五夜啊！……”玛丽娅·伊万诺夫娜打断了他的话。“别跟他说太多的话，萨维里奇，”她说道，“他还很虚弱。”她走了出去，轻轻地掩上了门。我的思绪起伏了起来。看来，我这是在要塞司令的家里，是玛丽娅·伊万诺夫娜在照看我。我想向萨维里奇问几个问题，但是老人摇着头，用手捂住了耳朵。我遗憾地闭上眼睛，很快又入睡了。

醒来后，我唤了萨维里奇一声，却发现眼前站着的不是萨维里奇，而是玛丽娅·伊万诺夫娜；迎接我的是她那天使般的声音。我难以表达此时此刻充盈我内心的甜蜜情感。我抓住她的手，贴着它，流出了感动的泪水。玛莎没有缩回手去……突然，她的柔唇触到了我的面颊上，我感觉到了一个火热、新鲜的吻。一阵热流掠过我的全身。"亲爱的，亲爱的玛丽娅·伊万诺夫娜，"我向她说道，"做我的妻子吧，给我这个幸福吧。"她冷静了下来。"看在上帝的面上，请您安静一些吧，"她抽回了手，说道，"您还处在危险之中，伤口会迸裂的。就是为了我，您也要保重自己才是啊。"说完这话，她就走了出去，把我一个人留在喜悦的独处中。幸福使我复活了。她将属于我！她爱我！这个念头渗透进了我的每一个细胞。

从那一时刻起，我的身体一天好似一天地康复了。给我治疗的是团里的一个理发匠，因为要塞里再无别的医生，但是谢天谢地，他并没有自作聪明。青春和体质加速了我的康复。要塞司令的全家都在照看我。玛丽娅·伊万诺夫娜寸步不离地守着我。当然，我抓住了第一个出现的合适机会，重申了上次被打断的求婚，这次，玛丽娅·伊万诺夫娜更耐心地听完了我的话。她十分自然地向我坦白了她对我的衷心爱慕，并说，她的父母当然也会因她的这个幸福而高兴。"但是你要好好地想一想，"她补充道，"你父母那边会不会有什么障碍呢？"

我沉思起来。我对母亲的温存是深信不疑的，但是我了解父亲的脾气和思维方式，我觉得，我的爱情是不太能够打动他的，他会把这场爱情看作是一个年轻人的胡闹。我开诚布公地对玛丽娅·伊万诺夫娜坦白了这一点，但是我决定，要给父亲写一封措辞尽量委婉些的信，以便求得亲人的祝福。我把信给玛丽娅·伊万诺夫娜看了，她觉得那信十分有说服力，也十分感人，便毫不怀疑那封信可能会带来的成功，于是，她怀着对青春和爱情的信赖，沉浸在她温柔内心的情感之中。

康复后不久，我便和施瓦勃林和解了。伊万·库兹米奇责备了我的决斗，他向我说："唉，彼得·安德列伊奇！我应该把你给抓起来，但是你已经受到了惩罚。而阿列克赛·伊万内奇倒是被关进了粮库，有人看守着，他的剑也被瓦西里萨·叶果罗夫娜锁了起来。让他好好反省反省、忏悔忏悔吧。"我太幸福了，心中的敌意荡然无存。我开始为施瓦勃林求情，好心的要塞司令在征得妻子的同意后，便做出决定把施瓦勃林释放了。施瓦勃林跑来找我；他因我们之间发生的事而表示了深深的遗憾；他承认这件事全是他的错，并求我忘记过去的一切。天生就不爱记仇的我，真诚地原谅了他和我的争吵以及他给我造成的伤害。我认为，他进行诽谤的起因，是由于自尊心受到伤害、爱情被拒绝而生的恼怒，因此，我便宽宏大量地原谅了我这位不幸的敌手。

我很快就痊愈了，可以搬回我的住处了。我焦急地等待着对我寄出的那封信的回复,我不敢抱太大的希望,只好竭力压制那些忧郁的预感。我还没有和瓦西里萨·叶果罗夫娜以及她的丈夫谈这件事;但是,我的求婚是不会让他俩感到吃惊的。无论是我,还是玛丽娅·伊万诺夫娜,都没有努力地在他们的面前掩饰自己的感情,因此,我们事先就对他们的同意深信不疑了。

终于,一天早上,萨维里奇手里拿着一封信来到了我这里。我两手颤抖地接过了信。信封上的地址是父亲的笔迹。这使我预感到了某种严重性,因为给我的信通常都是母亲写的,父亲往往只在信尾附上几笔。我好久都没拆信,反复看着信封上那行端庄的字迹:"奥伦堡省,白山要塞,吾儿彼得·安德列伊奇启。"我竭力想凭字体来猜出父亲写信时的心态;最后,我下定决心拆了信,刚读了几行,我就明白了,所有的事全都见了鬼。信的内容是这样的:

> 吾儿彼得!你的来信我们于本月15日收悉,你在信中请求我们给你祝福,并同意你与米罗诺夫的女儿玛丽娅·伊万诺夫娜的婚事,但是,我既不打算为你祝福,也不准备同意你的婚事,而且我还想到你那里去,为你的恶作剧,像教训小孩子那样把你好好教训一番,虽说你已经是个军官了,因为,你已经证明,你还不配腰挂佩剑,佩剑是赐给你去保卫祖国的,而不是用来去和像你一样的某个浪子决斗的。我要马上给安德列·卡尔罗维奇写信,要他把你调出白山要塞,调到随便什么一个能叫你不再发昏的地方去;你的母亲听说你决斗、受伤的事后,由于悲伤而染病,至今还卧床不起。你能有什么出息呢?我乞求上帝让你改邪归正,尽管我不敢对他的大恩大惠抱太大的希望。
>
> 你的父亲安·格

读完此信,我的心里百感交集。父亲所使用的那些严厉的词句,很叫我伤心。他在提到玛丽娅·伊万诺夫娜时的那种轻蔑,使我觉得既低俗又无理。要把我调离白山要塞的念头,让我感到害怕;但最让我伤心的,还是母亲生病的消息。我恨起萨维里奇来,我毫不怀疑,我决斗的事就是他告诉父母的。我在我狭窄的房间里来回踱着步,然后在他的面前停下了,我凶狠地看了他一眼,说道:"看来,你让我受了伤,整整一个月躺在棺材边上,你还不满足,你还想害死我的母亲啊。"萨维里奇如同遭了雷击。"饶了我吧,少爷,"他说道,几乎哭出声来,"你怎能这样说啊?是我让你受的伤!上帝有眼,我跑过去是想用胸口挡住阿列克赛·伊万内奇刺向你的剑啊!我这把该死的年纪误了事。再说，我对你母亲做了什么？”“做了什么？”我答道，“谁让你写信告我的密的？你难道是被派到我身边的奸细吗？我？写信告你的密？”萨维里奇含着眼泪回答，“上帝啊！请你读读老爷给我的这封信，你就知道我是如何告你的密的了。”这时，他从衣袋里掏出了一封信，我读到了下面这样一封信：

> 你这条老狗，真不知道害羞，你违背了我严厉的命令，不向我汇报我儿子彼得·安德列伊奇的情况，是外人迫不得已，才把他的胡闹告之于我。你就是这样履行自己的职责和主人的意志的吗？你这条老狗，你隐瞒实情，纵容年轻人，为此我要把你赶去放猪。我命你接到此信后立即给我回信，说清他的身体是否向别人在信中所说的那样已经痊愈了；还要写明，他伤在何处，治疗得好不好。

显然，萨维里奇在我面前是没有错的，我平白无故地用指责和怀疑伤害了他。我请求他的原谅；但是老人已经伤透了心。“看我活到了什么份上？”他念叨着，“我为我的主人们效劳，到头来得到了什么样的恩惠哟！我是老狗，我是放猪的，我是你受伤的罪魁祸首？不，彼得·安德列伊奇少爷！有罪的不是我，而是那个该死的法国先生：他教你舞铁棍，练步法，好像舞棍跨步真能防住坏人的进攻似的！硬要去雇那么个先生，白花那么多的冤枉钱！”

然而，劳神去向我父亲汇报我的行为的人，到底是谁呢？是将军？但是他好像并不太关心我的事；伊万·库兹米奇不会认为有必要去汇报我的决斗之事。我费劲地猜测着。我的怀疑后来落到了施瓦勃林的身上。他是唯一一个能以告密而得益的人，因为告密的结果，可能会使我远离要塞，和要塞司令一家断绝联系。我想去把这一切都告诉玛丽娅·伊万诺夫娜。她在台阶上迎候我。“您这是怎么啦？”她一见到我就说，“您的脸色真苍白啊！”“一切都完了！”我答道，把父亲的信递给了她。这一下，她的脸色也苍白了起来。读完信，她用颤抖的手把信还给我，声音颤抖地说：“看来，我没这个命……您的家人不想让我进他们的家。这一切都是上帝的旨意啊！上帝比我们更清楚，我们该怎么做。没什么法子，彼得·安德列伊奇；但愿您能幸福……”“不能这样！”我抓住她的手，喊道，“你爱我；我也准备面对一切。我们走吧，去跪在你父母的跟前；他们是实在人，不是那种铁石心肠的傲慢的人……让你父母给我们祝福；我们先结婚……然后，过一段时间，我相信我们能说服我父亲的；母亲会站在我们一边；父亲也会原谅我们……”“不，彼得·安德列伊奇，”玛莎回答，“没有你父母的祝福，我是不会嫁给你的。没有他们的祝福，你也不会有幸福的。我们就服从上帝的安排吧。将来,不管你是找到了一个未婚妻,还是又爱上了另一个姑娘,——上帝保佑你,彼得·安得列伊奇;我都会为你们俩……”这时,她哭了出来,从我身边跑开了;我想到她的房间里去,但又觉得自己已控制不住自己,于是就回家了。

我坐在那里,陷入了沉思,突然,萨维里奇打断了我的思绪。“你看,少爷,”他说着,把一张写满了字的纸递给了我,“你看看,我是不是告发自己主子的人,我是不是在挑拨儿子和父亲的关系。”我从他的手中接过那张纸,这是萨维里奇对他所收到了那封信的回复。这就是他的信的全文:

安德列·彼得罗维奇大人,我们的恩主!

您的恩谕我已收到,您在信中对您的奴仆我发了火,说我不知羞耻,没有履行主子的命令;可是我不是一条老狗,而是您忠实的仆人,我始终听从主人的命令,忠心耿耿地为您效劳,一直到了这满头白发的时候。我没有给您写信汇报彼得·安德列伊奇的伤,是为了不让你们平白无故地受惊吓,听说我们的恩母阿芙多季娅·瓦西里耶夫娜太太受了惊吓而卧床不起,我将祈祷上帝让她恢复健康。彼得·安德列伊奇伤在右胸上,伤口正好在胸部的一根肋骨边,有半寸来深,他一直躺在要塞司令的家里,是我们从河边把他抬到司令家里去的,为他治病的是这里的一个名叫斯捷潘·帕拉莫诺夫的理发匠;如今,谢天谢地,彼得·安德列伊奇的身体已经好了,关于他,除了好消息,没有什么情况可汇报的了。听说,长官们对他很满意;瓦西里萨·叶果罗夫娜拿他当亲儿子看。至于他出的那件事,就别再责怪这个好小伙子了,马有四条腿,也会失蹄的。您说要派我去放猪,这就随老爷您的便了。顺致恭谦的鞠躬。

您忠诚的奴仆

阿尔西普·萨维里约夫

读着这位善良老人的文字,我好几次忍不住笑了起来。我已无心思给父亲写回信;要去安慰母亲,我觉得有萨维里奇的这封信也就足够了。

从这时起,我的处境发生了变化。玛丽娅·伊万诺夫娜几乎连一句话也不和我说,并且想方设法地躲开我。要塞司令的家对于我来说已经索然无味了。渐渐地,我习惯了一个人呆在家里。起初,瓦西里萨·叶果罗夫娜为这事还责怪过我;但是,见我执意从事,也就不再来打扰我了。只是在军务需要时,我才与伊万·库兹米奇见面。我和施瓦勃林见面很少，也不想见到他，而且，我还在他的身上发现了一种隐在的敌意，这更证实了我对他的怀疑。我的生活变得使我难以忍受。由于孤独和无聊，我时常陷入忧郁的沉思之中。我的爱情在孤独中燃烧着，越来越让我感到沉重。我放弃了对阅读和写作的兴趣。我的精神萎靡了。我担心自己会发疯，或者堕落。但是，几件对我的一生都具有重要意义的突发事件，却使我的心灵突然受到了强烈、有益的冲击。

第六章　普加乔夫暴动

你们，年轻的弟兄，好好听着，
我们，这些老人们，要开口讲了。

——民歌

在开始描写我所目睹的那些奇异事件之前，我要先简单地谈一谈1773年底奥伦堡省的局势。

在这个辽阔、富饶的省份里，居住着许多半开化的民族，这些民族不久前才归顺俄国的君主。他们时常暴乱，不习惯于法律和文明的生活，天性无常且残忍，这一切使得政府不得不对他们长年进行监视，好让他们臣服。一座座要塞在认为合适的地方建造了起来，被移居到要塞里去的，大多是从前居住在亚伊克河两岸的哥萨克。但是，负责维持这一地区的安宁和安全的亚伊克哥萨克，从某个时候起，自己却变成了政府的不安分的、危险的臣民。1772年，在他们的一个主要城镇里爆发了一次叛乱。暴动的起因，是特拉乌本别尔格少将为了让军队服从命令而采取的某些严厉措施。其结果，特拉乌本别尔格少将被野蛮地杀害，管理体制被任意改动了，最后，是靠霰弹和残酷的惩罚才平息了叛乱。

这事发生在我来到白山要塞之前。我来到这里的时候，一切都已平静下来，至少表面上是这样的；当局过于轻率地相信了狡猾的暴动者的忏悔，其实，那些暴动者怀恨在心，他们在寻找适当的机会再次搞动乱。

现在，我要回到我的故事上来了。

一天晚上（这是1773年10月初的一天），我正一个人坐在家里，听着秋风的呼号，透过小窗看着在月亮旁纷飞而过的乌云。这时，有人奉司令之命来叫我。我立即前去了。在司令那里，我见到了施瓦勃林、伊万·伊格纳吉奇和那个哥萨克军士。房间里没有瓦西里萨·叶果罗夫娜，也不见玛丽娅·伊万诺夫娜。要塞司令心事重重地和我打了一声招呼。他闩上了门，让大家都坐下，只有那个军士没有落座，他站在门边；要塞司令从口袋里掏出一张纸，对我们说道："军官先生们，有一个重要消息！请大家听一听，将军是怎么写的。"接着，他戴上眼镜，读了下面这份文件：

> 白山要塞司令米罗诺夫大尉先生收。
>
> 机密。
>
> 兹通报与您等，查越狱逃走的顿河哥萨克，分裂派教徒叶米里扬·普加乔夫正冒天下之大不韪，盗用先帝彼得三世的名义，纠集一伙暴徒，在亚伊克河两岸的村镇里发动叛乱，现已攻占并捣毁数座要塞，到处抢劫、杀人。为此，接本命令后，大尉先生须立即采取适当措施，抵御上述之恶棍和僭逆，若他攻打您所据守之要塞，您等则应奋力全歼之。

"采取适当措施！"要塞司令摘下眼镜，折起那张纸，说道，"你瞧，说得多轻巧。那个恶棍看起来很厉害；可是我们总共才一百三十个人，这不算哥萨克，哥萨克是靠不住的，当然，这指的不是你，马克西梅奇。（军士笑了一下。）但是，没有办法啊，军官先生们！你们要做好准备，加强岗哨和夜间巡逻；遭到攻击时，要关好大门，把士兵带出来。你，马克西梅奇，要看好你那些哥萨克。要检查一下那门大炮，好好擦一擦。最要紧的是要对这一切严守秘密，不要让要塞里的任何人事先知道这个消息。"

下达了这些命令之后，伊万·库兹米奇便让我们解散了。我和施瓦勃林一起走了出来，对我们听到的消息作了议论。"你是怎么想的，这事的结果会怎样？"我问他。"天知道，"他回答，"我们等着瞧吧。现在还看不出有什么要紧的但如果……"说到这里，他沉思不语了，心不在焉地吹起口哨来，吹的是一首法国咏叹调。

尽管我们小心谨慎，出了个普加乔夫的消息还是在要塞里传开了。伊万·库兹米奇虽然非常尊敬他的妻子，但无论如何还是不会向她吐露军事秘密的。接到将军的信后，他相当巧妙地打发走了瓦西里萨·叶果罗夫娜，他对她说，盖拉西姆神父好像得到了一些来自奥伦堡的奇怪的消息是重大的机密。瓦西里萨·叶果罗夫娜马上就想去神父太太那里做客，后听了伊万·库兹米奇的建议，把玛莎也带上了，免得她一个人在家里太寂寞。

伊万·库兹米奇成了全权主人后，便马上派人来叫我们，帕拉什卡则被锁进了库房，以防她偷听我们的谈话。

瓦西里萨·叶果罗夫娜回到家里，她在神父太太那里什么也没打听到，她又听说，她不在家的时候，伊万·库兹米奇曾召集过一个会议，帕拉什卡也被关了起来。她猜到，是丈夫骗了她，于是，她便跑去质问他。但是，伊万·库兹米奇对这场进攻已做好了准备。他一点儿也不慌张，理直气壮地回答了他好奇的老伴道："你听着，老太婆，我们家的妇人们想用干草烧炉子；这样是会引起灾难的啊，所以我就下了一道严格的命令，往后妇人们不许用干草烧炉子，只能用干树枝来烧炉子。""那你为什么要把帕拉什卡锁起来呢？"司令太太问，"那个可怜的姑娘为什么要在库房里一直待到我们回来呢？"伊万·库兹米奇对这个问题毫无准备；他陷入了窘境，非常不连贯地叽咕了几句。瓦西里萨·叶果罗夫娜看穿了丈夫的诡计；但是她也知道，从他那里是什么也问不出来的。于是，她停止了提问，把话题转到了酸黄瓜上，说阿库尼娜·帕姆费罗夫娜在用一种非常独特的方法腌黄瓜。整整一夜，瓦西里萨·叶果罗夫娜都没睡着，她怎么也猜不透，她丈夫的脑袋里到底存着什么不能让她知道的东西。

第二天，她在做完日祷回来时，看见了伊万·伊格纳吉奇，他正在从大炮里往外掏破布、石子、木片、骨头和孩子们塞进去的各种垃圾。"这些战斗准备意味着什么呢？"司令太太想，"他们在预防吉尔吉斯人的进攻吗？但是，这类小事伊万·库兹米奇难道也要瞒着我吗？"她把伊万·伊格纳吉奇叫了过来，打定主意要从他这里掏出那个折磨着她的女人好奇心的秘密。

瓦西里萨·叶果罗夫娜与他拉了几句家常话，就像法官那样，在审问的开头，总要先问几个不相干的问题，以分散被审者的注意力。然后，她沉默了几分钟，又深深地叹了口气，最后摇着头说道："我的上帝！你瞧这是什么样的消息啊！会出什么样的事呢？"

"咦，太太！"伊万·伊格纳吉奇答道，"上帝仁慈，我们的兵够了，火药也很多，我这又擦好了大炮。我们也许能打退普加乔夫。上帝不准许，猪猡是捞不着吃的！"

"这个普加乔夫是谁？"司令太太问。

伊万·伊格纳吉奇立即意识到，自己说漏了嘴，便闭了口。但这已经晚了。瓦西里萨·叶果罗夫娜要他说出一切，并向他保证说不会告诉任何人。

瓦西里萨·叶果罗夫娜信守了自己的诺言，除了神父太太之外，她没有向任何人吐露过一个字，之所以告诉了神父太太，是因为她的一头牛还在草原上，它有可能被匪徒们抢走。

很快，大家都谈起了普加乔夫。消息是各种各样的。要塞司令派军士去邻近的村子和要塞仔细探听各种消息。两天后，军士回来报告说，在离要塞六十里远的草原上、他看见许多火光，也听巴什基尔人说，有一支来历不明的队伍开了过来。然而，他说不出任何具体的情况，因为他不敢再往前走了。

在要塞中的哥萨克中间，开始出现了一种异常的骚动；他走在大街小巷里聚众结伙，小声地交谈着，一看见龙骑兵和边防军，他们便散开了。一些密探被派到他们中间。尤莱，一个受了洗的卡尔梅克人，向要塞司令汇报了一个重要的情报。按尤莱的说法，军士的消息是假的，这个狡猾的哥萨克回来后对自己的同伙说，他到过叛军那里，见到了叛军的首领，那首领还让他吻了自己的手，并和他谈了很久。要塞司令立即把军士关了起来，并让尤莱顶替了他的职务。这个消息使哥萨克们深为不满。他们高声抱怨，前去执行要塞司令命令的伊万·伊格纳吉奇，亲耳听到了他们的话："等着瞧吧，你这只边防军耗子！"要塞司令想当天就提审犯人；但是，军士从牢里逃走了，他大约是得到了其同伙的帮助。

一个新情况更加重了要塞司令的不安。一个带有叛军传单的巴什基尔人被抓住了。借此机会，要塞司令想再次把军官们召集起来，为此，他还想找个得体的理由再次把瓦西里萨·叶果罗夫娜支开。但是，伊万·库兹米奇是一个最厚道、最诚实的人，除了他上次已经用过的方法外，他再也找不出别的办法了。

"你听着，瓦西里萨·叶果罗夫娜，"他咳了几口，向她说道，"听说，格拉西姆神父又从城里得到了……"

"别再骗我啦，伊万·库兹米奇，"司令太太打断了丈夫的话头，"看来，你是想召开一个会，把我支开，好谈一谈叶米里扬·普加乔夫的事；这一回你可骗不了我啦！"伊万·库兹米奇瞪大了眼睛。"好吧，老太婆，"他说，"既然你什么都已经知道了，那就请留下来吧；我们就当着你的面来谈谈这事。""这就对了，我的老爷子，"她答道，"还轮不到你来耍滑头；快派人去叫军官们吧。"

我们再次聚到一起。伊万·库兹米奇当着妻子的面向我们读了普加乔夫的告示，这告示是由某个半通文理的哥萨克写的。那个强盗宣布，他将立即前来攻打我们这个要塞；他号召哥萨克和士兵们加入他那一伙，警告军官们不要抵抗，否则将被绞死。告示是用一些粗鲁的、但是很有力的语言写成的，它对普通人的神经会产生可怕的作用。

"好一个骗子！"司令太太喊了起来。"他竟敢对我们发号施令！要我们打开城门迎接他，把军旗放在他的脚下！他这个狗崽子！我们从军已经四十年了，感谢上帝，我们什么都已见识过，这一点他难道不知道吗？难道能找得出服从强盗的指挥官吗？"

"看来，是这样的。"伊万·库兹米奇答道，"不过听说，那恶棍已经攻下许多要塞了。"

“看来，他的确很有力量。”施瓦勃林说。

“我们现在就来看看他真正的力量。”要塞司令说道，“瓦西里萨·叶果罗夫娜，把库房的钥匙给我。伊万·伊格纳吉奇，去把那个巴什基尔人押来，再叫尤莱把鞭子拿到这里来。”

“慢着，伊万·库兹米奇，”司令太太站起身来，“说道，让我把玛莎带到房子外面去；要不，她听到叫喊声，会吓死过去的。我呢，说句实话，也不爱看拷打。你们好生待着吧。”

早在古代，逼供的方式就已深深地扎根在传统的审叛程序中了，以至于要求废除逼供的圣旨久久起不了任何作用，人们认为，罪犯本人的供词对于充分揭露其罪行是必不可少的，——这一想法不仅是毫无根据，而且，它与健全的司法意识也是绝对矛盾的，因为，如果说，被告的否认不能当做无罪的证明，那么，他的承认也就不能被当做他有罪的证用。甚至在今天，我仍时常听到一些老法官在抱怨取消了那种野蛮的方式。在我们那个时代，无论是法官，还是被告，谁都不曾怀疑逼供的必要性。因此，要塞司令的命令并没有使我们中的任何一个人感到吃惊和不安。伊万·伊格纳吉奇去带那个巴什基尔人去了，他被关在库房里，钥匙掌管在司令太太的手里；几分钟后，犯人被带进前厅。要塞司令命令把犯人带到他面前去。

巴什基尔人吃力地迈过门槛（他戴着脚镣），摘下高高的筒帽，在门边站下了。我看了他一眼，不禁颤抖了一下。这个人的模样我永远忘不了。他的年纪大约在七十岁。他没有鼻子，也没有耳朵。他的脑袋剃得精光；在该长胡须的地方，仅飘着几根花白的毛发；他个头矮小，很瘦，还驼着背；但是，他那两只细小的眼睛还在像火一样地闪亮着。“喂！”要塞司令说，他从这个人可怕的外表就已看出，犯人是在1741年被处罚过的暴动者之一，“看来，你是头老狼了，曾经落到我们的手里。你，看来不是第一回闹事了，既然你的脑袋被刨得这样光。走近点；你说，是谁派你来的？”

老巴什基尔人默不作声，茫然不知所措地看着要塞司令。“你为什么不说话？”伊万·库兹米奇继续道，“你是不懂俄国话吗？尤莱，用你们的话问问他，是谁把他派到我们的要塞里来的？”

尤莱用鞑靼话把伊万·库兹米奇的问题重复了一遍。但是，巴什基尔人用同样的那副表情看了他一眼，还是没说一个字。

“亚克西，”[①]要塞司令说，“我会叫你开口说话的。弟兄们！扒下他这件可笑的条纹袍子，抽他的背。尤莱，给他点厉害看看！”

---

① 鞑靼语，意为“好啊”。

两个残疾兵开始去剥巴什基尔人的衣服。那个不幸的人的脸上露出了惊慌。他就像一个被孩子们捉住的小兽，四面张望着。一个残疾兵抓着他的两只胳膊，把胳膊架在自己的肩膀上，将老人反背起来，尤莱抓起鞭子，挥动了一下，——就在这时，那个巴什基尔人不住地点着头，发出了微弱的求饶声，他张开了嘴，嘴里没有舌头，只有半截舌根。

每当我想到，这件残酷的事就是我所亲身经历的，而我如今却又已活到了亚历山大皇帝的仁政时期，我就不能不为教育的迅速发展和博爱原则的传播等成就而感到吃惊。年轻的读者！如果我的手记落到了你的手里，那么就请你记住，那些避免暴力的震撼、通过改善习俗而进行的变革，才是最好的、最牢靠的变革。

众人皆大吃一惊。"好吧，"要塞司令说，"看来，我们从他那里是问不出什么名堂了。尤莱，把这个巴什基尔人带回库房去。而我们，先生们，还要再谈一谈。"

我们刚开始讨论我们的处境，瓦西里萨·叶果罗夫娜突然走进屋来，她气喘吁吁的，样子非常惊慌。

"你这是怎么回事？"吃惊的要塞司令问。

"老爷们，大事不好啦！"瓦西里萨·叶果罗夫娜回答，下湖要塞今天早上失守了。格拉西姆神父的一个伙计刚从那边回来。他亲眼看到了要塞的失守。要塞司令和所有的军官都被绞死了。所有的士兵都被俘虏了。眼看着，强盗们就要打到这里来啦。"

这个意外的消息使我非常吃惊。我认识下湖要塞的司令，那是一个文静、谦和的年轻人；两个月前，他和他年轻的妻子一同从奥伦堡回要塞的途中，曾在伊万·库兹米奇这里停留过。下湖要塞离我们的要塞有二十五里路。我们随时都有可能遭到普加乔夫的进攻。玛丽娅·伊万诺夫娜的命运清晰地浮现在我的眼前，我的心简直要停止跳动了。

"您听我说，伊万·库兹米奇！"我对要塞司令说，"我们的职责就是保卫要塞，直到最后一息；这没什么可说的。但是，必须考虑到妇女们的安全。如果道路还畅通的话，请您把她们送到奥伦堡去，或者送到一个更远更可靠的、强盗们一时还打不到的要塞里去。"

伊万·库兹米奇转向妻子，说道：

"你听见了吧，老太婆，真的，在我们收拾完叛匪之前，先把你们送远一些吧？"

"废话！"司令太太说，"哪里有什么子弹飞不到的要塞啊？白山要塞为啥就靠不住啦？谢天谢地，我们在这里都过了二十二年了。巴什基尔人，吉尔吉斯人，我们都见识过，兴许，我们躲得过普加乔夫！"

"好吧，老太婆，"伊万·库兹米奇说，"要是你信得过我们的要塞，那你就请留下来吧。但是我们拿玛莎怎么办呢？要是我们躲了过去，或者等到了援兵，那自然好；但是，要是强盗们攻破了要塞呢？”

“那就……”瓦西里萨·叶果罗夫娜语塞了，她住了口，神情十分激动，

“不，瓦西里萨·叶果罗夫娜，”要塞司令发现，他的话起了作用，在他的一生中，这也许还是第一次，于是，他便继续说道，“玛莎不能留在这里。我们把她送到奥伦堡她教母那里去，那儿的部队和大炮都够用，墙也是石头砌的。我劝你也和她一起去那里；你虽说是个老太婆，要是要塞被攻破，你也够呛。”

“好吧，”司令太太说，“就这么办，我们把玛莎送走。可是你做梦也别想把我送走，我是不会走的。我这把年纪了，没有必要离开你，到外乡去找一座孤坟。我们活着在一起，死也要死在一起。”

“说的也是，”要塞司令说，“好吧，别再拖延了。快去给玛莎准备上路的事。明天一早就出发，虽说我们没有多余的人手，还是要给她派几个卫兵。玛莎在哪儿？”

“她在阿库尼娜·帕姆费罗夫娜那里。”司令太太说，“听到下湖要塞被攻破了，她的心情很不好；我真担心她会病倒。上帝啊，瞧我们落到了什么地步！”

瓦西里萨·叶果罗夫娜去忙女儿出发的事了。要塞司令的谈话还在继续；但是，我已不再参与谈话，也什么都听不进去了。玛丽娅·伊万诺夫娜在晚饭前回来了，她脸色苍白，泪痕满面。我们默默地吃了晚饭，吃饭的速度也比平时快；和司令一家告别后，我便出门回家了。但我故意把佩剑忘下，好回头去取：我预料到，我能单独地碰到玛丽娅·伊万诺夫娜。果然，她站在门口迎我，把我的剑递给了我。“再见，彼得·安德列伊奇！”她含着泪对我说，“他们要送我去奥伦堡。祝你平安，幸福；也许，上帝还会让我们见面的；万一不能……”她哭了起来。我拥抱了她。“再见，我的天使，”我说道，“再见，亲爱的，我的心上人！无论我发生了什么事，都请你相信，我最后的思念是你，我最后的祈祷也是为你而做的！”玛莎痛哭着，依在我的胸前。我热烈地吻了她，然后快步走出了房间。

第七章　攻击

头领啊，我的小头领，
从军打仗的小头领！
他从军三十又三载啊，

我的那位小头领。
唉，他没挣到好处，
也没有挣到欢心。
他没有赢得高位，
也没有赢得赞赏；
我的那位小头领哪，
只得到了两根木桩，
一根丝质的绞索，
和一根横绑的槭木棒。

——民歌

这天夜里，我没有睡着，也不曾解衣。我打算天一亮就到要塞的大门口去，玛丽娅·伊万诺夫娜一定会从那里过，我好最后一次和她告个别。我觉得自己的内心发生了很大的变化：较之于我不久前沉浸其中的忧伤，我感到我内心的激动要容易忍受得多。朦胧然而甜蜜的期望、对危险的焦急的等待、崇高的荣誉感等，和离别的愁情交织在一起。夜不知不觉地过去了。我正想出门，我的门突然被推开，一个班长进来向我报告说，我们的哥萨克在夜间撤出了要塞，他们抓走了尤莱，要塞周围散布着来历不明的人。一想到玛丽娅·伊万诺夫娜尚未来得及离开，我感到害怕了；我匆匆向班长交待了几句，就急忙向要塞司令那里跑去。

天已经亮了。我正在街上飞跑，突然听到有人叫我。我站了下来。"您往哪儿跑?"伊万。伊格纳吉奇追上了我，说道："伊万·库兹米奇在城墙上，他让我来叫您。普加乔夫来啦。""玛丽娅·伊万诺夫娜走了吗?"我问道，心怦怦地直跳。"没来得及走，"伊万·伊格纳吉奇回答，"到奥伦堡的路被切断了；要塞也被包围了。情况不妙啊，彼得·安德列伊奇!"

我们走向城墙，这是一个利用天然地形构筑的并用木栅栏加固的高地。要塞里的所有居民都已经聚集在那里了。边防军持枪而立。那门大炮昨天夜里就被拖到了那里。要塞司令在自己人数不多的队列前来回地走着。危险的迫近使这位老军人异常地兴奋。在离要塞不远处的草原上，有二十来个人在骑马奔跑。他们像是哥萨克，但其中也有巴什基尔人，这从他们头上的猞猁皮帽子和身背的箭囊便很容易辨别得出。要塞司令巡视了一下自己的队伍，并向士兵们说道："弟兄们，今天，我们要为保卫女皇而战了，我们要向天下证明，我们都是勇敢、忠诚的好汉!"战士们高声应答，表示忠心。施瓦勃林站在我的旁边，紧紧地盯着敌人看。在草原上奔跑的人发现了要塞里的动静后，聚集到一起，开始商量什么事情。要塞司令要伊万·伊格纳吉奇把大炮对准那群人，自己则亲自点燃了导火索。炮弹尖叫着，飞过了那群人的头顶，没有炸着一个人。那些骑马的人散开了，顷刻间便无了踪影，草原上又空荡荡的了。

这时，瓦西里萨·叶果罗夫娜也来到城墙上，玛莎不愿离开母亲，也跟她来了。"怎么样？"司令太太问，"仗打得怎样？敌人在哪儿？""敌人离这儿不远，"伊万·库兹米奇回答，"上帝保佑，一切顺利。你呢，玛莎，你害怕吗？""不怕，爸爸，"玛丽娅·伊万诺夫娜回答，"一个人在家更害怕。"她又看了我一眼，强颜一笑。我不由自主地握紧了剑柄，想到，我昨晚从她手里接过了这把剑，仿佛就是为了现在来保卫我的心上人的。我的心在燃烧。我把自己想象成她的骑士。我渴望着去证明，我是无愧于她的信任的，因此，我在焦急不安地等待着那决定性的时刻。

此时，在离要塞半里路远的一个高地后面，又新出现了一些骑在马上的人，很快，草原上就布满了手持长矛和弓箭的人群。在他们当中，有一个骑白马的人，他身着红袍，手持一柄出鞘的马刀：这就是普加乔夫本人。他停下了；人们簇拥着他，接着，像是奉了他的命令，四个人离开了人群，骑着马全速驶到要塞跟前。我们认出，这几个人是从我们这边逃过去的叛徒。其中的一个把一张纸举在脑袋之上；另一个用枪矛挑着尤莱的头，他晃了一下矛，越过栅栏把那颗头颅扔到了我们跟前。那可怜的卡尔梅克人的头颅跌落在要塞司令的脚边。叛徒们喊道："别开枪；快出来迎接皇上。皇上就在这里啊！"

"瞧我怎么揍你们！"伊万·库兹米奇喊道，"弟兄们！开火！"我们的士兵来了一排齐射。那个拿着信的哥萨克摇晃了一下，跌下马来；其他几个逃了回去。我看了玛丽娅·伊万诺夫娜一眼。被尤莱那血淋淋的头颅吓坏了，又听到刺耳的枪声，她好像晕了过去。要塞司令叫来班长，要他去从被击毙的哥萨克手里拿回那张纸。班长走了出去，回来时手里还牵着死者的马。他把信交给了要塞司令。伊万·库兹米奇默默地读了一遍，然后将信撕得粉碎。看来，叛匪就要准备行动了。很快，子弹就开始在耳边呼啸起来，还有几支箭扎在我们身边的地上和栅栏上。"瓦西里萨·叶果罗夫娜！"要塞司令说，"这儿没有妇女们的事；快把玛莎带走；你瞧，姑娘快要吓死了。"

枪林弹雨中的瓦西里萨·叶果罗夫娜安静了下来，她向草原上看了一眼，草原上有很多人在运动；然后她转向丈夫，对他说："伊万·库兹米奇，生死由上帝安排，你来给玛莎祝福吧。玛莎，到你父亲那儿去。"

脸色苍白、浑身颤抖的玛莎走到伊万·库兹米奇的身边，跪在地上，向父亲叩首。老司令给她画了三次十字；然后，他扶起女儿，吻了她，用变了调的声音对她说："玛莎，祝你幸福。向上帝祈祷吧，他不会抛弃你的。如果遇到一个好人，就让上帝赐给你们爱情和忠告。你们要相亲相爱地活着，就像我和瓦西里萨·叶果罗夫娜这样。好了，再见吧，玛莎。瓦西里萨·叶果罗夫娜，快带她走。”（玛莎扑过去搂着他的脖子，痛哭起来。）“我们也来吻别吧，”司令太太也哭着说，“再见，我的伊万·库兹米奇。如果我有什么对不住你的地方，请你原谅我！”“再见，再见，老太婆！”要塞司令拥抱了他的老伴，说道，“好了，就到这儿吧！快去，快回家去；如果来得及，你就给玛莎穿一件长裙。”司令太太和女儿走远了。我目送着玛丽娅·伊万诺夫娜；她也回头看了我一下，向我点了点头。这时，伊万·库兹米奇向我们转过身来，他所有的注意力都放到了敌人的身上。叛匪们骑在马上，围着他们的首领，突然，他们全都下了马。“现在要顶住，”要塞司令说，“他们要进攻了……”就在这时，响起了一阵可怕的尖叫声和呐喊声；叛匪们飞跑着向要塞冲来。我们的大炮已装满了霰弹。要塞司令把敌人放到了最近的距离，然后突然开了火。霰弹正落在人群的中央。叛匪们朝两边散去，并退向后面。只剩下他们的首领孤身一人在前面……他挥舞着军刀，像是在激动地说服手下的人……中断了片刻的呐喊和尖叫，又立即重新响了起来。“喂，弟兄们，”要塞司令说，“现在打开城门，擂鼓。弟兄们！跟我出击，冲啊！”

刹那间，要塞司令、伊万·伊格纳吉奇和我便跃到了城墙外；但是，吓坏了的边防军们却没有动窝。“爷们，你们怎么站着不动啊？”伊万·库兹米奇叫喊道，“死就死嘛，你们是军人啊！”就在这时，叛匪已经跑到我们跟前，冲进了要塞。战鼓不响了；边防军们扔下了武器；我被撞倒了，但是我又站了起来，和叛匪一同进了要塞。头部负了伤的要塞司令站在一伙暴徒中间，暴徒们正在向他要钥匙。我冲过去想帮帮他，但几个强壮的哥萨克抓住了我，用腰带把我捆了起来，嘴里还说着：“够你们受的，你们这帮反抗皇上的家伙！”我们被拖着从街上走过。居民们从屋里走了出来，手里拿着面包和盐。钟声响了。突然，人群中有人在喊叫，说皇上在广场上等着处理俘虏、接受宣誓。人们向广场涌去；我们也被带到了那里。

普加乔夫坐在要塞司令家台阶上的一把扶手椅上。他身披一件饰满金银的红色哥萨克长袍。带有金色流苏的高筒貂皮帽，低低地压在眉眼上，他的一双眼睛在闪闪发光。他的脸我好像很熟悉。几个哥萨克头领围在他身边。脸色苍白、浑身颤抖的盖拉西姆神父手持十字架，站在椅子边看起来，他是在为那些将要受刑的人默默地向普加乔夫求情。广场上很快就搭起一个绞架。当我们走近时，一些巴什基尔人赶开了人群，我们被带到了普加乔夫面前。钟声停了；一片死死的寂静。“哪位是要塞司令！”自称为皇上的人问。我们那位军士走出人群，指出了伊万·库兹米奇。普加乔夫威严地看了老人一眼，说道：“你怎敢反对我，反抗你的皇上呢？”因负伤而体力不支的要塞司令，聚集起最后的力量，声音坚定地回答：“你听着，你不是我的皇上，你是一个贼，是假冒的皇帝！”普加乔夫阴沉地皱了皱眉头，挥了挥白手绢。几个哥萨克抓住上了年纪的大尉，把他拖到绞架边。绞架的横梁上骑着一个残废的巴什基尔人，就是我们昨天晚上审讯过的那一个。他手里拿着绳索，一分钟后，我便看见可怜的伊万·库兹米奇被吊在了空中。这时，伊万·伊格纳吉奇又被带到了普加乔夫面前。“宣誓吧，”普加乔夫对他说，“对彼得·费奥多罗维奇①宣誓！”“你不是我们的皇上，”伊万·伊格纳吉奇重复着他的大尉的话，答道，“你，老弟，是个贼，是冒充的皇帝！”普加乔夫又挥了挥手帕，于是，善良的中尉也被吊死在他的老首长的身边。

轮到我了。我勇敢地望着普加乔夫，准备把我的两位高尚战友的回答再重复一遍。这时，使我极其惊讶的是，我在反匪的头领中看见了施瓦勃林，他把头发剃成了一个圆圈，也穿着哥萨克的长袍。他走到了普加乔夫跟前，对他耳语了几句。“吊死他！”普加乔夫看也不看我一眼，就说道。绞索套到了我的脖子上。我开始默默地祈祷，真诚地向上帝忏悔我所有的罪过，并求上帝拯救所有与我亲近的人。我被拖到了绞架边。“别怕，别怕。”刽子手们反复地对我说，也许，他们真的想让我打起精神来。突然，我听到了一个喊声：“住手，该死的！你们等一等！……”刽子手们停了下来。我看到，萨维里奇跪在了普加乔夫的脚边。“亲爹啊！”那个可怜的仆人说，“杀了少爷对你有什么好处呢？放了他吧；你会得到他的赎金的；你要是为了杀一儆百，就把我这个老头子吊死吧！”普加乔夫做了一个手势，我立即被解了绞索，放开了。“我们的老爷饶了你啦。”有人在对我说。此刻，我不能说，我在因自己的获救而高兴，但是也不能说，我在因为获救而遗憾。我的感觉非常地混乱。我又被带到了那个自称为帝的人面前，我被按着跪在他的脚下。普加乔夫向我伸过了他那只青筋暴露的手。“吻他的手，吻他的手！”我周围的人在说。但是，我宁愿接受最残酷的死刑，也不愿接受这卑劣的侮辱。“彼得·安德列伊奇少爷！”萨维里奇站在我身后，推着我，低声说道，“别犟了！你值得吗？啐上一口，再去亲亲那个坏……（呸！）再去亲亲他的手吧。”我没有动弹。普加乔夫放下手，冷笑着说：“这位大人看来是高兴傻了。扶他起来吧！”我被拉了起来，有了自由。我开始观看这出恐怖喜剧的延续。

居民们开始宣誓。他们一个接一个地走上前来，吻了吻十字架，然后向那个自称为帝的人鞠躬。边防军的士兵们也站在那里。连里的裁缝用他那把钝剪刀剪去了他们的发辫。士兵们抖掉碎头发，走向普加乔夫的那只手，普加乔夫宣布赦免他们，并

---

① 彼得·费奥多罗维奇（1728—1762），即彼得三世，彼得大帝的外孙，父亲是德国人，他于1742年由德国回到俄国，1761年起为俄国皇帝，因亲德国引起普遍不满，后在其妻叶卡捷琳娜发动的宫廷政变中被杀。普加乔夫就是利用他的名义发动起义的。

接受他们入伙。这件事持续了近三个小时。最后，普加乔夫从椅子上站起来，在头领们的伴随下走下台阶。一匹背负华丽鞍具的白马被牵到他的面前。两名哥萨克搀着他的胳膊，扶他坐上了马鞍。他对盖拉西姆神父说，他将在神父那里吃午饭。就在这时，传来了一个女人的叫喊声。几个强盗把披头散发、赤身裸体的瓦西里萨·叶果罗夫娜拖到了台阶上。其中的一个强盗已经穿上了她那件坎肩。其他几个则把毛毯、箱子、茶具、衣物和所有的家什都抢了出来。“老爷们哪！”那可怜的老太太喊道，“让我的灵魂安静一会吧。亲老爷们，带我去见伊万·库兹米奇吧！”突然，她看到了绞架，认出了自己的丈夫。“强盗！”她疯狂地喊道，“你们对他干了什么啊？我的亲人哪，伊万·库兹米奇，你这个勇敢的士兵头领啊！普鲁士人的刺刀没碰到你，土耳其人的子弹也没伤着你；你没死在光荣的战斗里，今天却死在一个逃犯的手里啊！”“让这个老妖精闭嘴！”普加乔夫说。立刻，一个年轻的哥萨克挥刀向她的头上砍去，她死了，躺倒在台阶上。普加乔夫走了；民众跟在他的身后。

第8章 不速之客

不速之客比鞑靼人还坏。

——谚语

广场上空无一人。我一直站在原地，许久也理不清被那十分恐怖的印象所扰乱的思绪。

最叫我担心的是，我不知道玛丽娅·伊万诺夫娜的命运。她在哪里？她怎么样？她藏起来没有？她藏身的地方可靠吗？……我满怀着这些慌乱的念头，走进了要塞司令的房子……房间里全空了；椅子、桌子和箱子全被砸碎了；餐具给摔了；所有的东西都被抢走了。我沿着那个通向闺房的小楼梯走上去，生平第一次走进了玛丽娅·伊万诺夫娜的房间。我看见，她的床铺已被强盗们翻得乱七八糟；柜子被砸烂、被掏空了；一盏小灯还在空空如也的神龛前亮着。两扇窗户间的墙壁上，还挂着一面完好的镜子……这间朴素闺房的女主人究竟哪儿去了呢？一个可怕的念头闪过我的脑海：我想象她落到了强盗们的手中……我的心紧缩了起来……我哭了，痛心地哭着，大声地呼唤着我的心上人的名字……就在这时，我听到了一个轻轻的响声，接着，脸色苍白、颤抖着的帕拉莎从柜子里钻了出来。

"唉,彼得·安德列伊奇!"她两手一拍,说,"这是什么日子哟!多可怕啊!……"

"玛丽娅·伊万诺夫娜呢?"我急忙问,"玛丽娅·伊万诺夫娜怎么样了?"

"小姐还活着,"帕拉莎回答,"她藏在阿库尼娜·帕姆费罗夫娜那里。"

"在神父太太那里?"我恐惧地叫了起来,"我的天哪!普加乔夫也在那里啊!……"

我马上冲出房间,一转眼就来到了街上,我目不斜视,心不二用,飞快地跑到神父的家。那里传出了一阵阵喊声、笑声和歌声……普加乔夫在和自己的战友们饮酒作乐。帕拉莎也跟着我跑到了这里。我让她悄悄地去把阿库尼娜·帕姆费罗夫娜喊出来。一分钟后,神父太太走到前厅,来到了我这里,她的手里捧着一个空酒瓶。

"看在上帝的面上,请快点告诉我,玛丽娅·伊万诺夫娜在哪儿?"我十分激动地问。

"她正躺着呢,我的小鸽子她就躺在我的床上,在隔板后面。"神父太太回答,"唉,彼得·安德列伊奇,差点遭了灾啊,但是感谢上帝,一切都还平安无事。那个恶棍刚刚坐下来吃饭,我那可怜的姑娘她就苏醒过来了,哼哼起来!……我简直吓傻了。那人听到了声音,就问:'是谁在你这里哼哼呀,老太太?'我对那贼鞠了一躬,说:'是我的侄女,皇上,她得了病,躺在床上都一个多礼拜了。''你的侄女年轻吗?''很年轻,皇上。''老太太,让我看看你的侄女。'我的心像是要跳出来了,但是毫无办法。'请吧,皇上;只是那姑娘起不了床,不能来接受你的恩典。''不要紧,老太太,我自己去看。'那该死的真的走到了隔板后面;你猜怎么着?他掀开了账子用他那双老鹰一样的眼睛望了一下!——但是没什么……上帝保佑!你信不,我和我老头子都已经准备去赴死了。幸好,我的小鸽子她没有认出他来。上帝啊,我们可算是交了好运!没话可说的!可怜的伊万·库兹米奇啊!谁能想得到这事!……瓦西里萨·叶果罗夫娜呢?伊万·伊格纳吉奇呢?他究竟犯了什么罪?……为什么又饶了您?那个阿列克赛·伊万内奇·施瓦勃林成个什么样子了?他也把头剃成个圆圈,现在正在这里和他们一起喝酒呢!这个投机的家伙,没什么可提的。在我谈到生病的侄女时,你信不信,他死死地盯着我看,那目光像把刀子,要把我给刺穿;但是他没有出卖我们,这真得谢谢他了。"这时,传来了客人们醉醺醺的叫喊声和盖拉西姆神父的声音。客人们要上酒,主人在叫老伴。神父太太忙活起来。"回家去吧,彼得·安德列伊奇,"她说,"现在顾不上您了;强盗们正在喝酒。您要是落到醉鬼的手里,可就糟了。再见,彼得·安德列伊奇。该怎样就怎样吧;上帝兴许不会扔下我们的。"

神父太太走了。我稍稍心安了一些,回到了自己的住处。路过广场时,我看到有几个巴什基尔人正围在绞架边,从被吊死者的脚下脱靴子;我好容易才压住自己的愤怒，意识到前去干涉也是白搭。强盗们在要塞里来回奔跑，抢劫着军官们的住所。到处是灌醉的叛匪的叫喊声。我回到了家里。萨维里奇在门边迎接我。“感谢上帝！”看见了我，他叫了起来，“我还以为，强盗们又把你给抓起来了呢。唉，彼得·安德列伊奇少爷！你信不信？我们的东西全被抢走了，这帮恶棍，衣服，床单，杂品，餐具，——一样也没给留下。这可怎么是好呀？谢天谢地，他们让你活着回来了！少爷，你认识那个首领吗？”

“不，不认识；他是谁？”

“怎么，少爷，你忘了那个在客栈里骗走你的兔皮袄的醉鬼了？那件兔皮小袄还是新的呢，他这个魔鬼套在身上，连线都给绷开了！”

我大吃一惊。确实，普加乔夫与我的那个向导非常相像。等我确信了普加乔夫和那向导就是同一个人后，才明白了我之所以得到宽恕的原因。我不能不因这奇异的事件组合而感到惊愕：送给一个流浪汉的一件儿童穿的兔皮袄，竟然使我免遭绞刑；一个曾在客栈里游荡的醉鬼，居然攻陷了要塞、搅动了整个国家！

“你要吃点东西吗？”萨维里奇问，他还是没有改变老习惯，“家里什么也没有了；我出去找一找，再给你做点什么吃的。”

我一个人留了下来，陷入了沉思。我该做什么？继续留在被这个恶棍占据的要塞里，或是跟着他的队伍走，这对于一名军官来说都是可耻的。军人的天职要求我到我能为危难中的祖国效忠的地方去……但是，爱情却建议我留在玛丽娅·伊万诺夫娜的身旁，做她的保卫者和庇护人。虽然，我也预见到形势很快就一定会有变化，但是一想到她的危险处境，我仍不能不浑身发抖。

一名哥萨克的到来打断了我的思维，他跑来对我说：“伟大的皇上让你去见他。”“他在哪里？”我问道，准备随他前去。

“在要塞司令的房子里。”那哥萨克回答，“午饭后，我们的老爷去洗了澡，现在正在休息。不管怎么看，陛下都是个大人物啊：他一顿午饭就吃了两只烤猪崽，他洗澡时汽烧得那么热，热得连塔拉斯·库罗奇金也受不了了，他只好把条帚交给了福姆卡·比克巴耶夫，自己又一个劲地冲凉水。没什么说的，一举一动都很有派头……听说，在澡堂里，他露出了他胸口的皇帝记号：一边是一只双头鹰，有五戈比的硬币那么大，另一边是他自己的像。”

我认为没有必要去和那个哥萨克争论，便和他一起向要塞司令的房子走去，我在预想着和普加乔夫见面的场面，并竭力想猜出，这次见面将如何结束。读者很容易想象得到，我当时并不是非常冷静的。

当我来到要塞司令的房子前时，天已经黑了下来。吊着几具尸体的绞架黑乎乎的，十分可怕。可怜的司令太太的尸体还躺在台阶下，台阶边有两个哥萨克在站岗。领我来的那个哥萨克进去通报我的来到，他很快就回来了，领我进了房间，昨天晚上，我就是在这个房间里和玛丽娅·伊万诺夫娜温情地告别的。

我看到的是一幅不同寻常的场面：铺着台布的桌子上，摆着酒瓶和酒杯，普加乔夫和十来个哥萨克头领坐在桌边，他们全都戴着帽子，穿着花衬衣，喝酒喝得浑身发热，脸色通红，眼睛放光。在他们中间，没有刚刚叛变的施瓦勃林和我们的那位军士。“哟，大人！”看到我后，普加乔夫说道，“欢迎光临；你好，请坐。”他的伙伴们挤了挤。我默默地在桌边坐了下来。我旁边坐的是一个身材匀称、眉清目秀的年轻哥萨克，他给我倒了一杯烧酒，但我连碰也没碰那酒。我开始好奇地打量起这一伙人来。普加乔夫坐在首席，肘支在桌子上，用他那只宽大的拳头撑着长满黑胡须的下巴。他脸上的轮廓很端正，看上去叫人愉快，不带丝毫凶相。他不时地向一个五十岁左右的人转过身去，普加乔夫时而称他为伯爵，时而叫他吉莫费伊奇，时而又尊称他为大叔。[①] 众人全都像同志一样地相待，对首领也没有表现出特别的敬重。他们谈的是早晨的攻击、起义的成就和未来的行动。每个人都要吹嘘一番，提出自己的看法，也可自由地和普加乔夫争论。就是在这个奇特的军事会议上，做出了向奥伦堡进军的决定：这是一个大胆的行动，它后来差一点获得了灾难性的成功！会议决定，明天就出发。“好了，弟兄们，”普加乔夫说，“睡觉前，我们来唱支我喜欢的歌吧。楚马科夫，唱！”我身边的一个人用细细的嗓音唱起了一首悲伤的纤夫之歌，众人用合唱和着他：

别喧哗了，我绿色的小树林，
别打扰我这个好小伙暗自伤神。
明早儿我这个好小伙要去受审，
那威严的法官就是沙皇本人。
皇上他啊会开口把我问：
你说，你这个农民的孩子，
你是和谁一起偷盗又抢劫，
与你同伙的还有许多人？
正教的沙皇啊，我对你讲，
我对你说的全是真话和实情，
我的同伙嘛总共有四人：

---

① 此人叫费多尔，是普加乔夫军中的炮兵首领。

我的第一个同伙就是黑夜，
第二个同伙则是宝刀一柄，
第三个同伙是那匹好马，
第四个同伙是把张紧的弓，
铁打的箭头就是我的书信。
正教的沙皇他开口说道：
真行，你这个农民的孩子，
你会偷盗，问题回答得也行！
孩子啊，我要给你奖赏，
在旷野上给你一座高高的宫殿，
那便是两根木桩和一道横梁。

很难道出，这些注定要上绞架的人所唱的这首关于绞架的朴实民歌，给我留下了怎样的印象。他们威严的脸庞，整齐的声音，悲伤的表情，再加上那原本就很有表现力的歌词，——所有这一切，都在以某种诗意的恐惧震撼着我。

客人们又干了一杯，然后站了起来，和普加乔夫道别。我想跟着他们出去，但是普加乔夫对我说："坐着；我想和你谈一谈。"我们留了下来，面对面地坐着。

几分钟里，我们双方都没有说话。普加乔夫仔细地看着我，有时眯起左眼，带着一种令人惊讶的狡诈和嘲笑的神情。最后，他笑了笑，很开心的样子，毫不做作，以至于我看着他，也笑了起来，自己也不知道为什么要笑。

"怎么样，大人？"他对我说，"你老实说，当我的小伙子把绳子套在你的脖子上的时候，你害怕了吧？我想，是吓破了胆……要不是你的那个仆人，你早就被吊在横梁上了。我一眼就认出了那个老家伙。喂，大人，你想到没有，那个领你去大车店的人就是伟大的君主他本人？（这时，他摆出一副庄重、神秘的样子。）你在我面前犯了大罪，"他接着说，"但是我要饶恕你，因为你对我有恩，因为你在我被迫躲避敌人的时候帮助过我。你就等着瞧吧！等我收复我的国家，我还要好好赏赐你的！你愿意忠心为我效劳吗？"

这个骗子的问题以及他的大胆，让我感到很有趣，我忍不住笑了一下。

"你笑什么？"他皱着眉头问，"你不相信我就是伟大的君主？你直截了当地回答我。"

我不知所措了：我无法去承认这个流浪汉为国君，我觉得那样做是不可饶恕的懦弱。当面叫他骗子，就等于是自取灭亡；在最初的怒火燃烧起来的时候，我曾准备当着众人的面去上绞架，但是此刻，那样的举动已使我感到是毫无益处的逞能了。普加乔夫阴沉着脸在等着我的回答。最后（直到如今，我仍心满意足地记得那一时刻），责任感战胜了我身上的人的软弱。我回答普加乔夫道："你听着；我来对你说实话。你想想，我能承认你为国君吗？你是个聪明人，你自己也能看出，我是不是在撒谎。"

"那么，你认为我是什么人呢？"

"上帝知道你是谁；但是，无论你是谁，你都是在开着一个危险的玩笑。"

普加乔夫飞快地瞥了我一眼，说道："这么说，你是不相信我就是皇帝彼得·费奥多罗维奇喽？那么，好。但是，难道一个勇敢的人就不会成功？过去的格里什卡·奥特列比耶夫①不也称帝了吗？随你怎么想我都行，但是你别走。其他的事与你什么相干？谁有本事，谁就为王。你忠心耿耿地为我效劳吧，我会封你做大元帅、大公爵的。你认为怎么样啊？"

"不，"我坚定地回答，"我生来就是贵族；我向女皇陛下宣过誓，所以不能为你效劳。如果你真的想为我做点好事，那就请你放我回奥伦堡。"

普加乔夫想了一会。"如果我放了你，"他说，"那你至少得答应我不再从军反抗我。"

"我怎能答应你呢？"我回答，"你自己也知道，这事不能由我来决定，要是长官派我来打你，我也没有办法，只好来打。如今你也是长官了；你自己也会要求你的部下服从你。如果军务需要我，而我却拒绝执行，那像什么话呢？我的脑袋捏在你的手心里，你若放了我，那就谢谢你了；你若绞死我，上帝会审判你的。我对你说的都是实话。"

我的真诚镇住了普加乔夫。"就这样吧，"他拍了一下肩膀，说道，"绞刑归绞刑，饶恕归饶恕。你随便去哪儿，做你爱做的事吧。明天来我这告个别，现在去睡觉吧，我也困了。"

我离开普加乔夫，走到街上。夜静谧而又寒冷。新月和星星明亮地闪烁着，照耀着广场和绞架。要塞里非常安静，也很黑暗。只有酒店里还亮着灯，并传出了深夜不归的酒鬼的叫喊声。我向神父的家望了一眼。护窗板和大门都紧闭着。看来，那所房子里是一片安静。

我回到住处，见到了萨维里奇，他正在因为我的不归而担心。我获得自由的消

---

① 德米特里·奥特列比耶夫（？—1606），据说院士莫斯科丘多夫修道院的教士，后逃到波兰，1601年在那里起兵，自称是伊凡四世（雷帝）的儿子德米特里，1604年打进俄国，1605年成为俄国沙皇，次年在宫廷政变中被杀，史书中又称其为"伪德米特里一世"。

息，使他无比地高兴。“感谢你啊，上帝！”他画着十字，说道，“天一亮我们就离开要塞，随便去哪儿都行。我给你做了点吃的；少爷，你吃点东西吧，然后就睡觉，无忧无虑，像在基督的怀里，一直睡到天亮。”

我听从他的建议，美美地吃了顿晚饭，然后，身心均极其疲惫的我，倒在光光的地板上，睡着了。

第九章　别离

美丽的姑娘啊，和你相识，
我感到多么的甜蜜；
忧愁啊忧愁，和你道别，
就像是在和灵魂别离。

——赫拉斯科夫①

清早，我被一阵鼓声惊醒了。我来到集合地。普加乔夫的人马已经在绞架边集合了起来，那绞架上，还吊着昨天的受难者。哥萨克们骑在马上，士兵们扛着枪。旗帜在迎风招展。几门大炮，其中包括我们的那门，已经被装在手炮架上。所有的居民也都站在这里，等着那个自称为帝的人。在要塞司令家的台阶边，一个哥萨克牵着一匹漂亮的吉尔吉斯种白马。我在用目光寻找着司令太太的尸体。她的尸体被稍稍往一边移了移，盖上了一张草席。终于，普加乔夫走出了前厅。人们摘下了帽子。普加乔夫站在台阶上，向众人问了好。一个头领递给他一袋铜币，他抓起铜币，一把把地撒了出去。民众喊叫着扑过去拣钱，有些人被挤伤了。普加乔夫被他的几个主要同谋簇拥着。施瓦勃林也站在那几个人中间。我们的视线相遇了；在我的目光中，他只能看到鄙视，于是，他便面带真正的仇恨和假装的嘲讽，转过身去。普加乔夫看到人群中的我，朝我点了点头，要我到他那儿去。“听着，”他对我说，“你现在就去奥伦堡吧，替我传个话给省长和所有的将军，让他们在一个礼拜后等着见我。你劝他们要像孩子那样友好、听话地迎接我；否则，他们就要被绞死。一路平安，大人！”然后，他转向民众，手指着施瓦勃林说道：“孩子们，这就是你们的新长官，你们要一切服从他，他

① 赫拉斯科夫（1733—1807），俄国诗人，这段诗句引自他的《别离》一诗。

要对我负责，守卫你们，守卫要塞。”施瓦勃林要做要塞的首长了，听到这话，我感到很可怕：玛丽娅·伊万诺夫娜落到他的手里了！上帝，她会怎么样！普加乔夫走下台阶。有人给他牵来马。没等那几个跑上前来想扶他上马的哥萨克动作，他就已灵活地跃上了马鞍。

就在这时，我看到，我的萨维里奇挤出人群，走到了普加乔夫跟前，递给他一张纸。我想象不出，这是怎么回事。“这是什么？”普加乔夫严肃地问。“读一读，你就清楚了。”萨维里奇回答。普加乔夫抓起那张纸，一本正经地看了好久。“你写的什么玩意啊？”他终于说道，“我们明亮的眼睛也什么都看不清。我的秘书长在哪儿？”

一个身穿班长制服的年轻人敏捷地跑到了普加乔夫面前。“大声念一念，”自封为帝的人把纸递给他，说道。我非常好奇地想知道，我的仆人究竟给普加乔夫写了些什么。秘书长开始逐字逐句地高声念道：

“两件长袍，一件细棉布的，一件丝质条纹的，值六卢布。”

“这是什么意思？”普加乔夫皱着眉头问。

“让他继续念下去吧。”萨维里奇平静地回答。

秘书长继续念道：

“一套细绿呢军服，值七卢布。

“一条白呢裤，值五卢布。

“二十件带硬袖口的荷兰亚麻布衬衣，值十卢布。

“一箱茶具，值两个半卢布……”

“胡扯些什么？”普加乔夫打断了朗读，“这些箱子、这些带袖口的裤子与我什么相干？”

萨维里奇清了清嗓子，开始了解释。

“老爷，您瞧，这是我家少爷的失物清单，是被那些恶棍……”

“什么恶棍？”普加乔夫生气地问。

“是我错了，说漏嘴了。”萨维里奇回答，“恶棍倒不是什么恶棍，但你的兄弟反正是又偷又抢了。你别生气，马有四条腿，还有失蹄的时候呢。请叫他念完它。”

“把它念完。”普加乔夫说。秘书又接着念道：

“印花布被子一条，塔夫绸被子一条，共值四卢布。

“蒙着红绒面的狐皮大衣一件，四十卢布。

“还有在客栈赏给你的那件兔皮袄，十五卢布。”

“搞什么玩意！”普加乔夫两眼冒火，喊道。

我得承认，我真替我这位可怜的仆人感到害怕。他还想再解释几句，但是普加乔夫打断了他的话:“你怎敢对我胡扯这样的小事?”他叫喊着,从秘书手里夺过那张纸,把它扔在萨维里奇的脸上。“老蠢货！抢走了东西,有什么大不了的?你和你的少爷没有被吊死,和这些逆贼挂在一起,因为这,你还应该求上帝保佑我和我的弟兄们呢,老东西……兔皮袄！我来给你件兔皮袄！我要让人活剥了你的皮做皮袄,你明白吗?”

“你请便,”萨维里奇回答,“可我是一个做不了主的人,我要对主人的事负责。”

看来,普加乔夫突然动了恻隐之心。他调转马头走了,没有再说什么。施瓦勃林和头领们跟在他身后。队伍排着队出了要塞。民众前去欢送普加乔夫。只有我和萨维里奇留在广场上。我的仆人还拿着那份清单,面带深深的遗憾看着它。

见我和普加乔夫的关系不错,他便想来利用一下这个关系;但是,他这个聪明的打算没有成功。我责怪起他这种不合时宜的尽忠来,还忍不住笑了。“笑吧,少爷,”萨维里奇应道,“你就笑吧;等到我们要重新置一个家时,我们再来看看,还可不可笑。”

我急忙到神父的家里去见玛丽娅·伊万诺夫娜。神父太太来迎我,告诉了我一个不幸的消息。夜里,玛丽娅·伊万诺夫娜得了严重的热病。她昏迷不醒地躺着,说着胡话。神父太太领我进了玛丽娅·伊万诺夫娜的房间。她脸上的变化让我大吃一惊。病中的她,认不出我了。我久久地站在她的面前,神父和他好心的妻子所说的话,我一个字也没听进去,他们好像是在安慰我。忧郁的思绪在我胸中翻滚。这个留在凶狠群匪中的可怜、无援的孤女的处境,我自己的无能为力,都使我感到恐怖。施瓦勃林,最使我感到恐怖的就是这个施瓦勃林。他从那个自封为帝的人那里得到了掌管要塞的权利,而这个无辜地成了他仇恨对象的不幸姑娘却留在要塞里,他什么样的事都做得出来。我该怎么办呢?我怎么才能帮她?怎样才能让她脱离那个恶棍的魔掌?我只剩下一个办法:我决定立即前往奥伦堡,为的是尽最大可能催促他们来解救白山要塞。我与神父和阿库尼娜·帕姆费罗夫娜道了别,把那个已被我视为我妻子的姑娘托付给了神父的太太。我拿起那可怜的姑娘的手,吻了吻,泪水潸然而下。“再见,”神父送我出来,说着,“再见了,彼得·安德列伊奇。也许我们能在好日子里再见面。您别忘了我们,常给我们来信。可怜的玛丽娅·伊万诺夫娜,她如今除了您,就再也没有什么安慰了,也没有别的保护人了。”

出门来到广场上,我停留片刻,我看了看绞架,向它鞠了一躬,然后走出要塞,踏上了去奥伦堡的大路,萨维里奇一步也不离地跟着我。

我边走边想着心思,突然,我听到身后传来一阵马蹄声。我向后看了一眼;我看到,一个哥萨克骑着马从要塞里冲了出来,他手里还牵着一匹巴什基尔马,老远地,他就在对我做着手势。我停了下来，很快，我认出来人就是我们的那位军士。他骑马来到我们跟前，跳下马来，把另一匹马的缰绳交到了我的手上："大人！我们的首领赏您一匹马和一件他自己穿的皮袄（一件羊皮袄捆在马鞍上）。还有，"军士结结巴巴地又说道，"他还赏了您……半个卢布……可让我在路上给丢了；请您原谅。"萨维里奇斜着眼看了看他，抱怨道："在路上给丢了！你怀里叮当响的是什么东西？你这个没良心的！""我怀里叮当响的是什么？"军士反驳道，一点儿也不觉得不好意思，"上帝保佑你，老头儿！叮当响的是马笼头上的铜片，不是那半个卢布呀。""好了，"我打断了争论，说道，"替我谢谢派你来的人；丢掉的那半个卢布，你回去的路上好好找一找，找到了就拿去当酒钱吧。""非常感谢，大人，"他答道，并掉转了马头，"我要永远为您向上帝祈祷。"说完此话，他便往后骑去，还用一只手按着胸口，一分钟后，他就没了踪影。

我穿上皮大衣，骑上了马，让萨维里奇也坐在我的身后。"你瞧，少爷，"老人说道，"我向那个骗子递状子不是白费劲吧：做贼的也良心有愧了，虽说，这匹巴什基尔长腿瘦马和这件羊皮袄，与那些强盗抢走的东西比，与你赏给他的东西比，连一半也不到，但是这些东西还是用得着的，再说，能从恶狗身上拔撮毛也是好的。"

第十章　围城

攻占了牧场和高山，他像鹰，
从高处向城镇投去目光。
他命令在营后埋下伏兵，
攻城之战将在今夜打响。

——赫拉斯科夫[①]

走近奥伦堡时，我看到一群头被剃光、脚戴镣铐、脸上有犯罪烙印的犯人。他们在一些残疾的边防军士兵的监督下，正在工事边干活。一些人在运走战壕里的垃圾，另一些人在挥锹挖地；城墙上，一些泥瓦匠在搬运砖块，砌一堵石墙。城门边，士兵拦住了我们，要检查我们的证件。一个中士听说我是从白山要塞来的，便立即要我直接

---

① 引自赫拉斯科夫的长诗《俄罗斯颂》(1779)。

到将军那里去。

我在花园里见到了将军。他正在查看几株已被秋风吹落叶子的苹果树，在一个老园丁的帮助下，他小心翼翼地在树干上裹了一层厚厚的干草。他的神情看上去安详、健康而又温厚。他见到我很高兴，立即向我问起我所目睹的那些可怕的事件。我把一切都告诉了他。老人认真地听着我的叙述，同时剪着枯树枝。“可怜的米罗诺夫！”在我结束了我的悲伤故事时，他说道，“真可惜，他是个好军官啊。米罗诺夫太太也是个好人，她的蘑菇腌得多好啊！大尉的女儿玛莎怎么样呢？”我回答，她留在要塞里，在神父太太那里。“唉，唉，唉！”将军说，“这不好，很不好。强盗们的纪律无论如何是指望不上的。这可怜的姑娘会出什么样的事呢？”我答道，白山要塞并不远，也许，阁下应立即派兵去解救要塞中不幸的居民。将军带着不信任的表情摇了摇头，“再看看，我们再看看，”他说，“这个问题我们还来得及商议。请你一会儿来我这里喝茶，在我这里要举行一个军事会议。你可以给我们提供一下关于无赖普加乔夫和他的部队的真实情报。现在，你先去休息吧。”

我到了那个拨给我的、萨维里奇已经在那里张罗的住处，焦急地等待着开会的时间。读者不难设想，对这样一个于我的命运有如此重大影响的会议，我是不会错过的。在约定的时间之前，我便已到了将军的家。

在将军那儿，我见到一位城里的官吏，记得他好像是海关的关长，这是一个胖胖的、脸色红润的老人，身穿锦缎长袍。他开始向我问起伊万·库兹米奇的遭遇，他称伊万·库兹米奇为他的教亲，他不时地用一些附加的问题和训诫性的意见来打断我的话，他的那些问题和意见，即便不能表明他是一个熟知兵法的人，也至少能体现出他的敏锐和天生的智慧。与此同时，其他被邀请到会的人也都到齐了。在与会者中间，除将军本人外，没有一个军人。待大家坐定，每人面前都摆上了一杯茶，将军便相当明确、细致地叙述了所发生的事。“现在，先生们，”他接着说道，“我们必须决定，该如何去对付叛军：是进攻还是防守？两种方法各有利弊。进攻的方法能更有希望地尽快消灭敌人；防守的方法要更可靠、更安全一些……因此，我们现在就按法定的程序来收集意见，也就是说，由职位最低的人说起。准尉先生！”他转向我，说道，“请给我们谈一谈您的意见。”

我站了起来，先简短地描述了一下普加乔夫和他的部队，然后语气肯定地说，那个自封为帝的人是无法抵挡正规部队的。

官员们对我的意见显然是不以为然的。他们把它视为一个年轻人的轻率和蛮勇。响起一阵议论声，我清楚地听到有人低声吐出的一个词：“毛小子！”将军面对我，带着微笑说道：“准尉先生！军事会议上首先发表的意见通常都是倾向于进攻的；

这是一个合乎逻辑的程序。现在我们还要继续收集意见。六品文官先生！请您给我们谈谈您的看法！"

穿锦缎长袍的老头匆忙喝干了第三杯茶，那茶里掺了不少的罗姆酒，然后，他回答将军道："阁下，我认为，我们应该既不进攻，也不防守。"

"怎能这样呢，六等文官先生？"迷惑不解的将军说，"要么是进攻，要么是防守，并没有其他的战术方法……"

"阁下，请采用收买的方法。"

"唉—嘿—嘿！您的意见非常高明。在战术上，采用收买的方法是允许的，我们就采纳您的建议。可以出钱悬赏，取那个无赖的脑袋……出七十卢布……或者是一百……从秘密经费里出……"

"到时候，"海关关长抢过话头，"如果那些贼不把他们的头领五花大绑送到我们这里来的话，我就不是什么六等文官，而是一头吉尔吉斯公羊。"

"对于这个方法，我们还要再想一想，议一议。"将军答道，"但是，无论如何，还是要采取军事措施的。先生们，请按法定的程序发表你们的意见。"

所有的意见都是与我的意见相悖的。每个官员都谈到，军队是不可靠的，取胜是没有把握的，要小心行事，等等。他们全都认为，躲在大炮的掩护下，据守在坚固的石头城墙后面，这比起在无遮无拦的开阔地上、在枪林弹雨中碰运气，要理智得多。最后，听完了所有的意见，将军磕掉烟斗里的烟灰发表了这样的讲话：

"我的先生们！我必须对你们说，从我这一方面来说，我完全赞同准尉先生的意见，因为它是以正确的战术原则为基础的，从战斗上讲，进攻总是优于防守的。"

讲到这里，他停住了，开始往烟斗里装烟丝。我的自尊心得到了张扬。我高傲地看着那些官员们，他们带着不满和不安的神情在交头接耳地窃窃私语着。

"但是，我的先生们，"将军继续说道，他将一声深深的叹息和一阵浓浓的烟雾一同吐了出来，"我不敢让自己贸然担负起如此重大的责任，因为此事关系到至仁至圣的女皇陛下托付于我的好几个省的安全。因此，我同意大多数人的意见，也就是说，最明智、最安全的方法，就是守在城中以待围攻，然后再以炮兵的力量，如有可能，再辅以偷袭，以打退敌人的进攻。"

这下，轮到官员们来嘲笑地看着我了。会散了。我不能不因这个可敬的军人的软弱而感到遗憾，他竟然放弃了自己的见解，去附和一些外行的、毫无经验的人的意见。

在那次重要的会议之后，又过了几天，我们得知，普加乔夫兑现了自己的话，已逼近奥伦堡。我站在高高的城墙上，已经能看见叛军的部队。我觉得，自我上次目睹的那次进攻以来，叛军的人数已经增加了十倍。他们还有了炮兵，那是普加乔夫从被他攻占的小要塞中缴获来的。回想起那次会议上的决定，我预见到，我将长时间地被关在奥伦堡的城墙里，由于懊丧，我几乎哭了出来。

我将不去描写奥伦堡围困战，那场围困战属于历史，而不属于家庭记事。我只简短地说一说，由于地方当局的考虑不周，这场围困战对于居民来说是灾难性的，他们忍受了饥饿和各种各样的苦难。不难想象，奥伦堡城里的生活是非常难熬的。所有的人都在沮丧地听天由命；所有的人都在抱怨涨价，那价也的确涨得吓人。对于不时飞进自家院子里来的炮弹，居民们已经习以为常了；就连普加乔夫的进攻，也不再能引起普遍的关注了。我愁闷得要死。时光在流逝。我没有接到来自白山要塞的信。所有的道路都被切断了。与玛丽娅·伊万诺夫娜的离别开始使我感到难以忍受了。不知她是生是死，这使我很痛苦。我唯一的消遣就是骑马出城打游击。多亏普加乔夫的好意，我有了一匹好马，我和那匹马分享着可怜的食物，每天，我都骑着它出城，去和普加乔夫的骑兵互相射击。在这类对射中，占上风的通常是吃得饱、喝得足、骑术又好的叛匪。城里那马瘦人弱的骑兵们，不可能压倒他们。有时，我们饥饿的步兵也会出城打到原野上；但是，深深的积雪妨碍了他们顺利地攻击敌方分散的骑兵。大炮在高高的城墙上不住地轰鸣，但在平地上却常常陷进泥里，由于马匹乏力，也拉不动它们。这便是我们的军事行动方式！这也就是奥伦堡的官员们所称的谨慎和明智！

一次，我们居然打散了一支人数很多的敌军，我们接着追击敌人，我追上一个掉了队的哥萨克；我正要举起我的那把土耳其军刀向他砍去，他突然摘下帽子，喊了起来：

“您好，彼得·安德列伊奇！您过得怎么样啊？”

我看了他一眼，认出他就是我们那位军士。见到他，我真有难言的高兴。

“你好，马克西梅奇，”我对他说，“你离开白山要塞很久了吗？”

“不很久，彼得·安德列伊奇老爷；我昨天才从那里回来。我这里有一封给您的信。”

“信在哪儿？”我精神一振，喊了出来。

“在我这里，”马克西梅奇答道，把手伸向怀里，“我答应了帕拉莎，说无论怎样也要把信交给您。”他把一张折叠起来的纸递给了我，又立即策马走开了。我展开信，心跳着读到了下面的文字：

上帝使我突然失去了父亲和母亲，在这个世界上，我既没有了亲人，也没有保护人。我只得来求您,因为我知道,您一直对我好,您也乐于帮助任何人。我祈求上帝,让这封信无论如何也要到达您的手中!马克西梅奇答应把信送给您。帕拉莎也是听马克西梅奇说的,他说他常常老远地看到您出城打仗,说您一点也不爱护自己,也不替那些为您而流着泪祈祷上帝的人着想。我病了很久:我病好了之后,那个取代我死去的父亲在我们这里当指挥官的阿列克赛·伊万诺维奇,便逼盖拉西姆神父把我嫁给他,还拿普加乔夫来吓唬人。我被人看着,住在我们家的房子里。阿列克赛·伊万诺维奇要我嫁给他。他说,是他救了我的命,因为,在阿库尼娜·帕姆费罗夫娜对强盗们说我是她的侄女时,他没有揭穿她的骗局。但如果要我做一个像阿列克赛·伊万诺维奇这样的人的妻子,那我宁愿去死。他对我很凶,还威胁道,如果我再不回心转意,答应嫁给他,他就要把我送到那个恶棍那里去,说我就会和丽莎贝塔·哈尔洛娃[①]是同样的下场。我求阿列克赛·伊万诺维奇再让我想一想。他答应再等三天;如果三天后我还不嫁给他,他就毫不留情了。彼得·安德列伊奇老爷!您是我唯一的保护人;您快救救我这个可怜的人吧。您去求求将军和所有的长官,让他们赶快派援兵到我们这里来,如果可能的话,请您也亲自来。

属于您的恭顺、可怜的孤女

玛丽娅·伊万诺夫娜

读完这封信,我几乎疯了。我毫不留情地鞭打着我那匹可怜的马,向城里跑去。在路上,我在设想着各种解救那可怜姑娘的方法,但是连一个方法也没想成熟。回到城里,我直接去找将军,慌慌忙忙地跑进了他的住所。

将军在房间里来回踱着步,抽着他的海泡石烟斗。看到我,他停下了脚步。似乎,我的表情很叫他吃惊:他关切地问起我匆匆而至的原因。

"阁下,"我对他说,"我来求您,把您当成了我的父亲;看在上帝的分上,请您别拒绝我的请求,因为此事关系到我一生的幸福。"

"是什么事,老弟?"惊讶的老人问,"我能为你做什么? 请说。"

"阁下,请给我一个连的士兵、五十个哥萨克,让我去肃清白山要塞。"

将军仔细地看着我,好像认为我是疯了(他的这个看法几乎是正确的)。

---

① 为前面提到的下湖要塞司令的夫人。

“怎么回事？肃清白山要塞？”最后，他说道。

“我向您保证，一定会成功，”我激动地回答，“只要您让我前去。”

“不，年轻人，”他摇着头说，“这么远的距离，敌人很容易切断你们和主要战略据点之间的联系，彻底地打败你们。被切断的联系……”

见他又要陷到军事理论中去了，我害怕了，便急忙打断了他的话。

“米罗诺夫大尉的女儿，”我对他说，“给我来了一封信，她请求援救；施瓦勃林强迫她嫁给他。”

“真的吗？唉，这个施瓦勃林是个真正的 Schelm[①]，如果他落到我的手里，我一定命令在二十四小时之内就审判他，我们要在要塞的城墙边把他给毙了。但是现在，还要再忍耐一下……”

“再忍耐一下！”我禁不住喊了起来，“可他就要娶玛丽娅·伊万诺夫娜啦！……”

“哎！”将军反驳道，“这并不是坏事啊：她最好是先做施瓦勃林的妻子，这样，他目前就能够保护她了；等我们把他毙了之后，上帝保佑，她再找个新郎。年轻的寡妇是不会坐冷板凳的；我的意思是说，寡妇比姑娘更容易找到丈夫。”

“如果把她让给施瓦勃林，”我疯狂地说道，“我宁愿去死！”

“嗬，嗬，嗬！”老人说，“现在我明白了：看来，你是爱上了玛丽娅·伊万诺夫娜。唉，这就另当别论啦！可怜的年轻人！但是不管怎样，我还是不能给你一个连的士兵和五十个哥萨克。这种远征是不明智的；我不能承担这个责任。”

我垂下了头；我的心里充满了绝望。突然，一个念头在我的脑海里闪过。此为何念头，正如古代小说家所言，读者诸君，且听下回分解。

第十一章　叛军的村寨

狮子虽天性残暴，但那时它已吃饱。
“你为何大驾光临，来到我的洞穴？”
它态度温和地问道。

——亚·苏马罗科夫[②]

① 德文：“骗子”。

② 此题词为普希金仿照苏马罗科夫的寓言所写。

我离开将军，匆忙回到了自己的住处。萨维里奇在以他常用的规劝迎接我。“少爷，你总爱和那些醉醺醺的强盗缠在一起！这难道是老爷们干的事吗？万一有个好歹，那才不合算呢。你要是去打土耳其人打瑞典人，倒也罢了，可你打的是谁，说出来都是罪过。”

我打断他的话，问道：“我总共还有多少钱？”“够你用的，”他心满意足地答道，“尽管那些骗子们翻箱又倒柜，我还是把钱藏了起来。”说完这话，他从口袋里掏出一个长长的、装满银币的针织袋子。“好吗，萨维里奇，”我对他说，“现在你把钱给我一半；剩下的都归你。我现在要去白山要塞。”

“彼得·安德列伊奇少爷！”善良的仆人用颤抖的声音说道，“你连上帝也不怕啦？现在，所有的路都被强盗们把着呢，你怎能上路！如果你不可怜你自己，那你也要可怜可怜你的父母啊。你要去哪儿？去干吗？稍稍等几天吧，等大军到来，把骗子们抓起来；到那个时候，你爱上哪儿就上哪儿吧。”

但我的主意是坚定不移的。

“现在来讨论这个问题已经太晚了，”我回答老人道，“我必须走，我不能不去。你别难过，萨维里奇，上帝是仁慈的；也许，我们还会见面的！记着，别老是难为自己，别舍不得钱。你需要什么就买，哪怕很贵你也买。我把这些钱给你。如果我三天后还不回来……”

“你这是说的什么，少爷？”萨维里奇打断了我的话，“我哪能放你一个人走！这样的事你连做梦也别想。如果你打定主意要走，我就是步行也要跟着你，我是不会丢开你的。要我丢开你，一个人留在这石头城墙后面？难道我是疯了不成？随你的便，少爷，反正我是不会离开你的。”

我知道，和萨维里奇是没什么可争论的，于是就让他去准备行装了。半个小时后，我骑上我那匹好马，萨维里奇则骑着一匹瘦削、瘸腿的驽马，那马是城里的一个居民因为没有东西喂马而把它白送给萨维里奇的。我们走到城门前；哨兵放我们通过了；我们走出了奥伦堡。

天黑了下来。我的路要打别尔德村旁经过，这个村寨是普加乔夫的驻地。笔直的道路上覆盖着积雪；但是，整个草原上，到处可见每天新踏出的马蹄印。我纵马疾驶。萨维里奇勉强能够远远地跟着我，他不时地向我喊道：“慢点，少爷，看在上帝的分上，慢点。我这匹该死的瘦马可跟不上你那个长腿的魔鬼。你急什么？要是去赴宴倒也罢了，可这是去往刀口上撞啊，眼看就要……彼得·安德列伊奇……彼得·安德列伊奇少爷！……别害人啦！……上帝啊，这小少爷要完蛋了！……”

别尔德村的灯火很快就闪现了出来。我们骑到了一道作为村寨天然工事的壕沟边。萨维里奇没被我丢远，他仍在不停地发着牢骚。我正希望能顺利地绕过村寨，突然，在那昏暗之中，我发现有五个手持棍棒的汉子就站在我的前面：这是普加乔夫驻地的前沿哨兵。他们在向我们喊话。我不知道口令，便想悄悄地绕过他们；可他们立刻就把我给围住了，其中的一个人还抓住了我的马笼头。我抽出军刀，向那个人的脑袋上砍去；帽子救了他的命，但他还是摇晃了几下，松开了笼头。其他的人也害怕了，向一边跑去；我利用这个机会，策马向前冲去。

越来越暗的夜能使我摆脱一切危险，但是我回头一看，突然发现，萨维里奇不在我身后了。可怜的老人骑着匹瘸腿马，是不可能逃出强盗们的手心的。怎么办呢？我又等了他几分钟，确信他是被抓住了，于是我调转了马头，前去救他。

走近壕沟，我老远就听见了喧闹声、叫喊声和我的萨维里奇的声音。我骑得更快了，不一会就重新置身在几分钟前被我抛开的那几个哨兵中间。萨维里奇被他们围在当中。他们把老人从他的瘦马上拖下来，打算把他捆起来。我的到来使他们大为高兴。他们叫喊着向我扑来，一转眼就把我拉下了马。其中的一个人，看来是他们的头，向我们宣布道，他现在就要带我们去见皇上。接着，他又补充道："是马上把你们绞死，还是等到天亮，我们的老爷会下命令的。"我没有反抗；萨维里奇也照我的样子做了。哨兵们得意洋洋地押走了我们。

我们越过壕沟，走进村寨。所有的屋子里都亮着灯。到处都飘荡着喧闹声和喊叫声。在街上，我遇到很多人；但是在黑暗中，没有一个人看清我，也没有一个人认出我是奥伦堡的军官。我们被直接带到位于十字路口拐角处的一间屋子里。屋子门口立着几只酒桶和两门大炮。"这就是皇宫，"其中的一个汉子说道，"我现在就去通报。"他走进那间农舍。我看了萨维里奇一眼；老人在画着十字，默默地祈祷着。我等了很久；终于，那汉子回来了，对我说道："去吧，我们的老爷让把军官带进去。"

我走进农舍，或者如那几个汉子所言，走进了皇宫。两支蜡烛照亮了房间，墙壁上糊着金纸；但是，几个凳子，一张桌子，吊在绳子上的脸盆，挂在钉子上的毛巾，放在墙角的炉叉，摆满盆盆罐罐的炉台，——这一切都是农舍里所常见的。普加乔夫坐在圣像下面，他身穿红袍，头戴一顶高高的帽子，威严地叉着腰。在他的身边，站着他手下几个主要的同党，他们都带着毕恭毕敬的表情。看来，关于来了一个奥伦堡军官的消息，引起了叛匪们强烈的好奇，于是他们便准备以一副庄重的姿势来迎候我。普加乔夫一眼就认出了我。他那做作的威严便一下子消失了。"啊，大人！"他快活地对我说，"你过得怎么样啊？上帝怎么把你带到这里来了？"我回答，我要去办一件私事，但他的人把我给拦住了。"你办的是什么事呢？"他问我。我不知道该如何回答。

普加乔夫认为我不愿当着众人的面做解释.便转过身去，要他们退下。所有的人都退下了，只有两个人没有动。“您就当着他俩的面大胆地说吧，”普加乔夫对我说，“我什么事都不瞒他们。”我向自封为帝者的那两个心腹瞥了一眼。其中的一位是个干瘦、驼背、胡须花白的老头，除了那条斜披在灰色长袍外的天蓝色绶带之外，他身上没有任何惹人注目的东西。但他的那位伙伴却让我永生难忘。他身材很高，膀大腰圆，我猜他的年纪在四十五岁左右。浓密的红胡子，亮闪闪的灰色眼睛，几乎不见鼻孔的鼻子，额头和腮帮上红色的斑点，这一切使他那张宽大的麻脸带上了一种难以言状的表情。他穿的是一件红衬衫、一件吉尔吉斯长袍和一条哥萨克灯笼裤。我后来才知道，第一个人是逃跑的班长别洛博罗多夫，[①]第二个是阿方纳西·索科洛夫（绰号“爆竹”），[②]他是一个被流放的罪犯，先后三次从西伯利亚的矿山逃出。当时，虽然我的情绪非常焦灼，但我不幸地置身于其中的这个场合，还是强烈地激发了我的想象。然而，普加乔夫的发问却把我拉了回来：“你说，你从奥伦堡来，到底为了什么事？”

我的脑海里闪现出一个奇异的念头：我觉得，天意又一次将我带到了普加乔夫的面前，它使得我有一个机会去实现自己的打算。我决定利用一下这个机会，未作细想，我便回答普加乔夫的问题道：

“我去白山要塞救一个孤女，她正在那里受人欺负。”

普加乔夫的眼睛闪亮了起来。“我的人里面，有谁敢欺负孤女？”他喊道，“不管他有多聪明，也别想逃脱我的审判。你说，那个罪犯是谁？”

“是施瓦勃林，”我答道，“他关押了那个姑娘，那姑娘你也见过，就是神父太太家那个生病的女孩，施瓦勃林要强娶她为妻。”

“我要教训教训这个施瓦勃林，”普加乔夫愤怒地说，“要让他知道知道，在我这里胡作非为、欺负百姓会有什么下场。我要绞死他。”

“请听我说一句，”“爆竹”声音嘶哑地说道，“你匆匆忙忙地任命施瓦勃林做了要塞司令，现在又要匆匆忙忙地把他绞死。你让一个贵族当了哥萨克的头，已经得罪了哥萨克；你现在一听到谗言又要绞死贵族，会吓着贵族们的。”

“贵族们没什么可同情的，也不值得重视！”身披蓝绶带的老头说，“绞死施瓦勃林不是什么大事；但是，细细地审一审这位军官先生也不是坏事，问问他是来干什么的。如果他不承认你是皇帝，他就没必要到你这里来寻找正义；如果他承认你是皇

---

① 伊万·别洛博罗多夫（？—1774），普加乔夫的亲信之一，攻占喀山的功臣，1774 年在莫斯科被处死。

② 阿方纳西·索科洛夫（1714—1774），普加乔夫的亲信之一，原受官军所遣去普加乔夫军中策反，后反为普加乔夫出谋划策，1774 年在莫斯科被处死。

帝，那他为什么和你的仇人们一起在奥伦堡城里一直坐到今天呢？你应该下令把他送到审讯室里去，把那儿的火烧旺些，我估计，这位少爷是被从奥伦堡派到我们这里来的。”

我觉得，这个老恶棍的逻辑是相当有说服力的。一想到我是落在什么样一伙人的手里，一阵寒意便掠过了我的全身。普加乔夫看出了我的慌乱。“怎么啦，大人？”他对我使了个眼色，说道，“看来，我的大元帅说得在理。你是怎么想的呢？”

普加乔夫的玩笑使我重新恢复了精神。我平静地回答道，我现在处在他的手心里，他有权随意地处置我。

“好，”普加乔夫说，“那你现在就说说，你们城里的情况怎么样？”

“谢天谢地，”我回答，“一切都好。”

“一切都好？”普加乔夫重复了一句，“百姓都快要饿死了！”

这个自封为帝的人说的是实情；但是，我要遵守自己的誓言，于是便说道，那都是些谣言，奥伦堡城里的储备很充足。

“你瞧，”那个老头抓住了把柄，“他在当着你的面骗你。所有从城里逃出来的人都说，奥伦堡城里正在闹饥荒，流行瘟疫；而这位少爷却说什么储备充足。如果您想吊死施瓦勃林，就把这位年轻人与他在同一个绞架上吊死吧，省得他俩互相争风吃醋。”

这该死的老头的话似乎让普加乔夫有些动心了。幸好，“爆竹”出面和他的同伴顶了起来。

“够了，纳乌梅奇！”“爆竹”对他说，“你成天杀呀砍呀的，你充什么好汉？瞧瞧你长了一颗什么样的心？自己都已经看得见坟墓了，还要杀人。你良心上的血还嫌少吗？”

“你来卖什么乖？”别洛博罗多夫反驳道，“你哪里来的这副好心肠啊？”

“当然，”“爆竹”答道，“我是有罪，这只手，（这时，他握起骨节粗大的拳头，挽起袖口，露出了毛乎乎的胳膊。）这只手沾过基督徒的血。但是，我杀的是仇人，而不是客人；我在野路口在黑树林里杀人，而不在家里头在火炉边杀人；我用铁锤和板斧杀人，不靠娘儿们那样的谗言杀人。”

老头转过身去，叽咕了一句：“破鼻孔！……”

“你在那里嘀咕什么，老东西！”“爆竹”叫了起来，“我也要来扯破你的鼻孔；等着瞧，会有你的好看的；上帝会叫你的鼻子闻火钳的……现在你要当心，别让我扯了你的胡子！

“将军先生们！”普加乔夫威严地发了话，“你们争得够了。如果奥伦堡城里所有的军官们都在同一个绞架上蹬腿，那倒不是坏事；但是，如果我们的公狗互相咬了起来，那就是一桩坏事了。好了，你们讲和吧。”

“爆竹”和别洛博罗多夫都一句话也不说，阴森森地对视着。我感到有必要改变这个最终会于我非常不利的话题，于是便转向普加乔夫，神情高兴地对他说：“啊哈！我差点忘了感谢你的马和皮袄了。没有你，我是到不了城里的，半路上就会冻死。”

我的计谋奏了效。普加乔夫高兴了起来。“好借好还嘛。”他说道，他的眼睛眨了眨，又眯了起来。“你现在告诉我，那个受施瓦勃林欺负的姑娘和你有什么相干？你这个年轻人是不是爱上她了？啊？”

“她是我的未婚妻。”我回答普加乔夫道，我发现气氛有了好的转机，便觉得没有必要再隐瞒实情了。

“你的未婚妻！”普加乔夫喊了起来，“你为什么不早说呢？我们要来给你办喜事，在你的婚礼上好好喝一通！”然后，他转身对别洛博罗多夫说：“听着，大元帅！我和这位大人是老朋友了；我们坐下来吃顿晚饭吧；人在早上比晚上聪明；到底拿他怎么办，我们明天再说吧。”

如果能拒绝他的邀请，我是会感到高兴的，但是毫无办法。房屋主人的女儿、两个年轻的哥萨克女孩在桌子上铺了白色的台布，端来了面包和汤，还有几瓶葡萄酒和啤酒，就这样，我便又一次和普加乔夫及其可怕的同伙们一起共进晚餐了。

我被迫成了其目睹者的这次狂饮，一直持续到深夜。最后，同桌的人都有了醉意。普加乔夫坐着没动窝，就打起瞌睡来；他的同伙们向我示意，要我离开他。我和他们一同走了出来，根据“爆竹”的命令，一个卫兵把我带到了审讯室里，在那里我见到了萨维里奇，看守把我们俩反锁在屋里。目睹了所有这一切之后，老仆人非常惊恐，甚至没有向我提出任何问题。他躺在黑暗中，长嘘短叹了许久；最后，他打起鼾来，而我却陷入了深思，那纷乱的思绪使我一整夜都未曾合眼。

早晨，普加乔夫派人来叫我。我到了他那里。他的门前，停着一辆套着三匹鞑靼马的马车。街上聚集着百姓。我在前厅碰见了普加乔夫：他一身上路的打扮，穿着皮袄，带着吉尔吉斯皮帽。昨天的酒友跟在他的左右，他们都带着毕恭毕敬的神情，与我昨夜所见的完全不同。普加乔夫高兴地和我打了一个招呼，让我和他一起坐到马车里去。

我们坐了进去。“去白山要塞！”普加乔夫对站在那里准备赶车的宽肩膀的鞑靼人说道。我的心急剧地跳了起来。马儿迈动了步子，车铃响了起来，马车疾驶而去……

“停下！停下！”一个我非常熟悉的声音传了过来，一回头，我看到了正向我们跑来的萨维里奇。普加乔夫让把马车停下来。“少爷,彼得·安德列伊奇!”老仆人叫喊道,“别把我这个老人扔在这些骗子中间……”“啊,老家伙!”普加乔夫对他说,“上帝让我们又见面了。好吧,坐到驾台上去吧!”

“谢谢,皇上,谢谢,我的亲老子!”萨维里奇边说边坐上车来,“你收留、安慰了我这个老头子,上帝会保佑你长命百岁的。我一辈子都要为你祈祷上帝,那件兔皮袄我再也不提了。”

这件兔皮袄倒真的有可能引普加乔夫生气。幸运的是,那个自封为帝的人要么是没有听见,要么是不想理会这个不适宜的提示。马儿又跑了起来;街上的百姓都停下脚步,深深地鞠躬。普加乔夫不停地向两边点着头。一分钟后,我们驶出了村寨,在平滑的大道上飞驰着。

不难想象,我此时是怎样的感受。再过几个小时,我就要与我原以为已永远失去的姑娘相会了。我在设想着我们重逢的那一瞬间……我也想到了这个人,我的命运就攥在他的手里,由于一个奇特的机缘,我与他发生了神秘的联系。我回忆起了他草菅人命、嗜血成性的行为,可是这样一个人却要自告奋勇地去救我心爱的姑娘!普加乔夫还不知道,她就是米罗诺夫大尉的女儿;满怀仇恨的施瓦勃林会向他挑明一切;普加乔夫也可能通过其他方法了解到实情……到那时,玛丽娅·伊万诺夫娜会怎样呢?一阵寒意掠过我的身体,连头发也竖了起来……

突然,普加乔夫打断了我的思绪,转身问我道:

“你在想什么,大人?”

“怎能不想呢?”我回答他,“我是一个贵族,一名军官;昨天我还在和你打仗,今天却和你坐在同一辆马车里赶路,而且,我一生的幸福也都依靠你了。”

“怎么?”普加乔夫问,“你害怕了?”

我回答说,我既然蒙他赦免,便不仅指望他的宽恕,也指望他的帮助。

“你说对了,谢天谢地,说对了!”自封为帝的人说,“你也看到了,我的弟兄们都斜着眼看你;那老头今天还对我说,你是奸细,还说应该拷问你,把你绞死;但是我没同意,”为了不让萨维里奇和那个鞑靼人听见,他压低了声音,又补充道,“我还记得你的那杯酒和那件兔皮袄。你瞧,我并不像你的弟兄们所说的那样,是一个吸血魔王。”

我想到了白山要塞的被攻占;但是,没有必要去和他争论,于是我便没有答腔。“在奥伦堡人们是怎么说我的?”沉默了一会之后,普加乔夫问道。“人们都说你很难对付;没什么说的,你已经出名了。”自封为帝者的脸上现出了得意的神情。“是啊!”

他兴高采烈地说道，“我所向披靡。你们奥伦堡人知道尤泽耶瓦的那次战斗吗？[①] 打死了四十个将军，俘虏了四个军。你是怎么想的，普鲁士的国王能打得过我吗？”

这个强盗的吹牛让我觉得好笑。

“你自己是怎么想的？”我对他说，“你能对付得了弗里德鲁[②]吗？”

“是费多尔，费多罗维奇[③]吗？有什么不行的？我打败了你们的将军，而你们的将军又曾经打败过他。直到今天，我的部队还没败过。总有一天，我要打进莫斯科的。”

“你想打进莫斯科？”

自封为帝者想了想，然后低声说道：

“上帝才知道。我的路很窄；由不得我的事也不少。我的好兄弟自作聪明。他们都是贼。我必须竖起耳朵来，时时提防；只要一打败仗，他们就会拿我的脑袋去换回自己的脖子。”

“是啊！”我对普加乔夫说，“你干吗不趁早扔下他们，到女皇陛下那里去自首呢？”

普加乔夫苦笑了一下。

“不，”他回答，“我去忏悔已经晚了。我是得不到宽恕的。我是怎样开的头，还要怎样干下去。谁知道呢？也许能成大事哩！格里什卡·奥特列彼耶夫不是在莫斯科称帝了吗？”

“他是什么下场，你知道吗？他被从窗户扔了出去，被剁成了泥，烧成了灰，骨灰还被装进了大炮，一炮轰了出去！”

“你听着，”普加乔夫带着一种野性的灵感说道，“我来给你说个故事，那是我小的时候，一个卡尔梅克老太太说给我听的。有一次，一只鹰问一只乌鸦：你说说，乌鸦鸟，为什么你在这世界上能活三百年，而我只能活三十年？那乌鸦回答鹰说：兄弟，因为你喝的是鲜血，而我吃的是腐肉。鹰想了想，说：让我们也来试一试，吃点腐肉吧。好的。鹰和乌鸦飞了起来。它们看到一匹死马；它们落了下来，站在死马的尸体上。乌鸦啄起腐肉来，说很好吃。鹰啄了一口，又啄一口，然后抖了抖翅膀，对乌鸦说：不。乌鸦兄弟，300年吃腐肉，还不如只喝一回鲜血，然后就听上帝的安排吧！这个卡尔梅克故事怎么样啊？”

---

① 1773年11月9日，普加乔夫在尤泽耶瓦村附近大败前来解围奥伦堡的官军。

② 此处似指弗里德里希二世(1712—1786)，1740年成为普鲁士霍亨索伦王朝的国王。

③ 弗里德里希的不准确的俄国叫法。

“很有趣。”我回答他，“但是我认为，过杀人抢劫的生活，就好比是吃腐肉。”

普加乔夫惊奇地看了我一眼，什么也没说。我们俩人都不再做声，各自在想着心思。鞑靼人喝起了忧伤的歌。萨维里奇打着盹，在驾台上晃悠着。马车在平滑的冬季道路上飞奔着……突然，我看见了那个坐落在亚伊克河陡峭河岸上的小村，看见了村子的栅栏和钟楼，——一刻钟后，我们便驶进了白山要塞。

第十二章　孤女

就像我们的苹果树呀，
没有树梢又缺了枝桠；
就像我们的公爵小姐呀，
她死了父亲又没了妈。
谁也不会来打扮她，
也没有人能来祝福她。

——婚礼歌

马车驶到了要塞司令家的台阶前。百姓听出了普加乔夫的车铃声，便成群结队地向我们跑来。施瓦勃林在台阶上迎接自封为帝者。他穿着哥萨克的服装，还留起了胡须。这个叛徒扶着普加乔夫出马车，无耻地表现着自己的高兴和忠诚。看到我，他一下窘住了；但是他很快就缓过神来，向我伸出手，说道：“你也是我们的人了？早该这样了！”我转过身，没有理他。

走进我早已熟悉的那个房间时，我心里很难过，死去的要塞司令的军官证书还挂在墙上，就像是过去的时光悲伤的墓志铭。普加乔夫在沙发上坐了下来，过去，伊万·库兹米奇经常伴着老伴的唠叨在这张沙发上打瞌睡；施瓦勃林亲自给普加乔夫端来了酒。普加乔夫喝了一盅酒，然后指着我对施瓦勃林说：“给那位大人也来一盅。”施瓦勃林端着托盘来到我的面前；但是我又一次把身体背向了他。他自己也觉得不自在了。他一贯精明，当然能看出，普加乔夫对他不满。在普加乔夫面前，他很胆怯；而在看我时，则带着一种怀疑的神情。普加乔夫问了些要塞里的情况和有关敌军的消息，然后突然地问他道：

“告诉我，老弟，你关押了一个什么样的姑娘？把她给我看看。”

施瓦勃林的脸色像死人的脸一样苍白。

"皇上,"他声音颤抖地说,"皇上,她没被关押……她是病了……她现在躺在闺房里。"

"你领我去见见她。"自封为帝的人站了起来。推托是不可能的。施瓦勃林领着普加乔夫向玛丽娅·伊万诺夫娜的闺房走去。我跟在他们的身后。

"皇上!"施瓦勃林说,"您随便怎么要求我都行;但是请别让不相干的人进我妻子的卧室。"

我浑身发抖了。

"你已经娶了她!"我对施瓦勃林说,恨不得把他撕成碎片。

"安静!"普加乔夫打断了我的话,"这是我的事情。而你,"他面对施瓦勃林,继续说,"别自作聪明,别绕圈子。不管她是不是你的妻子,我爱带谁去见她,就带谁去。大人,跟我来。"

在闺房的门口,施瓦勃林又一次停了下来,他结结巴巴地说:

"皇上,我可要事先向您说明,她得了严重的热病,连续说了三天的胡话。"

"把门打开!"普加乔夫说。

施瓦勃林在自己的衣袋里翻了一通,说是没带钥匙。普加乔夫抬脚向房门踹去;门锁掉了下来;房门开了,我们走了进去。

我望了一眼,僵住了。玛丽娅·伊万诺夫娜穿着破烂的农家姑娘的衣裙,坐在地板上,她苍白,消瘦,头发凌乱。她的面前摆着一个水罐,水罐上盖着一片面包。看见我,她颤抖一下,叫了起来。我当时是个什么样子,——我已记不清了。

普加乔夫看着施瓦勃林,冷笑着说道:"你这间病房不错嘛!"然后,他走近玛丽娅·伊万诺夫娜,问道:"告诉我,小鸽子,你的丈夫为什么要惩罚你?你在他面前犯了什么罪?"

"我丈夫?!"她重复了一句,"他不是我的丈夫。我永远也不做他的妻子!我宁愿死,也不愿做他的妻子。"

普加乔夫威严地看了施瓦勃林一眼。

"你竟敢骗我!"他对施瓦勃林说,"你这个无赖,知不知道你该当何罪?"

施瓦勃林跪了下来……这时,对施瓦勃林的轻蔑掩盖住了我心中所有的仇恨和愤怒。我厌恶地望着那个匍匐在哥萨克逃犯脚下的贵族。普加乔夫温和了下来。

"我且饶了你这一回,"他对施瓦勃林说,"但你要记着,下一次可要新账旧账一块算。"

然后,他转向玛丽娅·伊万诺夫娜,和气地对她说:

"出来吧，漂亮的姑娘；我给你自由了。我就是皇帝。"

玛丽娅·伊万诺夫娜匆匆看了他一眼，意识到，她眼前的这个人就是杀害她父母的凶手。她用双手捂着脸，失去了知觉。我朝她扑了过去；但是就在这时，我的老相识帕拉莎十分勇敢地跑进了房间，开始照顾她的小姐。普加乔夫走出闺房，我们三人来到了客厅里。

"怎么样，大人？"他笑着说道，"我们救了一个漂亮的姑娘！你看怎么样，是不是派人去叫神父，要他为他的侄女主持婚礼？也许，我来做男主婚人，施瓦勃林来做伴郎；我们大吃一通，大喝一通，——然后就把房门一关！"

我所担心的事到底发生了。听了普加乔夫的话，施瓦勃林火了。

"皇上！"他气急败坏地叫道，"我骗了你，我有罪；但是格里尼奥夫也在骗你。这个姑娘不是本村神父的侄女，她是那个在拿下本要塞后被绞死的伊万·米罗诺夫的女儿。"

普加乔夫用他那双火辣辣的眼睛盯着我。

"这又是怎么回事？"他不解地问我。

"施瓦勃林说的是实情。"我语气肯定地回答道。

"这事你可没对我说过。"普加乔夫说道，他的脸色阴沉了下来。

"你自己想一想，"我回答他道，"我能当着你的那些人的面，说米罗诺夫的女儿还活着吗？他们会吞了她的。那她肯定就没命了！"

"倒也是实话，"普加乔夫说道，笑了，"我的醉鬼们是不会饶过这个可怜的姑娘的。神父太太干得好，她骗过了他们。"

"你听我说，"见他心情不错，我接着说道，"该怎么称呼你，我不知道，也不想知道……但是上帝知道，我愿意用我自己的生命来报答你为我所做的一切。只是请你别让我去做违背我的名誉和基督良心的事。你是我的恩人。你就把好事一做到底吧：放我和那位可怜的孤女一起走吧，走上帝给我们指的路。而我们，无论你在哪里，无论你出了什么事，我们每天都要祈求上帝来拯救你有罪的灵魂……"

看来，普加乔夫那颗冷酷的心也被打动了。"就按你说的办吧！"他说，"要杀就杀，要饶就饶，这就是我的习惯。带上你的美人，爱去哪儿就去哪儿，让上帝赐给你们爱情和忠告吧！"

接着，他又转向施瓦勃林，命他给我办一张能在他所管辖的所有关卡和要塞通行的路条。垂头丧气的施瓦勃林，像一根桩似的站在那里。普加乔夫要前去查看要塞，施瓦勃林陪他去了；我则推说要做上路的准备，留了下来。

我向闺房跑去。门闩上了。我敲了敲门。"谁呀？"帕拉莎问。我报了名字。门后传来了玛丽娅·伊万诺夫娜那可爱的声音。“等一等,彼得·安德列伊奇。我在换衣服。您去阿库尼娜·帕姆费罗夫娜那里吧,我马上就去那里。”

我依了她,向盖拉西姆神父家走去。神父和神父太太跑出来迎接我。萨维里奇已经事先通知了他们。“您好,彼得·安德列伊奇,”神父太太说,“上帝让我们又见面了。您过得怎么样?我们可是每天都惦记着您啊。您不在,我的小鸽子玛丽娅·伊万诺夫娜可受够了罪啦!……我的少爷,您说说,您怎么和普加乔夫处得这么好呢?他为什么没杀您呢?好了,为了这事真得谢谢这个恶人呢。”“够了,老太婆,”盖拉西姆神父打断了话头,“别把你知道的事都扯了出来。言多有失啊。彼得·安德列伊奇少爷!您请进屋。我们好久好久不见啦。”

神父太太把所有的东西都拿出来招待我。与此同时,她一直在不停地说着话。她对我讲道:施瓦勃林是怎样强迫他们把玛丽娅·伊万诺夫娜嫁给他的;玛丽娅·伊万诺夫娜是怎样痛哭着不愿和他们分手的;玛丽娅·伊万诺夫娜是怎样通过帕拉什卡一直与他们保持联系的(帕拉莎是个机灵的姑娘,她能让那个军士听她的话);她自己又是怎样劝玛丽娅·伊万诺夫娜给我写信的,等等。我也简短地向她谈了我的经历。听说普加乔夫已经知道了他们撒的谎,神父和神父太太画了个十字。“愿神的力量保佑我们!”阿库尼娜·帕姆费罗夫娜说,“求上帝快赶走这片乌云吧。唉,这个阿列克赛·伊万内奇,没什么说的,真是个坏蛋啊!”就在这时,门开了,玛丽娅·伊万诺夫娜走了进来,她苍白的脸上带着微笑。她已换下了那身村姑的衣裙,现在的装束和从前的一样,既简朴又可爱。

我抓住她的手,许久没能说出一个字来。我们俩都是满肚子的话,却又都沉默着。我们的两个主人觉得我们已顾不上他们了,便离开了我们。我们俩单独留在一起。一切都被抛到了一边。我们说呀说,有说不完的话。玛丽娅·伊万诺夫娜向我讲述了自要塞失守后她所遭遇到的一切;她向我描述了她处境的可怖以及可恶的施瓦勃林使她忍受的不幸。我们还回忆起了往日的幸福时光……我们俩都哭了……最后,我对她说起了我的打算。把她留在普加乔夫统治、施瓦勃林管制的要塞里,是不可能的。也不能考虑去正因受围困而蒙难的奥伦堡。她在这个世界上又没有一个亲人。我建议她到我父母的庄园去。她起初有些犹豫:她知道我父亲不赞成这门亲事,她因此感到害怕。我安慰了她。我知道,接受一个为国捐躯的可敬军人的女儿,我父亲会以此为幸福的,并把它当成自己的义务。“亲爱的玛丽娅·伊万诺夫娜,”我最后说道,“我已把你视为我的妻子。奇异的境遇把我们紧紧地结合在一起,世界上再没有什么东西能将我们分开了。”玛丽娅·伊万诺夫娜静静地听着我的话,没有做作的忸怩,没有巧妙的托词。她感到,她的命运已经和我的命运联系在一起了。但是她仍反复地说，若没有我父母的同意，她是不会做我的妻子的。我没有反对她的这个意见。我们接吻了，热烈地、诚挚地吻着，——就这样，我们俩的事便决定了下来。

一个小时后，军士给我拿来一张通行证，上面有普加乔夫潦草的签字；军士还说，普加乔夫让我到他那里去。我见到他时，他正打算上路。和这位除我一人之外人人都视其为恶棍、强盗的可怕人物分手时，我说不出自己是什么感受。为什么不道出实情呢？在这一时刻，我对他怀有深深的同情。我非常想把他从他所领导的那帮恶棍中拉出来，趁着还来得及，救他一命。施瓦勃林和聚集在他周围的人，妨碍着我和盘向他托出我满腹的心里话。

我们友好地告了别。看到了人群中的阿库尼娜·帕姆费罗夫娜，普加乔夫伸出指头吓唬了她一下，还意味深长地眨了眨眼；然后，他坐进马车，吩咐把马车赶到别尔德村去，当马儿已开始动步的时候，他又一次从马车里探出身来，向我喊道："再见，大人！也许我们还会见面的。"我们真的又见了一次面，可那是在怎样的场景里见的面啊！……

普加乔夫走了。我久久地看着他那辆三套车在其上远去的白茫茫的草原。人群散开了。施瓦勃林不见了。我返身回到神父的家里。我们上路的事全都准备好了；我也不想再耽搁了。我们的东西都装在了要塞司令的那辆旧马车上。车夫很快就套好了马。玛丽娅·伊万诺夫娜要去再看看教堂后面她父母的坟墓。我想陪她去，但她求我让她一个人去。几分钟后，她回来了，默默地流着泪。马车驶到了门口。盖拉西姆神父和他的妻子出门站在台阶上。我们三人，玛丽娅·伊万诺夫娜、帕拉莎和我，坐进了马车。萨维里奇坐到了驾台上。"再见，玛丽娅·伊万诺夫娜，我的小鸽子！再见，彼得·安德列伊奇，我们年轻的鹰！"善良的神父太太说道，"一路平安，上帝保佑你们俩幸福！"我们走了。在要塞司令家的窗口边，我见到了站在那里的施瓦勃林。他的脸上流露出了阴森森的仇恨。我不想在战败的敌人面前炫耀，便把目光转向了另一方。终于，我们驶出要塞的大门，永远地离开了白山要塞。

第十三章　被捕

"别生气，老爷，我执行公务，
我得马上送您进班房。"
"请吧，我已做好了准备，

但希望先让我来把事情说清。”

——克尼亚什宁[①]

早晨还在痛苦地思念这个可爱的姑娘，此时却意外地与她相逢了，这使得我简直不敢相信自己，而认为这一切都是一场梦。玛丽娅·伊万诺夫娜若有所思地时而看着我，时而看看道路，好像还没缓过神来。我们沉默不语。我们的心太疲惫了。大约两个小时之后，我们不知不觉地来到了近处的一个仍在普加乔夫统治下的要塞。我们在这里换马。从套马的速度之快，从那个被普加乔夫任命为要塞司令的大胡子哥萨克殷勤的忙活劲上，我看出，由于拉我们的这个车夫的饶舌，我被视为一个宫廷的宠臣了。

我们继续往前走。天黑了下来。我们走近一个小镇，据那个大胡子的要塞司令说，这小镇里驻扎着一支前来与自封为帝者会合的大部队。哨兵拦住了我们。哨兵问：“来人是谁？”车夫大声地回答：“是皇上的教亲和他的太太。”突然，一群骠骑兵把我们围了起来，嘴里骂着难听的脏话。“出来，鬼教亲！”一个留着唇须的中士向我说，“会有你的好看的，还有你的太太！”

我走出马车，要求他们带我去见他们的首长。见我是一名军官，士兵们停止了叫骂。中士带我去见少校。萨维里奇跟着我，独自嘟囔着：“你干吗要做这个皇上的教亲啊？刚出火坑，又进开水锅……上帝啊！这一切何时是个了啊？”马车缓缓地跟在我们的后面。

五分钟后，我们来到一个灯火通明的小屋前。中士让卫兵看着我，自己进屋通报去了。他很快就回来了，对我说，大人没时间接待我，他吩咐把我拘留起来，把太太带到他那里去。

“这是什么意思？”我疯狂地喊道，“难道他疯了吗？”

“我不知道，大人，”中士回答，“我们的大人只吩咐把大人您带去看起来，把大人您的太太带到我们大人那里去，大人！”

我向台阶冲去。哨兵们没来得及阻拦我，我直接跑进了房间，房间里，有六七个骠骑兵军官正在玩纸牌。少校是庄家。我向少校看了一眼，认出他就是在辛比尔斯克的旅馆里赢过我钱的伊万·伊万诺维奇·祖林，这时，我是多么地吃惊啊！

“可以进来吗？”我叫道，“伊万·伊万诺维奇！是你吗？”

“啊嗬嗬，彼得·安德列伊奇！真巧啊！你从哪来？你好，老弟。你想玩两把

① 此为普希金仿克尼亚什宁喜剧之体而拟。

牌吗?”

“谢谢,你最好还是给我弄个住处吧。”

“你要住处干吗? 就住我这里吧。”

“不行,我不是一个人。”

“那好,把你的伙伴也叫到这里来。”

“我不是和伙伴一起来的;和我同行的……是一位太太。”

“一位太太! 你从哪儿弄到的? 嗬,老弟!”(说完这话,祖林富有感染力地吹了一声口哨,逗得众人全都笑了起来,我感到非常狼狈。)

“好吧,”祖林继续说道,“就这样。给你一个住处。真遗憾……我们本可以按老规矩好好地喝一顿……嗨! 哨兵! 为何还不把普加乔夫的女干亲带到这里来? 她还在犟着呢? 告诉她,别害怕,老爷是个好老爷,一点也不会欺负她,只会叫她开心。”

“你说的什么啊?”我对祖林说,“哪有什么普加乔夫的女干亲? 她是牺牲的米罗诺夫大尉的女儿。我把她从叛军那里救了出来,现在送她去我父亲的庄园,我要让她住在那里。”

“怎么? 刚才向我报告说抓了人,原来就是你? 饶了我吧! 这是怎么回事啊?”

“我过一会再对你说明这一切。现在,你赶快去安慰安慰那个可怜的姑娘吧,你的骠骑兵把她吓坏了。”

祖林立即做了安排。他亲自走到外面向玛丽娅·伊万诺夫娜道了歉,说这是一场误会,然后命中士把她领到城里最好的一处住房里去。我则留在他这里过夜。

我们吃了晚饭,接着,在只剩下我们两个人的时候,我向他讲述了自己的经历。祖林非常认真地听着我的叙述。听完了我的话,他摇着头,说道:“所有这一切,老弟,都不坏;只有一件事不好:见你的鬼,你为什么要结婚呢? 我是一个正直的军官,不想欺骗你,请你相信我。结婚是在干傻事。你为什么要去守着老婆、抱着孩子呢? 嗨,去它的吧。听我一句话:丢开那个大尉的女儿吧。通往辛比尔斯克的道路已被我扫清了,现在很安全。你明天就打发她一个人去你父母那里;而你就留在我的队伍里吧。你没有必要再回奥伦堡了。如果你又落到了暴徒们的手里,未必能够再次摆脱他们。就这样办吧,你爱情的傻劲就会过去的,一切都将顺心如意了。”

虽然我并不完全同意他的意见,但是我感到,军人的义务要求我留在女皇的军队中。我决定听从祖林的劝告:把玛丽娅·伊万诺夫娜送到父母的庄园去,我则留在他的部队里。

萨维里奇来帮我脱衣服;我要他做好准备,明天和玛丽娅·伊万诺夫娜一起上路。他又犟了起来。“你说什么,少爷? 我怎能离开你呢? 谁来照顾你呢? 你的父母会说什么呢?”

我深知我的这位老仆人的犟劲,便决定用温情和诚心来说服他。“阿尔希普·萨维里奇,我的朋友!”我对他说道,

“你就做一回我的恩人吧,别拒绝我;我这里不需要人照顾,如果没有你陪着,让玛丽娅·伊万诺夫娜一个人上路,我也不会放心的。去照顾她吧,你照顾她也就是照顾我,因为我已经下定了决心,只要情况允许,我很快就和她结婚。”

萨维里奇两手一拍,样子非常地吃惊。

“结婚!”他重复了一句,“小孩子竟想结婚?你父亲会说什么?你母亲又会如何作想?”

“他们会同意的,”我回答道,“等他们了解了玛丽娅·伊万诺夫娜,他们自然会同意的。我把希望寄托在你身上了。父母亲都很相信你,你为我们说说好话吧,行吗?”

老人被打动了。“唉,我的少爷彼得·安德列伊奇啊!”他答道,“你想结婚是早了点,可玛丽娅·伊万诺夫娜也确实是个好姑娘,错过她也是罪过呀。就依你吧!我去护送这位天使,我还要忠诚地向你的父母汇报,娶这个姑娘是用不着嫁妆的。”

我谢过萨维里奇,便和祖林躺在了同一个房间里。我情绪激动,心潮起伏,于是便滔滔不绝地谈论起来。祖林一开始还兴致很浓地和我交谈着;渐渐地,他的话越来越少了,越来越不连贯了。终于,他不再回答我的问题了,却扯起呼噜来。我沉默了一会,很快也和他一样睡着了。

第二天早上,我到了玛丽娅·伊万诺夫娜那里。我把自己的决定告诉了她。她承认我的决定有道理,立即就同意了。祖林的部队必须在同一天里开出城去。没什么可拖延的。我随即和玛丽娅·伊万诺夫娜分了手,我把她托付给萨维里奇,并把一封写给我父母的信递给了她。玛丽娅·伊万诺夫娜哭了。“再见,彼得·安德列伊奇!”她轻声地说,“我们能不能再见面,这只有上帝才知道;但是,我一辈子都不会忘记你;到我死时,我心里也将只有你一个人。”我什么话也说不出来。我们周围站着许多人。我不想当着他们的面表露出那些激动着我的情感。终于,她走了。我回到祖林的住处,心情忧伤,一言不发。他想让我高兴高兴;我也想让自己散散心;我们喧闹、放荡地过了一天,晚上,我们就出发了。

此时为2月底。给军事部署带来困难的冬季正在过去,我们的将军们准备协同行动。普加乔夫仍待在奥伦堡附近。与此同时,在他的周围,各路军队从四面八方渐渐地逼近了叛军的老巢。我们的部队一到,叛乱的村寨便望风而降了;叛匪部队被我们追得四处逃窜。一切情况都表明,事情很快就要顺利地结束了。

不久，戈利岑公爵在塔基希瓦要塞附近击溃了普加乔夫，打散了他的队伍，解了奥伦堡的围，看来，是给了这次叛乱以最后的、决定性的打击。[1] 当时，祖林被派去攻打叛乱的巴什基尔人部队，可那些部队在我们碰到它们之前就散伙了。春天把我们困在一个鞑靼小村里。河流涨了水，道路变得难以通行。我们无所事事，但可以聊以自慰的是，与强盗和野蛮人进行的这场无聊、零碎的战争很快就会终结了。

但是，普加乔夫没有被抓到。他出现在西伯利亚的工厂里，在那里纠集起了新的部队，又开始作乱。关于他得胜的消息又传播开来了。我们听说，一些西伯利亚的要塞被攻陷。很快又得知，喀山失守，自封为帝的人正在向莫斯科进军，这些消息让那些糊涂地认为那个可恶的暴动者不堪一击的军队首长们慌了神。祖林接到了要他横渡伏尔加河的命令[2]。

我将不去描写我们的进军和战争的结束。我只简单地说一句，灾难已经到了极限。我们经过已被叛匪抢劫过的村庄，又不得不从贫穷的居民那里抢走他们有幸藏下来的东西。各地的行政机关全部瘫痪；地主们都躲进了森林。叛匪的军队到处作恶；各部队的长官们，随心所欲地惩罚和赦免；这烽火连天的广大地区，其状惨不忍睹……上帝啊，别让人目睹这俄国的暴动吧，这毫无意义的、残酷之极的暴动！

普加乔夫被伊万·伊万诺维奇·米赫尔松[3]追得乱跑。很快我们便得知，他彻底被打垮了。最后，祖林接到了一个情报，说那个自封为帝的人已被抓获，同时，他还接到命令，要他原地待命。战争结束了。我终于能回到我父母的身边了！一想到将拥抱我的父母，将见到我一直没有得到其任何消息的玛丽娅·伊万诺夫娜，我的心里便充满了狂喜。我像个孩子一样地跳了起来。祖林笑了，他耸了耸肩膀，说道："不，你会倒霉的！一结婚，你就完了！"

但与此同时，一种奇怪的感情却冲淡了我的欢喜，一想到那个手上沾满许多无辜者鲜血的恶人，再想到他所面临的死刑，我不由自主地慌乱起来："叶米里扬啊，叶米里扬！"我遗憾地想着，"你为什么没在刺刀和霰弹下倒下呢？你不会有什么好结果的。"我能做些什么呢？一想到他，我便想到了他在他一生中最吓人的时候所给予我的怜惜，想到了他从卑鄙的施瓦勃林手中救出了我的未婚妻。

祖林给我放了假。几天之后，我就能重新置身于家人中间，再次见到我的玛丽娅·伊万诺夫娜了……突然，一场意外的风暴降临到了我的身上。

---

① 这次战斗发生在1774年3月22日。

② 此后原另有一章，在小说发表时被抽去，后常被冠以《被删去的一章》之题，附于小说之后。

③ 米赫尔松（1740—1807），将军，1774年在察里津附近彻底打败了普加乔夫。

在我准备归家的那一天，就在我准备上路的那一刻，祖林走进我的屋子，他手里拿着一张纸，神色非常忧虑。我的心颤动了一下。不知为什么，我自己也感到了恐惧。他把我的勤务兵赶了出去，说有事要对我谈。“什么事？”我不安地问。“一件不愉快的小事，”他把那张纸递给了我，答道，“读一读吧，我刚刚收到的。”我读起那张纸来：这是一份给各部队长官的秘密命令，要他们无论在哪里发现我，都要将我逮捕，并立即押往喀山，送交普加乔夫案件审查委员会。

那张纸差一点从我的手里掉了出去。“毫无办法！”祖林说，“我必须执行命令。也许，政府听到了那些关于你和普加乔夫一同友好旅行的传闻。我希望这个案件不会造成任何后果，希望你能在委员会面前洗清自己的罪名。别苦恼了，走吧。”我的良心是清白的；我不怕审判；但是，一想到那甜蜜的相会又要推迟了，也许会推迟好几个月，我感到了可怕。大车已经准备好了。祖林友好地和我道了别。我被押上大车。两个手持出鞘军刀的骠骑兵坐在我的身边，我就这样走上了大路。

第十四章　审判

世间的流言，
海上的波浪。

——谚语

我相信，我的罪过不过就是擅自离开了奥伦堡。我很容易为自己辩白：骑马出城打游击不仅从来没有被禁止过，而且还得到了全力的鼓励。我可能被说成是过于莽撞，却不会被指控为违抗军令。但是，我和普加乔夫之间的友好关系曾为许多证人所目睹，那种关系至少是非常可疑的。一路上，我都在想着我所面临的审判，考虑该如何回答问题，我决定在法庭上道出所有的实情，我认为这是一种最简单、同时也是最可靠的辩白方式。

我来到了一地废墟、满目疮痍的喀山。街道两旁原先是住房的地方，如今是一堆堆的黑炭，一堵堵被烟熏黑的、没有屋顶没有窗户的残壁断垣，矗立在那里。这就是普加乔夫留下的痕迹！我被带到那烧焦的城市中幸存的一座城堡里。两个骠骑兵把我交给一个看守军官。那军官叫来了铁匠。我被戴上脚铐，脚铐还被钉死了。然后，我被送进监狱，关在一间又小又黑的单身囚室里，囚室里四壁光秃秃的，只有一眼装着铁栅的小窗户。

这样的开端对于我来说可不是什么好兆头。但是,我既没有丧失勇气,也没有丧失希望。我采用了所有受委屈的人都要采用的自慰方式,并第一次感觉到,发自一颗纯洁的、但是已破碎的心灵的祈祷,是那样地甜蜜,我平静地入睡了,并不去担心我将要遭遇什么样的事。

第二天,监狱的看守叫醒了我,说委员会要提审我。两个士兵押着我走过院子,来到城堡司令的屋子里,两个士兵留在前厅,让我一个人进了里面的房间。

我走进一个相当宽敞的大厅。在一张蒙着台布的桌子后面,坐着两个人:一个上了年纪的将军,模样严厉、冷峻;一个年轻的近卫军大尉,年纪大约二十八岁,外表非常讨人喜欢,举止灵活而又随便。窗户边另摆了一张桌子,桌后坐着一个耳朵上夹着一杆鹅毛笔的书记员,他俯身面对一张纸,正准备记录我的供词。审问开始了。问了我的姓名和职务。将军问我是不是安德列·彼得罗维奇·格里尼奥夫的儿子。听了我的回答后,他严肃地说道:“可惜啊,他那样一个可敬的人竟有这么一个不肖的儿子!”我镇静地回答道,无论对我的指控是什么,我都将用我对事实的问心无愧的陈述,来推翻对我的指控。我的自信让他感到不高兴。“老弟,你挺能说的啊!”他皱了皱眉头,对我说,“但比你还能说的人,我们也见识过!”

这时,那个年轻人向我问道:我是在什么场合、什么时间开始为普加乔夫服务的,我都执行过普加乔夫的哪些任务。

我愤怒地回答,我是一名军官,一个贵族,我从来没有为普加乔夫服务过,也不会从他那里接受任何任务。

“那么为什么,”我的审讯者反问道,“单单你这一名军官和贵族被那个自封为帝的人赦免了,而你所有的战友却被残酷地杀害了呢?为什么只有你这一名军官和贵族与叛匪们一起友好地吃喝,还收下了匪首的皮袄、马匹和半个卢布等礼物呢?如果你没有叛变投敌,或者至少,如果你没有出现过卑鄙、有罪的懦弱,怎么会产生并保持这种奇怪的友谊呢?”

这名近卫军军官的话让我感到了深深的委屈,我情绪激烈地辩解了起来。我说道,我是怎样在一场暴风雪中与普加乔夫在草原上相识的,在白山要塞陷落时他又如何认出了我并赦免了我。我说道,我的确心安理得地接受了那个自封为帝的人给的皮袄和马匹,但是我曾竭尽全力地为保卫白山要塞而与那个强盗作战。最后,我提到我的将军,说他可以证明我在奥伦堡围困战时的忠诚表现。

那个严峻的老头从桌上拿起一封信,大声地念了起来:

“承蒙阁下垂询有嫌卷入此次叛乱并违背军法和誓言与匪首相勾结的格里尼奥

夫准尉之情况，特奉告于此：准尉格里尼奥夫自去年（1773年）10月起在奥伦堡服役至今年2月24日，该日他出城，从此未归我之部队。据一些投诚者称，他曾到了普加乔夫的村寨并与普加乔夫一同到过他曾驻防过的白山要塞；至于他的行为，我可以……”他在这里停止了朗读，严厉地问我：“现在你还有什么可辩解的吗？”

我本想像开头那样继续说下去，像说其他事情一样开诚布公地说明我和玛丽娅·伊万诺夫娜的关系。但是，我突然感觉到了一种难以忍受的厌恶。我想到，如果我说出她的名字，委员会肯定会传她来受询；她的名字会与恶棍们可恶的名字纠缠在一起，她自己也会被带来与那些恶棍对质，——这个可怕的想法使我心头一震，于是我便打住了话头，慌乱起来。

已开始带着某种关注倾听我的回答的两位法官，见我慌乱了，便又恢复了先前的敌视。近卫军军官要求让主要的告发者来与我对质。将军下令将那个前恶棍传来。我迅速地转身面对门口，等待着我那位揭发者的出现。几分钟后，响起了一阵镣铐声，门开了，走进来的——原来是施瓦勃林。他的变化让我感到吃惊。他瘦得吓人，脸色煞白。他原先漆黑的头发完全花白了；长长的胡须也乱成了一团。他用低沉、但坚定的声音重复了他的指控。他说：我是普加乔夫派到奥伦堡去的奸细；我每天出城去射击，是为了把城里的情况传递出去；最后，我又公然投靠了那个自封为帝的人，与他一同到过多处要塞，千方百计地谋害与他同样叛变了的战友，以便谋取他们的位置，博得自封为帝者的奖赏。我静静地听着他的话，使我唯一感到满意的是：这个可恶的恶棍没有提到玛丽娅·伊万诺夫娜的名字，这也许是因为，想到那个姑娘曾轻蔑地拒绝过他，他的自尊心使他感到难受了；也许是因为，他的内心还残存着一星感情的火花，也就是那种使我保持了沉默的感情，——无论如何，白山要塞司令女儿的名字，始终没有当着委员会的面被提起过。于是，我的主意更坚定了，当法官问道，我怎样才能反驳施瓦勃林的指控时，我回答，我坚持自己开始的解释，我没有其他什么需要辩白的了。将军下令把我们带出去。我和施瓦勃林一起走了出来。我平静地看了他一眼，但是没对他说一句话。他投过一个恶毒的嘲笑，然后提起镣铐，超过我，加快脚步走了。我又被带回了监狱，此后，便再也没有被提审过。

我以下要告诉给读者的一切，并不是我所亲眼目睹的；但是，我多次听说过这些故事，甚至连那些最细小的细节也都被铭刻在我的记忆里，因此我觉得，那些事情似乎就是我所亲身经历的。

玛丽娅·伊万诺夫娜受到了我的父母热情慷慨的接待，那副热心肠是老一辈人所特有的。能有机会收留、关照一个可怜的孤女，他们认为这是上帝的恩赐。他们很快就真心喜欢上了她，因为在了解了她之后，谁都不可能不爱她。父亲已不再觉得我的爱情是一场胡闹了；而母亲则一门心思地希望她的彼得鲁什卡能与这位可爱的大尉女儿成婚。

我被捕的消息使全家大吃了一惊。玛丽娅·伊万诺夫娜向我父母讲述了我与普加乔夫的奇异的相识，她的叙述非常坦诚，不仅没有使我的父母担心，而且还不时地逗得他们开心地大笑。父亲不愿相信，我会参与那场旨在推翻朝廷、消灭贵族的可鄙的暴乱。他对萨维里奇做了严厉的盘问。老仆人没有隐瞒，说少爷是在叶米里扬·普加乔夫那里做过客，那个恶棍也很照顾他；但他发誓说，他从来没有听到过什么叛变的事。两位老人安下心来，开始着急地等待着好消息。玛丽娅·伊万诺夫娜十分焦虑，但是她沉默不语，因为她天生就非常地谦逊和谨慎。

又过了几个星期……突然，父亲接到了我们的亲戚Б公爵从彼得堡发来的信。公爵对他谈了我的事。在几句通常要有的客套话之后，他通知父亲说，对于我参与了叛乱阴谋的怀疑，不幸被证实了，本应判我死刑，但女皇出于对其父的功绩和高龄的尊重，决定赦免这个有罪的儿子，让他免受可耻的死刑，只命将他终身流放至西伯利亚的边远地区。

这个意外的打击几乎要了我父亲的命。他丧失了他惯有的坚定，常用痛苦的抱怨去发泄忧伤（那忧伤通常是闷在心底的），"什么？"他控制不住自己的时候，就一遍遍地说，"我的儿子竟参加了普加乔夫的阴谋！正直的上帝啊，瞧我活到了什么分上！女皇赦免了他的死刑，难道这样我就能好受些吗？死刑并不可怕；我的祖父就死在红场的高台①上，可他是为了捍卫他良心上神圣的东西而死的；我的父亲也是和沃伦斯基②、赫鲁晓夫③一起遇难的。而一个贵族竟然背叛了自己的誓言，去勾结强盗，勾结杀人犯，勾结逃亡的奴仆！……这真是我们家族的奇耻大辱啊！……"母亲被他的绝望之情吓坏了，不敢当着他的面哭泣，还竭力给他打气，说流言并不可信，说世人的意见靠不住。我的父亲并没有因此而感到安慰。

玛丽娅·伊万诺夫娜比任何人都更加痛苦。她深信，只要我愿意，我随时都可以证明自己无罪，于是，她便猜测着实情，意识到她自己就是我的不幸的根源。她在所有人的面前掩饰起自己的眼泪和痛苦，与此同时，一直在设想着解救我的方法。

一天晚上，父亲正坐在沙发上翻阅《宫廷年鉴》；不过，他的思绪跑得太远，所以，

① 红场高台，又译"宣谕台"，莫斯科红场上的一个石砌高台，始建于1534年，16—18世纪是宣读皇帝圣旨、宣判并执行死刑的地方。

② 阿尔捷米·沃伦斯基（1689—1740），1738年起任安娜女皇的内阁大臣，1740年在宫廷斗争中失败后被杀。

③ 安德列·赫鲁晓夫（1691—1740），沃伦斯基的朋友，与沃伦斯基同时被杀。

这次的阅读没有对他产生通常的那种作用。他在用口哨吹着一首古老的进行曲。母亲在默默地织着一件毛衣，泪水不时滴落在她手中的毛衣上。突然，也坐在那里织衣服的玛丽娅·伊万诺夫娜开口说道，她必须到彼得堡去，她请求两位老人能给她路费。母亲非常伤心。“你为什么要去彼得堡呢?”她说，“难道连你，玛丽娅·伊万诺夫娜，也想离开我们吗?”玛丽娅·伊万诺夫娜回答道，她整个未来的命运都取决于这次旅行，她要以一个忠诚殉难者的女儿的身份，去寻求保护，寻求大人物的帮助。

我的父亲垂下了头:凡是能让人想到他儿子可疑罪行的话语，都会使他感到难受，都会被他当成尖锐的指责。“你去吧，姑娘!”他叹息着对玛丽娅·伊万诺夫娜说，“我们不想妨碍你的幸福。愿上帝赐给你一个好人做未婚夫吧，而不是一个可耻的叛徒。”他站起身来，走出了房间。

和母亲单独地留在一起了，玛丽娅·伊万诺夫娜便把自己的计划部分地告诉了母亲。母亲泪流满面地拥抱了她，求上帝保佑她所设想的事能有一个圆满的结局。玛丽娅·伊万诺夫娜的行装都已经被准备好了，几天之后，她便带着忠诚的帕拉莎和忠诚的萨维里奇上路了，萨维里奇被迫和我分手之后，想到是在侍候我的未婚妻，他多少也得到了一些安慰。

玛丽娅·伊万诺夫娜顺利地来到了索菲娅[1]，她在驿站里得知，行宫当时就在皇村，于是便决定留在那个驿站里。她在隔板后面占据了一个小角落。驿站长的妻子很快就和她攀谈起来，她说她是宫中锅炉工的侄女，她对玛丽娅·伊万诺夫娜谈了许多宫中生活的秘闻。她谈到:女皇通常几点起床，几点喝咖啡，几点散步;当时侍奉在女皇身边的是哪几位大臣;昨天女皇在餐桌边说了些什么话，晚上又接见了什么人，——总之，安娜·瓦西里耶夫娜的谈话，顶得上好几页历史笔记，对于后代来说也是很珍贵的，玛丽娅·伊万诺夫娜认真地听着。她们走到了花园里。安娜·瓦西里耶夫娜向她讲述了每一条小道、每一座小桥的历史，散完步，她们回到驿站时，彼此都觉得非常满意。

第二天一早，玛丽娅·伊万诺夫娜就醒了，她穿好衣服，悄悄地来到花园里。早晨美极了，阳光照耀着椴树的树梢，那些椴树已在凉凉的秋意中换上了金黄色的衣裳。醒来的天鹅端庄地游出了岸边的草丛。玛丽娅·伊万诺夫娜走到一块漂亮的草地边，这草地上刚刚竖起一座纪念碑，它是为庆祝彼得·亚历山大罗维奇·鲁缅采夫

---

① 彼得堡附近的一个村镇。

新近的那些胜利[1]而立的。突然，一只英国种的白色小狗叫了起来，迎面向她跑来。玛丽娅·伊万诺夫娜吓着了，便止住了脚步。就在这时，传来了一个女人悦耳的声音："别害怕，它不咬人的。"玛丽娅·伊万诺夫娜看到了一位太太，她坐在纪念碑对面的一条长椅上。玛丽娅·伊万诺夫娜坐到了长椅的另一端。那位太太仔细地看着她；玛丽娅·伊万诺夫娜也向她投去了几瞥，已将她从头到脚地打量了一番。那太太穿着白色的晨衣，头戴睡帽，披着一条坎肩。她大约四十岁。她的脸庞红红的，很丰满，面色端庄而又安详，她那双天蓝色的眼睛和她那淡淡的微笑，都具有难以言传的美。那太太首先打破了沉默。

"您大概不是本地人吧？"她问。

"是的，我昨天刚刚从外省来。"

"您是和您的亲人们一起来的吗？"

"不是。我是一个人来的。"

"一个人来的！您的年纪可不大啊。"

"我没有父亲，也没有母亲。"

"您来这儿一定是有什么事吧？"

"是的。我是来求女皇一件事的。"

"您是孤女，看来，是来上诉不公平和欺负人的事吧？"

"不是。我是来请求宽恕，而不是来控告人的。"

"请问，您是什么人？"

"我是米罗诺夫大尉的女儿。"

"米罗诺夫大尉！就是奥伦堡一个要塞里的司令？"

"正是。"

太太看来是被感动了。"如果我这是干涉了您的事情，"她用更温柔的嗓音说道，"那么就请您原谅；但是我常常去宫中；请您对我说，您有什么样的请求，我也许可以帮助您。"

玛丽娅·伊万诺夫娜站起身来，恭敬地向她道了谢。这位身份不明的太太身上的一切，不知不觉地就能唤起好感，博得信任。玛丽娅·伊万诺夫娜从口袋里掏出一张折起来的纸，把它递给了自己不相识的女保护人，那位太太默默地读了起来。

起初，她读得很认真，很专注；但是突然之间，她的脸色变了，——一直在关注着

---

① 彼得·鲁缅采夫（1725—1796），俄国元帅，他曾在俄土战争中立下功勋，1770 年曾打败土军，1774 年与土方签订了俄土和约。

太太的一举一动的玛丽娅·伊万诺夫娜,见她一分钟前还那样好看、安详的脸色一下子变得严峻起来,便感到害怕了。

“您是为格里尼奥夫求情?”太太冷淡地问,“女皇是不会原谅他的。他和那个自封为帝的人相勾结,并不是由于无知和轻率,而是因为他本人就是一个不道德的害群之马。”

“啊,这不是事实!”玛丽娅·伊万诺夫娜喊了起来。

“怎么会不是事实?”太太脸色通红,反驳道。

“这不是事实,真的不是事实啊! 我什么都知道,我这就来告诉您。他是为了我才承担那一切的。他没有在法庭上替自己辩护,那仅仅是因为他不想把我也牵连进来。”于是,她便激动地叙述了我的读者早已知道了的一切。

太太认真地听完了她的话。然后,她问道:“您住在哪里?”听说玛丽娅·伊万诺夫娜是住在安娜·瓦西里耶夫娜那里,太太便微笑着说道:“哦,我知道了。再见吧,您不要对任何人说起我们的会见。我希望,您的上诉信能很快地得到回复。”

说完这话,她站起身来,走进了藤架覆盖的小道,心中充满欢乐希望的玛丽娅·伊万诺夫娜,回到了安娜·瓦西里耶夫娜那里。

女主人责怪她不该在秋天的清晨去散步,照她的话说,这对年轻姑娘的身体是有害的。她端来茶炊,倒了一杯茶,正准备长谈一通宫中的事情,就在这时,一辆宫中的马车突然停在了台阶边,一位宫廷侍卫走进来说,女皇召米罗诺夫的女儿进宫。

安娜·瓦西里耶夫娜大吃一惊,忙活起来。“啊呀,上帝!”她喊了起来,“女皇召您进宫。她怎么会知道您呢? 您一个小姑娘,哪里知道怎么去见女皇呢? 我说,您连怎样在宫里走路都不会呢……要不要我陪您去? 我至少可以给您指点指点嘛。您这身旅行穿的衣裙哪里能行? 要不要派人到接生婆那里去把她那件黄礼服借来?”宫廷侍卫说,女皇要玛丽娅·伊万诺夫娜一个人去,穿什么样的衣服都行。没什么办法了,于是,玛丽娅·伊万诺夫娜便带着安娜·瓦西里耶夫娜的忠告和祝福,坐上马车,往宫中驶去。

玛丽娅·伊万诺夫娜预感到,我们的命运将被决定了;她的心猛烈地跳动着,几乎窒息。几分钟后,马车在皇宫边停了下来。玛丽娅·伊万诺夫娜忐忑不安地走上台阶。宫中的门在她的面前依次打开。她走过一长串空空的大房间;宫中侍卫为她引路。最后,侍卫走到几扇紧闭的门前,他说要前去通报,留玛丽娅·伊万诺夫娜一个人站在那里。

一想到就要面对面地见到女皇了,她便感到害怕,两只脚几乎站不稳了。一分钟后,房门打开,她走进了女皇的梳妆间。

女皇坐在自己的梳妆台前。围在她身边的几名宫中女仆,恭敬地给玛丽娅·伊万诺夫娜让开了地方。女皇亲切地向她转过身来,玛丽娅·伊万诺夫娜立即认了出来,这就是几分钟前听她开怀倾诉的那位太太,女皇把她叫到跟前,微笑着说道:“我很高兴能履行对您许下的诺言,满足您的请求。您的事情了结了。我相信您的未婚夫是无罪的。这里有一封信,请您交给您未来的公公。”

玛丽娅·伊万诺夫娜用颤抖的手接过信,她哭了,跪倒在女皇的脚下,女皇把她扶了起来,并吻了她。女皇还和她交谈起来。“我知道,您不富裕,”女皇说道,“但是我对米罗诺夫大尉的女儿负有责任。请别担心您的未来。我要来为您建立家业。”

安抚了这个可怜的孤女,女皇便让她走了。玛丽娅·伊万诺夫娜回去的时候坐的还是那辆宫中的马车。迫不及待地等着玛丽娅·伊万诺夫娜回来的安娜·瓦西里耶夫娜,向她抛去一大堆的问题,玛丽娅·伊万诺夫娜也做了一些回答。安娜·瓦西里耶夫娜虽然因玛丽娅·伊万诺夫娜的健忘而感到不满,但她认为这是外省人的害羞,于是也就宽宏大量地原谅了她。当天,顾不得去看一眼彼得堡城,玛丽娅·伊万诺夫娜便启程回乡了……

彼得·安德列伊奇·格里尼奥夫的笔记至此便中断了。从他家族的传说中得知:由于女皇的命令,他于1774年底获释;普加乔夫被处死刑时,他也在场,普加乔夫在人群中认出了他,还向他点了点脑袋,那颗脑袋一分钟后便被砍了下来,鲜血淋淋地被展示给民众。后来,彼得·安德列伊奇很快就和玛丽娅·伊万诺夫娜结了婚。他们的后代在辛比尔斯克省过着幸福的生活。在离××城三十里的地方有一个村子,它属于十个地主。在其中的一间老爷的住房里,还挂着一封镶在镜框里的叶卡捷琳娜二世的亲笔信。这封信是写给彼得·安德列伊奇的父亲的,信中宣布他的儿子无罪,并称赞了米罗诺夫大尉的女儿的聪颖和善心。我们是从彼得·安德列伊奇·格里尼奥夫的一个孙子那里得到他的手稿的,他的孙子知道我们正在撰写关于他祖父所描写过的那个时代的研究著作。在征得亲属的同意后,我们决定单独发表这部手稿,仅在每章的开头加了相应的题词,并冒昧地更换了几个姓名。

出版人

1836年10月9日

附录:被删去的一章[①]

我们追近了伏尔加河岸;我们团开进××村,在该村宿营。村长对我说,河那边的所有村子全都暴动了,普加乔夫匪帮到处横行。这个消息使我感到非常不安。我们应该在次日早晨渡河。一阵难耐袭上我的心头。我父亲的村庄就在河对岸,离河岸有三十里。我问能不能找到一位摆渡的人。这里的农民全都是渔夫;小船很多。我去到格里尼奥夫那里,对他说了自己的打算。“你得小心,”他对我说,“一个人去很危险哪。等到天亮吧。我们第一批过河,我们领五十名骠骑兵去你父母那里做客,以防万一。”

我坚持自己的打算。一条小船准备好了。我与两名船夫坐上船。他们撑开船,划起桨来。

天空很明朗。月光照耀着。没有一丝的风,——伏尔加在平稳、安详地流淌着。小船微微摇晃着,飞快地滑过那深暗的波浪。我沉浸在幻想中。过了约半个小时。我们已经到了河的中央……突然,两个船夫彼此低语起来。“怎么回事?”我被惊醒过来,问道。“我们不知道,鬼才知道。”船夫回答,并老是望着一个方向。我也向那个方向望去,我看见黑暗中有一个东西正沿着伏尔加向下漂来。那个不明物体越来越近了。我让船夫们停下来,等着那东西靠近。月亮躲进了云中。那浮动的物体越发模糊了。它离我已经很近了,可我还是辨认不出它。“这是什么东西啊,”船夫们说,“船帆不像船帆,桅杆不像桅杆……”突然,月亮钻出云层,映亮了一幅可怕的场景。迎面向我们漂来的,是一副钉在木筏上的绞架,绞架的横梁上吊着三具尸体。一种病态的好奇心控制了我。我想看一看那几个被绞死的人的脸。

根据我的命令,船夫用钩竿钩住木筏,我的小船靠上了漂浮的绞架。我一步跳过去,站到了那两根可怕的立柱间。一轮明月映亮了那几个不幸的人变了形的脸。其中一个是年老的楚瓦什人,另一个是俄国农民,一个身强力壮、二十来岁的小伙子。然而,在看到第三个人时,我却大吃一惊,忍不住悲戚地喊道:这是万卡啊,我可怜的万卡,他一时愚蠢投靠了普加乔夫。他们的头上钉着一块黑色的木板,上面写着白色

---

① 这一章没有被放在最初发表的《大尉的女儿》中,它被保留在普希金的手稿中,署有“被删去的一章”字样。在这一章中,人物的名字与其他章节有所不同,格里尼奥夫叫布拉宁,祖林则叫格里尼奥夫。

的大字:“窃贼和暴乱者”。两个船夫无动于衷地看着,用钩竿钩着木筏,等着我。我坐回到小船上。木筏顺河漂了下去。黑乎乎的绞架久久地在摆动着。终于,它消失了,我的小船也靠上了那又高又陡的河岸……

我慷慨地向船夫付了钱。其中一个船夫领我去见渡口边这个村子里的村长。我和他一起走进一间农舍。听说我要马,村长对我相当地不客气,但我的向导轻声对他说了几句话,他的严厉便立即转换成了匆忙的殷勤。转眼间,一辆三套马车就准备好了,我坐上马车,吩咐拉我去我们家的村子。

我奔驰在大路上,走过一座座沉睡的村庄。我担心的事只有一件:在半道上被拦截。如果说,我夜间在伏尔加河上的所见,说明此地有暴乱者,那么它同时也证明,政府也采取了严厉的对付措施。为了以防万一,我的口袋里揣有普加乔夫给我的通行证和格里尼奥夫上校的手令。但是,我什么人也没碰到,天快亮的时候,我看到了一条小河和一片纵树林,我们的村子就在那片纵树林的后面。车夫鞭打着马,一刻钟后,我们便驶进了××村。

老爷的府邸坐落在村子的另一端。马儿在全速奔跑。突然,在街当中,车夫勒住了马。“怎么回事?”我焦急地问。“有哨卡,老爷。”车夫回答,并费劲地让跑疯了的马站了下来。果然,我看到了一处障碍和一个手持木棍的哨兵。那农夫走到我身边,脱下帽子,要看我的证件。“这是什么意思?”我问他,“为什么在这里设路障?你在给什么人放哨?”“老爷,我们暴动啦。”他挠着脑袋,回答道。

“你们的老爷在哪儿?”我问道,心都凉了……

“我们的老爷在哪儿?”农夫重复了一遍,“我们的老爷在粮仓里呢。”

“怎么会在粮仓里?”

“是乡里的文书安德留哈把他们给铐了,他想把他们送到皇上老爷那里去。”

“我的天!快把路障搬开,你这个傻瓜。你还愣着干吗?”

哨兵迟疑着。我跳出马车,给了他一个耳光(我有罪),自己搬开了路障。我的农夫木讷地、犹豫不决地看着我。我再次坐上马车,吩咐去老爷的府邸。粮仓在院子里。在上了锁的门旁站着两个同样拿着木棍的农夫。马车正停在他们眼前。我跳下马车,径直向他们扑去。“把门打开!”我对他们说。看来,我的模样很吓人。至少,他们俩都扔下木棍逃跑了。我想砸了锁,把门撬开,但那门是橡树做的,巨大的锁也砸不开。这时,一个身材匀称的年轻农夫从一间仆人的住房里走了出来,带着傲慢的神情问我怎么敢在这里闹事。“文书安德留什卡在哪儿?”我冲他吼道,“叫他来见我。”

“我就是安德列·阿法纳西耶维奇，而不是什么安德留什卡，[①]”他傲慢地叉着腰，回答我说，“你要干什么？”

我没有答腔，而一把揪住他的领子，把他拖到粮仓的门边，命令他开门。文书还想顽抗，但父亲般的惩罚对他起了作用。他掏出钥匙，打开了粮仓的门。我迈过门槛，屋顶上捅出的一个窄缝里透进一道微弱的光，在被那道光微微映亮的角落里，我看见了母亲和父亲。他们的双手被绑着，脚上带着镣铐。我扑过去拥抱了他们，一句话也说不出来。他俩吃惊地看着我，——三年的军事生活大大地改变了我，使他们一时没能认出我来，母亲唉呀了一声，眼泪夺眶而出。

突然，我听到了一个可爱、熟悉的声音：“彼得·安德列伊奇！是您啊！”我呆住了……我环顾四周，看到了另一个角落里的玛丽娅·伊万诺夫娜，她也被绑着。

父亲默默地看着我，几乎无法相信自己的眼睛。欢乐涌上了他的脸庞。我急忙用军刀割断了绑着他们的绳索。

“你好，你好，彼得鲁沙，”父亲把我揽到胸前，对我说道，“感谢上帝，我们终于等到你了……”

“彼得鲁沙，我亲爱的，”母亲说道，“上帝把你给带来啦！你好吗？”

我急忙要把他们带出牢房，——但是，我走到门边，发现门又被锁上了。“安德留什卡，”我喊了起来，“开门！”“那可不行，”文书在门外回答，“你自己也在这里坐着吧。我们要来教教你怎样闹事，怎样揪皇上官员的领子！”

我开始查看粮仓，看有没有什么法子逃出去。

“别费劲了，”父亲对我说，“我可不是那样的主人，会留出一条贼道让人进出我的粮仓。”

因为我的出现而一时高兴的母亲，见我也将和全家同归于尽，便又陷入了绝望。但是，在和父母、和玛丽娅·伊万诺夫娜到了一起之后，我倒是越来越镇静了。我有一把军刀和两枝手枪，我尚可以抵挡围攻。格里尼奥夫会在傍晚前赶到，解救我们。我把这些话告诉了我的父母，又忙着去安慰母亲。他们这才完全地沉浸于相见的喜悦之中。

“好吧，彼得，”父亲对我说，“你也淘够了，我当然也生过你的气。但是旧事不提啦。我希望如今你能改正过来，不再胡闹。我知道，你像一个诚实军官那样在军中服役，谢谢了。你使我这个老头子得到了安慰。如果我的得救将归功于你，那么生活将双倍地使我感到欢乐。”

---

① 安德留什卡是安德列的卑称。

我含着泪吻了他的手，又看了玛丽娅·伊万诺夫娜一眼，她因我的到来而十分地高兴，因此，她看上去非常地幸福和安详。

将近正午的时候，我们听到一阵不同寻常的喧闹声和叫喊声。“这是怎么回事？”父亲说，“莫非是你的上校赶到了？”“不可能，”我回答，“傍晚之前他是赶不到的。”喧闹声越来越大。警钟敲响了。一些骑着马的人在院子里跑来跑去。这时，从墙上一道窄窄的缝隙里，探进萨维里奇那白发苍苍的脑袋来，我可怜的仆人用悲戚的声音说道：“安德列·彼得罗维奇，阿芙多季娅·瓦西里耶夫娜，我的少爷啊，彼得·安德列伊奇，玛丽娅·伊万诺夫娜小姐，不好啦！强盗们进村了。彼得·安德列伊奇，你知道吗，领着这帮强盗的头目是谁？就是施瓦勃林，阿列克赛·伊万内奇，让他不得好死！”听到这个可恶的名字，玛丽娅·伊万诺夫娜拍了一下手，呆住了。

“听着，”我对萨维里奇说，“你快派个人骑马到××渡口去迎接骠骑兵团；快把我们的危险通知给上校。”

“可是派谁去呢，少爷！小伙子们全都造反了，马也全都被抢走了！唉呀！他们已经进院子了，——快走到粮仓边上了。”

这时，门外传来好几个声音。我默默地做了个手势，要母亲和玛丽娅·伊万诺夫娜躲到角落里去，然后我拔出军刀，站到门后的墙边。父亲拿起两把手枪，打开扳机，站在我的旁边。响起一下开锁的声音，门被打开，文书的脑袋探了进来。我挥刀向那脑袋砍去，他倒下了，堵住了入口。与此同时，父亲也向门外放了一枪。包围着我们的那群人叫骂着退开了。我把那个受伤的人拖出门槛，用里面的铰链把门锁上了。院子里满是全副武装的人。在他们中间，我认出了施瓦勃林。

“你们别怕，”我对母亲和玛丽娅·伊万诺夫娜说，“还有希望。而您，爸爸，别再开枪了。我们要把最后的子弹节约下来。”

母亲在默默地祈祷上帝；玛丽娅·伊万诺夫娜站在她身边，带着天使般的安详等待着我们命运的结局。门外传来了威胁和辱骂。我站在原地，准备砍倒第一个胆敢闯进来的家伙。突然，强盗们闭了嘴。我听到了施瓦勃林的声音，他在叫我的名字。

“我就在这里，你想干什么？”

“投降吧，布拉林，抵抗是徒劳的。可怜可怜你那两位老人吧。顽抗也救不了你自己。我是能制住你们的！”

“你来试试吧，叛徒！”

“我自己不会平白无故地硬冲，也不会让手下的人去送命。我会叫人把粮仓点着，到那个时候我们再来看看，你这个白山要塞的堂吉诃德还有什么招儿。现在是吃饭的时候了。你先坐着，闲下来的时候好好想一想。再见，玛丽娅·伊万诺夫娜，我不来求您的原谅了:您和您的骑士一起躲在黑暗中,也许并不寂寞吧。”

施瓦勃林走了,在粮仓边留下了哨兵。我们没有说话。我们每个人都在想着自己的心事,却不敢把自己的想法传达给别人。我想到了这个狠毒的施瓦勃林所能做出的一切。对我自己,我几乎毫不担心。要我说句实话吗?玛丽娅·伊万诺夫娜的命运比我父母的命运更让我担心。我知道,母亲向来受到农民和仆人们的爱戴,父亲虽然严厉,但也同样为人所爱,因为他为人正直,也深知他手下人真正的需要。农民和仆人们的暴动只是一种迷误,是一时的醉意,而并非仇恨的发泄。所以,他们也许会得到宽恕。可是玛丽娅·伊万诺夫娜呢?那个好色的、没良心的人为她准备下了怎样的命运?我不敢多想这个可怕的念头,求上帝饶恕,我宁愿杀死她,也不愿再次看到她落入那个残酷坏人的魔掌。

又过了近一个小时。村子里响起了醉汉的歌声。看守我们的哨兵羡慕他们,就拿我们出气,辱骂我们,拿折磨和死亡来恐吓我们。我们在等待施瓦勃林之威胁的后果。终于,院子里又出现了大的动静,我们再次听到了施瓦勃林的声音:

“怎么,你们想好了吗?是不是自愿向我投降啊?”

谁也没有回答他。施瓦勃林等了一会,然后让人去搬干草。几分钟之后,火苗腾了起来,映亮了黑暗的粮仓,烟雾也从门槛下的缝隙里钻了进来。这时,玛丽娅·伊万诺夫娜走近我身边,握住我的手,静静地说:

“够了,彼得·安德列伊奇!请您别为了我而害了您自己和您的父母。您放我出去吧。施瓦勃林会听我的话的。”

“绝对不行,”我生气地说,“您知道等待您的是什么吗?”

“我是不会忍受耻辱的。”她静静地回答,“但是也许,我能救出我的恩人和他的一家,你们一家这样慷慨地收留了我这个孤女。再见了,安德列·彼得罗维奇,再见了,阿芙多季娅·伊万诺夫娜。你们不仅仅是我的恩人哪。请你们为我祝福吧。彼得·安德列伊奇,请您原谅我。请您相信,我……我……”说到这里,她哭了起来……她用手捂住了脸……我像疯了似的。母亲也在哭。

“别再胡说了,玛丽娅·伊万诺夫娜,”我父亲说道,“谁也不会放你一个人到强盗那里去的!就坐在这里,别做声。要死,就死在一起。听,外面在说什么呢?”

“你们投不投降啊?”施瓦勃林喊道,“你们看见了吗?再过五分钟,你们就要被烤熟啦。”

“我们不会投降的,你这个恶棍!”父亲嗓音坚定地回答他。

他那布满皱纹的脸庞由于惊人的兴奋而容光焕发,两只眼睛在白色的眉毛下威严地闪烁着。他转身对我说道:

“现在是时候啦!”

他打开门。火苗蹿了进来,烧着了一根根结着一层干苔藓的木梁。父亲放了两枪,跃过着火的门槛,高声喊道:“都跟我来!”我抓起母亲和玛丽娅·伊万诺夫娜的手,飞快地把她们领到了外面。门槛边躺着施瓦勃林,他被我父亲那双衰老的手开枪击中了;被我们意外的突围吓跑的一群强盗,鼓足勇气,又开始向我们围来。我又挥刀砍了几下,但一块扔得很准的砖头,正砸在我的胸口上。我倒下了,一时间失去了知觉。等我醒过来时,看到施瓦勃林坐在血迹斑斑的草地上,他的面前是我们一家。我被人架着。一群农民、哥萨克和巴什基尔人围在我们四周。施瓦勃林的脸色非常苍白。他用一只手按着受伤的肋部。他的脸上流露着痛苦和恶毒。他慢慢地抬起头,看了我一眼,用微弱、含混的声音说道:

“绞死他……把他一家都绞死……除了她……”

一群强盗立即围起我们,叫喊着把我们拖向大门口。但是,他们突然撂下我们,四散而逃;格里尼奥夫骑马冲进大门来,在他的身后,是手举出鞘马刀的整个骑兵连。

暴乱者们四下逃窜;骠骑兵们在追赶他们,挥刀砍杀,并将他们俘虏。格里尼奥夫跳下马,向我的父母鞠了一躬,又紧紧地握了我的手。“我总算及时赶到了。”他对我们说,“啊! 这位就是你的未婚妻呀。”玛丽娅·伊万诺夫娜的脸红到了耳根。父亲走到他身边,向他表示感谢,父亲虽然激动不已,但仍保持着一副平静的神情。母亲拥抱了他,称他为救命的天使。“请光临寒舍吧。”父亲对他说道,然后领他向我们家走去。

在从施瓦勃林身边经过的时候,格里尼奥夫停下了。“这是谁?”他看着那个受伤的人,问道。“这就是首领,这伙强盗的头目,”我父亲带着某种能显示出老军人身份的高傲,回答道,“上帝帮忙,让我用我衰老的手惩罚了这个年轻的恶棍,为我儿子报了仇。”

“这就是施瓦勃林。”我对格里尼奥夫说。

“施瓦勃林! 我非常高兴。骠骑兵们! 把他带上! 去叫我们的军医给他包扎一下伤口,要像保护眼珠一样地保护他。施瓦勃林一定要被送交喀山的军机委员会。他是主犯之一,他的口供会是很重要的。”

施瓦勃林睁开了疲倦的眼睛。除了肉体的痛苦外,他的脸上没有流露出任何表情。骠骑兵们用一个斗篷把他抬走了。

我们走进了房间。我颤抖着打量四周,回忆起自己幼年的岁月。家中什么也没改变,所有的东西都在原地。施瓦勃林不让人抢劫这座房子,在自己那最卑鄙的情感中,施瓦勃林还不由自主地保持了对无耻的贪婪之心的厌恶。仆人们出现在前厅。他们没有参加暴动,他们诚心诚意地庆幸我们的获救。萨维里奇得意洋洋。要知道,是他趁强盗进攻所引起的慌乱时机,跑到马房,给拴在那儿的施瓦勃林的马套上鞍子,悄悄地牵出它,混乱之中神不知鬼不觉地骑马跑到渡口。他遇到了已在伏尔加河北岸休息的团队。格里尼奥夫从他那里得知了我们的危险处境,便命令上马,下令前进,全速前进,——谢天谢地,他终于及时地赶到了。

格里尼奥夫坚持要把文书的脑袋挂在酒馆前的竿子上示众几小时。

骠骑兵们追击归来,抓住了几个人。他们被关进了那间我们在其中进行了一场值得纪念的围困战的粮仓。

我们每个人都回到了自己的房间。老人们需要休息。整整一夜没合眼的我,扑倒在床上,沉沉地睡去了。格里尼奥夫忙自己的事去了。

晚上,我们大家围在客厅里的茶炊旁,愉快地谈论着过去的危险。玛丽娅·伊万诺夫娜在斟茶,我坐在她身边,一个劲地看着她。我的父母似乎也在关注着我们温情的关系。直到今天,这个晚上还生动地留存在我的记忆中。我很幸福,我十分地幸福,在一个人那可怜的一生中,这样的时刻难道能有许多吗?

第二天,有人来报告父亲,说农民们到老爷的院子里来请罪了。父亲走到台阶上去见他们。他一出现,农民们就跪了下来。

"怎么,傻瓜们,"父亲对他们说,"你们怎么想到要造反呢?"

"我们有罪,你是我们的老爷。"他们异口同声地回答。

"当然有罪。你们胡闹一通,现在自己又后悔了。上帝让我和儿子彼得·安德列伊奇又见了面,为了这件高兴事,我且饶了你们。好了,俗话说:刀剑不砍认罪的脑袋。有罪!当然,你们是有罪的。上帝赐给了好天气,该收干草啦;可你们这些傻瓜,整整三天都在干些什么?村长!叫每个人都去割草;小心点,你这个红头发魔鬼,在伊林节[①]前要把所有的干草给我码成垛。你们忙去吧。"

农民们鞠了一躬,干活去了,像是什么事情也不曾发生。

施瓦勃林的伤并不致命。他被押往喀山。我从窗户里看了他怎样被抬上大车。我们的目光相遇了,他低下脑袋,我也赶紧离开了窗口。我不愿面对敌人的不幸和屈辱表现出洋洋得意的神情来。

格里尼奥夫要继续前进。我决定跟他一同走,虽然我很想与家人一起多待几天。出发的前一天,我来到父母身边,按当时的习惯跪在他们脚下,求他们祝福我和玛丽

① 俄国正教派圣伊里亚的节日,在旧历7月20日,古代民间将此节视为"雷神节"。

娅·伊万诺夫娜的婚姻。两位老人扶起我,含着喜悦的泪水宣布了他们的赞同。我把脸色苍白、浑身颤抖的玛丽娅·伊万诺夫娜领到他们面前。两位老人为我们祝了福……我当时的感觉,我就不再描述了。谁若是置身于我的处境,就是没有我的描述他也能理解我,——谁若是不曾有过这样的体验,那我只能为他而感到惋惜了,并奉劝他趁时光尚未流逝,赶快恋爱,然后去接受父母的祝福。

第二天,团队集合了,格里尼奥夫和我的家人告了别。我们大家都相信,军事行动很快就将结束;一个月后我就有望做新郎了。玛丽娅·伊万诺夫娜和我道别,当着所有人的面吻了我。我骑上了马。萨维里奇又将跟我出行。随后,团队出发了。

我久久地在远处看着我再次离去的那幢乡间屋子。一阵阴暗的预感使我感到不安。似乎有人在对我耳语,说我的不幸并没有完全结束。心灵已经预感到了一场新的暴风雪。

我将不去描写我们的征战和普加乔夫战争的结束。我们经过一座座被普加乔夫毁坏的村庄,却不得不从不幸的居民那里抢走强盗们给他们剩下的东西。

村民们不知道该服从谁。各地的行政机关全部瘫痪了。地主们都躲进了森林。叛匪的部队到处作恶。被派去追击当时已逃至阿斯特拉罕的普加乔夫的各部队长官,随心所欲地惩处有罪的人和无罪的人……所有的地方都燃着大火,场面惨不忍睹。但愿上帝别让人目睹这俄国的暴动——这毫无意义的、残酷之极的暴动。那些想在我们这里实现不可能之转折的人,要么是太年轻,不了解我们的人民,要么就是些铁石心肠的人,对于他们来说,别人的脑袋仅值四分之一个戈比,他自己的脖子也只值一戈比。

普加乔夫被伊·伊·米赫尔松追得乱跑。很快我们便得知,他彻底被打垮了。最后,格里尼奥夫从他的将军那里得到消息。说那个自封为帝的人已被抓获,同时,格里尼奥夫也接到了停止行动的命令。终于,我可以回家了。我高兴极了;但是,一种奇怪的感觉却又给我的欣喜投下了一层阴影。